Manuela Martini

STERNE
über
LISSABON

atb aufbau taschenbuch

MANUELA MARTINI, geboren 1963 in Mainz, hat bereits über 20 Romane, Krimis und Thriller veröffentlicht. »Sterne über Lissabon« ist ihr erster Familienroman. Die Autorin lebt seit vielen Jahren in Spanien.

Alles hat mit einem Fadotext begonnen, der im Nachlass ihres Großvaters gefunden wurde, signiert mit einem Namen, der viele Fragen offenlässt. Die Spur führt nach Lissabon in das Jahr 1940. Tess, die jüngste Tochter der Familie, entschließt sich, in die portugiesische Hauptstadt zu reisen auf der Suche nach diesem Rätsel aus der Vergangenheit. Der schwermütige Fado und das pulsierende Lissabon sind zwei Teile eines Puzzles. Zusätzlich taucht ein Tagebuch aus jener Zeit auf, das die Geschichte einer großen Liebe erzählt, eine Liebe, die nicht nur das Leben zweier Menschen für immer verändert hat.
Wird es Tess gelingen, alle Bruchstücke zusammenzufügen und die wirkliche Geschichte ihrer Familie aufzuspüren?

Manuela Martini

STERNE *über* LISSABON

Roman

atb aufbau taschenbuch

Jederzeit bequem zwischen Buch und digitalem Lesen wechseln. Anleitung siehe letzte Seite des Buches.

MIX
Papier aus verantwortungsvollen Quellen
FSC® C083411

ISBN 978-3-7466-3339-8

Aufbau Taschenbuch ist eine Marke
der Aufbau Verlag GmbH & Co. KG

1. Auflage 2017

Die Originalausgabe erschien 2015
unter dem Titel »Die Handschuhmacherin«

www.herbig.net
Umschlaggestaltung www.buerosued.de, München
unter Verwendung von Motiven von © Tyler Gray / GettyImages
und © Lee Avison / Trevillion Images
Druck und Binden CPI books GmbH, Leck, Germany
Printed in Germany

www.aufbau-verlag.de

ERSTER TEIL

Überall ist Licht, doch ich sehe nichts

Patagonien im Sommer

Der Wind liess die Dachrinne scheppern, ein loses Kabel schlug immer wieder an die Holzwand. Carlos atmete schwer, als er den Oberkörper anhob und sich auf die Ellbogen stützte. In der letzten Zeit schmerzte sein Herz öfter, rief sich in Erinnerung, als sollte er jetzt, am Ende seines Lebens, noch einmal über alles nachdenken. Hatte er nicht schon oft genug über alles nachgedacht, über sechzig Jahre lang? Ein Sonnenstrahl fiel durchs Fenster, ließ den Staub aufblitzen wie Flitter und brannte ein langes Rechteck auf den Holzboden vor dem Ofen.

Mühsam schob er die Beine aus dem Bett. Ganz weiß schauten die Füße unter der dunkelgrauen Schlafanzughose hervor. Er schlüpfte in seine warmen Hausschuhe und stand mühsam auf. Kaffee machen, die elektrische Heizung anstellen, Feuer im Ofen anzünden. Andere in seinem Alter zogen nach Florida und ließen es sich gut gehen. Und er? Bis ans Ende der Welt hatte seine Suche ihn geführt. Patagonien. Einst hatte man Strafgefangene hierher geschickt, heute kamen Touristen.

Er zog den warmen Morgenmantel über, knotete ihn umständlich zu und schlurfte über das warme Lichtrechteck in Richtung Küche. Beim Heizkörper drückte er auf den Knopf, der sogleich rot aufglühte. Den Ofen würde er später anmachen, erst musste er die Asche herausfegen. Ja, er konnte sich noch allein versorgen. Wer in seinem Alter schaffte das schon? Gut, das Essen brachten ihm meist Margarita oder Inez, oder er ging hinüber zu Nicolas. Ein Schmerz in der Brust ließ ihn zusammenzucken. Hatte es letztes Mal nicht auch so angefangen? Und dann war alles ganz schnell gegangen, Atemnot, Herzflimmern, Zuckungen … Er hatte Glück gehabt, dass es im Hotel passiert war und dann auch noch unten an der Rezeption. Nein, das wollte er nicht noch einmal erleben, die Schmerzen, die Todesangst, er wollte sie nicht wieder sehen, all die Bilder seines Lebens. Sie waren an ihm vorbeigezogen und hatten ihn in Panik versetzt, weil er plötzlich sich und sein Leben begriff und er nichts mehr rückgängig machen, die Zeit nicht um dreißig Jahre zurückdrehen konnte.

Diesmal war es nicht das Herz, ganz bestimmt nicht. Er drehte das Wasser auf, füllte den Elektrokocher und blickte nach draußen. Hinter dem Abbruch der Felsen, kaum dreißig Meter von seinem Haus entfernt, breitete sich das Meer bis zum Horizont aus. Der Wind fuhr in kurzen Schüben darüber hinweg. Es glänzte golden, schon bald würde er den Rand des Feuerballs brennen sehen, der sich aus dem Meer erhob, jeden Morgen wieder ein ergreifendes Schauspiel, das entschädigte für schlaflose Nächte.

Seine Augen waren immer noch gut, er konnte nicht nur die Boote der Fischer erkennen, sondern auch weit draußen die Frachter, die Containerschiffe, die nach Südafrika fuhren oder nach Australien.

Dampf stieg auf, und die Fensterscheibe beschlug. Der Holzrahmen war an der rechten Seite schon ziemlich morsch. Noch einen Winter würde er wohl kaum überstehen. Er müsste Inez fragen, ob sie da was machen könnte. Sie hatte ihm auch das Dach repariert und neue elektrische Leitungen gelegt. Ja, auch den Boiler im Bad hat sie ihm eingebaut, erinnerte er sich. Wie hatte es hier ausgesehen, als er das Haus kaufte! War das wirklich schon siebzehn Jahre her?

Mit einem Klicken schaltete sich der Kocher ab. Er schüttete einen Löffel Instantkaffee in den Becher und goss das kochende Wasser auf, bis der Schaum fast den Becherrand erreichte. Es war ein dünner Kaffee, längst schon trank er keinen starken mehr.

Alles herauskratzen, was sich innen festgesetzt hatte, wie den

Ölschlick aus den alten Tanks, weil er sehen wollte, woraus er selbst gemacht war, das hatte er nach seinem Herzinfarkt gewollt. Bis ans Ende der Welt war er gegangen, wollte sehen, was dahinter lag, Gewissheit erlangen und keine Sehnsucht mehr haben. Ein dummer Gedanke. Ein Tank ist ein Tank ist ein Tank. Nicht mehr und nicht weniger. Und die Erde ist nun mal eine Kugel. Eine Kugel. Eine Kugel. Ohne Anfang und ohne Ende. Das war ihm klar geworden, und es war ernüchternd. Die Menschen erwarteten zu viel vom Leben. Nun, vielleicht nicht alle. Aber er.

Heiß lief der Kaffee die Kehle hinunter, fühlte sich einen Augenblick lang an wie früher der Whisky. Er schlurfte zurück ins Zimmer und setzte sich auf den Stuhl mit dem grünen Lederpolster. Es störte ihn schon lange nicht mehr, dass es eingerissen war und der Schaumstoff hervorquoll, im Gegenteil, das war ein Zeichen von Leben. Nicht nur Menschen trugen Wunden vom Leben davon. Er stützte die Ellbogen auf die schwere Schreibtischplatte und blickte wieder aufs Meer hinaus.

Überall ist Licht, doch ich sehe nichts.

Der glühende Sonnenball stieg höher, die Schatten der Felsen wurden kürzer. Ein Fischerboot näherte sich den Klippen. Genug gefangen für heute oder kein Glück gehabt und aufgegeben, dachte Carlos.

Ein Klopfen ließ ihn hochschrecken.

»Ich bin's, Inez!«

»Ist offen!« Er schloss niemals ab, Inez wusste das, aber sie wollte ihn nicht einfach überfallen.

Mit einem Ruck sprang die von der Feuchtigkeit verzogene Holztür auf, und Inez, in Jeans, grobem Rollkragenpulli, dicker Daunenweste und schweren Arbeitsstiefeln, eine blaue Baseballkappe tief in die Stirn gezogen, trat polternd ein.

»Du bist früh dran heute.« Er zeigte auf die Kappe. »Neu?«

»Gefällt sie dir? Hab ich machen lassen.« *San José – Mecanicos* war in goldenen Buchstaben aufgestickt.

Er nickte.

»Dachte, du willst vielleicht was in deinen Kaffee tunken.« Inez hielt eine Tüte hoch, weiß mit kleinen Fettflecken. Croissants. Die von Margarita mochte er besonders gern.

»Schon überredet.« Merkwürdigerweise hatte er oft Lust auf Croissants, vielleicht hing das mit Paris zusammen.

Sie legte die Tüte auf den Schreibtisch, stemmte die Arme in die Hüften und sah schweigend aufs Meer hinaus. »Ich wette, heute ziehen Wale vorbei.«

Er nickte nur.

Sie nahm die Mütze ab und fuhr sich durch ihr kurzes schwarzes Haar. »Wenn ich alt bin, sehen wir zusammen aufs Meer hinaus, ja?«

»Abgemacht.«

Mit niemandem redete er so wie mit Inez, so normal, so ohne den ganzen Ballast eines langen Lebens, ohne die Zweifel, die ihn immer wieder überfielen. Ob Inez wohl nie Zweifel hatte, überlegte er manchmal, ob sie sich wohl nie in Wünschen und Sehnsüchten verlor?

Sie setzte die Mütze wieder auf und zog den Schirm in die Stirn. »Margarita kommt heute ein bisschen später. Arzttermin.«

»Was hat sie?«

»Nur 'ne lästige Zahngeschichte.«

»Sag ihr, sie braucht mir heute nichts zu bringen.«

»Bist du auf Diät?«

Er nahm die Tüte und hielt sie hoch. »Das reicht für einen alten Mann.«

»Auch ein alter Mann muss essen.«

Manchmal war es ihm peinlich, dass sie sich so um ihn sorgten, und er hatte das schon öfter gesagt, aber sie winkten jedes Mal ab und meinten, sie machten es gern. Er könnte sich nie um einen fremden Menschen kümmern, die Nähe würde ihm Angst machen, die Erwartungen des anderen, die Enttäuschung, die man erleben konnte, den Verlust.

»Also, dann genieß den Tag, hombre!« Inez legte ihm kurz die Hand auf die Schultern, und er spürte ihre Tatkraft, das Leben, das in ihr pulsierte.

An der Tür drehte sie sich noch einmal um. »Am nächsten Wochenende gibt's bei uns ein Fest, mit Essen und Musik. Margarita hat Geburtstag. Also such deine Tanzschuhe raus!«

Er zeigte auf seine Pantoffeln.

»Hombre, ich wette, du hast die richtigen nur versteckt«, sagte sie lachend.

»Ich überleg's mir.«

»Und bring deine Schallplatten mit.«

Er hob die Hand. »Adios!«

Wie er so dasaß, immer wieder ein Stück vom Croissant abbrach, es in den Kaffee tauchte und in den Mund steckte und dabei aufs Meer hinaussah, dachte er, dass er sich in seinem Leben nur selten entschieden hatte, er hatte immer so lange gewartet, bis das Leben die Entscheidung getroffen hatte und ihn in die eine oder andere Richtung mitriss. Sein Leben war ein langer Fluss, der sich den Weg zum Meer nicht zielstrebig gegraben hatte, sondern der von anderen Landschaften geträumt und sich unterwegs verirrt hatte und irgendwo, in unbestimmter Ferne, zu versickern drohte. Sogar jetzt, so kurz vor dem Ende, als er endlich das Meer sehen konnte, hielt irgendetwas ihn zurück. Vielleicht sollte er wieder warten, warten auf irgendetwas, das ihn mitriss.

Ein Schwarm Möwen kam über die Klippen heran, ließ sich auf den rauen Felsen, die später, in der Mittagssonne, knochenbleich schimmern würden, nieder, kaum zehn Meter von seinem Haus entfernt, große weiß-graue Vögel, die weit und lange fliegen konnten. Jetzt ruhten sie sich aus, und schon bald, auf ein mysteriöses Kommando hin, würden sie sich wieder erheben und aufs Meer hinausfliegen.

Carlos steckte sich den Rest des Croissants in den Mund. Ein Fest, hatte Inez gesagt. Er begriff nicht, warum er noch immer hier saß und atmete. Schon längst war er zu nichts mehr nütze. Ach, war er überhaupt irgendwann einmal in seinem Leben zu etwas nütze gewesen? Und als er endlich Klarheit schaffen wollte, hatte es in einer Katastrophe geendet. Nie war von Nicolas ein Vorwurf gekommen, nie eine Anschuldigung. Was hast du ihr damals erzählt? Diese Frage hatte er nie gestellt. Dabei litt Nicolas vielleicht noch mehr als er. Durch das Fenster konnte er dessen blau gestrichenes Haus sehen. Um diese Uhrzeit war Nicolas meist schon am Malen, oder er ging fischen. Dann stapfte er in seinem Ölzeug am Haus vorbei und nahm den steilen Abstieg zwischen den Felsen hinunter zum Meer.

Er wandte sich ab, und sein Blick fiel auf den alten, verstaubten Plattenspieler, der auf dem Beistelltisch neben dem Sessel stand, dessen dunkles Polster vom Sonnenlicht schon ganz verschossen war. Er hatte den Plattenspieler über die Zeiten gerettet, hatte ihn mitgeschleppt bis hierher, dabei hörte er schon lange keine Schallplatten mehr.

Carlos hätte nicht sagen können, warum, aber auf einmal bückte er sich, zog eine bestimmte Schallplatte aus dem Fach in seinem Schreibtisch, wo sie aufgereiht standen. Vorsichtig nahm er sie aus der Hülle, legte sie auf den Plattenteller und hob den Tonarm an. Die Platte begann sich zu drehen, die Lautsprecher knackten. Als der erste Gitarrenakkord erklang, flogen die Möwen auf und schwebten davon. Ein Stich fuhr ihm durchs Herz. Er zuckte zusammen, atmete hastig, nein, er wollte keine Angst haben. Der Akkord verhallte. Dann erklang ihre Stimme, und das Stechen in der Brust verwandelte sich in einen anhaltenden Schmerz. Er versuchte, tief und ruhig zu atmen. Die Sonne war inzwischen über den Horizont gestiegen, vom unteren Rand schienen Flammen ins Meer zu tropfen, er stellte sich vor, wie sie im Wasser zischend erstarrten und zu der goldenen Schicht wurden, die auf der Oberfläche trieb. Die Stimme schwoll an, drang in ihn ein, erfüllte ihn, hob ihn hoch – und zog ihn mit sich fort.

Chicago im Winter

»Wir hätten öfter herkommen sollen«, sagte Rose, »ich habe ganz vergessen, wie … wie besonders es hier ist.«

»Wenn wir begreifen, was uns wichtig ist im Leben, dann ist es meist zu spät.« Tess sah zum See hin, zu der weißen Eisfläche, die irgendwo in der Ferne unmerklich in den Himmel überging. Sie zog den Wintermantel enger um sich, die eiskalte Luft hier draußen auf der Veranda brannte ihr in der Kehle.

»Als deine Mutter und ich klein waren, haben wir geglaubt, auf der anderen Seite des Sees wäre der Rest der Welt. Europa und Russland und China …« Rose hob die Schultern unter ihrer lilafarbenen Wollstola mit den Goldfäden und ließ sie müde wieder fallen. »Was haben wir doch für seltsame Vorstellungen von der Welt, wenn wir jung sind …« Ein bitteres Lächeln flog über ihr Gesicht mit der kleinen Nase und den wachen braunen Augen.

Tess nickte nur. Sie konnte sich noch immer nicht daran gewöhnen, dass das große Haus mit dem riesigen Grundstück, das hinunterreichte bis zum Seeufer, jetzt, nachdem ihr Großvater gestorben war, zur Hälfte ihr gehörte. Er hatte es ihr und ihrer Tante Rose zu gleichen Teilen vermacht. Heute waren sie beide hergekommen, um den Nachlass durchzusehen und zu entscheiden, was sie davon behalten wollten und was weggegeben werden konnte.

Ihr Blick verlor sich in der Ferne. Aus dem weißen Nichts tauchte auf einmal eine Gestalt auf dem Eis auf, ein Mädchen mit einer weißen Wollmütze, unter der blonde Zöpfe hervorschauten. Es trug eine dicke weiße Daunenjacke und eine rote Strumpfhose, sodass es von Weitem aussah wie ein Storch, der mit staksigen Bewegungen versuchte, Pirouetten zu drehen. Ein hochgewachsener Mann mit schwarzer Wollkappe über den weißen Haaren, die Schultern leicht nach vorn gebeugt, feuerte das Mädchen vom Steg aus an.

»Kannst du auch rückwärts laufen, Tess?«

»Ich weiß nicht …!«, rief das Mädchen atemlos zurück.

»Es geht ganz leicht! Du musst es dir nur zutrauen!«

Das Mädchen zögerte kurz, dann drehte es sich vorsichtig um und begann, zuerst etwas wacklig, dann immer sicherer, Bögen zu laufen.

»Siehst du, du kannst es!«

Großvater und Enkelin, wie lange war das her?

Tess fühlte sich von einem seltsamen Sog erfasst. Wenn sie jetzt einfach losgehen würde, hinein in diese grenzenlose Weite, ohne Gepäck, ohne Erwartungen und ohne an den Rückweg zu denken … vollkommen frei … Wahrscheinlich würde sie erfrieren oder verhungern, außer … außer sie würde etwas entdecken, eine Hütte, einen Weg, ein Schiff, ein …

»Ich muss gerade daran denken, wie Dad letzte Weihnachten hier zusammen mit uns gestanden hat«, sagte Rose unvermittelt.

Tess erinnerte sich genau. Es war nicht kalt genug gewesen; auf dem See hatte sich nur eine dünne graue Eisschicht gebildet, unter der man die Fische schwimmen sehen konnte.

»Tja«, Rose schnäuzte sich leise in ihr Taschentuch, »wir wissen nie, wann es zu Ende ist, nicht wahr?« Sie zog die Wollstola enger um sich. »Ich geh wieder rein. Nicht dass ich noch eine Erkältung bekomme, die kann ich mir jetzt wirklich nicht leisten.«

»Ich komme gleich nach.«

Das Mädchen da draußen machte wieder eine Pirouette, es drehte sich schneller, immer schneller, bis es schließlich zu einem Windwirbel wurde und verschwand …

Warum war ihre Mutter so früh gestorben, warum hatte sie, Tess, ihren Vater nie kennengelernt? Sie hatte so viele Fragen. Jetzt war nur noch Rose da, die ihr Antworten geben konnte, aber ihre Tante war auffallend wortkarg, wenn es um die Vergangenheit ging. Tess atmete noch einmal die kalte Luft ein, dann ging auch sie hinein.

»Ich frage mich, was wir mit den ganzen Sachen machen sollen«, sagte Rose, und Tess folgte ihrem Blick, der über die alte Anrichte und die Vitrine glitt, auf der die Sammlung von Porzellanfiguren aufgereiht war, eine Leidenschaft ihrer Großmutter. Hier ein Figürchen aus China, da eines aus Nymphenburg, dort eines aus Meißen, hier ein filigraner Hirsch, da eine Frau mit Sonnenschirmchen – eine Miniaturwelt, in der es weder Alter noch Veränderung gab. Als die Demenz schon weit fortgeschritten war, hatte ihre Großmutter diese stummen und starren Figuren stundenlang betrachtet und sich leise mit ihnen unterhalten. Inzwischen lebte sie in einem Pflegeheim, eingesponnen in ihre eigene kleine Welt, zu der niemand einen Zugang fand. Als sie ihr die Nachricht von Großvaters Tod brachten, reagierte sie nicht einmal mehr.

Sanft strich Rose über die Wollpullis, die ihr Vater so gern getragen hatte. Sie hatten sie auf dem Esstisch gestapelt. Maggie, die frühere Haushaltshilfe, würde später vorbeikommen und sie abholen, um sie in die Kleidersammlung zu geben. »Ich weiß, er war älter, als die meisten Menschen werden, aber …« In ihrem Blick lag etwas Hoffnungsloses. »… aber er kam mir vor, als würde er niemals sterben.« Tränen traten ihr in die Augen, und sie wandte sich ab.

Tess verstand, was ihre Tante meinte. Die Gesundheit ihres Großvaters schien so stabil und zuverlässig zu sein wie die Fahrräder, die er über so viele Jahre in seiner Firma produziert hatte. Tess hatte schon als Kind immer das neueste Modell bekommen. Dann war sie mit ihrem Großvater durch die Gegend gefahren, vorbei an endlos sich ausdehnenden Getreidefeldern, an Silos und Farmhäusern. Sie liebte das Gefühl, nirgendwo ankommen, nirgendwo umkehren zu müssen. Ihr Großvater hatte immer Rundwege ausgesucht, und so hatte sie nie gemerkt, wann sie sich auf dem Rückweg befanden. Plötzlich standen sie wieder vor dem Haus am See.

Rose räusperte sich und drehte sich wieder um, ein gezwungenes Lächeln auf dem Gesicht. »Ich bin gespannt, ob Norman sich noch mal meldet.«

»Ganz bestimmt. Der gibt so schnell nicht auf.«

Das Grundstück mit dem Haus direkt am See war Millionen wert. Norman Cunningham, einer der erfolgreichsten Makler der Stadt, hatte Rose schon einen Tag nach der Beerdigung in ihrem Büro angerufen, sein Beileid ausgesprochen und viel zu beiläufig gefragt, was mit dem Haus geschehen werde. Tess und Rose waren sich jedoch schnell einig gewesen, dass sie sich nicht trennen wollten von diesem Haus, in dem sie beide, wenn auch zu unterschiedlichen Zeiten, so viele Jahre verbracht hatten.

»Das fürchte ich auch.« Wahllos zog Rose eine Schublade des schweren Wohnzimmerschranks auf. »Willst du das Tafelsilber? Ich überlasse es dir gern.«

»Adrian wird sich freuen.« Tess lächelte ironisch. Wenn sie den alten Kasten schon nicht verkaufen wollten, könnte sie wenigstens das Tafelsilber mitbringen, hatte Adrian gestern Abend zu ihr gesagt.

Rose hob die fein gezupften Augenbrauen. »Höre ich da einen Unterton?«

Tess schüttelte den Kopf. »Wie kommst du denn darauf?« Adrian … Nein, sie würde ihrer Tante nichts von den Streitereien erzählen. Inzwischen entzündeten sich die hässlichen Auseinandersetzungen an unbedeutenden Kleinigkeiten, an einzelnen Worten, an einem falschen Ton. Rose würde Adrian verteidigen, ganz sicher, sie himmelte ihn geradezu an, vielleicht weil sie selbst gern einen Sohn oder wenigstens einen Schwiegersohn gehabt hätte.

Tess blickte zu dem düsteren Gemälde über der Anrichte. Es zeigte einen dunklen Waldweg, an dessen Rändern niedrige Büsche und ein paar Blumen wuchsen. Wie oft hatte sie als Kind dieses Bild betrachtet und ihren Großvater immer wieder gefragt, wohin der Weg führte. Das weißt nur du allein, hatte er geantwortet und geheimnisvoll gelächelt.

»Und was ist mit Phil? Vielleicht möchte er ja das Tafelsilber …«

Rose winkte ab. »Hör mir auf mit Phil! Jeden Tag hält er mir vor, dass ich für den Bürgermeisterposten kandidiere. Und immer diese ironischen Spitzen! Gestern hat er gesagt, er ist ganz beunruhigt, weil ihm das Gesicht auf den Plakaten irgendwie bekannt vorkommt, aber er kann sich beim besten Willen nicht mehr erinnern, zu wem es gehört.«

Tess lachte laut auf.

»Ich finde das überhaupt nicht witzig!«

Kopfschüttelnd wandte sie sich ab und betrachtete die gerahmten Fotos auf dem Kaminsims.

»Entschuldige.« Tess stellte sich neben sie und legte ihr den Arm um die Schulter.

Eine Zeit lang standen sie schweigend da und betrachteten die Fotos. Ihre Großmutter und ihr Großvater bei der Eröffnung seiner Firma 1967. Beide hatten so ernste Gesichter, als trauten sie der Zukunft noch nicht so recht.

Auf einem anderen war ihr Großvater allein, auf einem Rennrad. 1972 stand auf der Rückseite. Siegesgewiss lachte er in die Kamera. Selbst im Alter sah er noch attraktiv aus, mit seiner drahtigen Figur, den vollen, gewellten Haaren und dem sonnenverbrannten Gesicht. Die Narbe auf der Wange sah man kaum. Aber Tess konnte sich daran erinnern, wie sie sie als Kind ganz vorsichtig berühren durfte und dass sie wissen wollte, ob sie noch wehtat. Da hatte er lachend den Kopf geschüttelt und auf ihr Knie gezeigt, wo eine feine, leicht gebogene Linie verlief. Im Sommer war sie zu hastig die Treppe hinaufgelaufen und mit dem Knie auf die Kante einer Stufe geschlagen. Die da tut doch auch nicht mehr weh, oder?, hatte er gesagt.

Irgendwann nahm Rose eines der Fotos in die Hand. »Sieh mal. Mum hat deine Mutter und mich immer gleich angezogen, als ob wir Zwillinge wären. Dabei war Paula doch vier Jahre älter.«

Tess nickte. Wie oft hatte sie das Bild betrachtet! Rose und Paula. Ihre Tante und ihre Mutter. Beide Mädchen trugen einen dunkelblauen Faltenrock, eine weiße Bluse und hatten die gleiche Frisur: Eine große Spange hielt die blonden Haare aus der hohen Stirn.

Jedes Mal hatte Tess sich im Gesicht ihrer Mutter gesucht. Sie hatten die gleichen kastanienbraunen Augen, und ihr Haar hatte eine ähnliche Farbe. Das Blond ihrer Mutter war etwas heller, wegen der Sonne vielleicht, Tess' Haar ging mehr ins Honigblonde. Ansonsten konnte Tess keine Ähnlichkeit entdecken. Ihre Mutter hatte ein ausgeprägtes Kinn, genau wie Tess' Großmutter, und die Wangenknochen waren kräftiger und breiter. Man sieht deutlich, was für ein Dickkopf deine Mutter war, hatte es immer geheißen.

Tess hatte immer wieder versucht, aus den wenigen Details, in denen sie und ihre Mutter sich unterschieden, das Gesicht ihres Vaters aufzuspüren. Während die Haut ihrer Mutter schnell in der Sonne bräunte, war ihre empfindlich und reagierte sofort mit Sonnenbrand. War ihr Vater auch so hellhäutig? Und hatte sie die feinen Züge, den zurückhaltenden Blick und den manchmal ein wenig zu verschlossen wirkenden Mund auch von ihm? Nie hatte sie glauben können, dass angeblich kein Bild von ihrem Vater existierte.

Roses Mundwinkel zuckten, als wollte sie lächeln. »Weißt du, Tess, ich komme einfach nicht darüber hinweg, dass deine Mutter und ich …«

Wieder die alten Geschichten: *Früher waren wir unzertrennlich … wenn deine Mutter nur nicht so halsstarrig gewesen wäre …*

»… früher waren wir unzertrennlich.« Rose schüttelte den Kopf. »Wenn deine Mutter nur nicht so halsstarrig gewesen wäre! Sie war ein furchtbarer Dickschädel.« Sie hielt Tess das Bild hin. »Nimm du's. Ich hab genug andere.«

Tess wollte schon erwidern, dass auch sie genug Fotos besaß, aber sie schwieg. Manchmal hasste sie all die alten Bilder, die Fotoalben, die sie als Kind vor dem Schlafengehen so oft durchgeblättert hatte. Am nächsten Morgen hatte sie nur noch stärker gespürt, was sie verloren hatte. Wortlos nahm sie das Bild und legte es in den Karton zu den beiden Vasen aus blauem Muranoglas und dem »Sonnenanbeter«, einer kleinen Figur aus schwarzem Marmor, die im Arbeitszimmer ihres Großvaters auf der Fensterbank gestanden hatte.

Rose ging zu der schlichten Kommode neben dem Kamin und öffnete die oberste Schublade.

»Voll bis zum Rand.« Sie stöhnte auf. »Ich weiß gar nicht, wie wir das alles schaffen sollen.« Sie nahm ein Buch heraus und schlug es auf. Ein Zettel fiel zu Boden.

»Ach, Rose, das bringt doch nichts. Wir müssen systematisch vorgehen, sonst werden wir nie fertig.«

Rose schien gar nicht zuzuhören. Sie hob den Zettel auf und musterte ihn, dann hielt sie ihn Tess hin. »Hier. Das scheint von deinem Großvater zu sein. Lies du, es ist in Deutsch, ich bin zu lange aus der Übung.«

Tess hatte mit ihren Großeltern oft deutsch gesprochen, und ihr Großvater hatte ihr schon früh deutsche Bücher zum Lesen gegeben. »Wenn deine Mutter sich nicht darum kümmert, dass du zweisprachig aufwächst, dann müssen wir es tun«, hatte er gesagt.

Tess nahm den Zettel. Er war schon ganz vergilbt. Von ihrem Großvater? Was sollte das sein? Ein Gedicht? Ihr Großvater hatte früher gedichtet? Sie überflog die handgeschriebenen Zeilen. Dann versuchte sie beim Lesen, den Text für Rose gleich zu übersetzen:

Ich bin der Mond
Fado, gib mir mein Leben wieder!
Ich höre und sehe nur nachts, denn ich bin der Mond
Wenn es dunkel ist und ich bin das einzige Licht
Ich bin der Mond
Fado, gib mir mein Leben wieder!

Nun also, kein Fado mehr
Ist das mein Leben, jetzt?
Was für ein Leben, ich frage dich?
Überall ist Licht, doch ich sehe nichts,
überall sind Menschen, doch ich verstehe sie nicht
Fado, gib mir mein Leben wieder!

Lieber den Schmerz und die Einsamkeit
Du hast mein Herz berührt

Fado, Fado, du erst
hast mir mein Leben gegeben,
meine Bestimmung, für die ich lebe –
und eines Tages sterbe.

LISSABON, 1940, HANS SCHEUGENPFLUG

»Oje, das klingt aber kitschig!«, sagte Rose und stöhnte. »Wir können froh sein, dass er nicht Dichter geworden ist, sondern Unternehmer. Mit diesem Kitsch hätte er es auch ganz bestimmt nicht in den Stadtrat geschafft.«

»Findest du es wirklich so kitschig?« Tess drehte den Zettel um, an dessen ausgefransten Rändern dunkle Flecken waren. »Ich finde es eigentlich ganz romantisch …«

»Romantisch?« Rose schüttelte den Kopf.

»Ja, er war doch sonst immer so … so nüchtern.«

Rose zuckte die Schultern. Ja, für Rose musste alles immer sachlich und ernst sein.

Auf der Rückseite standen, kaum noch lesbar, in einer fremden Sprache ein paar Notizen. Nur das Wort *vinho* konnte Tess entziffern. Das war doch Portugiesisch, oder?

»Hans Scheugenpflug«, las Tess noch einmal. »So hieß er doch früher …«

»Ja«, Rose nickte. »Das war sein ursprünglicher Name. Erst nach seiner Flucht aus Nazideutschland hat er sich *Plough* genannt.«

Tess überflog die Zeilen noch einmal. Ihr Großvater hatte sich damals, als er noch *Hans Scheugenpflug* hieß, wirklich als Dichter versucht! Sie konnte es kaum glauben.

Rose seufzte. »Trotzdem, es ist bestimmt bitter, wenn man sich eingestehen muss, dass man nicht gut genug ist.« Rose legte das Buch zurück und schloss die Schublade wieder.

»Hat er das selbst gesagt?«

Rose schüttelte den Kopf. »Er hat es irgendwann mal angedeutet. Aber ich hatte keine Ahnung, was er damit meinte. Vielleicht war es eine alte Wunde, etwas, woran man nicht rühren durfte …« Rose blickte auf den Zettel, den Tess immer noch in der Hand hielt. »Fado, ist das nicht irgendwas Portugiesisches? So was mit Sehnsucht und unerfüllter Liebe?« Sie verdrehte die Augen.

Tess nickte nur. Ein Bekannter von ihr war vor zwei Jahren in Portugal gewesen und hatte von dieser Musik geschwärmt. Sie treibe einem die Tränen in die Augen. Lissabon. Ausgerechnet.

»Kann ich den Zettel behalten?«, fragte sie.

»Natürlich.«

Tess legte ihn vorsichtig zu den anderen Sachen in ihrer Kiste.

»Ich glaube«, sagte sie, »Großvater war viel romantischer, als wir alle dachten. Wenn meine Mutter das gewusst hätte, hätte sie bestimmt ein anderes Bild von ihm gehabt, und sie hätten nicht so oft miteinander gestritten.« An die lautstarken Streits zwischen den beiden konnte sie sich noch gut erinnern, auch wenn sie erst dreizehn gewesen war.

»Warum hast *du* eigentlich nie Streit gehabt mit ihm, Rose?«

»Paula war oft unbesonnen, eine richtige Rebellin. Davon konnte es nur eine in der Familie geben. Ich musste mir eine andere Rolle suchen.«

»Die Besonnene, die Mustertochter, meinst du wohl.«

Über Roses Gesicht flog ein schmerzliches Lächeln. In diesem Augenblick klingelte ihr Handy, und Tess ging in die Küche. Es fiel ihr schwer, zu glauben, dass ihr Großvater früher gedichtet hatte. Er war doch immer so nüchtern gewesen, so klar und pragmatisch, später dann wortkarg und zurückgezogen, und Zärtlichkeiten zwischen ihren Großeltern hatte sie nie bemerkt. Aber was wusste sie denn schon von ihnen, was wusste man überhaupt von anderen Menschen? Was wusste sie von ihrer Mutter und ihrem Vater? Nein, nicht schon wieder dieses Thema, sie würde ihre Tante nicht länger um Anekdoten anbetteln, und ihre Großeltern konnte sie nun nicht mehr fragen.

Sie ließ Wasser in den Kocher laufen. In einer Blechdose fand sie mehrere Beutel Pfefferminztee.

»Machst du mir auch einen?« Rose kam herein. Sie nagte an der Unterlippe, und auf ihrer Stirn hatten sich tiefe Falten gebildet.

»Probleme?« Tess hängte die Teebeutel in zwei Becher und goss Wasser auf.

Rose antwortete nicht, sondern starrte auf die Mikrowelle, als wäre die ein Fernseher, in dem gerade Nachrichten liefen.

Gedankenversunken griff sie nach einem der Becher und zupfte am Faden des Beutels. Ihre perlmuttfarben lackierten Nägel waren makellos, der breite Goldring wirkte schlicht und dennoch auffallend, die perfekte Frau, dachte Tess und verglich sie mit ihrer Mutter, wieder einmal, die am liebsten verwaschene Jeans, bequeme Pullis und Ethnoschmuck getragen und sich nur ganz wenig geschminkt hatte. Wie wäre ihr Leben verlaufen, wenn sie Roses Tochter wäre?

»Leon Woolfe, den kennst du doch, oder?«, fragte Rose unvermittelt.

Tess nickte. Sie sah dessen feistes, selbstzufriedenes Gesicht vor sich. Ein unsympathischer Kerl. Woolfe war bei der letzten Bürgermeisterwahl nur knapp gescheitert. Gekränkt hatte er damals erklärt, er würde sich für immer aus der Politik zurückziehen.

»Er kandidiert wieder!« Rose zog den Teebeutel aus dem Becher und warf ihn in die Spüle. »Das ist einfach … einfach unerhört, unglaublich! Heimlich, still und leise hat er seine Kandidatur vorbereitet!« Auf Roses Gesicht flammten rote Flecken auf, ihre Lippen waren jetzt so dünn wie zwei Striche. Sie starrte in ihren Teebecher. Der Sieg, der Rose fast sicher war, geriet auf einmal in Gefahr. »Aber so leicht werde ich es diesem alten Widerling nicht machen …« Sie ging in der kleinen Küche auf und ab, nachdenklich nippte sie immer wieder an ihrem Tee. Auf einmal blieb sie stehen und sah zu Tess. »Sag mal, warum fliegst du nicht nach Lissabon und recherchierst ein bisschen in unserer Familiengeschichte?«

Tess schaute sie erstaunt an. Bevor sie etwas erwidern konnte, hob Rose die Hand. »Ich weiß, das wäre nicht leicht für dich.

Lissabon, die Stadt, in der deine Mutter gestorben ist …« Sie sah aus dem Fenster, ihr Blick verlor sich im Nirgendwo.

»Ehrlich, ich weiß nicht …«

Rose wandte sich um. »Du könntest etwas für mich schreiben, eine kleine Familiengeschichte sozusagen, hm?«

Warum? Damit du Kapital schlagen kannst aus deiner Biografie, wenn du die Wahl gewonnen hast? Tochter eines aufrechten Flüchtlings aus Nazideutschland, der hier eine neue Heimat gefunden hat und der sich zu einem angesehenen Bürger hochgearbeitet hat … Tess überlegte, wie sie am besten den Vorschlag ablehnen könnte, ohne Rose zu verletzen. Der Tee schmeckte auf einmal schal, nach muffig riechendem Pflegeheim. Sie hatte vergessen, dass Pfefferminztee sie immer an die Besuche bei ihrer Großmutter erinnerte.

»Menschen brauchen Geschichten, aus denen sie Hoffnung schöpfen können für ihr eigenes Leben«, sagte Rose und sah wieder zum Fenster hinaus.

Sie müsste jetzt nur Ja sagen, und Rose würde wieder lächeln. Sie müsste jetzt nur Ja sagen, dann könnte sie beweisen, dass sie nicht kompliziert war, wie Adrian immer behauptete, dass sie sehr wohl in der Lage war, Verantwortung zu übernehmen und Erwartungen zu erfüllen. Sie sah auf die Uhr, sie hatten noch einiges zu tun, und sie wollte nicht zu spät nach Hause fahren.

»Ich weiß noch nicht, Rose.«

Es war Abend geworden, als sie endlich die persönlichen Sachen durchgesehen hatten. Sie luden die Kartons mit den Erinnerungsstücken, die sie behalten wollten, in ihre Autos und verabschiedeten sich. Rose schlug den Wollschal enger um den Hals, gab Tess einen Kuss auf die Wange und sah sie eindringlich an. Leise brummten die Motoren der beiden Geländewagen. Tess spürte, wie ihr die eisige Kälte durch den Mantel drang. Irgendetwas stand zwischen ihnen, das spürte sie, etwas Unausgesprochenes, etwas, an das sie beide nicht zu rühren wagten, wie ein alter Pfosten, den man nicht berührte, weil er längst morsch war, von dem man aber immer noch glaubte, dass er das Dach stützen würde.

»Eine Familie muss zusammenhalten, Tess«, sagte Rose eindringlich. »Darum habe ich mich immer bemüht, besonders als deine Mutter anfing, sich gegen alles und jeden aufzulehnen …«

»Ich weiß, Rose!« Tess hielt es nicht mehr aus, wie oft hatte sie sich diese Rechtfertigung, die zugleich Anschuldigung war, schon anhören müssen. »Tut mir leid, aber ich muss los, Adrian wartet.«

»Fahr vorsichtig!«, rief Rose, als Tess einstieg.

Bestimmt war ihre Tante jetzt enttäuscht. Im Rückspiegel sah Tess, wie sie im Schnee dastand und winkte, und sie dachte an die endlose weiße Eisfläche, über die sie laufen könnte, weg von allen Erinnerungen, weg von allen Verpflichtungen und Erwartungen der anderen.

Der See ist ein schwarzer Spiegel. Wie tausend Finger strecken Mangroven ihre Wurzeln in die unsichtbare Tiefe. Sie weiß, darin zu baden ist gefährlich, aber sie kann nicht anders. Ihr Körper ist schneeweiß, immer tiefer taucht sie ein. Ihre Füße versinken in klebrigem, weichem Schlamm, wie Schallwellen breiten sich Ringe um sie herum auf dem Wasser aus. Vorsichtig schwimmt sie ein paar Züge. Das Wasser ist genauso warm wie ihr Körper, sodass sie es gar nicht spürt. Als sie wieder hinaussteigt, läuft es nicht an ihr ab, es bleibt als gelblicher Schleim an ihr haften. Sie erschrickt, hastet unter eine Dusche, die plötzlich da ist, dreht das heiße Wasser auf und spült den Schleim ab. Erleichtert atmet sie auf. Aber als sie sich abtrocknet, bricht ihre Haut auf, in dicken Krusten fällt sie von ihr ab, sie will schreien, doch da entdeckt sie unter der abgebrochenen Kruste eine zarte weiße Haut.

Tess fuhr hoch. Sie brauchte ein paar Augenblicke, bis sie begriff, dass sie Tess Plough war, Journalistin im Ressort »Lifestyle und Reiseberichte« bei *Women's,* verlobt mit Adrian Torrelli, der neben ihr lag und tief und fest schlief.

Gestern war er noch später nach Hause gekommen als sonst. Ein Meeting. Natürlich. Warum dachte sie so oft, dass er sie belog?

»Es ist nichts, Honey, das bildest du dir ein«, hatte er erwidert, als sie ihn einmal darauf ansprach, aber genau diese Antwort hatte sie noch mehr verunsichert.

Durch die Vorhänge fiel ein grauer Schimmer. Sie stand leise auf, tastete auf dem Boden nach ihren warmen Socken, schlich in ihr Arbeitszimmer und ließ sich in den Sessel fallen. Sie zog die Socken an, legte sich eine warme Decke über und sah durchs Fenster in die Nacht hinaus. Vom zehnten Stock aus wirkten die Häuserblocks gegenüber gar nicht mehr so hoch, und jetzt, mit den wenigen erleuchteten Fenstern und den Schneerändern auf den Vorsprüngen und Dächern sahen sie aus wie ein riesiger Adventskalender Anfang Dezember. Ihre Großmutter hatte ihr früher jedes Jahr einen Adventskalender geschenkt. Spätestens am zehnten Dezember hatte Tess alle Türchen geöffnet, die Schokolade gegessen und sie dann wieder verschlossen. Sie musste lächeln, als sie daran dachte, seltsam, woran wir uns erinnern.

Zwischen zwei Häuserblocks konnte sie ein kurzes Stück der Hochbahn erkennen, die sich wie eine Lichterkette von links nach rechts langsam bewegte. Wenn sie nicht schlafen konnte, saß sie oft da. Lautlos schwebten die Autos unter ihr vorbei, schalteten Ampeln um, gingen Lichter an und aus. Bis hier herauf, hinter ihre Glasscheibe, drangen keine Schreie, keine Flüche, keine Gerüche, und die wenigen Menschen waren von hier oben aus verschwindend klein. Alles schien nach irgendeinem

Plan zu funktionieren, auf beruhigende Weise war es geordnet, wie in einem Spiel, in dem sich die Spieler an die Regeln hielten.

Sie schaltete das Licht an. Vor ihr auf dem Schreibtisch standen der Sonnenanbeter und das gerahmte Foto mit ihrer Mutter und ihrer Tante als Kinder. Auf der Unterlage lag der Fado-Text, Zeugnis eines ungelebten Traums, ein Stück Papier mit einer verblassenden Handschrift.

Dass ihr Großvater eine solche Begeisterung für den Fado entwickelt hatte … Später hatte er nie darüber gesprochen. Auch ihre Großmutter hatte das nie erwähnt, sie hatte gern Operetten und Opern gehört, aber Fado? Tess hatte ihr in den letzten Jahren immer wieder mal eine CD geschenkt, in der Hoffnung, die Musik würde ihr helfen, sich wieder an das Leben zu erinnern. Kurze Augenblicke lang hatte sich ein Hauch von kindlicher Überraschung und Freude auf das Gesicht ihrer Großmutter gelegt, als hätte Tess eine Spieldose geöffnet. Doch dann war es wieder in eine ängstliche Starre zurückgeglitten. Ihr Großvater hatte nur selten Musik gehört, sie schien ihn nicht zu interessieren, vielleicht hätte sie zu viele schmerzhafte Erinnerungen in ihm geweckt.

»Was machst du denn da?«

Sie fuhr herum. Adrian stand gähnend in der Tür, das weite, verwaschene T-Shirt mit der verblassten Schrift seiner Highschool, das er so liebte, über den Pyjamashorts. Schlank war er geworden. Als sie ihn kennengelernt hatte, war er kräftig gewesen und er hatte andauernd Hunger gehabt. Am liebsten aß er Hamburger und French Fries. Doch seit er Manager in einem expandierenden Sportunternehmen war, gab er sich bewusst sportlich und dynamisch. Tess war sich in letzter Zeit nicht sicher, ob ihr der alte Adrian nicht lieber gewesen war, der, der sich nicht immer so glatt und weltgewandt gab.

Sie blickte wieder aus dem Fenster. »Ich weiß nicht, ob ich nach Lissabon fliegen soll.«

»Warum denn nicht? Soll eine interessante Stadt sein.«

Sie seufzte. »Meine Mutter ist in Lissabon gestorben«, erinnerte sie ihn.

»Aber das ist doch schon ziemlich lange her. Vielleicht ist es gar nicht schlecht, wenn du dich endlich mal damit auseinandersetzt.«

… wenn du dich endlich mal damit auseinandersetzt, wiederholte sie im Stillen.

Er gähnte wieder. »Außerdem könntest du dir einen Namen in der Redaktion machen.«

Sie blickte zu ihm. »Ich wüsste gar nicht, wo ich anfangen sollte.«

Er hob die Augenbrauen und schob die Unterlippe vor, sie kannte seine Art, ihr zu demonstrieren, wie einfach die Lösung wäre. Ja, für ihn war immer alles so viel einfacher als für sie.

»Warum besuchst du nicht mal wieder deine Großmutter und fragst sie?«

»Du weißt genau, dass man nicht mehr mit ihr reden kann. Außerdem fühle ich mich von Rose benutzt.«

»Was meinst du mit *benutzt?*«

»Sie will sich ein gutes Image verpassen, wenn sie die Wahl gewinnt. Und jetzt will sie die Geschichte ihrer Eltern dafür nutzen. Flucht aus Nazideutschland, du weißt schon. Ich soll an ihrer Legende basteln.«

Er lachte. »Tess, also wirklich, mach es doch nicht immer so kompliziert. Fahr einfach hin, und dann siehst du schon, wie es läuft …« Er verschränkte die Arme vor der Brust. »Und jetzt komm wieder ins Bett, es ist viel zu kalt hier. Außerdem müssen wir in drei Stunden aufstehen.«

»Ich kann jetzt nicht schlafen.«

Adrian stöhnte auf. »Was gibt es denn da zu grübeln, Tess? Lissabon … Jeder würde sich darauf freuen. Nur du nicht.«

»Du verstehst mich nicht.«

»Ach, Tess. Das ist wieder mal typisch für dich. Wenn es keine Probleme gibt, dann erfindest du welche.«

»Das ist nicht fair! Ich spüre, dass da ein Widerstand ist in mir, und du …«

»Widerstand! Tess, ich spüre jeden Morgen einen Widerstand, wenn ich aufstehen muss, und jeder in Chicago, der genauso wie ich im Stau steht oder der sich in eine verdammte U-Bahn quetscht, der spürt auch einen verdammten Widerstand, weil er nämlich viel lieber zu Hause in seinem Bett läge oder in Florida am Strand oder was weiß ich tun würde!« Er fuhr sich durchs Haar, er war ungeduldig, wollte ins Bett, und das machte sie wütend.

»Du brauchst nicht so oft *verdammt* zu sagen.«

»Ich kann so oft *verdammt* sagen, wie ich will!«

Seine Worte verhallten in der Stille. Was verbindet uns eigentlich miteinander?, fragte sie sich. Es ist aus, könnte sie sagen, jetzt, in diesem Augenblick, und sie wäre befreit, sie könnte ein neues Leben beginnen.

Verärgert winkte er ab. »Mach, was du willst, bleib hier und grübele darüber nach, von wem du dich benutzt fühlst. Und wenn du irgendwann anfängst, auch mich dazuzurechnen, dann …« Er setzte dieses falsche Lächeln auf, das sie nicht mochte. »Ich jedenfalls gehe jetzt ins Bett, ich brauche meinen Schlaf.« Er wandte sich um.

Halt, warte!, wollte sie rufen, wollte alles wiedergutmachen.

»Warum nimmst du mich nicht ernst?«

Langsam, sehr langsam drehte er sich wieder um.

»Tess, ich nehme dich ernst. So ernst, dass mir manchmal sogar das Lachen vergeht.« Er schüttelte den Kopf und ging zurück ins Schlafzimmer.

Sie hätte hinter ihm herlaufen können, sich weiter mit ihm streiten, endlos und um jedes Wort, bis einer von ihnen aufgab, erschöpft, wütend, frustriert.

Seine Worte hatten sie getroffen, und das Echo verhallte nicht.

Die Kälte kroch an ihr hoch, drang in sie ein, und sie stellte sich vor, wie es wäre, wenn sie jetzt einfach sitzen bliebe und wartete, bis sie erfroren war. Früher, als Kind, wenn ihre Mutter wieder einmal wegen irgendwelcher Reportagen unterwegs war oder wenn sie stundenlang in der Dunkelkammer ihre Filme entwickelte und abends ausging, hatte Tess oft in ihrem kalten Zimmer gesessen, auf dem Boden, und hatte versucht, die Luft anzuhalten. Wenn sie es lange genug schaffte, dann würde sie sterben, und dann würde ihre Mutter begreifen, wie allein sie sich oft gefühlt hatte, aber dann wäre es zu spät. Irgendwann hatte sie sich ins Bett gelegt oder vor den Fernseher gesetzt. Und wenn ihre Mutter dann zurückkehrte von einer ihrer Reisen, hatte sie ihr immer eine Überraschung mitgebracht: eine bestickte Tasche, einen Armreif, eine Schatulle … Tess hatte alles aufbewahrt.

Als sie spürte, dass sie zu zittern begann, stand sie auf, klappte die Couch hoch und nahm Laken und Decke aus dem Bettkasten. Sie legte sich hin, zog die Decke bis zum Kinn und starrte in das graue Viereck des Fensters.

Ihr Leben kam ihr so leer vor. Nur sie selbst würde es füllen können. Aber womit? Natürlich, es gab so vieles, was sie tun könnte, bewegende Reportagen schreiben, sich für soziale Projekte engagieren, heiraten, Kinder kriegen – aber immer, wenn sie sich für eine dieser Möglichkeiten entscheiden wollte, fanden sich plötzlich tausend Gründe, die dagegensprachen. Sie war wie gefangen in sich selbst, das spürte sie, aber sie wusste nicht, warum, und sie wusste nicht, wie sie sich befreien konnte. Von den wenigen hellen Fenstern im Haus auf der anderen Straßenseite wurde eines dunkel.

Vielleicht sollte sie wirklich ihre Großmutter besuchen, auch wenn sie sich sicher war, dass die sich an gar nichts mehr erinnern würde. Warum flog sie nicht einfach nach Lissabon? Nur weil ihre Mutter dort ums Leben gekommen war? Weil sie sich nicht einspannen lassen wollte von Rose? War das wirklich so wichtig? Suchte sie nicht schon wieder nach Gründen, keine Entscheidung zu treffen? Die Geschichte ihrer Großeltern war doch auch ohne diesen Hintergrund interessant. Vielleicht würde sie ja nach so vielen Jahren gar nichts mehr in Erfahrung bringen. Aber sie hätte es versucht. Sie hätte endlich eine Entscheidung getroffen. Und sie hätte Abstand zu Adrian und zu ihrem gewohnten Leben, sie könnte eine Lifestyle-Geschichte schreiben über die Lissabonner Szene. Ihre Gedanken woben immer längere Fäden, die sich schließlich hoffnungslos verhedderten.

ELEONORE STRICH ÜBER IHR GEWELLTES WEISSES HAAR. Sie stand im Bademantel am Fenster und blickte hinaus in die Schneelandschaft. Manchmal werden sie klar wie Glas, die Bilder aus ihrem Leben. So wie in diesem Augenblick: Zuerst sind sie schwarz-weiß, dann glimmen sie auf wie Kerzen und nehmen Farben an, Geräusche steigen auf, und dann beginnen die Menschen und die Autos, die Züge und die Tiere auf diesen Bildern sich zu regen, bis Eleonore schließlich sich selbst dort entdeckt.

Es schneit. Dicke Schneeflocken schweben vom Himmel wie weiche weiße Blütenblätter.

Aber wo ist der See vor dem Haus? Und überhaupt, ist das Zimmer nicht größer? Sie dreht sich um, blickt auf das schmale Bett, den Fernseher, die beiden Sessel am Tisch, auf dem eine Vase mit bunten Blumen steht. Irgendetwas stimmt nicht. Das Wohnzimmer war doch viel, viel größer. Natürlich! Es hatte sogar einen Kamin, sie erinnert sich an die gelben Flammen und an das knackende Holz. Und da war ein Schatten, nein, ein Mann, der sich hinkniete und Scheite nachlegte. Sie selbst hatte den Telefonhörer in der Hand. Eine Stimme sagte etwas Schreckliches, was, das hat sie vergessen. Plötzlich stand der Mann auf, wandte sich ihr zu, doch er hatte kein Gesicht, oder er hatte eines, aber sie konnte es nicht erkennen. Sie ließ den Hörer fallen.

Etwas zerreißt in ihrer Erinnerung. Ein Bild, ein Foto, sie will die beiden Teile wieder zusammenfügen, aber es will ihr nicht gelingen, so sehr sie sich auch anstrengt, die Teile stoßen nie exakt aneinander, immer klafft ein Spalt …

»Eleonore! Ist es nicht schön draußen?«

Die Bilder gefrieren, verstummen, verblassen, dann sind sie weg, hineingerutscht in den Spalt.

»Woran haben Sie gerade gedacht, Eleonore?« Der Engel ist ins Zimmer geflogen.

»An meine Tochter.« Im Echo ist es nur noch ein Laut. Dotter? Otter?

»An Rose oder an Paula?«

Sie will nett zu ihrem Engel sein, aber, um Himmels willen, wer ist *Paula?*

Eigenartig verworren ist alles in ihrem Kopf. Wie heißt sie? Paula? Anna? Teresa? Rosemary? Barbara? Eleonore sieht auf. Wer ist diese Frau? Ihr blondes Haar glänzt schön, gold, bronzegold, honiggold.

»Tess, Grandma, ich bin Tess, deine Enkelin«, sagt die Frau.

Ja, ja, Tess also, wem sie auch immer gehört, sie ist doch kein Hund? Ein Lichtblitz. Die schmutzigen Straßen und das singende Hündchen. Hat die Frau, diese Tess, nicht *Lissabon* gesagt?

»Du erinnerst dich doch noch an Lissabon, nicht wahr, Grandma?«

»Du musst das singende Hündchen sehen! Es sitzt auf einem kleinen Kästchen, wie auf einer Bühne, und der Mann hockt dahinter auf dem Boden und spielt Quetschkommode! Hahaha! Und das Hündchen so klein, hat ein rotes Halsband und ein Kleidchen fein und hebt das Schnäuzchen in die Luft, das Schwänzchen in die Höh' und singt! Uuuh…!« Die Melodie hallt im Kopf, sie könnte sie singen …, aber diese Frau da mit dem bronzeblonden Haar sieht sie böse an.

»Grandma?«

»Ja, ja, ja, Paula …«

»Ich bin Tess. Paula ist tot.«

»Tot?« Tot, mausetot, mundtot?

»Ja, schon seit siebzehn Jahren. Ich bin ihre Tochter.«

»So so? Aha.« Wer ist sie? Die Tochter von wem? Was macht sie hier? Was macht diese Person hier? Sie will mich bestehlen!

»Gehen Sie! Sonst rufe ich den Abschleppwagen!«

»Beruhige dich doch, Grandma!«

»Fassen Sie mich nicht an, die Feuerwehr, es brennt, es brennt im Gebälk!«

Die Person zuckt zurück. Endlich, die Tür geht auf, und ihr Engel kommt! Ganz weiß leuchtet ihr Engel, seine Flügel hat er hinter dem Rücken versteckt, einmal hat sie sie gesehen, als Wölbung unter dem weißen Kleid.

»Eleonore, das ist doch Ihre Enkelin!« Die Stimme des Engels. Der Engel hat immer recht, der Engel ist immer ehrlich, er meint es gut mit ihr. Und manchmal bringt er Schokoladenpudding mit, direkt aus dem Himmel.

»Meine Enkelin?«

»Aber ja! Tess wollte Ihnen sagen, dass sie nach Lissabon fliegt, Sie erinnern sich doch noch, Eleonore, dass Sie mit Ihrem Mann damals eine Zeit lang dort waren?«

Die raue Wolldecke, der blinde Spiegel, oh ja, das weiß sie alles noch. Pfui, die Tauben. Aber was macht diese Person mit dem Goldhaar dort?

»Warum?«, bringt sie hervor.

Die Person kommt näher, beugt sich zu ihr, sie zuckt zurück. »Rose hat die Idee gehabt, ich könnte nach Lissabon reisen.«

»Rose, ach die!« Sind denn hier alle verrückt? Worum geht es eigentlich? Rose, den Namen haben sie hier schon mal gesagt, da ist sie sicher, todsicher. Sie hat Hunger. Lust auf Rotkraut, Rotbarsch, Rote Beete.

»Grandpa hat einen poetischen Text für ein Lied geschrieben, erinnerst du dich noch?«

»Poetisch ... Er kann doch gar nicht pfeifen.« Sie muss nun doch kichern, obwohl der Engel und die Person sie so ernst ansehen. Hat sie was falsch gemacht? Dauernd macht sie was falsch. Verweise hagelt's dann und Nachsitzen. Sitzen! Sechs!

»Erinnerst du dich noch an das Hotel in Lissabon, in dem ihr gewohnt habt?«, fragt die Goldhaarige.

»Gibt es da Rotkraut und Rotbarsch?«

»Grandma!« Finger umfassen ihr Handgelenk. »Bitte, das Hotel, die Pension in Lissabon ... Weißt du noch den Namen?«

»Wenn Sie vorbeikommen, sagen Sie schöne Grüße!« Sie muss wieder kichern. »Warum schaut ihr so?«

Der Engel hebt die Augenbrauen, oh, sie hat ihn verärgert, das darf nicht sein. »Nicht böse sein, nicht böse sein, ich bin doch lieb, Schneeliebchen, Schneeröckchen ...« Wie geht's weiter? Dass sie so viel vergisst, aber es gibt ja auch so viele Dinge, alles steht voller Dinge hier, sie kann sich gar nicht bewegen, so voll steht alles.

»Wem, Grandma, wem soll ich Grüße ausrichten?«

»Liebe Grüße an alle! An den See und die Löwen und die Giraffen und die Affen und ...« Sie lacht. All die bunten Tiere sind so lustig! »Aber nicht füttern, hören Sie, das ist verboten! Sonst droht die Todesstrafe!«

Tess strich ihrer Großmutter über das weiße Haar. Es war frisch gewaschen. In sanften Wellen umspielte es ihren Kopf, ließ ihr inzwischen so mageres Gesicht und das vorstehende spitze Kinn weicher erscheinen. Doch die beste Frisur und das teure violette Kleid mit dem dezenten Schal konnten nicht von ihrem Blick ablenken, der so oft umherirrte, bis er auf einmal in einer unsichtbaren Ferne auf etwas stieß, das er freudig oder ärgerlich erkannte. Binnen weniger Augenblicke konnte sich ihr Gesicht verfinstern, konnte sie die gerade noch fest umklammerte Tasse einfach fallen lassen oder in ein unverständliches Gemurmel verfallen. Seit einem Jahr lebte Eleonore nun hier, und jedes Mal, wenn sie zu Besuch kam, was nur selten vorkam, erschrak Tess aufs Neue über die fortschreitende Krankheit. Tess' Namen hatte ihre Großmutter schon seit Monaten nicht mehr ausgesprochen, Tess war sich inzwischen sicher, dass sie nicht mehr existierte in Eleonores Welt. Eine bittere Erkenntnis, die es Tess nicht einfacher machte, sich zu einem Besuch aufzuraffen.

»Heute ist es wieder ganz schlimm.« Schwester Rebecca zog die Tür hinter ihnen zu. Ihr Blick war mitfühlend, und Tess war ihr dankbar dafür.

»Es war ein Versuch, aber ich habe wohl auf ein Wunder gehofft.« Tess wusste, dass sie deprimiert klang. Womöglich hatte es gar nichts mit Mitleid zu tun, sondern mit der Angst, genauso zu enden wie ihre Großmutter. Genetische Disposition. Vergiftung durch falsche Ernährung, Herbizide, Pestizide, genetisch manipulierte Lebensmittel, wer wusste denn schon, was die Wissenschaftler in zehn, zwanzig Jahren herausfinden würden.

»Das muss doch erlaubt sein, das Hoffen auf ein Wunder.« Die Schwester lächelte sie an und steckte die Hände in die Taschen ihrer weißen Jacke mit den hellen grünen Streifen.

Hoffnungsstreifen, fiel Tess ein.

»Es ist ein bisschen spät dafür, oder?«, sagte sie.

»Für Wunder ist es nie zu spät, aber Sie haben natürlich recht. Die Demenz ist schon weit fortgeschritten.« Schwester Rebecca blieb stehen, legte die Hand auf Tess' Unterarm, drückte sanft und zugleich bestimmt zu. »Sie haben ganz sicher etwas in ihr bewegt, Tess.«

Tess war überzeugt, dass Rebecca das oder etwas Ähnliches allen Angehörigen sagte. Aber was spielte das für eine Rolle, sie fühlte sich tatsächlich getröstet und verstanden in ihrer Verzweiflung und Angst.

»Wissen Sie, Rebecca, ich frage mich immer, wie es in ihr aussieht, ob die Erinnerung Tag für Tag weiter verloren geht, bis Eleonore am Ende gar nicht mehr weiß, dass sie überhaupt gelebt hat.«

Sie waren an den Aufzügen angekommen. Die Schwester sah sie mit einem Lächeln an, das Tapferkeit ausstrahlte.

»Vielleicht kommt es am Ende ja gar nicht darauf an, das zu wissen …«

Vielleicht. Vielleicht war es eine Illusion, dass man am Ende das gelebte Leben wie eine Trophäe einer Instanz zu präsentieren hatte, als Beweis des lebenslangen Bemühens, was einem das Anrecht auf Absolution und Belohnung gab.

»Lissabon klingt großartig, wann fliegen Sie?« Schwester Rebecca sah sie freundlich an.

Ich habe geblufft, ich habe noch gar nichts beschlossen, hätte Tess eigentlich antworten müssen. »Ich muss noch ein paar Termine abstimmen.«

»Ihre Großmutter scheint sich tatsächlich an Lissabon zu erinnern.«

»Glauben Sie?«

»Ja. Wenn Sie das nächste Mal kommen, müssen Sie ihr unbedingt von Lissabon erzählen. Lange zurückliegende Ereignisse werden oft erst viel später vergessen.«

Davon hatte Tess auch schon gehört.

»Ich wünsche Ihnen schöne Tage und viel Erfolg für Ihr Vorhaben!« Rebecca hob die Hand zu einem kurzen Winken und lächelte, während sich die Aufzugtüren auseinanderschoben. Tess winkte zurück, mein Engel nannte ihre Großmutter die Pflegerin, ein passender Name.

Ich werde nicht kompliziert sein, mit diesem Satz im Kopf fuhr sie zurück in die Stadt, das Leben ist viel zu kurz, und vielleicht endet es ja auch einmal in so einem Altersheim, warum soll ich also nicht nach Lissabon fliegen? Sie hätte Zeit, über sich und Adrian nachzudenken, ach, und – das war allerdings nur eine sehr schwache Hoffnung – vielleicht konnte sie in ihrer Großmutter wirklich noch ein paar Erinnerungen wecken.

Es schneite wieder, und obwohl Tess die Scheibenwischer des Jeep Cherokee auf höchste Stufe gestellt hatte, schafften sie es kaum, die Windschutzscheibe frei zu halten. Sie kroch auf der Autobahn vorwärts, die Hände fest am Steuer und den Blick starr auf die weiße Wand vor sich gerichtet, in der immer wieder, plötzlich auch sehr nah, rote Rücklichter auftauchten. Aus dem Autoradio kam Popmusik, regelmäßig unterbrochen von nervenden Werbeeinblendungen. Schließlich schaltete sie es aus, auf eine CD hatte sie auch keine Lust. Ihr fiel ein, dass ihr Großvater seine Frau nie im Heim besucht hatte. Seit sie mit einem Messer die Polster aufgeschlitzt und angeblich wie ein Racheengel vor ihm gestanden hatte – so erzählte es zumindest Rose, die es von Großvater wusste –, hatte er aufgehört, mit ihr zu sprechen. Nach mehr als fünfundsechzig Jahren, sie hatten sich 1937 kennengelernt, endete ihre Liebe auf diese Weise.

Am Ende hassten sie sich. Vor ihr tauchten wie aus dem Nichts große rote Lichter auf, sie trat auf die Bremse und versuchte gegenzusteuern, um nicht ins Schlingern zu geraten. Wie stark musste eine Liebe sein, um so lange zu halten? Oder hatte sie schon viel früher aufgehört, hatte sich hinausgeschlichen aus dem Alltag, zuerst unmerklich, dann immer deutlicher, bis beide begannen, Durchhalteparolen auszugeben, es wird schon wieder, es ist gerade eine schwere Zeit und so weiter.

Doch die Liebe kehrte nicht zurück, sie hatte sich verabschiedet, oder sie war verbraucht, war eingegangen wie eine Pflanze, um die man sich nicht kümmerte. Mit Adrian war sie gerade einmal vier Jahre zusammen, und es sah ganz so aus, als wären sie schon jetzt in dieser Phase angekommen. Du bist zu pessimistisch, sagte Adrian immer, wenn sie darauf zu sprechen kam, zog sie an sich, küsste sie und versprach ihr ein Abendessen oder einen Kurztrip auf die Bahamas, nach Aspen oder zum Shoppen an die Ostküste. Vielleicht erwartete sie zu viel vom Leben, ja, vielleicht hatte sie eine viel zu romantische Vorstellung von der Liebe.

Zähfließender Verkehr in der Mitchell Avenue hielt sie auf, und als sie endlich in die Tiefgarage ihres Apartmenthauses fuhr, fühlte sie sich erledigt, dabei war es gerade mal zwei Uhr nachmittags. Ihr Entschluss geriet wieder ins Wanken. Wenn man müde ist, will man nur noch schlafen und vergessen.

Als sie die Wohnungstür aufschloss, meldete sich ihr Handy. Adrian teilte ihr per SMS mit, dass er am Abend noch einen Termin hätte. Also wieder ein Abend allein. Wann hatten sie zuletzt einen Abend miteinander verbracht? War es der Samstag vor zwei Wochen gewesen, oder vor drei? Sie sah sich um, die Perfektion der Wohnung, der helle, makellose Teppichboden, die sorgfältig ausgewählten Bilder, die peinliche Sauberkeit und Ordnung, die blank polierte Marmorplatte in der Küche, die strahlenden Metallflächen der Küchengeräte – all das hatte Adrian eingerichtet. Sie hatte es ihm überlassen. Das wurde ihr auf einmal klar, und es nahm ihr die Luft.

Während sie Kaffee aufgoss, wartete sie, das Telefon zwischen Kinn und Schulter geklemmt, dass Rose sich meldete.

»Du kannst mir einen Flug nach Lissabon buchen«, sagte sie, als sie endlich verbunden wurde.

»Ich wusste, dass ich mich auf dich verlassen kann, Tess!«

Genau das waren die Worte, die sie hasste, die sie zurückstießen in ihre Kindheit, die Worte, die ihre eigenen Entscheidungen wertlos machten.

»Übrigens ist mir heute Nacht etwas eingefallen«, Rose schien die Muschel zuzuhalten, denn Tess hörte ihre Stimme nur gedämpft. »Entschuldige, hier ist gerade der Teufel los, also, wir wissen, wo du in Lissabon anfangen kannst. Die Unterkunft hieß *Pensão Alegría.*«

»Dort haben sie gewohnt?«

»*Ich muss zurück in die Pension Alegría!* Hat deine Großmutter öfter gerufen, als das mit ihrer Krankheit begann. Erinnerst du dich?«

»Nein.« Vielleicht hatte sie es gehört, aber nicht verstanden, was ihre Großmutter damit meinte.

»Sie hatte einen Tick. Später hat er etwas abgenommen, aber ich weiß noch, manchmal, wenn wir weggefahren sind, auch wenn es nur für ein paar Stunden war, ist sie mindestens einmal wieder aus dem Auto gestiegen, weil sie sicher war, sie hätte etwas vergessen. Meistens bildete sie sich das aber nur ein.«

Tess erinnerte sich an einen Ausflug zu den Niagarafällen. Sie fuhren im großen Oldsmobil, und plötzlich, es war auf einer geraden Strecke, an der sich rechts und links endlose Stoppelfelder ausdehnten, sagte ihre Großmutter zu ihrem Großvater, der hinter dem Steuer saß, unvermittelt: »Fahr zurück.« Tess konnte von der Rückbank aus das entsetzte Gesicht ihrer Großmutter erkennen. Ihr Großvater reagierte nicht, sondern fuhr einfach weiter. »Hast du nicht gehört? Fahr zurück! Ich habe etwas vergessen!«, schrie ihre Großmutter. Tess drängte sich in die äußerste Ecke der Rückbank und zog den Kopf ein, gleich würde etwas Schreckliches passieren. Noch immer sagte ihr Großvater nichts, er fuhr in gleichmäßigem Tempo weiter geradeaus, vorbei an den abgeernteten Getreidefeldern, aus denen sich hin und wieder ein Farmhaus oder ein Silo erhob. Und dann tat ihr Großvater etwas Banales und zugleich unglaublich Grausames: Er schaltete das Radio an, drehte die Musik laut, es war irgendein gute Laune verbreitender Countrysong. Tess fürchtete schon eine Katastrophe, einen hysterischen Aufschrei ihrer Großmutter, dass sie sogar ins Steuer greifen würde – aber nichts geschah. Gar nichts. Ihre Großmutter blickte einfach wieder nach vorn, als hätte sie nie etwas gesagt.

»Ich hab' Grandma besucht.«

»Ach, ich müsste auch mal zu ihr, aber …« Rose brach ab. »Hast du sie nach Lissabon gefragt?«

»Ja, aber sie konnte sich natürlich nicht erinnern.«

»Natürlich nicht«, sagte Rose, und Tess hörte sie seufzen.

Zwei Tage vor ihrer Abreise saß Tess in Roses Büro, im vierten Stock eines Hochhauses direkt an der Mitchell Avenue, das erst kürzlich renoviert worden war. Die Jugendstil-Messinggeländer und -Türknäufe glänzten wieder, die Bodenmosaiken und Leuchter im Foyer waren repariert worden. Tess fand, das Haus war eine perfekte Kulisse für einen Kinofilm über einen korrupten Bürgermeister, skrupellose Geschäftemacher und zwielichtige Würdenträger.

Rose hatte die Hände auf der Schreibtischplatte gefaltet und ihr zuversichtliches und siegesgewisses Lächeln aufgesetzt. Sie trug ein schlichtes graues Wollkostüm und eine Kette aus nicht allzu großen, aber auch nicht zu kleinen Perlen. Ihre Frisur saß perfekt, das dezente Make-up sah makellos aus. Dass Rose bis spät in die Nacht arbeitete, sah man ihr nicht an, sie behauptete, ihre regelmäßigen Pilates-Übungen am Morgen erfrischten sie. Auch Tess hatte damit angefangen, aber sie hatte schnell wieder aufgehört. Sie hasste es einfach, sich vor dem Frühstück anzustrengen, und danach blieb keine Zeit mehr. Gott sei Dank musste sie sich über ihre Figur nicht allzu viele Gedanken machen, sie war schlank und hielt ihr Gewicht.

»Deine Mutter wäre stolz auf dich, Tess«, sagte Rose.

Diese Bemerkung empfand Tess als völlig überflüssig. Sie hätte den Grund für ihre Entscheidung richtigstellen können, aber sie verzichtete darauf, zu antworten: Nein, Rose, ich gehe nach Lissabon, weil ich nicht kompliziert sein will. Hinter dem großen Fenster flimmerte grauweißes Schneegestöber. Der Raum hatte etwas seltsam Abgeschiedenes, der weiße Himmel, das leise Telefonklingeln und die gedämpften Schritte der geschäftigen Wahlkampfhelfer auf dem Flur – all das blieb außen vor. Hier, dachte sie, zimmerte ihre Tante sich also ihre Welt zusammen, doch sie wusste, dass das nicht ganz stimmte.

Vielleicht gehe ich auch, weil ich irgendetwas in Erfahrung bringen will, irgendetwas über mich, über euch, über dich, über meine Mutter. Und vielleicht gehe ich auch, weil ich ihn kennenlernen will: Großvaters ungelebten Traum, dachte sie.

Roses Antwort konnte sie sich schon vorstellen: *Du bist wie deine Mutter, immer etwas anderes wollen als die anderen!*

»Ich habe dir jemanden besorgt, der dir die Stadt zeigt«, sagte Rose.

»Wieso? Ich habe durch die Redaktion doch …«

Rose winkte ab. »Ja, ja, aber ich wollte es dir erleichtern. Matt ist Amerikaner, er arbeitet für unsere Botschaft in Lissabon und kann Portugiesisch. Ist mir empfohlen worden.«

»Meinetwegen.«

»Oh, du könntest ruhig ein bisschen begeisterter sein, Tess. Er ist bestimmt nett und er kennt sich aus. Was meint übrigens Adrian zu deiner Reise?«

Adrian. Das musste ja kommen.

»Du weißt doch, er hat für gewisse Dinge keinen Sinn – es ist für uns beide wahrscheinlich ganz gut, wenn wir ein bisschen Abstand haben.«

»Wie gut ich das kenne!« Rose seufzte leise. »Genau das hat Phil früher auch öfter gesagt. Aber schon am Abend war ihm der Abstand zu groß, und er kam wieder angeschlichen.« Sie lächelte aufmunternd. *Komm schon, Tess, stell dich nicht so an, ein bisschen mehr Engagement und Freude!*

Tess sagte nichts, Adrian würde wohl kaum nach Lissabon fliegen – und außerdem war Adrian nicht Phil.

»Ihr habt doch nicht etwa Probleme?« Rose musterte sie.

»Nicht der Rede wert, Alltagsdinge.«

»Sicher?«

»Ja.« Tess dachte an ihren seltsamen Traum, sie hätte ihn Rose gern erzählt, aber Tess wusste, dass ihre Tante nicht das geringste Interesse aufbrachte für bedeutungsschwangere Träume. Träume wären einfach nur Kurzschlüsse und Versuche des Gehirns, diese Kurzschlüsse in bekannte Bilder und Muster umzusetzen, da es darauf gepolt war, allem einen Sinn zu geben, alles in eine Ordnung zu bringen. Aber warum übersetzte das Gehirn die Kurzschlüsse ausgerechnet in dieses oder jenes Bild? Das war doch gerade das Aufschlussreiche, fand Tess. Doch so weit wollte ihre Tante nicht gehen. Alles nur Spekulation, Tess, würde sie sagen.

»Deine Mutter wäre stolz auf dich«, sagte Rose noch einmal. »Weißt du, ich denke oft an sie, Tess.« Rose erlaubte sich ein Seufzen, während ihre Finger mit einem silbernen Kugelschreiber spielten. »Wir hätten wieder miteinander reden sollen.«

»Habt ihr aber nicht.«

»Ja.« Rose presste die Lippen aufeinander. Schließlich sagte sie: »Es gibt Dinge, die kann man nicht rückgängig machen, die sind nun mal geschehen.« Sie legte den Kugelschreiber zur Seite und faltete wieder die Hände. »Sie konnte mir nicht verzeihen, dass ich ihre Art zu leben missbilligt habe.« Über ihre Augen hatte sich ein feuchter Schleier gelegt. Sehr publikumswirksam, dachte Tess.

»Sie hat einfach nur getan, was sie wollte!«

Rose schüttelte den Kopf. »Sie war rücksichtslos, Tess. Auch dir gegenüber.« Ihre Stimme bekam einen zurechtweisenden Unterton. »Wir sind nicht nur für uns allein verantwortlich.«

Auch du nicht, Tess! Das brauchte sie nicht zu sagen, das hatte sie oft genug getan.

Jemand klopfte, und Rose sah an Tess vorbei zur Tür, die sich leise öffnete.

»Zwei Minuten, Sheryl, zwei Minuten!«

Die Tür schloss sich wieder, und Tess wusste, dass die Audienz zu Ende war. Rose setzte ihr warmes Lächeln auf, reserviert für Familienangehörige und Not leidende Kinder. »Darling, ich wünsche dir alles Gute. Und denk dran, du tust es auch für ...« Sie stand auf, öffnete die Arme und hob den Blick. »... auch für mich und für deine Mutter. In unserer Erinnerung lebt sie weiter.« Sie ließ die Arme wieder sinken, faltete die Hände und sah Tess mit festem Blick an.

Sie ist faszinierend, dachte Tess, faszinierend pathetisch. Wie sie damit die Menschen manipuliert! An der Tür drehte Tess sich noch einmal um. »Wie hieß die Straße, in der meine Mutter überfahren wurde?«

Aus Roses Gesichtsausdruck wich jede Lebendigkeit.

»Du erinnerst dich doch bestimmt.« Tess griff zum Türknauf. Sie musste zugeben, dass sie es ein wenig genoss, wie sie ihre Tante aus der Fassung gebracht hatte.

»Bist du sicher, Tess, dass du das wissen willst?«

Tess nickte.

»Avenida Infante Dom Henrique. Es war Nacht, sie kam aus einer Kneipe, das Auto fuhr viel zu schnell, der Fahrer war betrunken.« Rose ging zu Tess und griff nach deren Hand. »Es ist nun mal passiert, Tess, und Gott allein weiß, warum er sie zu sich geholt hat.« Sie hielt Tess' Hand noch einen Augenblick fest, und obwohl Tess den Glauben ihrer Tante nicht teilte, fühlte sie sich ihr doch nah, näher als vielleicht irgendwann zuvor.

Lissabon

Mit der Reisetasche über der Schulter und dem Rollkoffer sah Tess sich einer Wand aus unbekannten Gesichtern gegenüber. *Mr. Thomas,* las sie auf einem Pappschild, *Sixt, MacAnthony, DeGuzman, Pedrosa,* während sie nach ihrem Namen Ausschau hielt. Im Flugzeug war ihr eingefallen, dass sie gar nicht wusste, wie Matt aussah.

»Tess Plough?«

Zwischen den Schildern entdeckte sie ein sommersprossiges Gesicht mit blauen Augen und ausgeprägtem Unterkiefer. Er könnte einer von Adrians Bekannten und Kollegen sein, dachte sie, allesamt sportliche, zielstrebige Männer Anfang dreißig, die glaubten, ihr gewinnendes Lächeln könnte darüber hinwegtäuschen, dass sie knallhart kalkulierten und, wenn nötig, über Leichen gingen. War sie nicht ein bisschen vorschnell in ihrem Urteil? Und konnte Matt etwas dafür, dass sie wütend war auf Adrian? Sie atmete durch und lächelte. »Matt?«

Er kam auf sie zu und schüttelte ihr die Hand. Matt trug ein hellblaues Polohemd und Jeans. Er hatte kurzes braunes Haar und war nur wenig größer als sie. Die kräftigen Unterarme waren wie sein Gesicht von Sommersprossen übersät.

»Willkommen in Lissabon!«, sagte er mit einem selbstbewussten Lächeln. »Guten Flug gehabt?«

Er nahm ihren Rollkoffer und streckte die Hand nach ihrer Schultertasche aus, aber sie winkte ab. »Nein, das geht schon.«

Sie folgte Matt, der mit großen Schritten durch die Halle hinaus zu den Parkplätzen ging. Vor einem silberfarbenen Range Rover blieb er stehen und ließ per Fernbedienung die Türschlösser aufschnappen. Mit lässigem Schwung warf er ihren Rollkoffer in den riesigen Kofferraum. Tess hatte ein kleines Stadtauto erwartet, das in jede Parklücke passte. Doch nichts an Matt war bescheiden. Weder seine Blicke noch seine Schritte, weder seine laute Stimme noch seine auffällige chromblitzende Armbanduhr.

»In Chicago liegt noch Schnee, oder? Na, hier kommen Sie geradewegs in den Frühling, Tess.« Sie stiegen ein, und sofort ließ er den Motor anspringen und scheuchte als Erstes einen Kleinwagen auf die Seite. »Die Stadt wird Ihnen gefallen.«

Ein kleiner Bauch wölbte sich über dem Hosenbund, Matt aß und trank wohl auch ganz gern. Er steuerte den Wagen durch einen Kreisel, nahm einem Taxi die Vorfahrt und bog auf eine mehrspurige Straße Richtung Zentrum ein. Oleanderbüsche mit hellrosa Blüten wuchsen an den Rändern und in den Vorgärten der Häuser.

»Sie sind Journalistin, hat mir Ihre Tante verraten. Was schreiben Sie denn so?«

»Ich arbeite im Ressort Lifestyle und Reiseberichte.«

»Aha. Dann sind Sie ja genau richtig hier. In Lissabon tut sich viel. Modelabels, Musik, Architektur, jede Menge Ausstellungen. Ich bin seit vier Jahren hier.«

Sie betrachtete die Häuser entlang der breiten Straße. Bis jetzt bot die Stadt noch nichts Besonderes oder Einladendes.

»Das war übrigens Zufall. Ich bin in Brasilien aufgewachsen, mein Vater war dort Ingenieur. Tja, dann habe ich meine Frau kennengelernt, und wir sind nach Lissabon gegangen. Inzwischen ist sie meine Exfrau.« Er warf einen Blick zu ihr herüber. »Das Meer des Lebens wirft einen an irgendeinen Strand …« Er drückte auf die Hupe. »Da kann man nur hoffen, dass man nicht auf einer verdammten Insel mit Menschenfressern gestrandet ist.« Er lachte, und sie bemühte sich um ein Lächeln. Nein, er konnte wirklich nichts für ihre Stimmung.

»Sie wollen also die Geschichte Ihrer Großeltern recherchieren? Eine tolle Idee.«

Tolle Idee. Matt wäre eine echte Bereicherung für Rose Wahlkampfteam. Sie sah weiter aus dem Fenster: breite Straßen, ein Platz mit einem pompösen Bronzedenkmal irgendeines Herrschers, ein großer Springbrunnen, hässliche schmutzig graue Hochhäuser. Der Wagen drang tiefer ins Zentrum der Stadt vor, wo stattliche Häuser mit geschwungenen Balkonen oder mit Jugendstilelementen dekorierten Fassaden die Straßen säumten, einige davon renoviert, andere ohne Scheiben und dem Verfall preisgegeben. Matt trat auf die Bremse. Ein Motorradfahrer hatte sich von links vor ihn gedrängt.

»Was sagt Ihr Mann dazu, wollte er nicht mitkommen?«

Eine geschickte und doch durchschaubare Frage, was sollte sie sagen: Ich bin nicht verheiratet? Mein Mann hat keine Zeit? Es ist eine familiäre Angelegenheit?

»Man braucht ihn in der Firma, ohne ihn läuft nichts.«

»Verstehe. Das meinen die meisten. Und wenn sie dann einen Herzinfarkt kriegen, erfahren sie, dass ihr Nachfolger schon längst alle Passwörter hat. Mein Vater hat sich für seine Firma aufgeopfert, bis zum Schlaganfall. Als er dann gegangen ist, musste er vier Jahre lang um seine Abfindung kämpfen, bis er dann gestorben ist.«

»Das tut mir leid«, sagte sie.

»Reden wir von etwas anderem. Was geschehen ist, ist geschehen. Er ruht hoffentlich in Frieden.«

»Und was ist mit Ihrer Mutter?«

»Lebt in Italien. Toskana. Hat ihr schon immer gefallen.«

Sanfte Hügel, auf denen einsame Gehöfte stehen und schlanke Pinien sich aufreihen, kamen ihr in den Kopf, Bilder, so oft gesehen, dass sie glaubte, sie wäre selbst schon dort gewesen.

»Ich besuche sie hin und wieder. Meine Schwestern mit ihren Familien kommen dann meistens auch, und nach zwei Tagen hab ich genug.« Er lachte. »Wenn man keine eigene Familie hat, zählt man nicht.«

»Finden Sie?«

»Klar.« Sein Lächeln hatte etwas Ansteckendes. Sie fühlte sich langsam besser.

»Wir wollen heiraten«, hörte sie sich sagen. Seinen kurzen Seitenblick nahm sie nur aus den Augenwinkeln wahr. Ohne etwas zu erwidern, überholte er eine der altmodischen Straßenbahnen und fuhr weiter auf einer breiten Straße mit bunten Geschäften, Tabakläden, einfachen Cafés. Er musste anhalten, weil ein Abschleppwagen ein Auto aus einer Einfahrt herauszog. Hinter ihnen bildete sich sofort eine lange Schlange, ein paar Fahrer hupten.

»Meine Großeltern haben in der Pension *Alegría* gewohnt. Kennen Sie die?«

»Alegría?« Er schüttelte den Kopf. »Es gibt unzählige Pensionen in der Stadt. Aber keine Sorge, ich kriege das schon raus für Sie.«

Der Abschleppwagen fuhr los, das Auto wie einen Fisch am Angelhaken hinter sich herziehend. Matt gab Gas, deutete auf ein Plakat, das anzeigte, wie viele Häuser man in den Jahren 2002 und 2003 restauriert hatte, für die Zahlen von diesem Jahr war es noch zu früh. Tess wollte sich die Zahlen merken, doch der Wagen war schon vorbeigefahren.

»Sie hätten vor zwanzig Jahren herkommen sollen! Ich habe Fotos gesehen! Ein Trümmerhaufen!« Matt zeigte nach links. »Da hinten ist die Mouraria, das alte Maurenviertel. Man hat hier ziemlich viel EU-Geld verbaut, wie Sie sehen! Und da vorn«, er deutete auf einen modernen verglasten Bau, »ist Ihr Hotel.«

Sie war enttäuscht. Sie hatte sich ein altes Hotel mit Charme vorgestellt. Eine Gruppe asiatischer Touristen stieg in einen riesigen Reisebus, und drei Rucksacktouristen, mit Stadtplänen und Wasserflaschen wie für eine urbane Expedition ausgestattet, versuchten sich vor dem Eingang zu orientieren. Rose hatte das *Mundial* wegen seiner zentralen Lage und natürlich wegen des internationalen Standards gebucht. Tess könne Taxikosten sparen, hatte Rose noch bemerkt und damit wieder einmal unter Beweis gestellt, dass in ihrer Familie das deutsche oder sogar protestantische Erbe weiterlebte: Man gab das Geld nicht lustvoll aus, man hatte es gefälligst zu vermehren.

Nur ihre Mutter war anders gewesen. Die hatte sich nie sonderlich um Geld geschert, aber irgendwie war sie immer durchgekommen. Matt stellte den Wagen am Taxistand ab, schaltete die Warnblinkanlage ein und begleitete sie zur Rezeption. »Ich lasse Ihnen ein bisschen Zeit im Hotel, und wir treffen uns am Abend, gehen etwas essen, und Sie erzählen mir alles. Ich hole Sie um acht Uhr ab. Abgemacht?«

Ein stiller, klimatisierter, mit dickem Teppich ausgelegter Flur empfing sie hinter den Aufzugtüren. Das Zimmer entsprach internationalem Komfort – die Einrichtung so persönlich wie nötig und so unpersönlich wie möglich. Eine wunderbare Art, sich aus allem herauszuhalten, dachte Tess, zog die Gardinen auf und sah aus dem Fenster. Das Zimmer lag im sechsten Stock und gab den Blick frei auf den Hügel, um den herum die verschachtelten alten Stadtviertel hinaufwuchsen. Ganz oben auf der Kuppe thronte das Castel São Jorge wie eine gezackte Krone. Tess setzte sich auf das Doppelbett und zog die Schuhe aus. Was war los mit ihr?

Was hatte sie erwartet? Eine seit 1940 unveränderte Stadt, in die sie einfach eintauchen könnte, wie auf einer Zeitreise? Mehr Zauber? Mehr Verkommenheit? Mehr Ruinen? Stattdessen Touristen überall, Geschäfte, wie man sie in jeder Großstadt fand, und ein komfortables, aber gesichtsloses Standardhotel? Sie ließ sich aufs Bett fallen und schloss die Augen. Das Dröhnen der Flugzeugmotoren hallte noch in ihren Ohren, und ganz langsam trieb sie fort, bis sie sich in jenem dunklen Gewässer wiederfand, das weder kalt noch warm war und unheimlich still, Roses Gesicht tauchte aus dem Wasser auf, sie sagte etwas, aber Tess konnte es nicht hören, dann löste sich das Gesicht auf, und Tess tauchte ein in die Dunkelheit.

Sie schrak auf, als die Hautbrocken von ihr abfielen, und wunderte sich über das fremde Zimmer. Sollte dieser Traum ihr immer wiederkehrender Albtraum werden? Sie stand auf, ging ins Bad und wusch sich das Gesicht. Es war halb vier, zu Hause also halb zehn, sie müsste sich bei Rose melden – und bei Adrian. In diesem Augenblick klingelte ihr Handy.

Adrian, hoffte sie, doch es war Roses Stimme.

Wie war der Flug? Hat Matt dich abgeholt? Ist das Hotel in Ordnung? Hast du die Pension schon ausfindig gemacht?

Sie gab kurze Antworten und versprach, sich morgen zu melden.

Lustlos nahm sie die Fernbedienung vom Nachttisch und zappte durch die Kanäle. Sollte sie nicht Adrian anrufen? Sein Abschiedskuss am Flughafen war flüchtig gewesen. Jeden Tag entfernten sie sich weiter voneinander, als triebe jeder für sich auf einer Eisscholle, die in unterschiedliche Strömungen geraten waren. Sie sparten heikle Themen aus, trafen sich getrennt mit Freunden, gingen nur noch sehr selten zusammen aus, und im Urlaub füllten sie jeden Tag mit Sport oder suchten den Schutz von Gruppen. Sie dachte an die Trekkingtour durch Neuseeland im vergangenen Jahr, ans Skiwandern in Kanada vor zwei Jahren. Abends sanken sie erschöpft ins Bett oder krochen in den Schlafsack, schliefen wie Tote und standen am nächsten Morgen in aller Frühe auf, bereit für einen neuen anstrengenden Tag.

Ja, sie könnte etwas ändern. Aber wenn sie ehrlich zu sich selbst war, dann fürchtete sie sich davor, mit Adrian allein zu sein. Dann nämlich könnte sie all den unbequemen Fragen, was sie sich gegenseitig noch bedeuteten und was sie noch füreinander empfanden, nicht mehr ausweichen. Fragen mit ungewissen Antworten. Tess nahm das Telefon und hielt es eine Weile in der Hand. Die Ziffern seiner Telefonnummer ratterten wie auf einer Wählscheibe in ihrem Kopf, sie müsste nur den Zeigefinger heben und auf die Tasten tippen. Warum wartete sie nicht, bis er anrief?

Sie beschloss, ihn den ersten Schritt machen zu lassen, nahm eine Dusche, stellte den Wecker auf 16 Uhr 45 und legte sich zwischen die straffen weißen Laken. Durch die schallgedämmten Fenster drang dumpf das Dröhnen der Autos und Lastwagen, auf dem Flur schluckte der Teppich jedes Geräusch. So fühlte sie sich also an: die Reise in die Vergangenheit.

In ihren Halbschlaf drangen immer wieder Bilder ihrer Mutter, als würde sie ein selbst gedrehtes Video ansehen: Ihre Mutter mit offenem Haar auf der karierten Picknickdecke, ein Glas Rotwein in der Hand, Tess beißt in ein großes Stück Schokoladenkuchen, ihr Mund schokoladenverschmiert – gefilmt hat ein Freund ihrer Mutter, den Namen hat sie vergessen. Schnitt: Tess auf dem Fahrrad. Einem echten aus der Fabrik ihres Grandpa. Ihre Mutter hält sie hinten am Gepäckträger und lässt sie dann los. Tess fährt allein und lacht. Schnitt: Ihre Mutter auf der Couch, lesend. Sie sieht nur kurz in die Kamera, die Tess hält.

Schnitt: Das Gesicht ihrer Grandma. Sie öffnet den Mund, sagt etwas, doch es läuft kein Ton. Aber Tess kennt den Dialog.

Tess, du musst jetzt ganz tapfer sein. Deine Mum kommt nicht mehr heim.

Warum?

Mummie ist tot. Sie ist jetzt beim lieben Gott.

Warum?

Es war ein Unfall. Ein Auto.

Und dann? Dann riss der Film, wie jedes Mal. Auch heute konnte sie sich nicht mehr daran erinnern, was danach passierte. Im Nachhinein fühlte es sich so an, als wäre ihr Leben in diesem Augenblick zu Ende gewesen und als hätte nach einer bestimmten Zeit ein anderes angefangen. Die Tess, die sie jetzt war, war mit dreizehn auf die Welt gekommen.

Um kurz vor acht setzte sie sich unten in die Halle und blätterte in der *Times*. Über den Rand der Zeitung hinweg bemerkte sie, dass der junge Portugiese an der Rezeption sie beobachtete; als sie ihm einen Blick zuwarf, begann er in plötzlicher Geschäftigkeit die Broschüren auf der Theke aus den Halterungen zu nehmen, als wären sie längst veraltet und müssten dringend ausgetauscht werden.

Draußen hinter den getönten Scheiben zogen stumm die Schatten der Taxen und Fußgänger vorbei. Korpulente dunkelhäutige Frauen in langen Gewändern mit kunstvollen Turbanen auf dem Kopf schritten majestätisch vorbei. Wie lebten sie hier? In den heruntergekommenen, halb verfallenen Häusern im Schatten des Burgberges, die aussahen, als würden sie jeden Augenblick zusammenstürzen? Wovon lebten sie? Gehörten die jungen Männer zu ihnen, die an den Straßenecken standen und andauernd in ihre Handys sprachen? War das hier ein riesiger Menschenmarkt?

Rucksacktouristen, junge Frauen in kurzem Rock, Asiaten, Lissabon war Durchgangsort für Waren – und für Menschen voller Träume und Hoffnungen, sie erinnerte sich, das in einem Reiseführer gelesen zu haben. Sie versuchte, sich ihre Großeltern vorzustellen, Eleonore und ihren Grandpa, damals, draußen auf der Straße, mit einem abgewetzten Koffer, den sie durch halb Europa geschleppt hatten. Wie fühlt es sich an, auf der Flucht zu sein, nirgendwo gewollt? Wie schafft man es, mit seinem Hass auf die Heimat fertigzuwerden? Wie erträgt man Heimatlosigkeit, schäbige Hotelzimmer, Angst vor Verfolgung und die Ungewissheit der Zukunft?

Dann stellte sie sich ihre Mutter vor, mit offenem Haar, abgetragener Jeans, Reisesack und sicher mit einem Joint. Bestimmt hatte sie schnell einen Typen kennengelernt. Paula hatte immer irgendwelche Typen.

Tess blätterte weiter, überflog die Überschriften und vergaß sie sofort wieder. Schnelle Schritte klackten auf dem Marmorboden, und sie blickte zur Tür.

»Ich wollte eigentlich vor Ihnen hier sein!« Außer Atem kam Matt auf sie zu. Zu seiner Jeans trug er ein dunkelblaues Jackett über einem hellblau gestreiften Hemd mit offenem Kragen. »Aber es war kein Taxi zu kriegen!« Er breitete die Arme aus, ließ sie aber wieder sinken, vielleicht hatte er Tess umarmen und ihr einen Begrüßungskuss auf die Wange geben wollen.

Sein Gesicht sah frisch rasiert aus, seine Haare waren noch ein wenig feucht, und sein Aftershave roch angenehm.

»Ich hoffe, Sie haben Hunger. Ich habe ein tolles Restaurant mit großartigem Blick ausgesucht.«

Matt setzte sich neben sie auf die durchgesessene Rückbank und nannte dem Fahrer, einem alten Mann mit gegerbtem Gesicht, eine Adresse. Der nickte und fuhr los. Schaukelnd fuhr der alte Mercedes durch die Straßen der *Baixa*, der Unterstadt, deren Geschäftsstraßen schnurgerade auf den Fluss zuliefen. Zwischen den Rückenlehnen der Vordersitze hindurch konnte Tess weit vorn den tiefblauen Abendhimmel sehen.

»Na, sind Sie schon angekommen?« Matt sah zu ihr herüber. »Sie werden sehen, wenn Sie etwas essen, fühlen Sie sich gleich besser.«

»Sehe ich so schlecht aus?«

»Aber nein!«, sagte er rasch. »Überhaupt nicht! Sie sehen … sie sehen … wunderschön aus.« Sein Blick ruhte in ihren Augen, sie erwiderte sein Lächeln. Das Kompliment hatte ihr gutgetan.

Der Wagen zuckelte hinter einer restaurierten Straßenbahn eine gewundene schmale Straße hinauf, und hin und wieder konnte sie einen Blick auf die weite Mündung des Tejo erhaschen, bevor es schon wieder den Berg hinunterging, vorbei an windschiefen Häusern, deren Verputz von den Autoabgasen aussah wie braungrau gebeizt, und vorbei an frisch restaurierten Häuschen, über deren Türen *Bodega* stand oder *Restaurante.* Sie ertappte sich, dass sie auf das Klingeln ihres Handys wartete, *entspann dich, Tess, genieß die Tage dort. Schreib über den Fado, über kulinarische Besonderheiten, mach ein paar Fotos, lass die Stadt auf dich wirken und vergiss Adrian, mach dir erst wieder Gedanken über ihn, wenn du zurückkommst.*

Das Taxi hielt in einer steilen Straße. *Rua do Paraíso* konnte Tess auf einem Schild entziffern. Das könnte ein gutes Omen sein, dachte sie, obwohl die Gegend ganz und gar nicht an das Paradies denken ließ: Regen, Bauarbeiten und einfach die Zeit hatten Hügel und Löcher im Straßenpflaster hinterlassen, und auf den schmalen Bürgersteigen wuchs Unkraut in den erdigen Zwischenräumen. Die Eingänge der Häuser mit den abbröckelnden Fassaden, abgeschlagenen Fliesen und morschen Fensterrahmen gähnten wie zahnlose Münder, doch da, am Ende der Straße, ragte eine hohe, unglaublich weiße Kuppel über die verkommenen Häuser und das irdische Elend hinaus, wie die Verheißung des Himmels. *Rua do Paraíso* also. Vor einem Haus ohne Scheiben lungerten zwei spindeldürre, hohläugige Jugendliche und beobachteten das Taxi. Auf wen warten sie, auf Dealer? Kunden? Opfer? Als Tess ausstieg, raste ein Krankenwagen mit Sirenen und Blaulicht vorbei, sie erschrak, eine getigerte Katze rettete sich gerade noch rechtzeitig unter ein parkendes Auto.

»Da drüben.« Matt, der von alldem nichts wahrgenommen zu haben schien, zeigte auf einen modernen verglasten Eingang auf der gegenüberliegenden Straßenseite. *GRAN* stand da in großen Lettern. Aus den Augenwinkeln sah Tess, dass die beiden Jugendlichen sie immer noch beobachteten.

Der Kellner führte sie an einen kleinen weiß gedeckten Tisch vor einer großen Fensterscheibe, unter der sich das lange Giebeldach des Bahnhofs *Santa Apolónia* erstreckte. Dahinter breitete sich der *Tejo* aus, jetzt, in der Dämmerung, noch tiefer blau.

»Die meisten Flüchtlinge kamen auf diesem Bahnhof an«, erklärte Matt und faltete die steife Stoffserviette auseinander, das Metallarmband seiner Uhr klackte am Handgelenk. »Ich dachte, dies wäre der passende Ort, um über Ihr Projekt zu sprechen.«

Tess warf einen verstohlenen Blick auf das Display ihres Handys, Adrian meldete sich nicht, kein Anruf, keine SMS, wahrscheinlich war er froh, dass er sie für ein paar Tage los war. Sie spielte mit dem Gedanken, nach draußen zu gehen, Adrian anzurufen und ihm genau das zu sagen, doch da kam die Kellnerin und gab ihnen die Speisekarte.

»Ich empfehle einen *Vinho Verde* als Aperitif«, sagte Matt. »Ein wirklich portugiesischer Wein. Hier hat man nicht so viele Mode-Reben aus anderen Ländern importiert und angebaut, sondern auf Tradition gesetzt. Er kommt aus dem Norden, im Süden baut man eher Rotweine an. Aber …«, er lächelte, »… ich will Sie nicht langweilen. Nur, Sie müssen unbedingt die *Feijoada* probieren, ein *Shellfish-Stew,* und auch das *Cataplana,* das sind Fisch und Meeresfrüchte …« Er hielt inne. »Essen Sie überhaupt Fisch?«

»Sogar sehr gern.«

Erleichtert lächelte er, ließ den Blick nochmals über die Speisekarte schweifen und klappte sie dann zu.

»Ich hoffe, es gefällt Ihnen hier«, redete er weiter.

»Ja, es ist sehr schön.«

»Das freut mich. Ich meine, ich wusste ja nicht, was Sie so mögen.«

»Doch, Sie haben genau das Richtige ausgesucht, Matt.«

Seine Gesichtszüge entspannten sich. Er beugte sich ein wenig näher über den Tisch.

»Also, während Sie im Hotel waren, habe ich meine Fühler ausgestreckt. Damals befand sich tatsächlich eine Pension *Alegría* am Praça de Alegría. Heute heißt sie allerdings *Victoria.* Wir können gleich morgen früh hinfahren. Na, was sagen Sie?«

»Gut«, erwiderte sie, und es gefiel ihr, wie er sich um sie kümmerte. Ganz anders als Adrian, der immer abwesend wirkte, wenn sie miteinander ausgingen.

»Hab ich was Falsches gesagt? Sie sehen auf einmal so traurig aus …« Sein Blick traf sie direkt, zu spät, um sich vor ihm zu verschließen.

»Wirklich? Ach, nehmen Sie es nicht so ernst.« Sie winkte ab.

»Das geht anderen auch so, hier in der Stadt«, meinte er.

Zum Glück brachte die Kellnerin den Aperitif. Matt nahm sein Glas und betrachtete die prickelnde goldgelbe Flüssigkeit. Sie wusste selbst nicht, was los mit ihr war, sie kam sich vor, als balancierte sie auf einem Seil, doch ihr Körper war so leicht, dass ihre Füße immer wieder über dem Seil schwebten und den Halt verloren. Mit jedem neuen Schritt konnte sie in die Tiefe stürzen. Dabei ist doch noch gar nichts Dramatisches passiert, sagte sie sich. Oder doch, und sie hatte es nur nicht bemerkt?

Matt hob sein Glas und prostete ihr zu, und sie war ihm dankbar dafür.

»Auf Ihre Ankunft!«

Der *Vinho Verde* schmeckte frisch und fruchtig, Tess musste zugeben, dass Matt eine gute Wahl getroffen hatte.

»Und Ihre Großeltern sind beide tot?«, fragte er dann.

»Nein, meine Großmutter lebt noch, aber sie leidet seit Jahren an Demenz …« Sie brach ab und verdrängte die Erinnerung an den letzten Besuch.

»Meine Großeltern sind gestorben, bevor ich auf die Welt kam. Und Ihre Tante oder Ihre Mutter, wissen die auch nichts aus der Lissabonner Zeit?«

»Nein, leider nicht.«

»Möchten Sie auch noch einen?«

Tess nickte, und er gab der Bedienung ein Zeichen. Schon wenige Augenblicke später schenkte sie nach.

»Erzählen Sie mir etwas über sich, Matt. Was tun Sie so in Lissabon?«

»Oh, so viel gibt es da nicht zu erzählen. Hier muss man sehen, dass man am Ball bleibt. Da eine Einladung annehmen, hier in einem Club Mitglied werden, zu dieser Party gehen, zu jenem Empfang, Hände schütteln, Komplimente machen …« Er spielte mit seinem Glas. Tess fielen seine gepflegten Hände auf. »Ich arbeite eigentlich für die amerikanische Botschaft, nebenher schreibe ich mal hier, mal da einen Artikel für ein Magazin. Ehrlich gesagt, ich habe auch schon mal Golfplätze an der Algarve vorgestellt und die neuesten Nachtclubs …«, seine Stimme klang jetzt spöttisch, »… man muss sehen, wie man überlebt, nicht wahr?«

Er erwartete wohl keine Antwort, denn er redete weiter. »Meine Frau wollte unbedingt weg aus Brasilien, zurück nach Portugal. Sie stammt von hier. Sie hatte ein Jobangebot von einer Bank in Lissabon und drei Monate nach unserem Umzug hat sie mich verlassen. Aber das wollte ich Ihnen gar nicht erzählen.« Er lächelte gequält. »Ich weiß nur, dass sie wieder geheiratet hat. Sie hat mich schnell ersetzt.« Nachdenklich sah er auf seine Finger, die auf den Fuß des Weinglases trommelten. »Ich glaube auch nicht, dass meine Eltern sich geliebt haben, am Anfang vielleicht, aber dann? Wie zwei Bäume, die eng nebeneinanderstehen und deren Kronen schließlich so eng miteinander verflochten sind, dass sie nicht mehr getrennt werden können, ohne dass einer eingeht ... Wer behauptet eigentlich, dass Liebe glücklich macht? Es gibt vieles, was glücklich machen kann, für Augenblicke vielleicht, die Liebe ist nur eines davon. Finden Sie nicht auch?« Er nahm sein Glas und trank einen großen Schluck.

Tess wollte die kurze Unterbrechung nutzen, um das Gespräch in andere Bahnen zu lenken, doch bevor sie etwas sagen konnte, hatte Matt offenbar jemanden bemerkt. Er hob die Hand. Tess drehte sich um, aber zwei Kellner verdeckten ihr die Sicht.

»Sie werden gleich einen echten Fado-Gitarristen kennenlernen.« Matt grinste wie am Anfang, nichts an ihm ließ erkennen, dass er gerade niedergeschlagen gewesen war.

»Erschrecken Sie nicht: Luís ist Lissabonner. Die haben alle was furchtbar Melancholisches.«

Was nahm sie als Erstes wahr? Seine hochgewachsene, schlaksige Statur? Die umschatteten dunklen Augen? Das dichte, gewellte schwarze Haar, das ihm fast bis auf die Schultern fiel? Das dunkelblaue T-Shirt mit dem geschwungenen Zeichen?

»Das ist Tess aus Chicago. Sie ist Journalistin«, stellte Matt sie vor.

»Freut mich sehr.« Luís' Blick hatte etwas Melancholisches, und sein Händedruck war seltsam unbestimmt, aber warm. Er mochte Anfang dreißig sein, aber genauso gut auch zehn Jahre älter, das konnte Tess nicht einschätzen; seine Haut war von jenem Olivton, der typisch war für die Menschen hier, es genügte ein wenig Sonnenlicht, und schon färbte sie sich dunkel. Er trug einen kurzen Bart, er war wie ein Schatten auf seinen Wangen, überhaupt wirkte er übermüdet, wie jemand, der nicht geschlafen hatte. Tess erinnerte sich, in einem Artikel gelesen zu haben, dass die Portugiesen von allen Europäern am spätesten schlafen gingen.

»Sind Sie zum ersten Mal in Lissabon?« Seine Stimme war leise und sanft. Als käme sie aus einer anderen, ferneren Welt.

»Tess ist gerade dabei, Lissabon kennenzulernen«, antwortete Matt an ihrer Stelle. »Wie du siehst, zeige ich ihr die schönsten Seiten.«

Luís lächelte flüchtig und wandte sich wieder an sie.

»Ich spiele im *Clube de Fado,* jeden Freitag und Samstag. Wenn Sie wollen … Es würde mich sehr freuen.« Er wies mit der Hand irgendwo in den hinteren Teil des Restaurants. »Ich muss mich entschuldigen, ich bin nicht allein.«

Er verabschiedete sich mit einem Lächeln von ihr, und sie konnte nicht anders, als hinter ihm herzusehen. Er hatte in ihr etwas bewegt, hatte sie in Gedanken zurückgelassen

»Und? Ziemlich schwermütig, oder? Aber ich habe mir sagen lassen, dass Frauen das lieben.« Matt kaute auf einer Olive herum. »Meine Frau hat mich wegen so einem Typen verlassen. Keine Ahnung, was sie an ihm fand.«

»Das tut mir leid, Matt.«

»Tja, solche Dinge passieren halt.« Er schabte eine Muschel aus. »Ich meine, er hatte auch so was Schwermütiges.« Er sah auf und zuckte mit den Schultern. »Na ja, jeder ist nun mal, wie er ist, oder?«

Tess stimmte ihm zu, und Matt widmete sich aufmerksam seiner Vorspeise, bis er auf einmal das Besteck ablegte, den Teller von sich schob und die Arme auf dem Tisch verschränkte.

»Wissen Sie, Tess, ich freue mich, dass wir uns kennengelernt haben. Trinken wir darauf!«

»Ich freue mich auch«, sagte sie. Sie hatte das Gefühl, es war ihm wichtig, ihr das alles zu sagen.

»Ich habe mir in der letzten Zeit öfter überlegt, von hier wegzugehen. Im Grunde hält mich ja nichts.«

Offenbar hatte er das Bedürfnis, ihr seine Lebensgeschichte zu erzählen. Die Kellnerin räumte lautlos die Teller ab.

»Und Sie? Wie ist es bei Ihnen?«

»Ich weiß nicht, ich hab einen guten Job … Meine Freunde leben dort …«

»Ja, das ist es, man muss dann wieder ganz neu anfangen … Außerdem sind Sie ja auch … verheiratet?«

»Verlobt.«

»Wie heißt Ihr Verlobter?«

»Adrian.«

»Adrian ist ein Glückspilz. Das weiß er hoffentlich!« Matt lachte.

Du weißt nicht, wie unser Leben aussieht, dachte sie, da sagte er schon: »Sie ist aus Lissabon weggezogen, nach London.« Er schüttelte den Kopf. »Dabei hatte sie in Brasilien doch nach Lissabon gewollt …«

Wieder näherte sich die Kellnerin und brachte *Feijoada* für ihn und *Cataplana* für Tess. Matt starrte auf seinen Teller, als wäre etwas nicht in Ordnung, er hob den Blick. »Wir hätten beinahe ein Kind gehabt. Aber sie wollte es nicht. Sie hat abgetrieben.« Ihre Hände tasteten nach dem Besteck rechts und links des Tellers, aber sie hatte keinen Appetit mehr.

»Und jetzt …« Seine Augen sahen sie direkt an. »Sie ist schwanger, im fünften Monat. Hat mir meine Mutter erzählt, zu ihr hat sie immer noch Kontakt. Es würde mich nicht wundern, wenn sie mit ihm sogar in der Toskana aufkreuzt!«

Machen Sie sich nichts draus, könnte sie ihm antworten, aber sie schwieg lieber, als solche nichtssagenden Worte von sich zu geben.

Matt nahm Messer und Gabel. »Wissen Sie, was ich glaube? Ich glaube, sie will mich verletzen. Sie will mir was heimzahlen. Nicht, weil ich ihr was angetan oder sie betrogen hätte, nein! Sie will mir heimzahlen, dass sie nicht glücklich mit mir geworden ist.« Er hob entschuldigend die Hände. »Ich sollte Ihnen das alles gar nicht erzählen, entschuldigen Sie. Und außerdem wird unser Essen kalt.«

Nachdem der Kellner abgeräumt und den Kaffee serviert hatte, sagte Matt, auf einmal wieder gut gelaunt, als hätte es das Gespräch über seine Frau nie gegeben: »Wir könnten morgen ein Fado-Lokal besuchen. Ich meine, für Ihren Artikel. Luís spielt wirklich gut«, fügte er mit einem schiefen Grinsen hinzu. »Damit hat er schon so manches Frauenherz gebrochen.«

»Das klingt ja so, als wollten Sie mich warnen.«

Er lächelte nur, ohne etwas zu erwidern, und verlangte die Rechnung. Tess griff nach ihrer Handtasche, doch er schüttelte den Kopf. »Das geht auf Spesen.«

Richtig, dachte Tess, Rose führt ja hier Regie.

Beim Hinausgehen drehte sie sich nach Luís um, doch sie konnte ihn zwischen all den Menschen, den Tischen, den funkelnden Gläsern und den weißen Tellern nicht entdecken.

Über den Halbmond zogen Wolken, die Laternen leuchteten milchig, das bestellte Taxi wartete schon auf der gegenüberliegenden Straßenseite.

»Was halten Sie von einem kleinen Drink?«, fragte er, doch Tess kam nicht mehr dazu, zu antworten. Sie war nur noch wenige Meter vom Taxi entfernt, als neben ihr aus einer dunklen Nische ein Schatten hervorstürzte und ihr die Handtasche von der Schulter riss. Im nächsten Moment war er schon wieder im Dunkel einer Gasse verschwunden. Matt rannte los.

»Matt! Bleiben Sie hier!« Das fehlte gerade noch, dass man ihn in einem düsteren Hauseingang zusammenschlug. »Matt!«

Er kam zurück.

Keuchend stützte er sich auf die Oberschenkel. »Verdammt schnell, der kleine Mistkerl!« Er zeigte hinunter in eine düstere Gasse, in der Tess den Schatten eines Baugerüsts zu erkennen glaubte. »Ist in dieser Ruine verschwunden. Der kennt sich aus. »Haben Sie was abgekriegt?«

»Nein, sie haben nur die Tasche …«

»Was hatten Sie drin?«

»Mein Portemonnaie mit etwa siebzig Euro und eine Kreditkarte, die beiden anderen habe ich im Hotelsafe gelassen, Pass und Führerschein.« Das Handy hatte sie zum Glück in der Manteltasche. Sie ärgerte sich über den Aufwand, den sie betreiben müsste, um alles wiederzubekommen. Der Taxifahrer war aus dem Wagen gesprungen und herbeigeeilt. Er gestikulierte heftig, und Tess begriff, auch ohne ein Wort zu verstehen, dass er Augenzeuge gewesen war und dass sie sofort zur Polizei fahren sollten.

»Diese Dreckskerle! Ihre Tasche können Sie vergessen, auch das Geld, aber wir sollten trotzdem zur Polizei gehen. Vielleicht haben Sie ja Glück, und jemand findet wenigstens Ihren Führerschein.« Matt wischte sich übers Gesicht.

Sie dachte an die beiden hohläugigen Jungen, sollten sie wirklich so lange gewartet haben? Oder waren es andere gewesen? Sie fröstelte, während sie durch die dunklen Straßen fuhren. Schon so lange lebte sie in Chicago, aber noch nie war sie ausgeraubt worden. Jetzt hielt sie sich erst ein paar Stunden in Lissabon auf, und schon war es passiert. Sie sah aus dem Fenster. Die Laternen leuchteten trüb entlang der gewunden Straße, die immer weiter bergab führte. Auf der anderen Seite des Tejo schimmerten Lichter. Sie fühlte sich schutzlos, nackt, das Essen lag ihr schwer im Magen, und vom Wein war ein saurer Nachgeschmack im Mund zurückgeblieben. Obwohl sie nicht abergläubisch war, tauchte ein Gedanke in ihr auf, dass dies der Anfang war, der Anfang von etwas, das ihre Pläne durcheinanderbrachte.

Am Rossio hielt der Fahrer an und zeigte auf einen großzügigen beleuchteten Eingang. Die Pforte ließ eher ein Museum erwarten als eine Polizeistation, und Matt erklärte, dass auch das Tourismusbüro sich hier befände. Er öffnete auf der rechten Seite eine breite Tür, und sie betraten ein neonbeleuchtetes Büro, in dem drei uniformierte Polizisten, zwei Männer und eine Frau, hinter Aktenstapeln saßen. Mehrere Personen redeten aufgebracht auf sie ein.

»Wir waren wohl nicht die Einzigen heute Abend«, flüsterte Matt ihr zu.

Tess hoffte, dass sie nicht allzu lange warten mussten, sie war müde und sie fror, und ihre Stimmung war auf dem Tiefpunkt. Das Paar am Schreibtisch der Polizistin erhob sich, und die Polizistin winkte Tess und Matt heran.

Tess gab den Überfall zu Protokoll, ließ die gestohlene Kreditkarte sperren und gab die Hoteladresse an, damit man sie verständigen könnte, falls die Tasche wieder auftauchen sollte, was allerdings – leider, wie die Polizistin mit einem bedauernden Seufzen hinzusetzte – höchst unwahrscheinlich war. Sie wünschte Tess trotz allem noch einen schönen Aufenthalt in Lissabon. Hinter ihnen wartete bereits ein verstört wirkendes älteres Ehepaar. Auch über sie schien das Unerwartete hereingebrochen zu sein.

Draußen blies ein scharfer Westwind. Jetzt erst merkte Tess, dass sie zitterte.

»Sorry«, Matt stellte den Kragen seines Jacketts hoch. »Unser erster Abend sollte eigentlich nicht so enden.«

Tess spürte auf einmal die Zeitverschiebung, sie war erschöpft, wollte nur noch ins Hotel zurück, eine heiße Dusche nehmen und den Abend vergessen. »Wie komme ich am schnellsten ins Hotel?«

»Zu Fuß. Ich begleite Sie.«

Sie mussten den Rossio überqueren, den großen Platz mit dem schwarz-weißen Wellenmuster als Pflaster.

»Hier hat man übrigens während der Inquisition Scheiterhaufen errichtet, um Ketzer zu verbrennen.«

»Danke, Matt, das tröstet mich, die Sache mit der Handtasche ist dagegen ja gar nichts …«, sagte sie und versuchte zu scherzen.

»Nein, so habe ich es nicht gemeint …« Er lachte.

Wenig später betraten sie die helle Eingangshalle des *Mundial.*

»Hoffentlich können Sie schlafen …«, sagte Matt, als sie an der Rezeption standen.

»Bestimmt. Ich bin todmüde.«

»Gut. Ich hole Sie morgen um zehn ab. Ach, brauchen Sie Bargeld?«

Sie erklärte ihm, dass sie zwei Kreditkarten im Zimmersafe hatte und in ihrer Hosentasche noch fünfzig Euro. »Eine Angewohnheit«, fügte sie hinzu.

Er wünschte ihr eine gute Nacht und gab ihr einen Abschiedskuss auf die Wange. Als sie zu den Aufzügen ging, hatte sie noch immer den Duft seines Aftershaves in der Nase.

Sie fuhr in ihre Etage hoch und ging in ihr Zimmer. Morgen wäre es achtzehn Jahre her, dass ihre Mutter bei dem Unfall gestorben war. Auf dem kleinen Tisch am Fenster lag der Zettel mit dem Text ihres Großvaters – und daneben das Foto ihrer Mutter. Sie hatte es in ihrer Tasche gehabt, als sie überfahren wurde. Es war ein Polaroid-Foto, sie lachte darauf, ihr blondes Haar wirkte feucht von der Hitze. Sie sah glücklich aus. Unten stand ein Datum. Es war am Tag ihres Todes aufgenommen worden. Von wem, wusste niemand. Manchmal fand Tess den Gedanken tröstlich, dass sie wusste, ihre Mutter war an diesem Tag glücklich gewesen. Sie warf einen Blick auf das Display ihres Handys. Adrian hatte eine SMS geschrieben. *Gut angekommen? Kuss A.*

Einen Augenblick lang überlegte sie, ob sie ihn anrufen sollte, doch dann schrieb sie nur *Alles o. k.* zurück.

Draußen flackerten die Lichter der Stadt, die Menschen gingen aus, wollten ihren Spaß haben. Ihre Mutter war auch ausgegangen.

Kurz entschlossen fuhr sie wieder hinunter.

»Zur Avenida Infante Dom Henrique«, sagte sie, als sie ins Taxi stieg, und wunderte sich, dass sie sich den Namen so leicht hatte merken können.

»It is a very long street«, erklärte ihr der Taxifahrer und sah zu ihr nach hinten. Ein Student vielleicht, dachte sie, und war froh, dass er Englisch sprach.

»Ich möchte dahin, wo die Lokale sind.«

»Es gibt viele Lokale. Wollen Sie zu den Docks? Da ist ’ne Menge los. Eine Disco, eine Bar an der anderen. Aber das ist dann schon die Avenida da Ribeira das Naus, die geht dann über in die Avenida Vinte e Quatro de Julho …«

»Die Docks? Ich weiß nicht, gab es die schon 1990?« Warum hatte sie Rose nicht nach der genauen Stelle gefragt?

Er lachte. »Da war ich noch ein Baby!«

Es war ihre Schuld. Sie hätte sich vorher genau informieren sollen.

»Okay, fahren Sie einfach, ja? Fahren Sie einfach diese Straße entlang.«

»Die Docks sind rechts vom Praça do Comércio. Sollen wir links anfangen?«

»Ja, ja, meinetwegen.«

Das Leder der Rückbank war kalt, sie kauerte sich in die Ecke hinter dem Fahrersitz. Sanft fuhr der Wagen an, drehte um das Rondell und glitt dann durch die Stadt, vorbei an kalt leuchtenden Schaufenstern und durch Straßen mit müde glimmenden Straßenlaternen. Hin und wieder streiften die Schweinwerfer Paare, Touristen oder auch Bettler, die in düsteren Hauseingängen Schutz vor der Nacht suchten.

Das Taxi bog an einem großen Platz nach links ab. Rechts erkannte sie nur den Fluss, Parkplätze, Kaianlagen, links erhob sich der Burgberg mit einem Teil der Altstadt. Tess sah hinauf zu der angestrahlten Burg. War ihre Mutter dort in der Alfama gewesen, in einem der Lokale, und dann hinunter auf diese Straße gelaufen? Sie versuchte sich vorzustellen, was ihre Mutter an ihrem letzten Abend hier gemacht hatte, was sie gedacht hatte, mit wem sie unterwegs gewesen war. Weder ihre Großeltern noch Rose hatten je darüber gesprochen. Sie wäre aus beruflichen Gründen nach Lissabon gereist, hatte es all die Jahre geheißen. Als Journalistin reiste sie ja dauernd irgendwohin. Aber irgendwie, das hatte sie schon als Dreizehnjährige gespürt, hatte es mit dieser Reise etwas anderes auf sich, es war mehr als nur ein beruflicher Auftrag. Vor der Abreise ihrer Mutter war die Stimmung seltsam angespannt gewesen, ihre Mutter hatte mit Grandma gestritten, die beiden hatten aber sofort aufgehört, als Tess in die Küche gekommen war.

Lastwagen kamen ihnen entgegen, Autos überholten, auch das Taxi fuhr jetzt schneller.

Tess stellte sich vor: Ihre Mutter in einer Bar, sie trinkt ein paar Cocktails oder ein paar Gläser Wein, sie raucht ihre Joints, vielleicht hat sie Streit mit einem Typen … Sie rennt über die Straße … Das Auto ist zu schnell. Auch zu schnell für die Polizei … Der Fahrer wurde nie gefunden.

»Wie weit soll ich fahren?«, fragte der Taxifahrer in diesem Augenblick. Die Altstadt lag längst hinter ihnen, die Gegend sah aus wie ausgestorben.

Es hatte keinen Sinn. Sie könnte stundenlang durch die Stadt fahren, sie käme ihrer Mutter nicht näher. »Drehen Sie um.«

Das Bett war kalt, sie zog die Decke bis zum Kinn. Durch das Fenster schien ein mattes Licht herein, vielleicht war es der Mond, vielleicht war es auch nur das Glühen der nächtlichen

Stadt. *Ich weiß noch nicht einmal, in welchem Hotel sie gewohnt hat.*

Und dann dachte sie an Luís.

Er hatte etwas Dunkles, Geheimnisvolles, so wie das düstere Gemälde im Haus ihrer Großeltern, das sie immer wieder in den Bann zog.

Chicago

Man kann immer weglaufen, auch wenn man nicht mehr laufen kann, denkt Eleonore. Dann muss man eben fliegen, oder der Geist muss es tun. Das hat sie erkannt. Das macht gute Laune. Ein paar Lieder fliegen schon aus ihrem Mund, wie Schmetterlinge. Am Brunnen vor dem Tore, da steht ein Lindenbaum … ein Knäblein … Sie spitzt die Lippen. Ein Kuss, wie küsst man? Sie hat es verlernt. Dabei hat sie gern geküsst. Sie versucht es noch einmal, sie kann die Lippen spitzen, und dann? Wie geht es weiter? Sie kann nicht küssen ohne einen anderen Mund. Und jeder Mund küsst anders. Oh ja, das hat sie erkannt. Beim Küssen ist es ihr immer wieder klar geworden. Sie hat sich gezwungen, darüber hinwegzugehen, doch wie ein Kobold hat die Erinnerung gelauert, hat nur darauf gewartet, dazwischenzurufen.

Jeder Mensch will geliebt werden, und wenn da plötzlich jemand anders ist, der sich dazwischendrängt … Wie soll man denn so leben können?

Es hätte so einfach sein können. Sie weiß noch ganz genau, wie sie ihn kennengelernt hat.

Hans, mein Hans, wie sie mit ihm zum ersten Mal tanzt, am Geburtstag von seinem Freund Franz Ullmann, und sie feiern im Garten von dessen Eltern. Lampions hängen in den alten, hohen Bäumen, und auf dem langen Tisch mit dem weißen Tischtuch flackern Kerzen. Ein fast voller Mond leuchtet vom Nachthimmel herab, der Duft nach Blumen und feuchter Erde erfüllt die Luft. Grillen zirpen. Es ist Sommer. August. Eine Sommernacht, wie man sie sich wünscht. Jemand stellt den Plattenspieler auf der Terrasse an, und wie ein Magnet zieht die Musik immer zwei Menschen zueinander, und sie beginnen, sich im Rhythmus zu wiegen.

Hans trägt ein weißes Hemd, es leuchtet im Mondschein ganz hell, er hat es an den Armen aufgerollt, sodass sie seine schlanken gebräunten Unterarme sehen kann. Der Kragen steht offen. Er ist ein gut aussehender junger Mann mit glatten braunen Haaren und freundlichem Gesicht. Doch es sind die Augen, die sie als Erstes an ihm wahrgenommen hat, gleich am Anfang, als sie in der Wohnung ist. Da ist er ihr anstelle von Ullmann entgegengekommen und hat ihr die Strickjacke abgenommen. Sie sind blau, seine Augen, aber nicht hellblau, sondern dunkelblau, fast grau, und das gefällt ihr, dieser Schatten, der nicht nur über seinen Augen liegt, sondern über seinem ganzen Wesen.

Menschen, die gleich am Anfang alles zeigen, langweilen sie, aber letzten Endes sind sie es, mit denen man leben kann.

Sie hat den Schatten ergründen wollen.

Der Schatten hat mit seiner Mutter zu tun. Schon als sie sie zum ersten Mal gesehen hat, in ihrer Frankfurter Wohnung, mit den zugezogenen Gardinen, wie sie so auf dem Sofa saß und mit unbestimmtem Blick ins Leere sah, da hat sie einen Augenblick lang die Gewissheit gespürt, dass sie Hans nicht würde halten können, weil auch er dieses Abwesende hatte. Doch der Augenblick ging vorüber, und sie tat, als hätte es ihn nie gegeben.

Sie redete viel mit ihm, um ihn aus seinem Schneckenhaus zu locken, in das er sich so schnell verzog, wenn ihn etwas störte oder wenn ihm etwas zu viel wurde. Sie überraschte ihn mit Vorschlägen, etwas zu unternehmen, einen Fahrradausflug durch die Felder, einen Spaziergang am Main, einen Besuch bei Freunden. Aber oft hatte sie den Eindruck, dass er sich dabei nur noch mehr zurückzog. Da hätte sie aufgeben sollen, stattdessen bemühte sie sich weiter, und selbst als er ohne sie nach Paris abreiste, damals nach der Reichskristallnacht, kämpfte sie gegen den Schmerz an, den sie empfand, und reiste ihm ein paar Monate später nach. Vielleicht kannst du es nicht ertragen, wenn man dich nicht liebt, fragte sie sich später oft. Warum sonst hatte sie die Verletzungen hingenommen?

Sie kann ihn nicht vergessen. Sie kann ihn nicht herausbekommen aus den Falten und Windungen ihres Gehirns. Sie fährt sich durchs Haar. So dünnes Haar hat sie? Sie wendet den Kopf und sieht zur Wand. Sie erschrickt. Da ist ein Gesicht, ein altes, faltiges Gesicht, grau und eingefallen, und darüber weißes Haar wie Daunenfedern. Sie streckt den Zeigefinger aus, wie diese Gestalt da vor ihr, bis sich die Fingerspitzen berühren. Sie ist kalt und hart, die Fingerspitze.

»Guten Morgen, Eleonore! Oh, machen Sie sich vor dem Spiegel schön?«

Der Engel erscheint plötzlich.

»Guten Morgen, Engel!«, ruft der Mund von ihrem Gegenüber.

»Heute sind Sie aber fröhlich, Eleonore! Sie haben doch gerade gesungen, nicht wahr?«

»Das macht die Luft hier oben. Nur erkältet man sich leicht.« Aus den Augenwinkeln nimmt sie wahr, dass diese andere Person auch die Lippen bewegt.

»Da haben Sie recht. Ich habe seit gestern Halsschmerzen, ich habe ohne Schal vor unserem Haus gefegt. Ach ja, man ist manchmal unvernünftig. Hier sind Ihre Tabletten. Machen Sie schön den Mund auf.«

»Der Leib Christi …«

»Eleonore, so was sagt man nicht. Und jetzt machen Sie den Mund auf.«

»Ich muss vorher beichten, warum sagst du mir das nicht, Engel?«

»Ach, Eleonore, heute ist wieder ein schwerer Tag, was?«

»Ich will beichten!« Sie sinkt auf die Knie.

»Eleonore, bitte, kommen Sie, ich helfe Ihnen auf, so geht das doch nicht, jetzt legen wir uns wieder schön ins Bett und machen den Mund auf.«

»Ich habe gesündigt.«

»Wir alle sündigen, Eleonore, so sind die Menschen.«

»Du sollst nicht töten.«

»Ja, du sollst keine anderen Götter haben neben mir, du sollst Vater und Mutter ehren …«

»Danke schön. Bitte schön.«

»So, und jetzt ganz brav den Mund auf, ja, und die erste Tablette … und die zweite … Es geht doch … und die letzte.«

»Die letzte Ölung, bekommen die auch Mörderinnen, Engel?«

Komisch, sie weiß nicht mehr, wen sie ermordet hat, aber sie ist sich sicher, sie hat es getan.

Lissabon

»Die Docks waren früher Lagerhäuser. Sie sind erst kurz vor der Weltausstellung umfunktioniert worden.« Matt stellte mit der Zigarette in der Hand die Tasse auf den Unterteller. »Wir könnten nach dem Fado dorthin gehen.« Das sei das Gute an Lissabon, es gebe Cafés, in denen man rauchen dürfe.

Tess schob die leere Tasse über den Tresen und bestellte noch einen Kaffee. Sie wollte noch keine Pläne machen und sich lieber treiben lassen.

Matt sah sie lange an. »Sie sollten sich auch ein bisschen Spaß gönnen, Tess. Sie sind viel zu ernst.«

Sie riss die Zuckertüte auf und schüttete einen Teil in den frischen Kaffee. »Ich hab genug Spaß, Matt! Und ich habe wunderbar geschlafen.« Die Albträume der letzten Nacht erwähnte sie lieber nicht. Sie war hinter ihrer Mutter her durch dunkle Gassen gerannt, Mauern hinuntergestürzt, in Gräben gefallen, endlose Treppen hinaufgestiegen und über dicht befahrene Autobahnen gerannt. Und dann war plötzlich Adrian da gewesen, und sie beide waren auf einer breiten Straße durch ödes, immer gleiches Land gegangen. Erst der Wecker hatte dem allen ein Ende bereitet, und jetzt fühlte sie sich schwindlig und wie gerädert und hoffte auf die Wirkung der zweiten Tasse Kaffee. Matt drückte seine Zigarette aus. Er wirkte ausgeschlafen und schien voller Energie zu sein.

»Sie sollten was essen.« Er schob das Tellerchen mit den beiden kleinen klebrigen Croissants zu ihr herüber. »Wirklich«, fügte er hinzu, und sie nahm tatsächlich eins. Sie war überrascht, wie gut es schmeckte. Matt lächelte.

Sie ließ den Blick durch den Raum schweifen. Zwei Frauen

mittleren Alters, für einen Bürotag geschminkt und gekleidet, tranken schweigend ihren Kaffee, die Kellner hinter der Theke nutzten die ruhige Zeit, um die Kaffeemaschine zu polieren und die Gläser zu ordnen, ernst und gewissenhaft, kein Handgriff zu viel oder zu wenig, sie wussten, wie lang ein Tag war. Hinter der Scheibe des Cafés drehten sich die hellgrünen Blätter der Platanen im Wind, Wolken zogen als weiße Wattefetzen über einen wässrig blauen Himmel, und von den vorbeifahrenden Autos blitzten Sonnenreflexe auf. Frühling in Lissabon. Es war ein schöner Tag gewesen – der Todestag ihrer Mutter.

Matt wischte sich die Finger ab und knüllte die Papierserviette zusammen.

»Okay, gehen wir.«

Sie ging neben ihm über die Avenida da Liberdade, die breite Straße mit der von Bäumen beschatteten Promenade längs des Mittelstreifens. Sie folgten dem Bogen einer ansteigenden Straße, die auf einen kleinen Platz führte. Auf einer Bank unter hohen Bäumen schlief ein zerlumpter Alter. Am Rande des Platzes, an einem grauen, fleckigen Gebäude konnte Tess ein viereckiges Neonschild erkennen, auf dem der Schriftzug *Pensão Victoria* klebte. Was hatte sie sich vorgestellt? Ein gepflegtes Hotel mit Buchsbäumen vor dem Eingang?

»Das da?«

»Hieß früher *Alegría.* Keine Ahnung, wie es früher aussah. Aber eine Luxusherberge ist es sicher auch damals nicht gewesen.«

Tess packte die Kamera aus. Sie wusste noch nicht, wofür sie die Aufnahmen machte. Für sich, für Rose? Matt zündete sich eine Zigarette an und wartete, bis Tess fertig war.

Die Alutür mit dem geriffelten Glas stand offen. Tess betrat hinter Matt einen kahlen Raum, an dessen Ende eine steile, enge Treppe nach oben führte. Eine aufgeschlagene Zeitung senkte sich, und über die schmale Theke gebeugt, musterte sie jemand durch eine große, schwere Brille. Er musste Mitte, Ende fünfzig sein, die graue Haut und die tiefen Falten erinnerten Tess an trockenes Pergamentpapier, selbst seine Haare waren stumpf und grau. Jahrzehntealter Zigarettenqualm stand in der Luft. Der Blick des Mannes veränderte sich kaum, als Matt ihn ansprach. Kein verständnisvolles Nicken, kein interessiertes Hochziehen der Brauen, kein freundliches Lächeln. Matt beendete seine Erklärung und wartete auf eine Antwort. Schließlich hob der Mann die Hand, deutete mit dem Zeigefinger in Richtung Treppe und murmelte ein paar Worte, drehte sich dann zum Schlüsselbord, wählte einen Schlüssel aus und gab ihn Matt.

»Erster Stock.« Matt zeigte zur Treppe. »Ich hab ihm gesagt, wir wollten mal eines der Zimmer sehen. 1940 hätten Ihre Großeltern eine Zeit lang hier gewohnt.«

»Und was hat er gesagt?« Unter dem grau-grün gemusterten Linoleumboden knarrten die Holzdielen.

»Dass er es erst vor etwa dreißig Jahren übernommen hat.«

Vier Türen gingen von dem schmalen Flur ab. Es war dunkel, Licht kam nur aus dem Erdgeschoss herauf.

»Vierzehn.« Matt schloss die zweite Tür auf der rechten Seite auf. Der Geruch von süßlichem, billigem Parfüm und einem scharfen Putzmittel schlug ihr entgegen. Durch ein Fenster mit Milchglasscheibe fiel Licht. Gleich links neben der Tür stand das Bett, das Kopfteil aus geschnitztem dunklem Holz, auf der grauen Wolldecke Brandlöcher. An der Wand über dem Bett wachte ein wuchtiges Kruzifix mit einem abgemagerten Christus, der schmerzverzerrt auf die unter ihm Liegenden hinabblickte. Ein wackliger Tisch aus Furnierholz, davor ein Stuhl, daneben ein schwerer Schrank mit geschnitzten Türen, an der gegenüberliegenden Wand ein abgestoßenes Waschbecken, ein schmuckloser Spiegel mit blinden Flecken, das war alles. Bescheiden, ärmlich, vernachlässigt. Matt schob das Fenster auf. Gurrend flog eine Taube auf, eine graue Feder schwebte ins Zimmer.

Tess dachte daran, wie ihre Großeltern in ihrem Haus peinlich auf Sauberkeit geachtet hatten. Nicht eine der Putzfrauen, die sie im Laufe der Jahre hatten, war ihnen sauber genug gewesen. Zweimal die Woche war Tess' Großmutter, mit einem Desinfektionsmittel bewaffnet, durchs Haus gezogen, als müsse sie alle Spuren tilgen, die sie und alle Bewohner und Besucher hinterlassen hatten. Kurz bevor sie so aggressiv geworden war, dass man sie ins Heim brachte, hatte sie sich selbst immer wieder mit Desinfektionsmittel gewaschen. Schließlich hatte man den Arzt rufen müssen.

»Jedes Badezimmer, jeder Flur war von Flüchtlingen belegt. Wie haben die Menschen das nur ausgehalten?« Matt sah sich um, die Arme in die Hüften gestemmt.

Tess versuchte, sich ihre Großeltern auf einer Matratze oder auch nur auf einer Decke am Boden vorzustellen, vielleicht unter dem Fenster, es fiel ihr nicht leicht. Weder ihr Großvater noch ihre Großmutter waren ihr je besonders bescheiden vorgekommen. Aber vielleicht waren sie ja so geworden, weil sie so etwas hier erlebt hatten.

Matt sog die Luft ein. »Stellen Sie sich mal acht Leute hier drin vor. Alle seit Monaten oder sogar seit Jahren auf der Flucht. Und dann heißt es: Sie kommen nur auf ein Schiff, wenn Sie ein Visum für Amerika oder für wer weiß wohin haben. Und natürlich das Geld für die Überfahrt und die Gebühren. Was meinen Sie, was die Menschen alles getan haben, um an Pässe und Visa zu kommen?« Matt lehnte sich mit verschränkten Armen an den Türrahmen und beobachtete sie, während sie ein paar Fotos schoss. »Was meinen Sie, wozu Menschen fähig sind? Ihre Großeltern hatten viel Glück. Da gab es andere, die sind auf der Strecke geblieben.«

Sie fotografierte das Bett mit dem Kruzifix. Sie kam sich herzlos vor, als sie versuchte, sich ihre Großeltern in die Bilder zu denken. Sie hatten nie von dieser Zeit gesprochen, sie wollten nicht erinnert werden, und sie, sie rührte nun alles wieder auf. Sie sah zur Decke hinauf. Ein tiefer Riss teilte die Gipsrosette, aus der das Kabel und die Halterung für den elektrischen Kerzenleuchter herausführten. Der Riss setzte sich fort wie die Grenze auf einer Landkarte, mal gezackt, mal geradlinig, bis er fast rechtwinklig auf einen anderen Riss stieß, der von der Tür her kam. Sie dachte an Chicago, an das Haus und an den zugefrorenen See, an das glitzernde weiße Eis, das in der Sonne riss. Sie war wieder das Mädchen mit den Schlittschuhen, es glitt übers Eis, als Matts Stimme sie zurückrief.

»Wenn Sie wollen, könnte ich unseren Freund da unten mal fragen, ob der Vorbesitzer noch lebt.«

»Das ist ziemlich unwahrscheinlich, oder?« Sie packte die Kamera in ihre Kameratasche.

»Lassen Sie mich mal machen.« Matt grinste und stieß sich vom Türrahmen ab.

In eckiger Schrift schrieb der Inhaber der Pension einen Namen auf einen Zettel und schob ihn Matt zu.

»João Pereira.« Matt seufzte, als sie wieder draußen standen. »Den gibt es sicher hundert Mal. Aber ich kümmere mich drum. Schließlich werde ich dafür ja bezahlt, oder?« Er zwinkerte.

Sie wollte einwenden, selbst wenn sie ihn fänden, wer würde sich schon an ein Ehepaar erinnern, das vor mehr als einem halben Jahrhundert einige Wochen lang in einer Pension gewohnt hatte, in einer Zeit, als die Stadt von Fremden überschwemmt war?

Matt steckte den Zettel in seine Jackentasche. »Ich muss heute in die Botschaft, sonst hätte ich Ihnen eine Stadtführung geboten. Aber wenn Sie wollen, können wir noch ein paar Straßen weiter gehen. Dann zeige ich Ihnen wenigstens das Haus, in dem damals eine Suppenküche untergebracht war. Sie wurde von einer Hilfsorganisation betrieben, die Juden bei der Auswanderung unterstützt hat.«

Tess nickte, sie wollte schließlich die Stadt kennenlernen und ein paar stimmungsvolle Fotos machen, also ging sie mit ihm los durch verwinkelte, steile Gassen mit unebenem Kopfsteinpflaster, in denen alternde Häuser sich gegenseitig zu stützen schienen, um nicht zusammenzustürzen. Travessa do Noronha stand auf dem Straßenschild, unter dem Matt stehen blieb.

Tess betrachtete das heruntergekommene Haus mit den eingeschlagenen Fenstern und der abblätternden Farbe und stellte sich vor, wie die Menschen dort Schlange standen, einen Blechnapf in der Hand, Menschen, die früher in gepflegten Häusern und Wohnungen gelebt und den Tisch mit Familienporzellan gedeckt hatten.

»Ich nehme mal an, dass Ihre Großeltern, die ja keine Juden waren, nicht von dieser Hilfsorganisation unterstützt wurden.«

»Nein, mein Großvater hatte nur einen Cousin in Chicago, der für sie gebürgt und die Schiffstickets besorgt hat, weil ihnen auf der Flucht das Geld ausgegangen ist.«

»Schriftsteller wurden von einigen Komitees in den USA …«

»Aber nur die bekannten. Mein Großvater gehörte nicht dazu«, erklärte sie. Sie musste an Roses Bemerkung über sein beschränktes Talent denken. Es kam ihr vor, als stellte sie ihn posthum bloß.

»Verstehe. Wollen Sie ein Foto machen?«

Tess zögerte. Mach ein paar hübsche Fotos …, klang Roses Stimme in ihren Ohren. Nein, dieses würde ganz sicher kein hübsches Foto werden.

Zurück an der Avenida da Liberdade, verabschiedete sich Matt. »Ich tue mein Bestes, diesen Pereira ausfindig zu machen. Und Sie erkunden noch ein wenig die Stadt«, rief er Tess noch zu, als er in ein Taxi stieg.

Die Morgensonne genießend, schlenderte sie die breite Straße hinunter, in die Welt aus luxuriösen Hotels, Modegeschäften und Restaurants. Junge Touristen zogen an den Schaufenstern vorbei, es war unmöglich, ihre Herkunft zu erraten, alle trugen dieselbe Uniform der internationalen Mode und Frisuren, in den Ohren die gleichen weißen Knöpfe der iPods. Vor ihr öffnete sich das Wellenmeer des Rossio, links sah sie das rote Schild vom *Café Suica* leuchten, weiter hinten erhob sich der Burgberg mit dem Kastell, rechts ragte der eiserne Turm des Elevador Santa Justa über die Dächer, jene an den Eiffelturm erinnernde Konstruktion eines Aufzugs, der Unterstadt und Oberstadt miteinander verband. Dort, in der Oberstadt, erstreckte sich das Barrio Alto, jenes Viertel, in dem es viele Restaurants und Bars gab. In diesem Augenblick wäre sie beinahe über das Bänkchen eines Schuhputzers gestolpert, sie fing sich jedoch wieder und sie sah das Lachen in seinem faltigen Gesicht.

»Perdon!« Sie eilte davon. Drei ältere Herren, alle im dunklen Anzug, kamen ihr entgegen, stumm, der Blick starr. Links bemerkte sie einen Tabakladen; vor Regalen voller Zigarettenpackungen erstreckte sich eine lange mit Zeitungspacken beladene Theke in den schmalen Raum hinein. Die Fliesen an der Wand und an der Theke zeigten rauchende Frösche. Zigaretten rauchende Frösche auf Seerosen und Grashalmen, Pfeife schmauchende Frösche auf über einen See treibenden Booten. Sie machte ein paar Fotos für Rose und kaufte Postkarten. Als sie aus dem schläfrigen, von Tabakduft geschwängerten Dunkel der Frösche-Welt ins Helle trat und sich nach rechts wandte, schrak sie zurück. An der Hauswand hockte ein Mann, das Gesicht entstellt von einem rötlich-warzigen Tumor. Sie ging eilig vorbei. Als sie der Gruppe blonder Touristen zum Elevador Santa Justa folgte, hatte sie auf einmal das Gefühl, dass der Mann es genossen hatte, sie zu schockieren.

In dem kurzen Gang zur Tür des Aufzugsschachts hatte sich eine Warteschlange gebildet. Ein dunkelhäutiger Angestellter in gebügelter, perfekt sitzender Uniform löste die Tickets und ließ die ersten Wartenden ein. Tess schlüpfte mit hinein in die Kabine des Aufzugs. Gleichmütig schloss der Angestellte die Tür und setzte die holzgetäfelte Kabine mit einer silbrigen Kurbel in Gang, die daraufhin langsam nach oben glitt. Die Fahrt war kurz, niemand sagte etwas. Tess atmete auf, sie entfernte sich von dem Mann mit der schrecklichen Wucherung und den rauchenden Fröschen, von der ärmlichen Pension *Victoria/Alegría.* Der Ausstieg befand sich in schwindelnder Höhe auf einer Plattform, von der ein Metallsteg zur Oberstadt führte und eine enge Wendeltreppe hinauf zu einer weiteren Aussichtsplattform mit einem Café.

Tess entdeckte einen freien Tisch am Geländer und zwängte sich an den voll besetzten und eng stehenden Tischen und Stühlen vorbei. Sie sah hinunter auf die Dächer und Plätze, auf das dunkelblaue Band des Tejo, über dessen Ufer sich Kräne reckten. Weiter links spannte sich eine lange Brücke, die, so schien es, direkt in die Arme der riesigen Christusstatue am gegenüberliegenden Ufer lief. Sie bestellte einen Kaffee, dann schloss sie die Augen. Die Frühlingssonne wärmte angenehm, die Stimmen der Menschen, ihr Lachen, die fernen Straßengeräusche, all das hatte etwas beruhigend Normales und Lebendiges.

Sie dachte an Adrian und dass sie ihn vermisste. Vielleicht erwartete sie ja einfach zu viel von einer Liebe? Sie hatten sich am College kennengelernt. Eigentlich hatte sie sich am Anfang gar nicht sonderlich interessiert für den großen, kräftigen Typen, der Wirtschaftswissenschaften studierte und jede freie Minute zum Baseball-Training ging. Aber Adrian war hartnäckig geblieben und hatte es irgendwie immer geschafft, sie abzupassen, um mit ihr ein paar Worte zu reden oder sie anzulächeln. Und nach einer gewissen Zeit hatte sie begonnen, nach ihm Ausschau zu halten. Bei der ersten Verabredung ins Kino merkten sie dann, dass sie sich stundenlang unterhalten konnten. Ja, Adrian wusste über alles etwas zu sagen. Er war an vielem interessiert und er konnte sehr charmant sein. Abgesehen davon sah er auch noch gut aus. Was also war es, das sie so an ihm störte und was sie von ihm wegtrieb?

Sie öffnete die Augen und blickte wieder hinunter auf die Stadt. Sie sehnte sich nach etwas, das sie nicht benennen konnte. Und genau dafür machte sie Adrian jetzt verantwortlich.

Plötzlich floss die Farbe aus den Bildern in ihrem Gedächtnis, sie wurden schwarz-weiß, und dann sah sie ihre Mutter, wie sie von einem Auto erfasst und auf die Straße geschleudert wurde, dann ihre Großeltern in abgetragener Kleidung, die Gesichter ausgezehrt von Hunger und Angst und von den schlaflosen Nächten in der Enge des Pensionszimmers. Die Gesichter veränderten sich, wurden zu ihrem und Adrians, und dann verwandelte sich seines in das entstellte Gesicht des Bettlers. Und dann sah sie direkt in das Gesicht der Bedienung, die ihr den Kaffee brachte, kajalumrandete Augen, und auf der Zungenspitze blitzte ein Piercing. Die Sonne war noch genauso hell und warm, aus den Boxen klang noch dasselbe Lied, und an den Nebentischen saßen dieselben Menschen, in dieselben Gespräche vertieft, trotzdem hatte sich etwas verändert. Ihr war, als würde sie erkennen, dass das nur eine neue trügerische Folie war, eine der vielen Schichten, die über der wirklichen Stadt lagen, in der die Inquisitoren Menschen bei lebendigem Leibe verbrannt hatten, wo die Geheimpolizei Salazars geherrscht hatte, wo Krüppel sich bettelnd zur Schau stellen mussten und wo Flüchtlinge, in die kleinsten Löcher gepfercht, auf Rettung hofften. Sie legte das Geld auf den Tisch und nahm den nächsten Aufzug nach unten.

In einem Taschengeschäft kaufte sie, ohne lange auszuwählen, eine praktische Umhängetasche. Anschließend streifte sie stundenlang durch Modeläden, ohne etwas zu kaufen, es war beruhigend, sich in Stoffen und Farben zu verlieren.

Was machte sie eigentlich hier? Verschwendete sie nicht nur ihre Zeit? Sie sollte einfach ein paar Fotos machen, wie Adrian gesagt hatte, und ein paar Tipps für Reisende sammeln. In ein paar Tagen würde sie wieder nach Hause fliegen – und alles wäre wie immer. Aber da war etwas, was sie davon abhielt, eine dunkle Seite, die sie in einen unbekannten Abgrund ziehen wollte. Da fiel ihr wieder der Liedtext ein, sie kannte ihn schon auswendig.

Überall ist Licht, doch ich sehe nichts,
überall sind Menschen, doch ich verstehe sie nicht.

Sie hatte Grandpa nie so grüblerisch empfunden, nicht so tiefgründig.

Matt hatte João Pereira gefunden, und der wäre bereit, sie beide zu empfangen, sagte er ihr am Telefon, als sie gerade gedankenverloren in einem Kleiderladen stand.

»Ich möchte Ihnen allerdings keine großen Hoffnungen machen, Tess, der Mann ist über neunzig. Ich habe mit seiner Tochter telefoniert.«

»Kann er sich denn an meine Großeltern erinnern?«

»Das kann ich Ihnen noch nicht sagen, aber seine Tochter will ihn fragen. Wo sind Sie gerade?«

»In einem Kleiderladen.«

»Und, haben Sie was Hübsches gefunden?«

»Ich kann mich nicht entscheiden.«

»Hören Sie, ich komme vorbei, und dann fahren wir zusammen hin. Wie heißt der Laden?«

»Keine Ahnung, er ist in der Fußgängerzone.«

»Dann treffen wir uns an der Ecke, dort ist ein Café mit einer dunkelroten Markise, wissen Sie, wo das ist?«

»Das weiß ich, ja. Aber müssen Sie denn nicht in der Botschaft sein?«

»Das hab ich schon geregelt. Ich komme mit dem Taxi, in zwanzig Minuten bin ich da.«

Die Stadt zog am Seitenfenster vorbei, im Schatten des Nachmittags sah sie dunkle Fassaden der Geschäftshäuser, ein Schaufenster mit Backblechen voller Croissants, eine Putzfrau mit Schürze und Kopftuch, die das nasse Fenster eines Musikladens trocken wischte, Schaufensterpuppen, die zeitlose Kleidung präsentierten, eine Bank oder eine Versicherung, die mit auffälligen Prozentzeichen in der Auslage warb.

»Ich hoffe für Sie, dass wir den Weg nicht umsonst machen«, sagte Matt.

Immer weiter entfernten sie sich von den alten, verwinkelten Gassen, immer nüchterner und höher wurden die Häuser, auf deren Balkons Schränke, Wäsche, Fahrräder und Kartons standen. Wie riesige überquellende Schubläden sahen sie aus. Irgendwann hielt der Fahrer an einer breiten Straße vor einem sechsstöckigen grauen Gebäude an. Sie stiegen aus. Die Luft roch nach Abgas und nach der süßlichen Abluft des Supermarktes im Erdgeschoss, vor dessen Eingang sich Kartons mit Gemüseresten stapelten.

»Nicht die beste Gegend«, bemerkte Matt. »Aber immer noch besser als im Barrio 6 de Maio. Dort leben die Leute, die von den Kapverden kommen oder aus den ehemaligen portugiesischen Kolonien. Da wagt sich selbst die Polizei nicht hin. Die ist fest in der Hand von Dealern.« Er drückte die gesprungene Glastür auf. Obwohl der schmale Aufzug nicht gerade vertrauenerweckend aussah, benutzten sie ihn, denn die Wohnung lag im fünften Stock.

»Ich habe keine Ahnung, was uns erwartet«, sagte Matt.

Die weiß lackierte Tür stand schon einen Spalt offen. Als Matt anklopfte, tauchte ein grauer Haarschopf auf.

Die kleine, elfenartige Gestalt mit dem blassen, zerknitterten Gesicht musterte sie streng. Die Tochter also, selbst mindestens schon siebzig, schätzte Tess.

Die Frau nickte, die schmalen, blutleeren Lippen aufeinandergepresst. Durch den Spalt roch es abgestanden nach Zwiebeln und Urin. Tess atmete durch den Mund, als sie Matt in die Wohnung folgte. Durch dunkelgrüne Gardinen fiel nur wenig Licht, sie tauchten das Wohnzimmer mit seinen unzähligen Tischchen, auf denen Spitzendeckchen lagen, mit seinen schweren Sesseln und samtbezogenen Stühlen in ein düsteres Waldgrün. Das Zimmer war so vollgestopft, dass Tess das atmende graue Häufchen auf dem Plüschsofa mit den gedrechselten Armlehnen erst bemerkte, als von dort eine dünne Stimme kam.

»Ich habe Ihnen ja gesagt, dass er sehr alt ist«, sagte Matt leise zu Tess.

»Was weiß er über meinen Großvater?«

Matt machte eine beschwichtigende Handbewegung.

»Nicht so schnell. Die Portugiesen lieben Höflichkeitsfloskeln, sie reden gern um den heißen Brei herum. Sie müssen ein bisschen Geduld haben, Tess.«

Matt und die Senhora tauschten ein paar Sätze aus. Währenddessen versuchte Tess, den alten Senhor Pereira nicht allzu auffällig anzusehen. Er musterte sie ungeniert. Sein Blick hatte etwas Verschlagenes, Listiges, aber vielleicht lag das auch nur an seinen schmalen, zusammengekniffenen Augen. Ein Augenleiden womöglich. Der Kragen seines Hemdes war viel zu weit, er schlotterte um seinen dünnen Hals, die breiten Manschetten sahen abgestoßen aus.

»Zeigen Sie ihm das Bild Ihrer Großeltern«, sagte Matt zu ihr. Sie trat näher zu dem Alten. Der reagierte nicht, als sie ihm das Foto zeigte.

Die Frau sagte etwas, und Matt antwortete.

»Sie fragt, ob Sie die Tochter sind«, übersetzte Matt. »Ich habe gesagt, Sie sind die Enkelin.«

Senhora Pereira schien auch hier zu wohnen, eine angefangene Stickarbeit lag auf einem der Plüschsessel, auf der Kommode standen ein Strauß Plastikblumen und Familienfotos, und auf der Glasplatte des Couchtischs bemerkte Tess Illustrierte.

Der Alte wedelte auf einmal mit dem Foto, er begann zu schreien und verzog das Gesicht, als hätte er Schmerzen. Tess fuhr zusammen.

»Er meint, Sie wollen ihm seine Uhr wegnehmen«, erklärte Matt.

Jetzt begann die Tochter auf den Alten einzureden, es hörte sich nicht sonderlich liebevoll an. Tess war froh, Matt an ihrer Seite zu wissen, nicht nur weil er die Sprache beherrschte, sondern weil er ihr das Gefühl gab, dass er sie auffing, egal, was passieren würde.

»Er hat in den letzten Jahren ständig Angst, dass jeder Fremde, der kommt, ihm die Uhr wegnehmen will«, übersetzte Matt die Erklärung der Tochter.

»Sagen Sie ihm, dass ich ihm seine Uhr nicht wegnehmen will, dass ich nur etwas über meine Großeltern wissen will.«

Matt redete beruhigend auf den Alten ein.

»Scheugenpflug«, glaubte sie diesen murmeln zu hören, dann schloss er die Augen, öffnete sie aber gleich wieder und rief etwas. Seine Tochter beugte sich zu ihm hinunter, und er flüsterte ihr etwas ins Ohr. Stöhnend richtete sie sich wieder auf. Dann drehte sie sich zu Tess um, stemmte die Arme in die Hüften und sagte etwas Unverständliches.

»Sie hätte etwas für Sie«, übersetzte Matt. »Aber es kostet etwas.«

»Was hat sie denn?« Tess überdachte die Möglichkeiten. Ein Foto? Einen Eintrag im Anmeldebuch vielleicht?

Senhora Pereira kniff die Augen zusammen und legte den Kopf schief. Dann sagte sie etwas.

»Amerikaner sind immer ungeduldig«, übersetzte Matt.

Tess bemühte sich um ein Lächeln. »In Ordnung. Wären Sie also so freundlich …«

Matt sagte etwas, worauf die Senhora nickte.

»Ein Buch von Ihrem Großvater«, sagte Matt.

»Sie hat ein Buch von meinem Großvater?« Das war unmöglich. Sie musste sich verhört haben, oder die Senhora war eine Betrügerin.

»Ja, ein Notizbuch«, gab Matt weiter.

»Mein Großvater hat bei ihm ein Notizbuch hinterlassen? Warum sollte er? Matt, fragen Sie, wieso sie ein Notizbuch von meinem Großvater besitzen.«

»Vergessen«, erklärte Matt, »Ihr Großvater hat es einfach im Hotelzimmer vergessen.«

»Vergessen?«

Matt zuckte mit den Schultern.

Der Alte starrte sie unverwandt an.

»Wieso hat er es aufgehoben?«, fragte Tess. Noch dazu länger als sechzig Jahre, fügte sie für sich hinzu.

Senhor Pereira fing an zu zittern, er umklammerte seine Armbanduhr und rief mit seiner dünnen Stimme etwas, das Tess auch ohne Matts Übersetzung verstand: Sie sollten endlich gehen!

»Er will, dass wir gehen«, bestätigte Matt.

Nun redete auch die Tochter auf sie ein, dabei rieb sie Zeigefinger und Daumen aneinander, sie wollte also Geld.

»Wie viel?«, fragte Tess.

Zwei Worte, die Senhora Pereira sofort verstand. Ohne zu zögern, sagte sie: »Zweihundert Euro.«

»Das meint sie nicht ernst!«

»Ich fürchte, doch.« Matt nickte.

Senhora Pereiras Blick flog zwischen Tess und Matt hin und her. Sie konnte es wohl kaum erwarten, das Geld in die Finger zu bekommen.

Tess wollte nur noch raus aus dieser Wohnung, die immer bedrückender und stickiger wurde. »Haben Sie zufällig zweihundert Euro dabei, Matt?«

Er nahm seine Brieftasche aus der Innentasche seines Jacketts. »Sie haben Glück. Ich war vorher am Geldautomaten.«

Senhora Pereira streckte schon die Hand nach den Scheinen aus, doch Matt grinste und gab sie Tess. Daraufhin ging die Senhora aus dem Zimmer. Wenig später kam sie hustend und schwer atmend zurück, ein schwarzes Heft in der Hand.

»Ist es das?« Tess nahm es an sich. Der Pappeinband fühlte sich rau an, wie mehrmals aufgeweicht und wieder getrocknet. Vorsichtig schlug sie ihn auf. *Hans Scheugenpflug* stand in verblasster Handschrift auf dem vergilbten Papier.

»Und, ist es echt?« Matt sah ihr über die Schultern.

Die Handschrift ähnelte der des Fado-Textes. »Keine Ahnung, aber einen Versuch ist es wohl wert«, sagte Tess.

Senhora Pereira riss Tess die Scheine aus der Hand.

Tess fühlte sich wie benommen, als sie draußen im Treppenhaus standen, Senhora Pereira hatte die Tür rasch hinter ihnen geschlossen, als fürchtete sie, Tess könnte zurückkommen und ihr das Geld wieder abnehmen.

»Sie sind ja ganz blass. Ist alles in Ordnung?« Matt legte ihr die Hand auf die Schulter. Es tat ihr gut.

»Es ist gleich vorbei, ich brauche nur ein bisschen frische Luft.« Sie fächelte mit der Hand. Sie war sicher, dass sie den Geruch nie wieder aus ihren Kleidern und aus der Nase bekommen würde.

Im Hotelzimmer legte Tess das Notizbuch auf den Schreibtisch vor dem Fenster. Was würde sie darin finden? Anekdoten? Kurze Notizen? Geheime Wünsche? Früher, als Jugendliche, hatte sie Tagebuch geschrieben, ganz besonders intensiv nach dem Tod ihrer Mutter. Als sie Adrian kennenlernte, gab sie es auf, weil sie glaubte, sie könnte nun alles, was ihr wichtig war, ab sofort ihm anvertrauen.

Wir machen uns ein Bild von einem Menschen, beurteilen ihn nach seinem Tun, nach seinen Äußerungen, seinen Gesten. Doch wir wissen nicht wirklich, was er denkt und fühlt. Einem Tagebuch vertraut man das an, was man nur sich selbst anvertraut. Er ist tot, sagte sich Tess, und sie fragte sich zugleich, warum sein Tod ihr das Recht gab, seine persönlichen Aufzeichnungen zu lesen. Er hatte ihr nicht die Erlaubnis dazu gegeben, mehr noch: Er hatte dieses Tagebuch nie erwähnt. Der schwarze Buchdeckel mit den abgestoßenen Ecken, das vergilbte Papier und die eng beschriebenen Seiten verlangten eine Entscheidung von Tess. Sie waren ein Teil ihres Großvaters, eine Spur, ein Abdruck, den er auf der Welt hinterlassen hatte.

ZWEITER TEIL

Ich bin der Mond

Lissabon

TAGEBUCH

10. November 1938

Das ist also der Anfang. Wie oft kann man im Leben von vorn beginnen? Und was heißt *von vorn?* Von der Mitte aus?

In den letzten Stunden habe ich versucht, die Dunkelheit hinter dem Fenster des Abteils zu durchdringen. Doch ich habe nur hin und wieder ein erleuchtetes Fenster gesehen, den Schein von Laternen, dabei sehnen sich meine Augen nach einem Bahnhof voller Menschen. Der letzte Halt war enttäuschend: ein einfaches düsteres Haus, ein kurzer Bahnsteig und ein Holzdach darüber. Keine Reisenden, kein Licht, nichts, ein sinnloser Halt.

Doch – ich sollte froh darüber sein, dass meine Flucht bisher ohne Zwischenfälle verläuft. Meine Flucht.

Ich lehne mich also behaglich auf der Bank des Erste-Klasse-Abteils zurück, in dem ich allein sitze. Noch zehn Stunden bis Paris, wenn alles gut geht.

Ist es nicht vermessen, was ich gerade tue? Geradezu beschämend für echte Flüchtlinge?

Ich bin weder Jude noch mit einer Jüdin verheiratet, ich bin weder ein brillanter Schriftsteller oder Journalist noch ein Kommunist. Ich bin nur ein Journalist, der mit Glück und Beziehungen einen Posten bei der renommierten *Frankfurter Zeitung* bekommen hat. Eigentlich habe ich ihn meinem Großvater mütterlicherseits zu verdanken, Professor für Bau- und Ingenieurwesen und Freund von Carl Bosch, dem Vorstandsvorsitzenden der I.G. Farben. Dieser hält – wie ich später erfuhr – seit einigen Jahren, von der Öffentlichkeit unbemerkt, die Zeitung finanziell über Wasser. Er übernahm schließlich die Zeitung, als man Heinrich Simon, den Herausgeber, zum Gehen zwang. Als Jude war er untragbar geworden. Von diesen Zusammenhängen habe ich erst erfahren, als ich schon längst dort arbeitete.

Meine Mutter hätte mitkommen sollen. Sie war das Reisen und das Leben in fremden Ländern von klein auf gewöhnt. Sie ist in Persien aufgewachsen. Ihr Vater war maßgeblich am Bau der Eisenbahnlinie beteiligt. Doch dann brach der Weltkrieg aus, und die Familie musste zurück nach Deutschland.

Ich sehe meine Mutter in unserer Frankfurter Wohnung und frage mich, warum sie es dort schon so lange aushält, ohne zu reisen. Sie, die den Orient liebt.

Nach dem frühen Tod seines Vaters übernahm mein Vater das Schreibwarengeschäft in der Frankfurter Innenstadt. Ich erinnere mich an die Erzählungen über seinen Vater, den jede Neuerung im Bereich von Druck, Fotografie und Vervielfältigung begeisterte. In seiner freien Zeit beschäftigte er sich mit der Fotografie und verwandte ganze Wochenenden darauf, Fotos zu entwickeln.

Als Kind stand ich oft vor seinen Fotografien, die gerahmt im langen, hohen Flur der Wohnung hingen, und träumte mich in sie hinein, erlebte abenteuerliche Geschichten, wenn ich mich zu den beiden Jungen auf die Kaimauer setzte und wie sie zu dem Dampfer hinüberblickte, dessen Reling voller winkender Menschen war. Plötzlich saß ich dann nicht mehr neben den Jungen in ihren kurzen Hosen, sondern ich war einer der Passagiere, der, gekleidet in einen hellen Anzug, den Zurückbleibenden mit dem Sommerhut in der Hand zuwinkte. Ich fahre nach Südamerika, stellte ich mir vor, nach Rio de Janeiro, ich war ein gut bezahlter Journalist, der dort eine Amazonas-Expedition begleiten sollte. Ein anderes Mal reiste ich zu einer Forschungsstation an den Südpol, oder ich war auf dem Weg nach New York, um Nordamerika zu durchqueren. Ich erinnere mich an Nachmittage, an denen ich davon träumte, wie mein anderer Großvater in den Orient zu reisen, nach Persien oder Indien, um dort eine kühne Brücke über einen reißenden Fluss zu bauen.

Mein Großvater, der Ingenieur, war sich sicher, ich würde in seine Fußstapfen treten, während mein Vater davon ausging, dass ich sein Geschäft übernehmen würde. Der andere Großvater war ja schon tot. Er hätte mich wahrscheinlich als Fotografen gesehen. Und meine Mutter wollte vor allem eines: mich in ihrer Nähe haben. Sie hat sehr darunter gelitten, dass sie eine Totgeburt hatte. Ich bin ihr einziges Kind. Und als ich eines Tages bei meinen Ausflügen zum Fluss die Böschung hinunterstürzte und mir die Wange an einer Eisenstange aufriss, wagte ich mich kaum nach Hause. All das Blut! Ich wusste, dass dieser Anblick für meine Mutter fast unerträglich wäre. Die Erinnerung daran ist geblieben, auch die Narbe, mein ganzes Leben lang.

Und jetzt? Ich habe sie im Stich gelassen.

Ich habe meine Mutter abgöttisch geliebt, solange ich denken kann. Sie ist immer schön gewesen, und wenn sie mit ihren dunklen Augen in die Ferne sah, dann wurde ich ganz still und versuchte, ihre Träume zu sehen, um mit ihr gemeinsam in dieser anderen Welt zu sein. Und so saßen wir beide manchmal auf dem Sofa im Salon und betrachteten die Bücher ihres Vaters mit alten Fotografien aus Persien, lasen die Reiseberichte der Gertrude Bell aus dem Vorderen Orient, ritten mit ihr auf einem Kamel durch die Wüste, saßen mit untergeschlagenen Beinen in einem Beduinenzelt und tranken süßen Tee. Niemandem gegenüber verloren wir ein Wort über unsere Traum-Nachmittage. Meine Mutter tauchte irgendwann wieder hoch an die Oberfläche, atmete tief und sagte dann mit einem wundervollen Glanz in den Augen: »So, nun müssen wir uns aber um das Abendessen kümmern, Hans« oder: »Hast du eigentlich schon deine Schulaufgaben gemacht?«

Schon früh zeigte sich, dass ich das, was mein Vater in seinem Geschäft verkaufte, zwar interessiert betrachtete und am liebsten mit nach Hause genommen hätte – all die herrlichen Federhalter, das weiße Papier, manches glatt, wie poliert, anderes rau und weich –, dass ich aber wenig Interesse am Verkaufen und Handeln verspürte. Um es direkter auszudrücken: Ich war in Mathematik eine Niete – zum Bedauern meines Ingenieur-Großvaters, der doch so gern einen Ingenieur aus mir gemacht hätte – und in allem, was Buchführung und Kundenbetreuung anging.

Ich wollte den Federhalter nicht einem Herrn X verkaufen, ich wollte ihn für mich. Es war mir gleich, womit Herr X seine Briefe oder sonst etwas schrieb.

Du kreist nur um dich, sagte Eleonore schon früh zu mir, und sie hatte nicht ganz unrecht. Aber ich kreiste auch um die Welt, um das Großartige, das Abenteuer – aber nicht um einen anderen Menschen. Menschen habe ich immer auf Distanz gehalten, wie meine Mutter wohl mich. Sie umarmte mich, sie küsste mich, aber sie sprach nie sehr viel. Schließlich verstanden wir uns ja auch ohne Worte.

Ich eignete mich für keinen der Wunsch-Berufe. Ich wollte nur eines: Journalist werden und auf Reisen gehen. Mein Ingenieur-Großvater ließ seine Beziehungen spielen und brachte mich als Volontär bei der *Frankfurter Zeitung* unter. Das bedeutete: Ich brachte Post von einem Büro zum anderen, holte Frühstück, Mittagessen und Zigaretten, trug Artikel von hier nach dort, lieferte den Redakteuren die Konkurrenzzeitungen. In meinen freien Minuten, aber vor allem zu Hause, schrieb ich die Artikel meiner Redakteure ab, um mir den Stil der Zeitung anzugewöhnen. Dann verfasste ich selbst Artikel in diesem Stil über irgendwelche erfundenen Themen. Ich lernte, die verschiedenen Schreibstile der Redakteure zu unterscheiden, und übte mich darin.

Es dauerte nicht lange, und ich durfte meinen ersten Artikel schreiben, weil ein Journalist plötzlich krank wurde. Thema: das Firmenjubiläum einer Speditionsfirma. Man hielt dieses Thema wohl nicht für allzu wichtig und so hatte man nichts dagegen, als ich mich erbot, den Kollegen zu vertreten. Zur Not, so dachte man wohl, würde man den Artikel ja nicht drucken müssen. Ich schrieb ihn, und zwar genauso, wie der erkrankte Kollege ihn geschrieben hätte. Der Redakteur bestellte mich in sein Büro. Ich war schrecklich aufgeregt, fürchtete, dass er den Artikel vor meinen Augen zerreißen und mir sagen würde, ich hätte kein Talent und sollte mir gefälligst einen anderen Beruf suchen. Doch Herr Monz musterte mich, als ich mit klopfendem Herzen vor seinem Schreibtisch mit den imposanten Stapeln von Blättern und Zeitungen stand.

»Und nun sagen Sie mir mal ehrlich, junger Freund, wer hat Ihnen den Artikel geschrieben?« Dabei ließ er das Blatt mit meinem Text aus seinen Händen auf die Tischplatte segeln.

Ich schluckte und brachte kaum *Ich* heraus.«

Er schwieg.

Noch immer fürchtete ich meinen Rausschmiss. Dann wies er mit dem Kinn auf einen schmalen Tisch, der als Ablage diente.

»Setzen Sie sich dahin und beschreiben Sie mir in zehn Zeilen das Geschäft Ihres Vaters.«

Ich muss das wohl zu seiner Zufriedenheit getan haben, denn zwei Tage später saß ich an einem – wenn auch kleinen – Schreibtisch und musste eingegangene Meldungen für unsere Zeitung umschreiben.

Zwei Monate später machte ich den nächsten Karrieresprung: Weil seit 1933 so viele Redakteure gehen mussten, bekam ich einen frei gewordenen Posten. Ich war damals, 1937, gerade einmal zweiundzwanzig – und schon bei der renommierten *Frankfurter Zeitung!* Auch mein Vater war nun endlich stolz auf mich, obwohl er immer noch nicht begriff, warum ich mich nicht ins gemachte Nest seines Geschäfts setzen wollte. Meine Mutter freute sich, auch wenn sie mich am liebsten als Künstler gesehen hätte – so wie ich mich auch. Die Bemühungen meines Ingenieur-Großvaters wegen eines Volontariats waren nicht umsonst gewesen.

Hin und wieder erschienen meine Artikel nicht, aber das war normal. Es gab nicht immer genügend Platz; Aktuelles hatte grundsätzlich Vorrang. Lange wollte ich nicht wahrhaben, dass wir nicht mehr schreiben durften, was wir wollten. Und lange verdrängte ich den Umstand, der mir den Posten verschafft hatte: die Kündigung jüdischer Redakteure, die Übernahme der Zeitung durch Nichtjuden.

Auch ich fand die Versailler Verträge unerträglich und politisch und wirtschaftlich unklug. Auch ich dachte, ein großes Reich wäre notwendig, um in dieser Zeit wirtschaftlich zu überleben. Auch ich träumte von einem Deutschen Reich, wie das Römische es einmal gewesen war. Wäre es nicht wunderbar, Rom wäre die Hauptstadt Deutschlands? Schon oft hatte ich mir in Bibliotheken Fotos von antiken Städten angesehen. Meine Mutter hielt so etwas für völligen Unsinn. Sie liebte es, dass die Städte und Länder unterschiedlich aussahen, und sie hasste alles, was auch nur den leisesten Anschein von Autorität hatte. Sie hätte sich eher umbringen lassen, als mit dem ausgestreckten Arm zu grüßen und *Heil Hitler* zu brüllen. Was ich allerdings von Anfang an nicht begriff, war die Aufmerksamkeit, ja, die Paranoia, die man dem Thema *Juden* gegenüber an den Tag legte. Das passte doch gar nicht zusammen mit der

Großartigkeit des Reiches! Meine Eltern, deren Freunde und viele meiner Bekannten waren davon überzeugt, dass die Herrschaft des braunen Pöbels nicht lange dauern würde. Man müsse einfach ausharren, sich durchlavieren, bis die Sache sich totgelaufen hätte.

Ich machte Karriere. Ich schrieb mich elegant an den Hindernissen vorbei – und ich war stolz darauf. Meine Mutter wartete auf ihre Art das Ende dieser unkultivierten Zeit ab. Sie verließ kaum noch die Wohnung, schon mittags wurden die dichten Gardinen zugezogen und im Sommer zusätzlich die Läden geschlossen, angeblich wegen der Hitze, aber in Wahrheit, so war ich mir sicher, um das Draußen fernzuhalten. Meine Mutter las bei künstlichem Licht in Büchern über Persien, lernte Arabisch, wovon sie als Kind ein paar Brocken aufgeschnappt hatte. Mein Vater wurde immer schweigsamer. Er trug einen Konflikt in sich aus und wagte nicht, darüber zu sprechen. Seitdem *Rosenbaum und Sohn* nicht mehr existierte, war er zum renommiertesten Schreibwarenhändler in der Stadt aufgestiegen. So waren wir beide, mein Vater und ich, zu Gewinnern geworden. Doch behagte es uns beiden nicht. Aber was sollten wir tun?

Eleonore wollte mich heiraten. Sie war die Cousine von Herbert, einem Freund von Franz Ullmann, mit dem ich in Frankfurt in die Oberschule gegangen bin. Bei der Feier zu seinem einundzwanzigsten Geburtstag habe ich Eleonore kennengelernt. Sie war die Auffälligste von allen: blonder als die anderen Mädchen, draller, ihre Lippen waren voller und roter, ihr Lachen herzlicher, ihr Duft süßer – und sie wandte sich mir zu, obwohl ich weder der Größte war noch der Lebhafteste, im Gegenteil. Auch meine Narbe schien sie nicht zu stören. Ich war der Stille, deshalb war ich vielleicht auch mit Herbert so gut befreundet, denn der nahm nie ein Blatt vor den Mund.

Eleonore faszinierte mich, sie war so ganz anders als meine

Mutter: blond statt dunkel, klein und kräftig statt groß und schlank, laut statt leise, mit einem üppigen roten Mund, während die Lippen meiner Mutter von dieser Auberginefarbe waren, die manchmal ins Lila gehen kann. Seitdem sie kaum noch aus dem Haus ging, war auch ihre Haut blass geworden.

Eleonores helle Haut hatte lustige Sommersprossen. Ihre Brüste waren voll und schwer, während die Figur meiner Mutter eher unauffällig war. Ich weiß, dass sie sich bei manchen Kleidern den Ausschnitt ausstopfte. An Weihnachten, nahm ich mir vor, würde ich Eleonore einen Heiratsantrag machen. Ich ahnte nicht, dass es anders kommen würde.

Warum sahen wir so lange zu, wie das alles um uns herum geschehen konnte?

Die Juden bekamen ein *J* in ihren deutschen Pass gestempelt. Nachbarn wurden abgeholt. Freunde verließen das Land.

Wir blieben.

Ich saß mit meinen Eltern in unserer großzügigen Frankfurter Wohnung beim Essen, und keiner von uns konnte sich auch nur im Entferntesten vorstellen, wie man es organisieren sollte, wenn man gezwungen war, alles aufzugeben: die Stellung, das Geschäft, die Wohnung, die Möbel, die Bücher, den Flügel, die Schränke mit Kleidern und Schuhen, die Bilder.

Wo hätte alles hinsollen? Sollten wir einfach alles verkaufen und mit drei oder fünf Koffern nach Paris gehen, oder nach England, Amerika oder Australien?

Eine unmögliche Vorstellung. Womit hätte man überhaupt anfangen müssen? Mit der Suche nach einer Wohnung? Mit dem Verkauf des Geschäfts? Welche Papiere benötigte man? Welche Einreisebestimmungen gab es? Wie könnte man das Geld transferieren? Was hätte man dort arbeiten sollen? Und was würde aus meiner Heirat mit Eleonore? Sie hatte doch hier eine feste Stellung.

Es war alles viel, viel zu kompliziert und mühsam und unsicher. Wir waren erstarrt, unfähig zu handeln, wir konnten nur weitermachen und hoffen, dass bald alles wieder normal sein würde.

Dann schlugen sie die Schaufenster des Lebensmittelladens neben unserem Schreibwarengeschäft ein – in der »Reichskristallnacht«. Was für ein wunderschön klingender Name! Denkt man dabei nicht an üppige Lüster, an blitzende, geschliffene Weingläser, an leuchtende Edelsteine und an eine laue Sommernacht?

»Unsere Sprache wird missbraucht und vergewaltigt. Das Kristall ist nicht mehr das geschliffene Weinglas – es sind die Scherben der eingeschlagenen Schaufenster unserer jüdischen Nachbarn und Mitbürger. Die Nacht ist nicht mehr verheißungsvoll, sie ist nur noch Gewalt, Willkür, Mord und Totschlag. Und das Reich steht für die Herrschaft des Pöbels.«

Ich habe mich nicht damit zufriedengegeben, den kurzen Artikel bei Herrn Monz abzuliefern. Ich habe ihn vervielfältigt, und Herr Monz zitierte mich zu sich und erklärte mir, dass er mich entlassen müsse. Er riet mir, sofort nach Hause zu gehen und zu packen.

»Ich habe mich in Ihnen getäuscht, Scheugenpflug. Sie sind eitel und bei Weitem nicht so intelligent, wie ich angenommen habe. Eitelkeit gepaart mit Dummheit – eine fatale Mischung.« Er nickte mir zu, und ich, beschämt und tief getroffen, verließ das Redaktionsbüro, ohne noch einmal zu meinem Schreibtisch zu gehen.

Es war, als ob ich endlich aus meiner Traumwelt aufgewacht wäre: Auf einmal sah ich die Stadt, wie sie wirklich war: Scherben, eingeschlagene Scheiben, mit Hakenkreuzen und Parolen beschmierte Wände, die die Besitzer der Läden mühsam zu entfernen versuchten. Fünf Jahre lang war meine Familie unfähig gewesen zu handeln; jetzt, endlich, hatte der Funke das Feuer entfacht, das uns aus unserer Lethargie riss: Herr Monz hatte mich in meiner Eitelkeit gekränkt.

»Ich gehe weg«, sagte ich, als ich nach Hause kam. Meine Eltern saßen schon beim Mittagessen. Ohne auf die Fragen meines Vaters zu antworten, stieg ich auf den Dachboden und holte einen Koffer herunter.

»Und warum? Und wohin?«, wollte mein Vater wissen, noch immer das Besteck in der Hand, als handelte es sich um eine alltägliche Konversation.

Meine Mutter hingegen hatte die Hände im Schoß gefaltet und starrte mich an. Ich erklärte ihnen, was in der Redaktion vorgefallen war und dass ich endlich beschlossen hätte, zu gehen.

»Und wohin?«, fragte mein Vater wieder, er war ganz blass geworden, endlich hatte er auch das Besteck weggelegt.

»Nach Paris, Schriftsteller werden.« Ich hatte einen Traum: Ich wollte ein berühmter Schriftsteller werden. In Paris lebten sie, die namhaften Schriftsteller, Journalisten und Künstler. Wenn ich in ihrer Nähe wäre, stand für mich fest, könnte ich es schaffen, eines Tages zu ihnen zu gehören, und man würde meinen Namen in einem Atemzug mit ihren nennen.

Ich hatte ein verständnisloses Kopfschütteln meines Vaters erwartet, ein mitleidiges Lächeln womöglich noch, doch er sah mich nur ernst an und dann sagte er: »Ich habe einen Freund in Paris, Franz Hummel. Ich telegrafiere ihm.«

Sprachlos nickte ich und sah zu, wie er aufstand, aus dem Zimmer ging und gleich darauf mit einem Umschlag zurückkam und ihn mir gab. Ein Bündel Geld war darin.

Ich hatte fast nichts gesagt, alles kam mir unwirklich vor. Auch die plötzliche Geschäftigkeit meines Vaters war mir vollkommen neu. Meine Mutter hingegen saß stumm auf ihrem Stuhl, ein Taschentuch in der Hand, mit dem sie sich hin und wieder über die Augen und die Nase tupfte, und sah der Szene zu, als verfolgte sie eine ergreifende ernste Theatervorstellung.

Als ich auf sie zuging und ihr einen Kuss auf die Wange drückte, standen Tränen in ihren Augen. Sie sah mich nicht an. Ich drehte mich rasch um, nahm meinen Koffer und folgte meinem Vater zur Tür. Er umarmte mich – was er schon viele Jahre nicht mehr getan hatte – und flüsterte: »Sobald dieser Wahnsinn vorüber ist, kommst du wieder heim.«

Ich nickte benommen und eilte dann durchs Treppenhaus auf die Straße. Da erst dachte ich an Eleonore. Ich beschloss, ihr von Paris aus zu schreiben. Sie würde es nicht verstehen, dass ich unbedingt sofort, ohne Aufschub, gehen musste. Wer weiß, am nächsten Tag hätte mich vielleicht schon der Mut verlassen.

Als ich über den Bahnsteig ging, kam mir ein Foto meines Großvaters in Erinnerung. Es hatte neben dem mit dem Schiff gehangen und neben einem anderen, das den Rhein und den Loreleyfelsen zeigte: eine endlose Ebene, eine Steppe, die sich bis zu einem in weiter Ferne, nur als Schatten am Horizont zu erkennenden Gebirgszug erstreckte. Am unteren Bildrand sah man einen Menschen, verschwindend klein, mit einem Rucksack und einem Wanderstock.

Bis der Zug endlich abfuhr, hielt ich den Atem an, wartete auf meine innere Stimme, die mir befehlen würde, sofort umzukehren. Doch sie meldete sich nicht – oder nur viel zu leise. Ich war noch nie in Paris gewesen. Ich war aufgeregt, jetzt begann mein Leben! Ich machte es mir in meinem leeren Abteil bequem. Das Rattern des Zuges, das gleichmäßige Schlagen, wenn die Räder über die Nähte der Gleise rollten, nahm ich in mir auf, und bald fühlte es sich an wie mein eigener Herzschlag. Ich nahm meinen Schreibblock heraus, den ich immer in der Jackentasche trug, und begann, die Erlebnisse des Tages zu notieren. Ich könnte ein Tagebuch meiner Zeit in Paris schreiben, dachte ich, und es als Buch veröffentlichen. *Flucht nach Paris* würde ich es nennen und stellte mir schon den Einband mit den dicken Lettern vor. Aber sollte ich nicht zuerst einen Brief an Eleonore schreiben, in dem ich sie um Verständnis bat?

Tess fuhr auf und sah sich suchend nach ihrem klingelnden Handy um. Sie erinnerte sich, dass sie es nicht aus ihrer Handtasche genommen hatte; die lag noch auf dem Bett.

Adrian stand auf dem Display.

»Hi, Tess …«

»Hi.« Sie wartete.

»Wie geht's dir?«

»Gut.« Es fiel ihr schwer, weiterzureden.

»Wir hatten hier ein paar Probleme in der Firma, und ich war die ganze Zeit …«

Eigentlich wollte sie ihm sagen, ich vermisse dich, ich bin traurig, dass wir uns so weit voneinander entfernt haben, und ich wünsche mir, dass es wieder so wird wie am Anfang. Aber sie sagte nur: »Du musst dich nicht entschuldigen.«

»He, wie läuft es in Lissabon? Gefällt's dir?« Seine Stimme kam ihr noch fremder vor. »Tess, bist du noch dran?«

»Ja.«

»Und, was machst du gerade? Amüsierst du dich ohne mich?« Lachte er?

Sie erzählte ihm, wie sie zum Tagebuch ihres Großvaters gekommen war.

»Die Sache läuft ja bestens! Gratuliere!«

»Findest du es nicht auch ziemlich merkwürdig, dass es nach so vielen Jahren auftaucht?«

»Tess, es ist halt aufgetaucht! So was kommt vor. Es gibt Leute, die heben solche Dinge ihr ganzes Leben lang auf.«

»Und wenn es gefälscht ist?«

»Wer sollte so was fälschen? Und wozu? Das ist doch absurd!«

»Wahrscheinlich hast du recht, aber trotzdem finde ich es seltsam.«

»Das Leben ist manchmal seltsam, Tess, es hält immer Überraschungen bereit. Ist es denn interessant? Stehen Geheimnisse drin?«

»Ich habe es noch nicht durch.«

Eine kurze Pause, vielleicht wartete er auf Einzelheiten.

»Wann kommst du zurück?«

»Wahrscheinlich in drei Tagen.«

Sie redeten noch über das Wetter und über seine Arbeit, dann verabschiedeten sie sich, er wünschte ihre eine gute Nacht, und sie legte auf. Nach dem Anruf kam es ihr im Zimmer noch stiller vor. Sie hätte sich so gewünscht, dass sie Sehnsucht nach ihm spürte, dass sie es kaum erwarten konnte, dass er sie wieder in die Arme schloss.

Ihr blieben noch anderthalb Stunden, bis Matt sie abholen würde. Als sie aus dem Fenster sah, bemerkte sie, dass dunkle Wolken aufzogen und dass der Wind an den Flaggen des Kastells zerrte.

In der Minibar fand sie zwei Tüten Erdnüsse. Sie riss eine auf und setzte sich wieder an den Schreibtisch. Einzutauchen in ein gelebtes Leben, das sich über alle Schwierigkeiten gerettet hatte, hatte etwas Tröstendes.

TAGEBUCH

14. März 1939

Seit drei Monaten bin ich nun in Paris. Was ist seitdem passiert?

Eine ganze Menge. Ich fange vorn an:

Monsieur Hummel, der alte Freund meines Vaters, lebt in einer Souterrainwohnung in der Rue Fondary. Von den oberen Wohnungen in diesem Haus kann man tatsächlich den Eiffelturm sehen. Monsieur Hummel verfügt zudem über eine kleine Dachkammer, in der normalerweise Dienstmädchen der anderen Bewohner untergebracht werden. Doch diese Dachkammer steht, wie er mir versichert hat, seit einem halben Jahr leer, und ich kann dort wohnen, so lange ich will. Miete will er keine haben, das ist er meinem Vater schuldig, wie er sagt. Warum, erklärt er nicht, er wird schweigsam, und sein Blick wendet sich nach innen. Dann frage ich nicht weiter.

Monsieur Hummel vermittelt mir ein paar Schüler, denen ich Nachhilfeunterricht in Deutsch gebe, außerdem hat er den Kontakt zu einem Filmstudio hergestellt, wo stets Leute zum Tragen von Kabeln, Stativen und Dekorationen gebraucht werden. Man nimmt mich, dabei bin ich nicht mal besonders kräftig oder flink. Ich bin interessiert, vielleicht genügt das. Verdienen kann ich dort nicht viel, aber ich bekomme einen Einblick in eine ganz andere Welt.

Mein Schulfranzösisch wird von Tag zu Tag besser, und ich fühle mich immer wohler. Ein wenig vermisse ich meine Heimat und meine Mutter – und Eleonore. Sie hat mir recht schnell einen Brief geschrieben, in dem sie ihre Liebe zu mir beteuert und mir Vorwürfe macht, weil ich einfach so abgereist bin. Sie hofft, dass ich bald zurückkehren werde, denn sie hatte lange keinen Urlaub.

Ich habe zwar Sehnsucht, aber der Gedanke an eine Rückkehr ist absurd. Wo sollte ich arbeiten? Die politische Lage in Deutschland ist ja nicht besser geworden. Ich richte mich in meinem neuen Leben ein. Pünktlich erscheine ich zu den Nachhilfestunden, samstags in einem Viertel am Jardin du Luxembourg und sonntags in einem stattlichen Haus an den Champs de Mars. Für Monsieur Hummel kaufe ich hin und wieder etwas Käse, Brot, Schinken und Wein und verbringe öfter die Abende mit ihm. Mir ist, als lebte ich erst jetzt, als wäre alles, was vorher geschehen ist, nur verträumte Kindheit gewesen. Ich bin zwar noch keinem Schriftsteller begegnet, nur einem Drehbuchautor, aber ich genieße es, an freien Tagen oder an den Wochenenden durch die Straßen des Quartier Latin zu schlendern, jetzt, im Frühling, am Quai in den Bücherkisten zu stöbern und von einem kleinen Kaffeehaustisch aus die vorbeispazierenden Menschen zu betrachten. Die Frühlingssonne ist schon warm, und wenn man einen windgeschützten Platz erwischt, ist es wunderbar, draußen zu sitzen.

Es gibt Krieg, heißt es in deutschen Zeitungen, und auch in Paris redet man davon. Meine Eltern schicken mir regelmäßig Briefe, in denen sie ihren Alltag schildern, aber nur sehr vage, oder mir einfach nur gute Wünsche senden. Meine Mutter schreibt meist nicht mehr als zwei Sätze, in denen sie den Fortschritt ihrer Arabisch-Kenntnisse erwähnt und betont, wie gern sie nach Paris, in diese großartige Stadt, käme oder wie gern sie überhaupt wieder verreisen würde.

Die Erinnerungen an mein altes Leben verblassen immer mehr. Ich sehne mich nicht zurück, nicht in die Redaktion – und erschreckenderweise auch nicht nach Eleonore.

30. Mai 1939

Allmählich verliere ich die Scheu vor der großen Stadt und deren Menschen, ich kann mich besser verständigen und gehe hin und wieder mit den Leuten vom Film – wenn auch nur mit den Handwerkern und nicht mit den Schauspielern oder Regisseuren – auf einen Kaffee, einen Cognac oder einen Wein. Ich wage es, das Mädchen im Büro der Filmproduktion anzusprechen. Sie ist groß und schlank und hat rote Haare, und wenn ich bei ihrer Kollegin meinen Lohn abhole, dann erwidert sie scheu mein Lächeln. Ob ich sie nach ihrer Arbeit auf einen Kaffee einladen dürfe, habe ich sie heute gefragt. Sie hat gelacht und dabei schiefe weiße Zähne gezeigt. Heute nicht und morgen auch nicht, da hole ihr Verlobter sie ab, aber übermorgen. Ich schluckte. Wie konnte ich annehmen, dass sie noch frei ist?

2. Juli 1939

Niemand darf dieses Buch lesen! Oh, ich würde vor Scham im Erdboden versinken. Dabei geht es doch um Liebe! Muss man sich ihretwegen schämen? Warum schreibe ich auf, was ich eigentlich für mich behalten will? Weil ich es auf diese Weise noch einmal genießen will, und zwar noch tiefer und dramatischer, als ich es in der wirklichen Situation konnte.

Ich habe sie getroffen. Gisèle. Sie ist nicht verlobt, hat sie mir gestanden, allerdings erst nach einer Stunde. Wir waren in einem Café am Boulevard Saint-Michel. Wie hieß es doch gleich? Ich habe den Namen vergessen, ich hatte nur Augen für Gisèle. Wir haben an einem kleinen runden Tisch auf der Straße gesessen, die Passanten betrachtet und geplaudert. Nein, wir haben uns nicht unsere Lebensgeschichten erzählt, und das hat mich so erleichtert. Wir haben gerätselt, welchen Beruf wohl die Menschen haben, die vorbeigehen, wie sie heißen und ob sie wohl eine Leidenschaft verspüren. Gelacht haben wir, und ich habe das Leben in ihr gespürt; wie ein heller Schein umgibt es ihren Körper und wirft seine Strahlen auf mich, erhellt mich, macht mich lebendig und jung. Ich fühlte mich, als begänne ich erst jetzt zu leben, als hätte ich die Jahre vorher in einem düsteren Raum verbracht, abgeschieden und einsam.

Und als ich ihren nackten Arm streifte, der so nah neben meinem auf der Armlehne lag, da durchfuhr es mich wie ein elektrischer Strom, von den Fußspitzen bis zum Scheitel.

Ich will sie wiedersehen. Nein. Ich *muss* sie wiedersehen.

17. Juli 1939

Wir geben uns Mühe, dass wir uns im Büro nichts anmerken lassen. Doch mir entgeht nicht, dass sie errötet, wenn sie mich sieht, und auf einmal zerstreut wirkt. Ich sehne mich nach ihr, nach ihrem hellen Lachen und nach dem Blumenduft, den sie verströmt. Ich habe mich schon gefragt, ob es die Blüten auf ihrem Sommerkleid sein können, die so süß duften.

Am frühen Abend im Jardin du Luxembourg sind wir spazieren gegangen. Wir haben uns untergehakt, unsere Körper berührten sich, und war ist jedes Mal wie ein elektrisches Schwirren.

Auf einem fast menschenleeren Weg, im Schutz eines mächtigen Baumstammes, haben wir uns geküsst. Wie glücklich ich bin!

5. August 1939

Warum hält mein Glücksempfinden nicht an? Ich wage nicht, glücklich zu sein. Als wüsste ich, dass eine Bestrafung oder eine Katastrophe mich erwartet, wenn ich unbeschwert bin. Was für ein Unsinn!

8. August 1939

Ich kann nicht mehr schlafen. Denke nur noch an sie. Ob ich die Augen öffne oder schließe – stets erscheint ihr Bild vor mir. Ihr volles rotes Haar leuchtet kupferfarben, wenn die Sonne darauf fällt. Und ihre Haut ist so blass, durchscheinend fast und zart, ich fürchte, sie könnte draußen verbrennen oder die Kleidung könnte sie verletzen. Ihr gegenüber komme ich mir mit meinem dunklen Haar und meiner Sonnenbräune fast grob vor.

13. August 1939

Am Nachmittag habe ich einen Kaffee mit ihr getrunken. Was soll ich nur tun? Bin ich nicht mit ihr zusammen, bin ich unglücklich, und bin ich mit ihr zusammen, fühle ich mich beklommen. Ihre Gegenwart macht mich stumm. Meine Gedanken verwirren sich. Ich bin durcheinander und ratlos.

15. August 1939

Was für ein qualvoller Abend! Was für ein qualvoller Tag!

Sie konnte gestern nicht kommen und heute ist sie krank. Ich mache mir Vorwürfe, lasse jede Minute mit ihr Revue passieren, um einen Fehler zu entdecken. Habe ich etwas Falsches gesagt? Aber vielleicht ist sie wirklich krank.

Sie hat mir nicht gesagt, wo sie wohnt. Schämt sie sich für mich? Fürchtet sie, ich könnte lästig werden?

16. August 1939

Also doch: die Katastrophe.

Gerade bin ich nach Hause gekommen. Und finde unter meiner Tür ein Telegramm.

Komme am 20. August – 8.30 – Gare de L'Est. Deine Eleonore.

Wo bleibt meine Freude? Statt Herzklopfen zu haben vor Aufregung, stößt sich mir eine Faust in den Magen. Ich bin dabei, mir ein neues, ein eigenes Leben zu schaffen, ich fühle mich erwachsener, stärker, mutiger, weltgewandter – und nun holt mich etwas ein, das ich gerade hinter mir lassen will. Eleonore würde einen alten Teil von mir mitbringen. Einen Teil, der ich nicht mehr sein will – und schon nicht mehr ganz bin. Und – das Wichtigste: Was ist mit Gisèle?

Die Kämpfe, die man mit sich selbst austrägt, sind die härtesten. Was soll ich tun? Es ist zu spät, um Eleonore zu bitten, nicht zu kommen. Wie könnte ich es ihr erklären? »Ich bin ein anderer geworden, Eleonore ...«

Ich starre auf das Telegramm auf dem Tisch, als wäre es ein Drohbrief. Und wenn ich alles nur dramatisiere? Vielleicht ist mein Widerwille ja nur Angst? Vielleicht fürchte ich, dass sie sich verändert hat oder dass es ihr hier nicht gefällt? Sie kann sich doch nicht vorstellen, wie ich hier hause: ein klappriges schmales Bett, Ritzen im Dach und eine gerade begonnene Liebschaft, von der ich allerdings nicht weiß, wie sie weitergeht, ob sie weitergeht.

17. August 1939

Gisèle ist wieder im Büro. Ich sage ihr, dass ich Besuch aus Deutschland bekomme. Ihre Miene versteinert, nur einen kurzen Augenblick lang, dann setzt sie ein Lächeln auf und meint, es sei doch schön, Besuch aus der Heimat zu bekommen. Schnell entschuldigt sie sich, dass sie noch zum Diktat müsse.

Ich versuche mich abzulenken. Gehe mit meinen Kollegen aus und erzähle ihnen von Eleonore. Du Glücklicher!, rufen sie und bestellen Wein. Ich kann ihnen nicht sagen, dass ich mich vor der Begegnung fürchte.

20. August 1939

Es ist Nacht. Eleonore ist da, sie schläft fest. Ich sitze bei Kerzenlicht auf einer Holzkiste auf dem Flur vor der Tür und muss meine Gedanken aufschreiben, sonst ersticke ich.

Was ist heute passiert?

Am Morgen stehe ich am Bahnhof und warte auf Eleonore. Obwohl ich getrödelt und absichtlich einen Umweg gemacht habe, bin ich pünktlich und noch vor Ankunft des Zuges da. Mir ist übel, ich fühle mich krank und schwach, und ich bin mir plötzlich sicher, dass ich alles falsch gemacht habe. Ich hätte Eleonore nach dem Eintreffen des Telegramms sofort verständigen müssen, dass es keinen Sinn hat, mich zu besuchen. Besser noch, ich hätte ihr viel früher einen ausführlichen Brief schicken sollen.

Ich erkenne sie sofort. Mit ihrem blonden Haar und dem grünen Hut, dem braunen Koffer, den sie kaum heben kann, sticht sie aus der Menge der Aussteigenden hervor. Ich bemerke, wie ihr Blick mich sucht. Erst als ich auf sie zugehe, erkennt sie mich. Einen Augenblick lang ist sie erschrocken.

»Du bist aber dünn geworden! Kriegst du hier nichts zu essen?«, begrüßt sie mich und gibt mir erst dann einen Kuss, hastig, verrutscht, halb auf den Mund, halb auf die Wange. Sie lacht, ich auch, doch eigentlich bin ich wütend, wütend auf mich, dass ich mich so verstelle und dass sie mir so etwas ins Gesicht sagt. Sie fühlt sich fremd an. Dabei sieht sie noch genauso aus, wie ich sie in Erinnerung habe. Blond, drall, und ihre Lippen sind rot geschminkt. Doch die Zeit mit ihr ist schon so unendlich lang her.

»Wie lange bleibst du?«, frage ich.

»Nanu? Willst du mich schon wieder los sein?« Sie lacht, ich schlucke und verneine, stammle irgendwelche Erklärungen, bis sie mich endlich erlöst.

»Bis zum fünften September.«

Sofort rechne ich nach. Kann ich Gisèle so lange hinhalten? Kann ich so lange schauspielern? Ich müsste doch nur über meinen Schatten springen.

Ich bringe sie zu meinem Zimmer bei Monsieur Hummel. Zum Glück ist er nicht da, sodass ich Eleonore nicht vorstellen muss. Ich habe auf einmal das Gefühl, als würde sie mir meine gerade neu erworbene Identität rauben. Ich hatte eine zweite Matratze bekommen, sie liegt auf dem rohen Holzboden neben dem Bett, und als wir in dem kleinen Zimmer stehen und ich mich in meiner bescheidenen Umgebung umsehe, da sagt sie: »Meinst du nicht, dass wir die Matratze rauswerfen sollten?«

Ich muss rot geworden sein.

Sie holt mich zu sich zurück. Und obwohl ich mich zuerst dagegen sträube: Ist es nicht so am besten?

Und jetzt? Jetzt sitze ich hier im düsteren Flur und bin ratlos. Wer bin ich? Was will ich? Die Kerze ist gleich heruntergebrannt. Ich muss mir einen Vorrat anlegen.

30. August 1939

Ich konnte nicht schreiben. Vielleicht schämt man sich irgendwann vor sich selbst …

Sitze wieder auf dem Flur, meine nackten Füße auf den nackten Holzdielen. Auf einer zweiten Holzkiste die Kerze.

Ich habe mir drei freie Tage genommen, ich könnte es nicht ertragen, Gisèle zu begegnen. Ich gehe mit Eleonore durch die Stadt. Sie scheint glücklich zu sein, während in mir diese Wunde blutet. Wie viel Selbstverleugnung hält der Mensch aus?

Ich zeige ihr den Jardin du Luxembourg, das Palais Royal, das Quartier Latin, Sacre Coeur, den Blumen- und Vogelmarkt – und dabei fällt mir auf, wie sehr ich mich inzwischen heimisch fühle in Paris. So sehr sehne ich Gisèle an meine Seite, und zugleich fühle ich mich schäbig und feige. Ich muss es Eleonore sagen.

Sie staunt über vieles, aber sie betont immer wieder, wie sehr sie sich wünscht, mit mir zusammen nach Frankfurt zurückzukehren. Ich sage nichts. Ich vermisse nur meine Mutter. Vorgestern, als wir über den Blumenmarkt bei Notre-Dame gingen, da war ich mir ganz sicher, ich hätte ihr Gesicht zwischen zwei Ständen gesehen. Ich ließ Eleonore stehen und bahnte mir den Weg durch die Menge, doch ich konnte das Gesicht nicht mehr finden. Als Eleonore mich später fragte, warum ich so eilig fortgestürmt wäre, sagte ich nur, ich glaubte, ich hätte einen ehemaligen Kollegen von der Zeitung gesehen.

In der Nacht lag ich sehr lange wach und machte mir Vorwürfe, dass ich meine Mutter zurückgelassen hatte. Dabei hat sie ja meinen Vater und die Wohnung, und sie hat ihr Arabisch – aber ich bin ganz sicher, dass sie sich sehr einsam und traurig fühlt ohne mich. Ich mache alle Menschen unglücklich.

1. September 1939

Heute um halb elf Uhr morgens – die Katastrophe.

Ich habe gerade auf dem kleinen Kocher einen Kaffee für uns

aufgebrüht, wir sitzen in dem kleinen Bett und tunken trockenes Brot vom Vortag in unseren Kaffee, als es klopft und Monsieur Hummel atemlos herausplatzt: »Sie müssen sich in Sicherheit bringen!«

Eleonore sieht mich entsetzt an, und auch ich glaube, dass es noch immer um diese dumme Sache bei der Zeitung geht und dass man mich hier aufgespürt hat. Schnell stehe ich auf, binde mir ein Handtuch um und öffne die Tür.

»Deutschland hat Polen überfallen!«, sagt Monsieur Hummel. Deutschland ist im Krieg! Und es wird nicht lange dauern, und Frankreich erklärt Deutschland den Krieg! Dann sind Sie beide Staatsfeinde! Ich kenne das, ich habe schon einmal einen großen Krieg mitgemacht! Sie müssen fort, Sie beide. Sie dürfen keine Zeit verlieren!« Er atmet hastig und lässt sich schnaufend auf den einzigen Stuhl fallen.

»Aber, Monsieur Hummel, bitte beruhigen Sie sich. Noch ist ja nichts passiert!«

Monsieur Hummel winkt ab. »Sie müssen etwas tun! Ich beschwöre Sie!« Seine Stimme zittert.

»Hans, wir müssen nach Hause!«, kommt es jetzt von Eleonore, und Monsieur Hummel und ich drehen uns verwundert zu ihr um. »Was denkt ihr denn!«, sagt sie aufgebracht. »Ich bin doch nur zu Besuch hier! Wenn Frankreich die Grenzen schließt, kommen wir nicht mehr heim!« Verzweifelt sieht sie mich an.

»Ich kann nicht zurück!« Und ich will auch nicht zurück. Der Gedanke an stiefelknallende Nazis ist mir zuwider, ich will hierbleiben, Schriftsteller werden!

»Wegen dieser dummen Zeitungsgeschichte? Das ist doch längst vergessen!«, sagt sie.

Monsieur Hummel sieht mich eindringlich an. »Hans, Ihnen ist doch wohl klar, wenn Sie nach Deutschland zurückgehen, werden Sie zur Armee eingezogen. Polen ist erst der Anfang!«

Ich weiß nicht, was ich tun soll. »Was würden Sie an unserer Stelle tun, Monsieur Hummel?«

Er sieht Eleonore und mich abwechselnd an. »Untertauchen.«

Was sagt er da? »Wie soll das gehen?«, frage ich ihn.

»Sie brauchen einen neuen Pass.«

»Aber, Monsieur Hummel, finden Sie das nicht ein bisschen übertrieben? Wir wissen doch noch gar nicht, was passieren wird. Vielleicht einigt man sich, und der Krieg ist schnell vorbei …«

Zweifelnd sieht Monsieur Hummel mich an. »Ich bin schon zu alt, um so naiv zu denken.«

Wir verabreden, dass er uns benachrichtigt, sobald er etwas Neues erfährt, damit wir entscheiden können, was wir tun sollen.

Als er gegangen ist, starrt Eleonore mich an. »Ich hab mich doch nur für zwei Wochen von meinen Eltern verabschiedet. Und Herr Zimmermann wartet auch auf mich!«

Ich gehe zur Dachluke und sehe hinauf in den blauen Himmel. Die Sonnenstrahlen lassen das Metall des Eiffelturms aufblitzen, unten, auf den Champs de Mars, gehen die Menschen spazieren. Ich denke an Gisèle. An den Kuss im Jardin du Luxembourg.

Ich drehe mich zu Eleonore um und sage: »Ich gehe nicht zurück.«

Die Kerze ist heruntergebrannt. Ich bin verzweifelt.

3. September 1939

England und Frankreich haben Deutschland den Krieg erklärt. Plötzlich sind alle Deutschen, die in Frankreich leben, Feinde.

Monsieur Hummel wird langsam ungeduldig, heute Morgen sagt er: »Sie müssen endlich etwas unternehmen!«

Diesmal widerspreche ich nicht. Ich habe den Ernst der Lage erkannt.

»Aber was?«, fragt Eleonore.

Monsieur Hummel legt die Stirn in Falten. »Sie brauchen neue Pässe. Aber wie?«

»Es ist schrecklich!« Eleonore schlägt die Hände vors Gesicht. »Ich kann doch nicht einfach hierbleiben! Ich bin doch Deutsche!«

7. September 1939

Die Kerze ist nur noch ein Stummel, ich habe keine neue. Also fasse ich mich kurz:

Heute habe ich mit Gisèle gesprochen, habe versucht, ihr alles zu erklären. Aber sie sah durch mich hindurch, als wäre ich gar nicht da. Sie verachtet mich. Wahrscheinlich hat sie recht.

Bertrand, der Beleuchter, verstand sofort, in welcher Lage Eleonore und ich sind, und gab mir die Adresse eines alten Freundes. Ich weiß, dass Bertrand eine Weile im Gefängnis gesessen hat. Dieser alte Freund hat einschlägige Erfahrungen im Fälschen von Dokumenten. Monsieur Hummel hat mir die Summe geliehen, das Bargeld, das ich noch besitze, soll ich behalten. Er geht davon aus, dass er das Geld von meinem Vater zurückbekommt. Und wenn nicht: Es sei ja nur Geld, sagt er, und was sei Geld gegen das Leben?

12. September 1939

Ich bin nicht der Einzige, der bei Bertrands altem Bekannten Hilfe sucht. Als ich die Pässe für mich und Eleonore abhole, begegne ich dem Regisseur und dem Drehbuchautor unserer Produktion. Der Drehbuchautor heißt Julius, und zum ersten Mal nimmt er mich wahr.

Eleonore und ich sind nun tschechische Staatsbürger. Und wir sind laut Pass verheiratet. Bertrand sagt mir, dass der Regisseur und ein paar jüdische Schauspieler nach Südfrankreich gehen. Da wäre es ruhiger als in Paris, man wäre weiter weg von Deutschland. Ich überlege, ob wir auch dorthin gehen sollen, aber ich kann mich nicht entschließen. Ich will nicht fort, nicht schon wieder.

Und Eleonore?

Sie kommt nur sehr schwer zurecht mit der Situation. Sie spricht kaum Französisch, hat keine Arbeit und auch keine Aussicht darauf, sie sehnt sich nach ihrer Familie und nach ihren Freundinnen. Sie ist so ganz anders als meine Mutter, die sich am liebsten still beschäftigt, liest und studiert. Eleonore liebt Gesellschaft, sie kocht gern und sehnt sich nach einem Heim. Wie unglücklich sie hier ist!

Sie wollte mich nur besuchen und jetzt lebt sie mit einem falschen Pass in der Fremde. Falls der Schwindel auffliegt, wird sie vielleicht sogar in ein Internierungslager geschickt.

»Hasst du mich?«, fragte ich sie heute Nachmittag.

»Wie kommst du darauf?«, antwortete sie, ohne mich anzusehen.

Sie tut mir leid. Manchmal ertappe ich mich dabei, dass ich sie betrachte, als wäre sie eine Fremde.

17. Oktober 1939

Ich konnte nicht schreiben. Alles erscheint mir so ausweglos.

Es ist kalt. Ich sitze, in dicke Sachen gehüllt, im Flur.

Wir frieren in unserer Dachkammer – und im Filmstudio. Der Film, der gerade gedreht wird, ist ein dummer Unterhaltungsfilm über einen tölpelhaften Liebhaber. Sogar Julius, der das Drehbuch geschrieben hat, mag ihn nicht.

Monsieur Hummels Schwester hat mir Handschuhe gestrickt, mit halben Fingern, damit ich sie beim Arbeiten tragen kann.

Vaters Geschäft läuft schlecht. Im Krieg brauchen die Leute kein Papier und keine Füllfederhalter, schreibt er. Meine Mutter vertieft sich in arabische Dichtung. Sie hat einen Lehrer gefunden, der lange in Bagdad gelebt hat und bei dem sie vier Nachmittage in der Woche Arabisch studiert. Eleonore und ich vermeiden es, in der Öffentlichkeit Deutsch miteinander zu sprechen.

»Weißt du«, hat sie vor ein paar Abenden gesagt, als wir zusammen in unserem schmalen Bett dicht beieinander lagen, »es hat auch sein Gutes, dass alles so gekommen ist.«

Sie strich über meine Brust, beschrieb mit dem Zeigefinger kleine Kreise. »Jetzt ist alles ernsthafter geworden. Es geht ja ein bisschen um Leben und Tod, oder?«

Ich wurde starr.

»Was ist?« Sie hörte auf, Kreise zu malen.

Hastig schlug ich die Decke zurück, sodass ich fast die Kerzenflamme auf dem Nachttisch gelöscht hätte, und stand auf.

»Was ist denn?«

»War es dir vorher nicht ernst genug?« Warum reagierte ich so barsch?

»Doch, schon, nein, ach, ich weiß nicht. Aber jetzt, jetzt sind unsere Leben miteinander verschmolzen.« Sie lächelte auf einmal. »Und laut unseren Pässen sind wir ja auch verheiratet.«

Ein Stich fuhr mir durchs Herz. Warum verschließt sich immer ein Teil von mir, wenn wir zusammen sind? Als wollte ich verhindern, dass sie mich besitzt …

»Bist du denn nicht glücklich, dass ich bei dir bin?«, fragte sie.

Über mir leuchtete eine schmale weiße Mondsichel durchs Dachfenster.

»Doch, natürlich«, sagte ich schnell. Wie sollte ich ihr auch meine Gefühle erklären, die ich selbst nicht verstehe.

»Dann komm ins Bett.«

Unschlüssig blieb ich unter dem Fenster stehen. Ihr Gesicht schimmerte gelblich im Kerzenschein. Es gab keinen Ausweg:

Sie ist meinetwegen hierhergekommen und nun kann sie nicht mehr zurück. Ich bin schuld. Ich bin für sie verantwortlich.

»Hast du keine Angst?«, fragte ich.

»Wovor?«

»Dass wir als Deutsche enttarnt werden.«

»Ein bisschen. Komm endlich.« Sie hob die Decke hoch, und ich sah ihre nackten weißen Beine. Ich kann nichts ändern an der Situation, dachte ich. Das Schicksal hat uns zusammengeführt. Vielleicht ist die Liebe ja auch so. Sagen nicht alle, dass die Liebe sich abnutzt mit der Zeit?

Ich legte mich zu ihr, und sie schmiegte sich an mich. »Du darfst nicht so viel grübeln.«

Schon bald war sie eingeschlafen. Ich starrte in das Grau des Zimmers. Ich dachte an Gisèle, dass ich sie einfach hatte fallen lassen.

Und dann kamen sie, wie fast jede Nacht: Geister, die eine große, mächtige Statue der Angst direkt vor dem Bett errichteten. Stein für Stein wächst sie höher empor. Und sie verschwindet erst, wenn der erste Sonnenstrahl sie erreicht.

8. November 1939

Seit fast einem Jahr in Paris.

Heute hören wir, dass ein Attentat auf Hitler verübt wurde.

Gisèle arbeitet nicht mehr im Büro der Filmproduktion. Es heißt, sie habe gekündigt und sei zu Verwandten nach Südfrankreich gereist. Ist sie geflohen? Ist sie Jüdin? Sie hat mir nichts davon gesagt. Oder ist sie vor mir geflohen? Obwohl ich seit Eleonores Ankunft kaum ein Wort mit ihr gesprochen habe, fühle ich, dass mir ein Stück aus dem Herzen gerissen worden ist. Jeden Morgen hat mich der Gedanke gequält, ich würde ihr begegnen, und jetzt fehlt mir diese Qual. Mein Leben ist öde geworden.

6. Dezember 1939

Heute Morgen in meine Schuhe geschlüpft und auf etwas Hartes gestoßen. Eleonore hat tatsächlich Lebkuchen gekauft! Sie hat sich köstlich amüsiert, denn sie hat mich beobachtet und mein überraschtes Gesicht gesehen. Sie liebt mich. Und ich? Ich war beschämt – ich habe nichts für sie. In ihrer Gegenwart bin ich oft beschämt.

DAS *BESCHÄMT* SAH AUS, als wäre es dünner geschrieben, als hätte sich ihr Großvater geschämt für dieses Eingeständnis. Tess holte die zweite Tüte Erdnüsse aus der Minibar und dachte an die vielen Abende nach dem Tod ihrer Mutter, an denen sie mit ihrem Großvater ferngesehen und Erdnüsse gegessen hatte. Ihre Großmutter war meist in der Küche gewesen, hatte aufgeräumt, obwohl es nichts aufzuräumen gab. Sie hatte Teller und Tassen aus den Schränken genommen, sie in andere Schränke gestellt, sodass sie am nächsten Tag nichts mehr fand. Ihr Großvater hatte manchmal traurig zur Küche gesehen, ja, daran konnte sie sich erinnern.

Chicago

ELEONORE MAG DIESE MALSTUNDEN. Sie mag vor allem das Rot. Es leuchtet so schön und es riecht so gut nach Erdbeeren und Kerzenwachs. Ein rotes Erdbeerherz. Das ist ihr Herz. Sie malt es groß und sie bemüht sich, die Rundungen hinzubekommen. Ihre Hände sind ein bisschen aus der Übung, na ja, sie hat ja auch nie Zeit gehabt zum Malen. Die Kinder … Er hat sie beide geliebt.

Niemand hatte Zweifel. Auch Cousin Albert nicht, als er sie in New York am Hafen erwartete. Er war extra aus Chicago angereist. *Wie schön, Eleonore, dass ich dich endlich einmal kennenlerne, und Hans – wir kennen uns ja nur als dreijährige Hosenscheißer! Du bist inzwischen ein ganzes Stück gewachsen! Ihr müsst alles erzählen, was ihr erlebt habt! Es ist furchtbar!*

Das Bett in der kleinen Wohnung, die Albert in der Wabash Avenue für sie gemietet hatte, war schmal. Und seekrank zu sein konnte sie auch nicht mehr vortäuschen. Sie bemühte sich, alles zu vergessen, was vorher gewesen war, und sie begann, so zu tun, als hätte sie schon immer in Chicago in dieser Wohnung gelebt – mit ihm. Sie grüßte alle Nachbarn und die Menschen auf der Straße, als wären es alte Bekannte. Den meisten fiel das gar nicht auf, sie hielten sie einfach für eine besonders freundliche Person, eine Immigrantin, die sich Mühe gab, sich einzuleben. Sie sahen nicht die Frau, die mit sauertöpfischer Miene auf alles Amerikanische schimpfte und die jammerte, dass in Europa doch alles viel, viel besser gewesen war. Es gab tatsächlich Momente, sogar ganze Tage, an denen sie alles Vergangene vergessen hatte.

Doch plötzlich, irgendwann, merkte sie die Täuschung, sie

blieb mitten im Satz stecken, erschrak vor der Stimme, die aus ihrem Mund kam. Sie löste sich aus seiner Umarmung, und er starrte sie an, mal wütend, mal fassungslos, mal gekränkt, mal verzweifelt.

Schon Wochen vor der Abreise aus Lissabon hatte sie es gespürt, aber sie hatte es nicht wahrhaben wollen. Auf der Flucht war ihre Periode öfter ausgeblieben. Sie hätte es ihm sagen können, spätestens an jenem Abend, als sie die Schiffsfahrkarten in seiner Jackentasche fand. Vielleicht wäre dann alles anders geworden. Vielleicht wäre er dann zu ihr zurückgekommen. Vielleicht, vielleicht, vielleicht.

Warum hat sie ihm nicht gesagt, dass sie schwanger ist? Diese Frage hat sie sich ihr ganzes Leben lang gestellt. Manchmal glaubt sie, dass sie es aus Rache nicht gesagt hat. Damit er ewig leiden muss.

Und jetzt? Jetzt sitzt sie allein mit ein paar uralten Leutchen in diesem – ist es eine Art Sanatorium? – und malt.

Wenn er gewusst hätte, dass sie ein Erdbeerherz hat, dann wäre alles anders gekommen. Bestimmt.

»Aber, Eleonore, was machen Sie denn da? Das schöne Bild!«

Der Maldoktor steht vor ihr und sieht mit seinem sonst treuen, jetzt aber erschrockenen Hundeblick auf sie herunter. Da bemerkt sie es auch: Ihre Hand hält einen schwarzen Wachsmalstift. Und das rote Erdbeerherz ist tatsächlich schwarz übermalt. Na, so was!

»Es ist faul geworden«, erklärt sie. »Wenn sie angeschlagen werden, faulen Erdbeeren im Nu, hat man Ihnen das nicht beigebracht, Sie Grünschnabel?«

TAGEBUCH

24. Dezember 1939, Paris

Heiligabend. Eleonore ist schweigsam und traurig. Sie vermisst ihre Eltern und sie vermisst Frankfurt. Immer wieder sagt sie, dass sie nach Deutschland reisen müsse, und immer wieder sage ich, dass man sie dann nicht mehr ausreisen lassen würde. Dann seufzt sie – und manchmal weint sie auch. Sie weint, dass sie keinen deutschen Pass mehr hat. Ich versuche sie zu trösten und merke, dass auch ich traurig bin, weil ich ihr nicht mehr Liebe geben kann.

2. Januar 1940

Silvester, Neujahr im Studio gefeiert. Wir tanzen und verdrängen die Wirklichkeit. Irgendwann am Morgen mache ich Eleonore einen Heiratsantrag. Schließlich hat uns bisher nur der Passfälscher verheiratet. Sie sagt, so etwas macht man nicht in einer solchen Situation. Vielleicht macht man so etwas *nur* in einer solchen Situation, denke ich. Die Briten sind im Norden Frankreichs gelandet.

Die Deutschen versenken Handelsschiffe in der Nordsee und im Atlantik.

9. März 1940

Ich habe lange nicht geschrieben. Es ist kalt im Flur, und ich zweifle, ob meine Gedanken und Erlebnisse es wert sind, dass ich Papier und Tinte verbrauche.

Eleonore hat den Winter tapfer durchgehalten. Sie hat abgenommen und ist blass. Jeden Tag kommt sie mit neuen Vorschlägen, wohin wir fliehen sollten, und erinnert mich daran, dass ich doch einen Cousin in Chicago habe. Über eine Woche lang hat sie auf mich eingeredet, ihm zu schreiben, ihm, dem ich noch nie geschrieben habe. Gestern habe ich es getan und ihn gefragt, ob er uns helfen könnte, nach Amerika zu fliehen.

5. April 1940

Cousin Albert hat geantwortet: Er will für uns bürgen. Wir sollen ihm telegrafieren, welche Dokumente wir benötigen. Eleonore ist ganz aufgeregt, das Leben ist in sie zurückgekehrt. Ich gebe zu bedenken, dass es lebensgefährlich ist, mit dem Schiff über den Atlantik zu fahren, denn immer wieder hört man, dass die Deutschen Handelsschiffe versenken. Ich sei ein schrecklicher Zauderer, meint Eleonore. Ja, sie hat recht.

Etwas in mir sträubt sich dagegen, mein geliebtes Paris zu verlassen, ich weiß, es ist die Erinnerung an Gisèle und die Hoffnung, dass sie zurückkommen und Eleonore wieder nach Deutschland reisen wird und dass Gisèle und ich …

Alles, alles ist falsch gelaufen.

Warum bin ich nicht mit Gisèle nach Südfrankreich gegangen? Ich sehe sie am Strand, zwischen Palmen und Felsen, wie sie aufs blaue Meer hinaussieht. Ob sie noch an mich denkt?

30. Mai 1940

Die Ereignisse überschlagen sich. Es ist, als säßen wir auf einem Pulverfass und rauchten: Dänemark und Norwegen von den Deutschen besetzt. Seegefechte zwischen Briten und Deutschen. Unter anderen Umständen könnte man direkt stolz sein auf die Leistungen der Deutschen! Eleonore sagte, ich wäre zynisch. Sie hat den Heiratsantrag nicht wieder erwähnt, ich auch nicht.

Die Häfen Calais, Dieppe, Boulogne und Le Havre werden von den Deutschen vermint. Wie sollen wir denn überhaupt noch nach Amerika kommen?

Eleonore will, dass wir uns um die notwendigen Papiere kümmern. Aber es ist doch Wahnsinn, durch diesen Bombenhagel zu fliehen! Die Niederlande haben kapituliert, Belgien hat kapituliert.

Seit vorgestern werden die Deutschen in Paris in Stadien zusammengetrieben. Doch wir sind ja Tschechen – was für ein Glück!

Als ich heute Abend heimkam, saß Eleonore auf ihrem gepackten Koffer. Sie will weg, egal, wohin. Jetzt schläft sie.

3. Juni 1940

Ein schrecklicher Tag. Ich höre sie jetzt noch, die Bomben!

Es heißt, die Deutschen bombardieren die Fabriken am Stadtrand. Monsieur Hummel hat erzählt, dass die internierten Deutschen in Lagern untergebracht werden.

Eleonore hat den ganzen Abend lang gezittert. Und ich kann überhaupt nicht mehr schlafen. Es ist halb zwei Uhr nachts.

9. Juni 1940

Ich schließe die Augen und stelle mir vor, wenn ich sie wieder aufmache, dann ist alles wie früher, wie vor Eleonores Telegramm. Ich stelle mir vor, wie ich am Morgen zu G. ins Büro gehe, mein Herz klopft, ich berühre zufällig ihre Hand, streife ihren Arm, nur ganz kurz, aber ich fühle es noch den ganzen Tag lang, bis wir uns endlich am Abend treffen, um spazieren zu gehen, um jenen wunderbaren Kuss zu wiederholen. Ein paarmal schon habe ich die Augen geschlossen und wieder aufgemacht, aber das Wunder ist nicht geschehen. Ich sitze im Zug, neben mir schläft Eleonore, sie ist völlig erschöpft.

Seit sechs Stunden sind wir nun unterwegs, fahren durch die Nacht, ich habe mein Notizbuch aufgeschlagen, es liegt auf meinen Knien, Eleonore hat den Kopf an meine Schulter gelehnt, sie schläft, unsere Koffer liegen unter der Bank. Sechs Menschen haben sich in unser Abteil gedrängt, zwei Kinder liegen oben in den Gepäcknetzen. Meine Kleidung klebt mir am Körper, ich fühle mich schmutzig, und ich bin sicher, von mir geht ein übler Geruch aus. Ein Schaffner kommt nicht. Es hat sowieso niemand einen Fahrschein. Jemand sagt, dass der Zug nicht in Bordeaux hält, sondern nur in Arcachon. Ich weiß, dass Arcachon siebzig Kilometer von Bordeaux entfernt ist. Vielleicht müssen wir ja gar nicht nach Bordeaux, obwohl dort die Konsulate sind, und soweit ich weiß, brauchen wir eine ganze Menge Papiere. Aber welche? So genau konnte mir das niemand sagen. Wir werden sehen. Wir müssen auf jeden Fall über die Grenze nach Spanien und von dort aus nach Portugal. Vielleicht wird alles nicht so schlimm.

Eleonore ist aufgewacht und hat gefragt, ob wir bald da sind.

Ja, bestimmt, habe ich geantwortet, sie soll noch ein bisschen schlafen. Sie hat gelächelt und genickt, dann hat sie die Augen wieder zugemacht, sich an mich geschmiegt und ist eingeschlafen.

Ich lege den Arm um sie. Einen Augenblick lang denke ich wieder an Gisèle, doch dann zwinge ich mich, die Erinnerung zu verscheuchen. Eleonore und ich, wir gehören doch zusammen – oder nicht?

»Wir gehören doch zusammen ...« Tess merkte, wie ihr ein Kloß im Hals wuchs. Adrian und sie waren zwei Menschen, die sich nur gegenseitig vorspielten, dass sie zusammengehörten. Oder nicht?

Vielleicht hatte ihr Großvater eingesehen, dass er in Gisèle nur einer romantischen Vorstellung von Liebe hinterhergelaufen war?

Tess legte den Fado-Text neben die Aufzeichnungen. Sie konnte Ähnlichkeiten bei den Buchstaben erkennen, dieselben steilen Aufstriche, dieselben langen Unterstriche, die Kommata, wie Pfeile so scharf, die Schlaufen der kleinen Es und Os eng und hoch. Aber das Gesamtbild war ein völlig anderes. Den Fado hatte jemand geschrieben, der keine Angst hatte, keine Zweifel, der einer inneren Melodie folgte, nicht ein Zerrissener und Gehetzter.

Was wäre wohl aus dem künstlerischen Talent ihres Großvaters geworden, wenn er es nicht wegen der schrecklichen Umstände hätte verkümmern lassen müssen?

Vielleicht hatte Rose ja recht, und es war gut, dass er in Amerika endlich seine andere Seite leben und Unternehmer werden konnte.

Durch die Wand hinter dem Bett drangen Laute. Sie schienen von ganz weit her zu kommen. Jemand lachte. Bisher hatte sie nie ein Geräusch gehört, sie hatte schon geglaubt, außer ihr wohne niemand auf dieser Etage. Wieder das Lachen. Das Lachen einer Frau. Dann eine andere Stimme. Tess versuchte, etwas zu verstehen, aber die Wände waren zu dick. Sie sah eine Weile auf die beige gestrichene Wand, als würden sich jeden Augenblick die zu den Stimmen gehörenden Menschen zeigen. Doch die Stimmen verstummten, und bald darauf wurde eine Tür zugeschlossen. Vielleicht gingen sie aus. Essen, tanzen, spazieren.

10. Juni 1940

Endlich erreichten wir Arcachon. Warum, dachte ich, sind wir nicht früher dorthin gefahren – ans Meer, warum mussten wir bis zur letzten Minute in Paris ausharren? Vielleicht wird ja alles gar nicht so schlimm. Zusammen mit den anderen Flüchtlingen sind wir in einer Scheune untergekommen. Es herrscht ein schreckliches Gedränge. Auch Julius und Helene sind hier. Sie sehen mitgenommen aus, sind sie doch ein anderes Leben gewohnt. In Paris wohnten sie in einer Wohnung mit hohen Stuckdecken und dicken dunkelroten Teppichen, in der Nähe vom Tour Eiffel. Sie gehörte einem Produzenten, der mit seichten Filmen ein Vermögen gemacht hatte. Der Abstieg von unserer ungeheizten Dachkammer in die Scheune ist nicht ganz so dramatisch.

Eleonore klammert sich immer wieder an mich. »Wir dürfen uns nicht verlieren, Hans«, sagt sie. »Niemals.«

Sie braucht mich. Sie liebt mich. Ich will auf sie aufpassen, sie beschützen, doch ich fühle mich so ohnmächtig.

Eleonore geht es seit Tagen nicht gut. Ihre Haut ist kalt und feucht. Sie will weder essen noch trinken. Immer wieder denke ich, dass sie das alles wegen mir mitmacht.

… Endlich, um halb fünf am Nachmittag – mir zittern die Knie, meine Zunge ist dick und rau, ich habe furchtbaren Durst –, hat Julius es geschafft, ein Taxi zu organisieren. Zu viert fahren wir nun nach Bordeaux. Wieder eine Rettung, denke ich. Eleonore, die neben mir auf der Rückbank sitzt, weint leise. Ich lege den Arm um sie. »Lass mich nicht allein«, flüstert sie.

Sie nimmt meine andere Hand und lässt sie nicht mehr los. Mein Leben ist so leer geworden. Meine Ration Liebe ist aufgebraucht.

Tess blätterte um, doch die nächsten Seiten waren unleserlich, fleckig, und die Schrift war zerlaufen. Vielleicht war diesem Pereira ein Glas Rotwein umgefallen. Oder ihrem Großvater. Ein paar Seiten weiter konnte sie die Schrift wieder entziffern.

TAGEBUCH

17. Juni 1940

Schon wieder ein Tag verloren! Dabei fing er so hoffnungsvoll an!

Vergebliches Anstehen vor dem Konsulat von Haiti, danach vor dem von Kuba; alles umsonst. Wir würden auch ein Visum für den Nordpol nehmen!

Eleonore versucht immer wieder, mich bei Stimmung zu halten, obwohl sie schlecht aussieht und sich miserabel fühlen muss. Es tut mir so leid, will ich sagen, aber selbst das schaffe ich nicht mehr. Wenn wir hier lebend herauskommen, wird alles anders werden, sage ich ihr, ohne zu wissen, *wie* es werden soll.

Helene redet kaum noch, und Julius ist nur noch Haut und Knochen. Schon in Paris war er mager, doch jetzt ist er geradezu beängstigend dünn und trotz der Sommersonne blass. Seine Augen glänzen fiebrig, und er murmelt unablässig vor sich hin. Noch immer hat er die Hoffnung nicht aufgegeben, seinen Kollegen in der Stadt zu finden.

18. Juni 1940

Ein Wunder ist geschehen! Wir halten unser Visum für Portugal in Händen!

Der portugiesische Konsul scheint der einzig Vernünftige zu sein. Er hat tatsächlich allen, egal, ob sie ein Überseevisum hatten oder nicht, ein Visum für Portugal ausstellen lassen. Wir sind glücklich, unsagbar glücklich. Nun müssen wir schnellstens von Bordeaux nach Bayonne, um dort am spanischen Konsulat mit unserem portugiesischen Visum ein spanisches Durchreisevisum zu erhalten. Außerdem brauchen wir von der französischen Préfecture das Ausreisevisum für Frankreich.

Wir haben uns Brot mit Olivenöl gegönnt, Eleonore hat es irgendwoher organisiert. Was täte ich nur ohne sie? In mir ist eine Wunde, die nicht verheilt, wenn ich Eleonore sehe.

22. Juni 1940

Ich versuche zu begreifen, nachzuvollziehen, was in den vergangenen vier Tagen passiert ist. Es ist alles so absurd und gleichzeitig so banal.

Wir mussten also mit unseren Visa nach Bayonne zum spanischen Konsulat und zur französischen Préfecture.

Julius wusste von einem Lieferwagen, der zurück nach Arcachon fahren sollte, und zusammen mit – ich weiß nicht wie vielen – anderen Leidensgenossen drängten wir uns auf die Ladefläche. Man kann von Arcachon aus mit dem Zug nach Dax gelangen, das ist nicht allzu weit entfernt von Bayonne, und von dort nach Hendaye, zur französisch-spanischen Grenze. Am Ende der Fahrt sind wir halb tot, und ich wünsche mir nichts sehnlicher als ein Bett, doch am Bahnhof von Arcachon steht ein Zug, der nach Dax fährt. Natürlich ist auch der überfüllt, aber wir drängen uns hinein, stehen dicht an dicht, unsere Koffer zwischen den Beinen, fremde Ellbogen stoßen uns in die Rippen. Der Zug fährt bei Dunkelheit los, und in der Nacht erreichen wir Dax. Von dort bringt uns ein Taxi nach Bayonne, der Preis ist horrend hoch. Wir schlafen in einem Hof mit vielen, vielen anderen zusammen auf Strohmatten. Julius sieht sich um, beklagt die Enge und bekommt einen Weinkrampf. Ich fühle nichts mehr.

Am nächsten Tag wieder Schlange stehen vor dem spanischen Konsulat. Julius weint nicht mehr, murmelt aber auch nicht mehr vor sich hin. Er scheint sich aufzulösen, jeden Tag ein bisschen mehr. Zwölf Stunden später wird das Konsulat geschlossen. Wir müssen am nächsten Tag wiederkommen. Ich kann mich nicht mehr aufregen. Es ist alles so absurd. Julius wird auf der Treppe ohnmächtig. Ich schleppe ihn hinaus, er ist leicht wie ein Vogel.

Eleonore ist ganz zart und blass geworden. Ihre Haut ist fahl, als ob sie kein Sonnenlicht mehr bekommen hätte, sie ist in den drei Wochen unserer Flucht um Jahre gealtert. Ich bin schuld. Ich hätte mich viel früher um unsere Ausreise kümmern müssen. Als ich ihr das sage, erwidert sie nichts. Es stimmt also.

Gestern haben wir tatsächlich unsere Dokumente bekommen! Die Visa für Spanien und die Ausreiseerlaubnis aus Frankreich! Ich bin so erschöpft, dass ich keine Freude empfinden kann. Wie soll es weitergehen? Ich bin so verzweifelt. Eleonore muntert mich auf, sie schwärmt von Amerika, wie groß das Land ist und was für ein Erlebnis es sein wird, wenn wir endlich New York sehen!

Helene bricht zusammen. Sie kann nicht mehr. Julius beschließt schweren Herzens, dazubleiben und am nächsten Morgen weiterzufahren. Eleonore und ich finden, o Wunder, ein Taxi, das uns nach Hendaye bringt.

Schon Kilometer vor der Grenze stehen verlassene Autos, die Menschen versuchen, mit ihren Habseligkeiten zu Fuß zum Grenzposten zu laufen, in dicke Mäntel gehüllt, die sie gerettet haben und die nicht in die Koffer passen. Doch jetzt ist Sommer!

Wir zwängen uns zwischen den Autos hindurch, bis wir in der träge sich vorwärtsbewegenden Menschenflut feststecken. Nur millimeterweise kommen wir der Grenze näher, da schnappen wir ein Gerücht auf: Angeblich wird die Grenze um neun

Uhr abends geschlossen. Uns bleiben zehn Stunden … dann acht … dann sieben … schließlich fünf Stunden – für vielleicht dreihundert Meter bis zum Grenzposten.

Eleonore fängt an zu weinen, sie ist am Ende ihrer Kräfte, ich rede auf sie ein, erst geduldig, dann verliere auch ich die Nerven, schreie sie an, ob sie denn will, dass wir so kurz vor dem Ziel aufgeben?

»Wir schaffen es nicht!«, schreit sie zurück. »Es war alles umsonst! Es ist aus!«

Rücksichtslos kämpfe ich mich vorwärts, passe auf, dass Eleonore nicht zurückbleibt, mache mir mit den Ellbogen Platz, um ein paar Zentimeter zu gewinnen.

Um kurz vor acht gebe ich die Hoffnung auf, gleichzeitig sammelt sich in mir so viel Wut, dass ich mich fähig fühle, blind nach vorn zu stürzen und brutal um mich zu schlagen. Ich tue es nicht. Irgendetwas hindert mich daran. Ist es Anstand oder ist es Feigheit?

Tatsächlich, wir glauben schon nicht mehr daran, gelangen wir zu den französischen Grenzbeamten, die uns gründlich nach Geld oder Schmuck durchsuchen.

Und dann wanken wir über die Brücke nach Spanien. Eleonore kann nicht mehr, sie zittert, will nur noch schlafen. Ihre Augen liegen tief in den Höhlen und die Haare kleben ihr feucht am Kopf. Einen Augenblick lang bin ich versucht, nachzugeben, auch ich kann nicht mehr, doch eine innere Stimme sagt mir, dass wir weitermüssen. Sie haben tatsächlich die Grenze geschlossen, direkt hinter uns.

Irún ist ein geradezu unheilverkündender Ort. Vom Bürgerkrieg zerstörte Häuser, Einschüsse in den Mauern, bettelnde Kinder und Krüppel, verhärmte Frauen. Werden bald alle europäischen Städte so aussehen? Ich zerre Eleonore hinter mir her zum Bahnhof. Sie wehrt sich, lässt sich fallen, ich ziehe sie wieder hoch, schleppe sie mit durchs Gedränge, schiebe sie hinauf in den Zug. Es ist der Schnellzug nach Lissabon, sagt man. Da breche auch ich zusammen.

»Jetzt wird alles gut«, sagt Eleonore ganz leise, als der Zug sich in Bewegung setzt, und drückt meine Hand.

Ich könnte heulen, ich bin ein Verräter.

Das Heft war bis zur letzten Seite und bis zur letzten Zeile beschrieben, die Schrift war immer enger und ungleichmäßiger geworden. Tess kehrte zurück in dieses Hotelzimmer, fühlte sich erschöpft und gerettet, als hätte sie die Reise selbst gemacht, als wäre sie Lichtjahre weit weg gewesen.

An den Rand hatte er noch die letzten Sätze senkrecht geschrieben.

Eine Kette ist nur so stark wie ihr schwächstes Glied. Wir kennen uns selbst nicht, wie wenig wissen wir von uns selbst. Wie sehr sehen wir von uns nur das, was uns gefällt.

Tess saß eine Weile einfach nur da, erfüllt von all den Schicksalen. Dann stand sie auf und öffnete das Fenster. Rechts vom Hotel existierte eine andere Welt. Keine Glas- und Stahlfassaden, sondern schmutzig graue Mauern, heruntergekommene Häuser mit abblätterndem Putz, keine Parkplätze für klimatisierte Reisebusse, sondern schmutzige Bürgersteige mit gebrochenen Platten, keine Drehtüren aus Glas, sondern düstere Hauseingänge ohne Türen. Ein Stück weiter, an der Ecke, ein uralter rußbrauner Hotelkasten. Die blonde Prostituierte unten auf der Straße trug ein sehr kurzes flauschiges Jäckchen mit Leopardenfellmuster. Sie lehnte an der Hauswand aus weiß-blauen Azulejos; über ihr, im ersten Stock, hingen zwei BHs an einer Wäscheleine vor dem beleuchteten Fenster. Wenige Meter neben ihr stand eine dralle Farbige mit roter Langhaarperücke. Verlorene Wesen, die ihre Arme nach jedem Mann ausstreckten, der vorüberging.

Tess schloss das Fenster. *Wir kennen uns selbst nicht,* hatte er geschrieben. Sie öffnete die Minibar unter dem Schreibtisch. In der Tür waren, wie in einem Kaufladen für Kinder, Miniflaschen aufgereiht, von jeder Sorte zwei. Sie entschied sich für das grüne Fläschchen und schraubte es auf. Der Verschluss knackte, und sie musste daran denken, dass Adrian einmal behauptet hatte, die Leute tränken die Minibar leer und füllten dann Wasser in die Fläschchen. So hätten er und seine Freunde es immer gemacht.

Ohne lange nachzudenken, wählte sie seine Nummer. Der Bourbon lief brennend die Kehle hinunter, breitete sich als wohlige Wärme in ihr aus. Adrian würde jetzt vielleicht fernsehen und bald ins Bett gehen, und sie stellte sich vor, wie das Klingeln des Telefons durch die Wohnung hallte. Sie sah die wohldosierte Beleuchtung vor sich, den hellen Teppich, die schlichten weißen Möbel, die Strandansichten in Öl, gemalt von einem australischen Künstler, dazwischen die abstrakten Farbkompositionen eines Freundes ihrer Mutter. Es duftete nach Vanille und Sandelholz. Das Klingeln verhallte, es folgte ein lauteres, schrilleres, die ganze Wohnung müsste ein einziges unangenehmes Telefonklingeln sein – sie legte auf. Dann fiel ihr ein, dass es in Chicago ja erst Vormittag war und Adrian vorhin vom Büro aus angerufen hatte. Sie trank den Bourbon aus, er brannte nicht mehr, die Wärme hatte sich in eine unangenehme Hitze verwandelt.

Die Erinnerungen ließen sich nicht mehr verdrängen. Sie hatten gelauert, auf einen schwachen Moment gewartet. Obwohl sie nie ein Foto gesehen hatte, kannte sie jedes Detail, sie hatte es sich aus Erzählungen und mit ihrer eigenen Fantasie zusammengesetzt, so oft, so akribisch, dass es wirklich geworden war. Sie legte sich aufs Bett und ließ die Bilder kommen, die dunkle Straße, die blinkende Leuchtreklame, das Auto, das mitten auf der Fahrbahn stand, mit laufendem Motor, der Fahrer über das Steuer gebeugt, die Polizeisirenen, die sich drehenden blauen Lichter des Krankenwagens, der auf dem Asphalt liegende Körper, seltsam verdreht die Gliedmaßen, die Sandalen weit weg und um den Kopf eine dunkle, immer größer werdende Blutlache …

Sie schloss die Augen. Sie war damals dreizehn.

Irgendetwas hat sie geweckt. Sie blinzelt und wundert sich über die Helligkeit. Ist schon Morgen? Sie sieht Grandma ins Gesicht. Sie sitzt an ihrem Bett. Seit Tagen wohnt sie bei den Großeltern, Mum ist verreist.

»Tess, du musst jetzt ganz tapfer sein«, sagt ihre Großmutter.

Die Fragen kamen wieder, seit Jahren dieselben Fragen. Warum ist sie nicht in dem Augenblick aufgewacht, als es passierte? Warum hat sie es nicht gespürt? Warum hat ihre Mutter so einfach sterben können, so allein gelassen? Warum ist ihre Mutter in jener Nacht in Lissabon aus einer Bar hinausgestürzt und über die Straße gerannt? Warum hat ein viel zu schnell fahrendes Auto sie erfasst, durch die Luft geschleudert und getötet?

Dinge geschehen einfach, hatte Rose gesagt, nicht hinter allem steckt ein Grund, Tess. Das hatte Tess nie glauben wollen. Aber es war ihr nichts anderes übrig geblieben. Genauso wie sie sich ihren Vater nicht hatte aussuchen können, einen Gitarristen, angeblich nicht interessiert an Familie und Bindung. Irgendwann hatte Tess die nüchternen Fakten akzeptieren müssen: Sie war das Ergebnis zweier ewiger Flower-Power-Typen in einem heißen Sommer in Michigan voller Drogen und Musik. Sie hätte ihn gern kennengelernt, ihren Vater.

Tess sah auf die Uhr. In einer halben Stunde wäre Matt bei ihr. Sie hatte sich noch nicht umgezogen und für den Abend fertiggemacht. Sie ging unter die Dusche und genoss, wie das

Wasser sie langsam wieder in die Gegenwart und zu sich selbst zurückbrachte. Sie nahm den Lippenstift, schminkte sich ein wenig und ging hinunter in die Halle.

»Sie sehen toll aus, Tess!« Matt gab ihr einen Kuss auf jede Wange und strahlte sie an. »Haben Sie's durch?« Er stand dicht vor ihr.

»Nein.« Sie legte ihre Stola um. »Noch nicht ganz.«

»Was schreibt Ihr Großvater, geht es um Lissabon?«

»Ja.« Sie ging nach draußen.

Er folgte ihr. »Eigentlich hätte ich Ihnen ein weniger touristisches Fado-Lokal vorgeschlagen, aber Luís spielt wirklich gut.« Matt hielt ihr die Taxitür auf.

Während sie durch das Gewirr der Alfama mit den verwinkelten Gassen, den steilen Treppen, den engen Ladenlokalen und den unzähligen Bars und Lokalen schlenderten, versuchte sie, sich Adrian an ihrer Seite vorzustellen.

»Na, wie gefällt es Ihnen?«, unterbrach Matt ihre Gedanken.

Von Holzkohlengrills qualmte Rauch auf, und der kräftige Geruch von gebratenen Sardinen lag in der Luft; aus jeder Bar, aus jedem Restaurant drang Musik, mal melodischer Gesang, mal Gitarrenakkorde, überall Touristen und verliebte Paare.

»Es ist ein bisschen zu romantisch, oder nicht?«, sagte sie.

»Zu schön, um echt zu sein?« Er blieb stehen.

»Sagen Sie jetzt nicht, dass ich alles zu kompliziert sehe.«

Er lachte. »So was Ähnliches wollte ich sagen, aber«, er wurde ernst, »es liegt doch an uns, wie wir etwas sehen wollen, oder nicht?«

»Klingt gut, Matt, aber ich kriege das nicht so hin.«

»Manchmal kann man gar nicht anders überleben.« Er streckte den Arm aus und zeigte auf ein Haus mit einer schmalen Treppe, die nach unten in ein kleines Lokal führte. »Wir sind da.«

An der weit geöffneten Tür lehnte eine Frau und sang. Warmes rötliches Licht strahlte aus dem Innern auf die Straße hoch. Tess sah gedeckte Tische und Stühle, und ein paar Gäste tranken Wein.

Sie hatten kaum Platz genommen, als ein Kellner Brot und einen Teller mit Schinken, Salami, Käse und Oliven brachte und eine Flasche Weißwein entkorkte.

Matt ließ den Blick durch den Raum schweifen. Dann sah er Tess eindringlich an. »Ich freue mich wirklich sehr, dass wir uns begegnet sind.« Dabei berührte er ganz kurz ihre Hand und griff dann rasch zu einem Stück Käse.

»Probieren Sie«, sagte er und deutete auf den Teller, »während der Vorstellung isst man nicht.«

Tess war erleichtert, als die Musiker kamen, zwei Gitarristen mit grauem Haar – und Luís, alle drei ganz in Schwarz gekleidet. Ihnen folgte die Sängerin, eine stattliche, große Frau mit streng zurückgekämmtem Haar und auch in Schwarz gekleidet. Beifall brandete auf.

Er brach sofort ab, als die Sängerin mit ernstem Blick in die Runde sah und Luft holte. Jedes Gespräch verstummte, und eine seltsame Erregung erfasste Tess, auf einmal wollte sie weglaufen, hinaus ins Freie, wo man sie nicht zwingen könnte, dieser Musik zu lauschen, sich in den Bann dieser Sängerin ziehen zu lassen. Warum? Sie konnte sich ihre Reaktion nicht erklären.

Luís schlug den ersten Akkord, und Tess hielt den Atem an.

Die beiden anderen Gitarristen fielen in Luís' Melodie ein, wiederholten sie, verdichteten sie. Dann erklang die Stimme der Sängerin, und in Tess brach der Widerstand zusammen. Sie kam nicht mehr an gegen die Pausen, in denen die Sehnsucht nach dem nächsten Ton größer wurde, gegen die sanften Bässe, gegen die sich langsam steigernde Musik, gegen die quälende Stille zwischen den Klängen und gegen die Sängerin, die ihr Leid klagte und dann von ihrer eigenen Stimme gerettet zu werden schien.

Warum fühle ich mich so traurig und zugleich so getröstet, warum brennen mir die Augen, warum füllen sie sich mit Tränen? Ich verstehe doch nicht einmal die Worte.

Tess schloss die Augen und sah das Meer und einen hellen Streifen am Horizont, dorthin wollte sie, sie wollte wissen, was dahinter kam, es musste doch etwas kommen, und sie wollte geliebt werden und selbst lieben, bedingungslos und tief, und die Liebe sollte niemals enden. Aber schon spürte sie, wie sie übermannt wurde von der Trauer darüber, dass alles verging, der Tag, die Nacht, die Jugend, die Schönheit, die Liebe, das Leben. Es gab niemals ein Zurück, auch wenn sie sich noch so sehr danach sehnte. Glück und Liebe würden ihr entgleiten, und ihre Erinnerungen würden verwittern.

Matt nahm ihre Hand, doch sie zog sie weg. Es war ihr noch nie leichtgefallen, in der Öffentlichkeit Gefühle zu zeigen. Weder Freude noch Trauer.

Aber diesmal hatte sie nichts tun können gegen ihre Tränen, sie konnte sie nur rasch wegwischen. Doch in ihrer Kehle steckte ein Kloß, als hätte sich in ihrem Innern etwas zusammengeballt und wollte nach oben, wollte sich befreien, doch sie konnte es nicht zulassen, irgendetwas hinderte sie.

»Entschuldigen Sie mich«, flüsterte sie und stand hastig auf, huschte zwischen den Tischen mit den lauschenden Gästen hindurch, folgte dem Zeichen eines Kellners. Als sie endlich die Tür zu den Toiletten aufstieß und sich im Spiegel sah, brach sie in Tränen aus. Es kam von ganz tief unten, dieses Schluchzen, das ihr fremd war, sie hatte es noch nie gespürt, und es wollte nicht enden.

Sie wusste nicht, wie lange sie schon so dastand, ans Waschbecken gelehnt, schluchzend, als sie ein Klopfen und Matts Stimme durch die Tür hörte.

»Tess, ist alles in Ordnung?«

Sie schluckte, atmete tief ein und aus. »Ich komme gleich.«

»Kann ich etwas tun?«

»Nein, wirklich, ich bin gleich wieder da.«

Er zögerte noch, dann hörte sie, dass er sich entfernte. Sie wusch sich das Gesicht, versuchte, sich die Wimpern nachzutuschen und den Lidschatten neu aufzutragen, was ihr kaum gelang, und sich die Lippen nachzuziehen. Ein letzter Blick in den Spiegel, dann ließ sie ihre Schminksachen in die Handtasche gleiten.

Seltsam, sie verstand kein Portugiesisch, hatte es nie gelernt: Wieso war sie sich trotzdem sicher, dass es der Text ihres Großvaters war, den die Sängerin gerade gesungen hatte? Vielleicht war es Wunschdenken, Einbildung.

Sie ging zurück zu ihrem Platz. Matt lächelte erleichtert, als er sie kommen sah. Das Lied endete mit einem langen, anhaltenden Ton. Einen Atemzug lang blieb Stille zurück, dann, plötzlich, brach der Applaus los. Musiker und Sängerin verbeugten sich, es folgte ein lustiges, beschwingtes Lied, bei dem die Gäste mitklatschten. Danach kündigte die Sängerin eine Pause an.

Luís kam an ihren Tisch. Derselbe abwesende Blick, stellte Tess fest, wie im Restaurant. Es kam ihr vor, als wäre nur sein Schatten an ihren Tisch getreten, während seine Seele noch immer dort in der Mitte des Raumes saß, über die Gitarre gebeugt, sich wiegend im Echo der verhallenden Klänge.

»Was würden die nur ohne dich machen!« Matt klopfte Luís auf die Schulter.

Luís reagierte nicht, er schien noch ganz entrückt zu sein. »Gefällt es Ihnen hier?«, fragte er Tess. Seine Stimme kam von weit her.

Sie brachte nur ein Nicken zustande, noch immer steckte ihr dieser Kloß im Hals. Auch er nickte und murmelte etwas, das wie eine Entschuldigung klang, dann ging er zum Nebentisch.

»Oh, sehen Sie, da kommt der Chef, Senhor Brandão, selbst ein begnadeter Gitarrist und Komponist«, sagte Matt.

Der akkurate Schnauzer in dem schmalen, blassen Gesicht fiel Tess als Erstes auf, dann die sanften Augen und schließlich seine zierliche Statur in dem eleganten Anzug. Matt stellte Tess vor, und Senhor Brandão machte eine kleine Verbeugung und fragte sie, ob sie sich mit ihm fotografieren lassen würde. Er deutete zur Wand hinter ihnen, erst jetzt fielen Tess die gerahmten Fotos auf, die ihn mit prominenten Gästen zeigten. Woody Allen erkannte sie und auch zwei Schauspielerinnen, deren Namen ihr gerade nicht einfielen.

»Oh, aber ich bin nicht prominent«, sagte sie.

»Aber Sie interessieren sich für Fado.« Dabei sah er ihr tief in die Augen. »Bitte, es wäre mir eine große Ehre ...« Er streckte die Hand aus, und Tess stand auf, vielleicht weil er so altmodisch um einen Gefallen bat oder weil er etwas in ihr erkannt hatte.

»Mein Großvater hat auch einen Fado geschrieben«, sagte sie und folgte ihm an den Tischen vorbei.

Senhor Brandão drehte sich erstaunt zu ihr um. »Können Sie ihn singen?«

»Nein, nein!«, wehrte sie ab und machte sich an ihrer Tasche zu schaffen. »Er ist auf Deutsch.« Sie faltete das Blatt auseinander und gab es ihm. »Passen Sie auf, es ist ein Erbstück!«, fügte sie mit einem Lachen hinzu, dabei meinte sie es ernst.

Senhor Brandão las mit hochgezogenen Brauen.

»Verstehen Sie denn Deutsch?«, fragte sie.

»Kommen Sie, ich will Ihnen etwas zeigen.« Er ging ein paar Schritte weiter und deutete auf einen der Bilderrahmen an der Wand. In diesem Rahmen war allerdings kein Foto, sondern ein Zettel, ein Blatt, genauso groß wie das, das Senhor Brandão noch in den Händen hielt.

»Was ist das?«, fragte sie und erkannte im selben Augenblick die Schrift ihres Großvaters.

»Sehen Sie das?« Senhor Brandão streckte den Finger aus. »Dieselben Flecken an denselben Stellen.«

»Und auf der Rückseite steht eine Bestellung, wie bei Ihrem.« Senhor Brandão drehte den Zettel um.

»Und was steht auf diesem Zettel?« Noch immer versuchte sie, eine Erklärung für das alles zu finden.

Sein Schnauzer zog sich in die Breite, als er ihr lächelnd das Blatt zurückgab. »Das an der Wand ist der Text eines berühmten Fado.«

Sie zuckte mit den Schultern. »Meinem Großvater wird er gefallen haben, er hat ihn übersetzt und dann einfach seinen Namen daruntergesetzt.«

Senhor Brandão schüttelte energisch den Kopf. »Aber sehen Sie doch, die Flecken! Die Flecken auf Ihrem Blatt mit dem deutschen Text sind dunkler. Der Zettel hat oben gelegen. Sie sind durchgesickert auf das darunterliegende Blatt.« Er deutete auf den Zettel in dem Rahmen.

»Und was soll das heißen?«

Er sagte in feierlichem Ton: »Der Verfasser dieses Fado ist anonym. Und nun sieht es so aus, als hätte Ihr Großvater zuerst einen deutschen Text geschrieben und ihn dann übersetzt. Verstehen Sie jetzt? Das ist ein großartiger Augenblick für mich.«

Ihr Großvater, der Fahrradfabrikant, sollte einen so bekannt gewordenen Liedtext verfasst haben?

»Ana Pires hat nie gesagt, wer ihr den Text gegeben hat«, sagte Senhor Brandão. »Irgendwann hieß es, es wäre ein gewisser Carlos Dios gewesen.«

»Carlos Dios, Ana Pires?« Tess verstand gar nichts mehr.

Er zeigte zu einem anderen Bilderrahmen. Das Schwarz-Weiß-Porträt zeigte eine junge Frau mit gewelltem nackenlangem Haar, das Kinn ein wenig nach oben gereckt, genauso wie den Blick ihrer sehr dunklen Augen. Tess war sicher, sie hatte sie schon einmal gesehen.

»Die Großmutter von Luís«, erklärte Senhor Brandão.

»Ach ...«

Sie ging an ihren Tisch zurück, sie musste jetzt unbedingt nach draußen, ins Freie.

»Bleiben Sie nur«, sagte sie zu dem erstaunten Matt, doch der schüttelte den Kopf. »Was ist denn passiert?«, fragte er, als sie draußen standen.

Nein, er konnte es nicht wissen. Sie hatte ihm ja noch nicht einmal etwas von dem Fado-Text in ihrer Handtasche erzählt.

»Ana Pires war die Großmutter von Luís«, erklärte sie.

Matt nickte. »Ja, ich weiß. Eine Aschenputtelgeschichte: Eine arme Handschuhmacherin wird eine berühmte Sängerin und stirbt in der Blüte ihres Lebens. Das erste Lied übrigens war eines der bekanntesten von ihr.«

Ja, und der Text steht auf dem fleckigen Zettel da drin an der Wand.

»Wo ist das Problem, Tess?«

Ja, wo war das Problem? Sie wusste einfach nicht, was das alles bedeutete. »Ich möchte ins Hotel, Matt.«

»Was, jetzt schon? Unser Abend hat doch erst angefangen! Kommen Sie, lassen Sie uns da drüben was trinken, das ...«

Tess schob die Chipkarte in den Türöffner, die Tür öffnete sich, sie ging hinein und steckte sie in die Halterung an der Innenwand, woraufhin sich die gedämpfte Beleuchtung einschaltete. Auf dem Bett lagen ihre Kleider, die sie vorhin in aller Eile dorthin geworfen hatte, ihre Schuhe standen kreuz und quer auf dem Teppich – und das Tagebuch lag noch immer aufgeschlagen auf dem Schreibtisch. Nichts hatte sich verändert, seit sie weggegangen war, und dennoch glaubte sie, sie hätte sich im Zimmer geirrt und stünde im Raum einer Fremden. *Ana Pires, Carlos Dios.* Sie hängte ihre Handtasche über die Stuhllehne und öffnete das Fenster.

Eine eigenartige Neugier zwang sie, wieder hinunter auf die schmale Straße zu sehen. Da standen sie wieder, die Prostituierten in ihren kurzen Jeansröcken, den glitzernden hautengen Tops und den hochhackigen Schuhen, winzige Handtäschchen über die Schulter gehängt, und warteten auf Beute. Einer der Eingänge in die halb verfallenen Häuser musste in ein Stundenhotel führen, sie hatte schon öfter Frauen mit ihren Freiern dort verschwinden sehen. Eine Blonde verhandelte mit zwei Männern. Ein dritter Mann kam hinzu, der Zuhälter vielleicht, denn er begann, mit den beiden Männern zu reden.

Ihr Handy klingelte, und Tess fuhr erschrocken herum.

»Tess, es tut mir leid, ich konnte nicht früher, ich war in einer Besprechung.« Rose klang atemlos.

Tess schloss das Fenster. »Ich habe ein Tagebuch von Grandpa«, begann sie.

»Du hast *was?*« Die Stimme ihrer Tante wurde auf einmal schrill.

Tess berichtete kurz über ihren Besuch bei den Pereiras.

»Vergessen? Er soll es vergessen haben? Und wieso hebt es dieser Pereira über ein halbes Jahrhundert lang auf? Findest du das nicht ziemlich merkwürdig? Vielleicht hat man dich betrogen? Wie viel hast du dafür bezahlt? Hast du es schon gelesen?«

»Es hat zweihundert Euro gekostet.«

»Das ist doch verrückt! Und – auf wie viel hast du sie runtergehandelt?«

»Ich habe die zweihundert bezahlt.«

Rose räusperte sich nur, doch Tess wusste, dass Rose eine kritische Bemerkung unterdrückte. »Und, war es sein Geld wert? Hast du es gelesen?«

»Ja.«

»Tess, nun lass dir doch nicht jedes Wort aus der Nase ziehen!«, drängte ihre Tante.

Tess überlegte, ob sie von dem Fado-Abend berichten sollte.

»Dieser Fado ist wohl ziemlich bekannt geworden. Vielleicht hat Grandpa ihn deshalb übersetzt.«

»Vielleicht hat er ihn ja auch geschrieben! Dann können wir Tantiemen einfordern!« Sie sagte es nicht belustigt, sondern meinte es ernst. »Ich könnte einen Rechtsanwalt beauftragen …«

»Der Verfasser ist ein gewisser Carlos Dios.« Tess wartete auf eine Reaktion ihrer Tante, doch die blieb aus. »Hast du schon mal den Namen Ana Pires gehört?«

»Nein. Wieso sollte ich?«

»Grandpa könnte ihn mal erwähnt haben.«

»Ich weiß nicht, worauf du hinauswillst, Tess.«

Tess wusste es auch nicht.

»Hast du deinen Artikel über den Fado geschrieben?«

Tess erklärte ihr, dass sie gerade von ihrem ersten Fado-Abend zurückgekommen sei und vorhabe, noch ein paar Tage zu bleiben.

»Ich habe übrigens den Eindruck, dass die beiden große Probleme miteinander hatten.«

»Wer?«

»Grandpa und Grandma.«

»Was soll das heißen?«

»Das soll heißen, dass es im Tagebuch nicht gerade nach einer romantischen Liebe klingt.«

Sie konnte ihre Tante vor sich sehen, wie sie die Stirn runzelte und die Lippen spitzte.

»Grandpa hat sich die ganze Zeit Vorwürfe gemacht.«

»Na, das ist doch verständlich. Er hat seine Eltern in Deutschland zurückgelassen, da hat er bestimmt Gewissensbisse gehabt. Du weißt doch selbst, Menschen, die wir aus irgendeinem Grund verlassen müssen, entwickeln in unserer Erinnerung oft ein Eigenleben. Sie werden großartiger, liebenswerter, heroischer. Der Mensch neigt nun mal dazu, sich viel stärker an das Positive zu erinnern und das Negative zu verdrängen.«

»Ich meine, er hat sich wegen Grandma Vorwürfe gemacht, dass er sie nicht genug geliebt hat.«

»Du darfst nicht vergessen, die beiden waren damals in einer ziemlich kritischen Situation. Es ging um ihr Leben! Und in Zeiten extremer Belastung neigen wir dazu, an unserem Glauben zu zweifeln oder an allem, was uns bisher selbstverständlich war, wir machen uns Vorwürfe.«

Solche Dinge passieren eben, Tess.

»Geht es dir gut, Tess?« Roses Ton klang auf einmal mitfühlend und besorgt.

»Du weißt, was heute für ein Tag ist?«

»Sicher, Liebes. Und ich gehe auch gleich auf den Friedhof. Paula war schließlich meine Schwester. Und ich habe sie sehr geliebt. Auch wenn sie nicht gerade einfach war.« Rose seufzte. »Sie war ein ungeduldiger Mensch, ungeduldig mit sich und mit anderen. Immer war sie von ihrer Sicht der Dinge überzeugt, ihre Meinung über Politik war die einzig richtige, ihre Art, eine Beziehung zu leben, war die einzig echte, ihre Erziehungsmethoden waren die einzig richtigen. Wie oft hat sie sich lustig gemacht über mich, weil ich nicht so leben wollte wie sie, weil ich nicht alles ausprobiert habe, weder Drogen noch Alkohol, weil ich keine Partys mochte und mich meistens ziemlich früh verabschiedet habe. Weil ich nicht mit der Mode ging, weil ich zu Hause hockte und lernte, anstatt es nachts mit wildfremden Kerlen auf dem Rücksitz zu treiben! Sie hätte nicht so sterben müssen! Wäre sie nüchtern gewesen, wäre sie nicht einfach so über die Straße gelaufen!« Rose verstummte und räusperte sich. »Am besten kommst du gleich übermorgen, wenn du zurück bist, mit dem Tagebuch vorbei. Damit wir sehen können, was wir damit machen.« Sie klang auf einmal betont nüchtern.

»Ach, Rose, wenn du zum Friedhof gehst, könntest du einen Strauß Tulpen für mich mitnehmen, orange und rote? Die mochte sie besonders gern«, sagte Tess.

Als Tess aufwachte, fiel das Sonnenlicht auf das schwarze Notizbuch am Fenster. Sie schloss die Augen wieder, sie hätte gar nicht hierher fahren, sondern ihre Großeltern in Erinnerung behalten sollen, so wie sie sie kannte. Sie wollte nichts wissen von Gisèle und von heimlichen leidenschaftlichen Küssen hinter irgendwelchen Parkhecken, sie wollte sich nicht die fahle Haut ihrer Großmutter vorstellen und sie wollte ihren Großvater nicht als Zweifler und Zauderer kennenlernen. Sie hatte ein Recht auf die Unveränderlichkeit ihrer Erinnerungen! Oder etwa nicht?

Sie schlug die Decke zurück und ging zum Fenster, um nach dem Wetter zu sehen. Eine dünne Wolkenschicht zog sich über das Blau des Himmels. Unten auf der Straße war es noch ruhig, es war zu früh für Touristen, zu früh für Freier.

Warum vergaß sie nicht einfach, dass ihre Großeltern und ihre Mutter hier in der Stadt gewesen waren – wie Millionen andere Menschen auch –, und schrieb einen Artikel für ihr Magazin über den Fado in Lissabon?

Sei nicht so kompliziert, Tess, sagte sie zu sich. Sie ging ins Bad und nahm eine Dusche. Im Rauschen des Wassers hörte sie auf einmal wieder die Melodie des Fado, sie verschmolz mit dem Bild von Ana Pires. Tess drehte das Wasser ab, wickelte sich in ein Handtuch und schaltete ihr Notebook an.

Sie stieß auf ein Foto von Ana Pires, es zeigte die Sängerin in einer ähnlichen Pose wie das im *Clube de Fado.*

Ana Pires, geboren 1919 in der Mouraia … in Lissabon, Mutter Schneiderin, Vater unbekannt, arbeitete zuerst als Schneiderin, dann als Handschuhmacherin, bevor sie als Fado-Sängerin bekannt wurde. Zusammen mit dem Gitarristen Eduardo Duarte wurde sie in den frühen Vierzigerjahren bekannt. Ihre Konzerte führten sie schließlich nach Brasilien und auch nach Paris. (…)

Sie starb 1961 an einer Gehirnblutung.

Im Anhang fand sie weitere Literaturhinweise, sie klickte einige an, irgendwann tauchte ein Foto des Handschuhladens auf. *Ana Pires' Anfänge* stand dort als Überschrift. Der Text enthielt keine weiteren Neuigkeiten – bis auf die Adresse des Geschäfts. Ob es noch existierte?

Chicago

»Eleonore, sehen Sie mal, wer da ist!«, ruft der Engel.

»Mum, ich bin's.«

Ihre Tochter sieht mal wieder aus wie aus dem Ei gepellt, stellt Eleonore fest. Dezent geschminkt, nougatfarbener Pulli unter dem cremefarbenen Hosenanzug. Eine Goldkette schmiegt sich um den Rollkragen. Wurde auch Zeit, dass sie hier aufkreuzt.

»Rose, na, dass du dich mal herbemühst!« Sie hält ihrer Tochter die linke Wange hin. Rose gibt ihr brav einen Kuss, drückt der Schwester einen Blumenstrauß in die Hand und lächelt Eleonore an. Bilder aus der Vergangenheit tauchen plötzlich auf, Bilder ihres Mannes. Sie sieht ihrem Vater ähnlich, sie ist wie ihr Vater, dieselben Augen, allerdings braun statt blau, aber derselbe Blick.

»Ach, du weißt doch, dass ich ziemlich beschäftigt bin.« Rose setzt sich ihr gegenüber, in den zweiten Sessel vor dem Fernseher und schaltet ihn aus. Eleonore könnte protestieren, aber die Sendung hat sie sowieso nicht interessiert, und sie weiß, dass sie irgendwie von Rose abhängig ist. Die ist die Einzige, die sie hier herausholen kann. Das hat ihr zwar niemand gesagt, aber sie spürt es.

»Du bist immer beschäftigt«, murrt sie dennoch. Rebecca stellt die Vase mit den roten und gelben Rosen auf den kleinen Beistelltisch zwischen ihrem Sessel und dem Fernseher. Rot und gelb hat ihr noch nie gefallen. Ob Rose sie damit ärgern will?

»Ich gehe. Wenn Sie mich brauchen, melden Sie sich.« Rebecca lächelt erst Eleonore an, dann Rose, zieht die Tür auf und geht hinaus.

Rose wartet, bis die Tür geschlossen ist, und fragt dann: »Tja, so ist das nun mal, aber jetzt erzähl mal, wie geht es dir?« Rose sitzt nur auf der Sesselkante, ihre Armbanduhr hat sie immer im Blick. Typisch. Sie hat noch nie Zeit gehabt. Eleonore deutet zum Fenster, sie mag gar nicht hinsehen, das Schneetreiben macht sie schwindlig. »Es geht. Es könnte langsam Frühling werden.«

»Ja, allerdings.« Rose hat die Beine eng zusammengestellt und die Hände auf den Knien gefaltet, sie sitzt da, als wollte sie Eleonore interviewen.

»Deine Enkelin Tess ist in Lissabon«, sagt Rose.

»Aha.« Tess. Sie hat keine Ahnung, wer das ist. Aber wenn sie es sich nicht anmerken lässt, darf sie heim.

»Das hat sie dir doch gesagt, als sie das letzte Mal da war, oder nicht?«

Eleonore schüttelt den Kopf. »Nein. Sie war noch nie da. Kommst du, um mich nach Hause zu holen?«

»Aber, Mum.« Ihre Tochter lächelt nervös. Sie verbirgt etwas.

»Was?«

Rose seufzt, sieht heimlich auf die Uhr, aber Eleonore ist es nicht entgangen.

»Du bist auf Dad losgegangen, mit dem Messer, vorher hast du die Polster aufgeschlitzt.«

Geradezu absurd, diese Behauptung! Eleonore kann ein kurzes Auflachen gerade noch unterdrücken. »Redest du von mir?«

»Natürlich, von wem denn sonst?« Rose zupft ein paar Strähnchen hinter dem Ohr zurecht, ihr Mundwinkel zuckt.

»Es wird schon seinen Grund gehabt haben«, erwidert Eleonore und fühlt sich auf einmal überlegen. Sie ist nicht nervös wie ihre Tochter. Sie reden ihr immer dieses Zeug ein. »So, ich sag dir, was ich tue. Ich sitze hier rum und langweile mich. Und …« Sie bricht ab. Irgendetwas hat sich gerade an die Oberfläche gekämpft, aber sie bekommt es nicht zu fassen.

»Tess lässt dir übrigens schöne Grüße aus Lissabon ausrichten«, redet Rose einfach weiter.

»Warum ist sie dahin gefahren?«

»Sie will etwas über Fado schreiben«, sagt Rose.

Vor Eleonore reißt der Boden auf, sie kann gerade noch rechtzeitig zurückweichen vor dem gähnenden Abgrund, in den sie zu stürzen droht.

»Mum?«, dringt eine Stimme von weit her.

Der Gesang der Sirenen bringt den Tod, weiß sie plötzlich, aber es hat nichts genutzt.

»Mum?«

Sie fällt durch einen Tunnel, an dessen Ende ein helles weißes Licht erscheint. Ob sie rückwärts stürzt oder vorwärts, kann sie nicht sagen, es ist ein Sog, gegen den sie sich nicht wehren kann.

Lissabon

Luvaria Aguiar stand über dem schmalen Laden in der Rua do Carmo, der eingezwängt war zwischen den verschnörkelten Fassaden eines Modegeschäfts und eines Juweliers. Die stoffbespannte zeitlose Auslage präsentierte Handschuhe auf sandgelbem Stoff. Sie würden jeder noch so unförmigen Hand Eleganz verleihen, davon war Tess überzeugt. Eine echte Hand griff von oben in die Auslage und legte ein Paar aus gelblichem Wildleder hinein. Tess drückte die Tür auf, ein Geruch nach sauberem Leder empfing sie, und ein grauhaariger, untersetzter Herr in einem zeitlosen Tweedjackett begrüßte sie auf Portugiesisch. Er deutete eine Verbeugung an und antwortete auf ihre Frage, ob er Englisch spreche, mit einem beruhigenden Nicken.

»Aber sicher, meine Dame.« Sein Englisch klang tadellos, so tadellos, wie seine Handschuhe wahrscheinlich gearbeitet waren.

»Es ist unerlässlich, in einer Hafenstadt Sprachen zu beherrschen. Wie soll man sonst Geschäfte machen?« Sein Lächeln war einschmeichelnd und eitel. Er fuhr sich über den schmal rasierten Schnurrbart, der noch nicht grau war. »Ist das Leben nicht viel reicher, wenn man versteht, was die verschiedensten Menschen sagen, wenn man sie fragen kann, was sie zu diesem oder jenem meinen? Wäre es nicht wundervoll, wir könnten alle Sprachen der Welt verstehen?«

»Sicher …«

»Tja, der Traum der Erbauer des Babylonischen Turms …« Er seufzte und strich sich wieder über den Schnurrbart. »Gott hat ihn zerstört.« Er ließ den Blick über die dunklen Regale voller Schubladen gleiten, in denen unzählige Paare von Handschuhen auf die passenden Hände warteten. »Gott wollte nicht, dass wir uns so mühelos verstehen. Alles, was keine Anstrengung kostet, hat keinen Wert, nicht wahr?«

»Ich weiß nicht …«, sagte Tess ausweichend.

»Aber Sie kommen sicher wegen Handschuhen?« Vom Philosophen wurde er wieder zum Verkäufer, sein Lächeln wurde unterwürfig.

»Nein, eigentlich nicht.«

Überrascht hob er die Augenbrauen.

»Jemand hat mir gesagt, dass hier eine bekannte Fado-Sängerin als Handschuhmacherin gearbeitet hat.«

»Oh, Sie meinen Ana Pires?« Er zeigte auf eine Stelle hinter ihr. Sie drehte sich um. Über der Tür in einem schmalen Holzrahmen hing das dramatisch in Licht und Schatten inszenierte Schwarz-Weiß-Porträt einer jungen Frau, die ihren sehnsuchtsvollen Blick in die Ferne, auf einen Berggipfel oder auf den weiten Horizont gerichtet hatte. Ihr dunkles, gewelltes Haar, die großen schwarzen Augen, der kräftige Hals verliehen ihr etwas äußerst Sinnliches und Leidenschaftliches.

»Wie kommt es, dass Sie sich für Ana Pires interessieren?«

»Der Fado hat mich fasziniert.« Sie setzte ein Lächeln auf.

»Ja, das kommt vor. Sind Sie Musikerin?«

»Nein, Journalistin.«

»Journalistin …« Er sprach das Wort aus, als würde er eine Lederprobe auf ihre Qualität prüfen. »Und für wen schreiben Sie?«

»Für ein amerikanisches Lifestyle-Magazin. Und ich würde gern etwas über die Sängerin und den Autor ihrer Lieder schreiben.« So ganz erfunden ist es ja nicht, dachte Tess.

Er lächelte, ein wenig gönnerhaft, fand sie. »Wissen Sie, was der Fado ist?«

Bevor sie eine vage Antwort geben konnte, sprach er, wieder sicherer geworden, weiter. »Wissen Sie, die Amerikaner, ich denke an die Siedler aus Europa, haben dieses große, weite Land vom Osten aus in Besitz genommen.« Er sah hoch zu den obersten Regalfächern, als wären die der Horizont. »Man packte seine Sachen, lud sie auf Ochsen- und Pferdekarren und zog nach Westen, immer weiter nach Westen. Der *Westen,* der stand für die Sehnsucht nach Freiheit, Glück und Erfolg.«

Er seufzte übertrieben. »Wir Portugiesen haben unsere Reise nach Westen längst hinter uns und sehnen uns danach zurück. Denken Sie an Magellan, an unsere Entdecker. Sie werden es kaum glauben, aber einst gehörte die Welt westlich von hier Portugal und Spanien! Heute dagegen sind wir zusammengeschrumpft auf dieses kleine schmale Stück Land am Rande von Spanien und Europa; gut, mit ein paar Inselchen davor, aber die zählen nicht. Wir wissen, dass alles endet, dass jedem Aufstieg ein Abstieg folgt, jeder Geburt folgt der Tod. Das macht uns nachdenklich und traurig. Wozu die ganze Anstrengung, sagen wir uns, wozu sich auflehnen, wozu alles revolutionieren? Was geblieben ist, ist unsere Sehnsucht nach dem Verlorenen – oder nach dem nie Erreichten.« Er sah wieder zu seinen Handschuhfächern.

»Sie kannten Ana?«, versuchte Tess es tapfer wieder.

Ein mitleidiges Lächeln – vielleicht erinnerte er sich nicht gern an Ana – lag über seinem Gesicht. Er wies auf einen Stuhl zwischen zwei Verkaufstischen. »Wollen Sie sich nicht setzen?«

Dankbar nickte sie. »Und Sie?«

»Ich stehe immer, den ganzen Tag.« Er lächelte und ging hinter den Ladentisch, unter dessen Glasplatte Handschuhe lagen. Sie sahen aus wie gehäutete Hände.

»Ana Pires war meine erste große Liebe.«

Tess rechnete. Er musste damals noch ein Junge gewesen sein.

»Ich weiß, Sie denken, ich war viel zu jung. War ich auch. 1940 war ich neun Jahre alt. Europa war ein Schlachtfeld. Sowjetrussland, Finnland, die Nordsee, die Ostsee, der Atlantik, das Mittelmeer, Belgien, Dänemark, Deutschland, Norwegen, Schweden, Niederlande, Frankreich, Island, England, Malta, Italien, Rumänien, Griechenland, Somalia, Libyen, überall war Krieg, und auch in Asien brodelte es. Menschen wurden vertrieben, weil sie die falsche Sprache sprachen, weil sie die falsche Hautfarbe hatten oder die falsche Religion. Das war nichts Neues, so ist es schon immer gewesen. Der Mensch fürchtet sich vor dem Unbekannten. Er will, dass alle so sind wie er selbst. Toleranz, ach ja, das ist etwas, das kommt von der Vernunft, die man uns eintrichtert, weil Herrscher ihr Reich vergrößern oder Unternehmer noch mehr verdienen wollen. Wissen Sie, nehmen Sie mich als Beispiel: Tief im Innern bin ich auch kein toleranter Mensch. Natürlich muss ich so tun, als ob – aber ehrlich: Ich habe eine Abneigung gegen Menschen, die keinen Sinn haben für Sprache, Musik oder Handschuhe. Und der Fischer da unten am Hafen verachtet diejenigen, die eine Makrele nicht von einer Forelle unterscheiden können. Ist es nicht so?«

»Ich weiß nicht so recht«, sagte Tess vorsichtig, »aber …«

»Ihr Einwand ist das Resultat Ihrer Erziehung und unserer Kultur.«

Tess fühlte sich unwohl, sie wollte endlich zum Thema kommen. »War Ana damals, 1940, bei Ihnen im Laden …?«

Er machte eine weit ausholende Geste. »Damals war ich ein kleiner Botenjunge. Das Geschäft wurde von Senhor Aguiar geführt, damals schon in der vierten Generation. Nun, der Arme hatte eine Frau, eine tüchtige, bescheidene Frau, aber sie war keine Schneiderin – geschweige denn eine Handschuhmacherin – und leider war sie unfruchtbar, so hieß es – damals lag die Kinderlosigkeit ja immer an der Frau –, und nun stellen Sie sich vor, wie steht man da, wenn man weiß, dass mit dem eigenen Tod alles zu Ende ist, dass man der Letzte ist … Was für ein grausames Schicksal!«

Lächelnd hob er die Schultern und ließ sie wieder fallen. »Nun, der alte Handschuhmacher, ein blasser, lichtscheuer Griesgram – so ist er mir noch in Erinnerung –, erblindete allmählich, und man brauchte schnellstens einen Ersatz. Die Bestellungen und die Buchhaltung hat die Senhora erledigt. Der Senhor hielt den Kontakt zu den Herstellern, beriet und umschmeichelte die Kunden ... Aber jemand musste schließlich die Handschuhe nähen, die ja verkauft werden sollten. Mehrere Frauen wurden probeweise angestellt, doch der alte Griesgram fand sie alle zu ungeschickt. Und eines Tages kam eine junge Frau in den Laden. Ich weiß es noch gut ... Ich lauschte, als sie sich vorstellte. Denn ich war sofort für sie entflammt! Ihre Mutter war Schneiderin und arbeitete in einem düsteren Hinterzimmer in der Unterstadt. Ihr Vater hatte sich angeblich davongemacht, vielleicht war er auch gestorben, man hat nicht darüber geredet. Diese junge Frau war nicht nur von außergewöhnlicher Schönheit – wirklich –, nein, auch der alte Griesgram hielt sie für besonders begabt, flink und fleißig. Senhor Aguiar war zufrieden. Auch die Senhora konnte nichts an ihr aussetzen, obgleich ihr die Schönheit und die Jugend ein Stachel im Fleisch sein mussten. Ich sah manchmal zu, wie sie mit ihren schönen, zarten Händen über das zu verarbeitende Leder strich, und wünschte mir dabei immer, sie würde einmal so meine Hände berühren.«

Er lächelte verlegen und räusperte sich rasch. »Nun, ich erledigte Botengänge, ging zur Post, fegte den Laden, brachte Handschuhe zu den Kunden, holte sie wieder ab, wenn die nicht zufrieden waren oder wenn eine Naht neu genäht werden musste. Ich kannte mich aus in der Stadt, ich wusste, wer mich ein Stück mitnehmen würde und bei wem ich unterwegs etwas zu essen oder zu trinken bekäme. Ich war sehr tüchtig – und sehr flink!« Er lachte und wiegte den Kopf. »Auch wenn man mir das heute nicht mehr ansieht!« Ein kurzes Luftholen, dann redete er weiter: »Ich war zwar noch recht jung, aber ich wusste doch schon so manches über die Liebe. Ich kannte eine Kundin, die mich im Morgenmantel empfing, oft stand hinter ihr ein Herr, ebenfalls nur im Morgenmantel, und das war nicht der Ehemann! Ich bekam sogar einmal, nein, zweimal ein recht eindeutiges Angebot von einer Dame – ja, Sie haben richtig gehört! Ich war damals erst neun!«

Tess zwang sich zu einem kurzen Lächeln.

»Und ich bekam natürlich auch mit, was im Laden vor sich ging: Wie Senhor Aguiar Ana auf die Leiter steigen ließ, um ganz oben aus einem Regal das Leder herauszuholen, wie er sehr bereitwillig die Leiter hielt und ihre Beine – und wer weiß, was noch – betrachtete. Ich sah, wie er *zufällig* seine große weiche Hand auf die schlanke Hand von Ana legte, wenn sie gerade Handschuhe zusammenpackte. Das alles geschah natürlich diskret, im schattigen Nachmittagslicht. Ana hat nicht reagiert auf diese Berührungen, und es war nur eine Frage der Zeit, das ahnte ich schon damals, bis der Senhor zu weit gehen oder bis die Senhora etwas bemerken würde. Also, wer weiß, wie die Geschichte geendet hätte, wenn nicht eines Tages …«

Mit einem Klingeln öffnete sich die Ladentür, und eine ältere Dame mit weißviolettem Haar und in grünem Kostüm, gehüllt in eine Wolke pudrigen Parfüms, kam herein.

»Bom dia, Senhora!« Der Besitzer trat hinter seinem Ladentisch hervor und verbeugte sich.

Die Dame redete leise und schnell auf den Ladenbesitzer ein, der immer wieder nickte. Er schien Tess vergessen zu haben, doch dann drehte er sich zu ihr um.

»Kommen Sie doch heute Nachmittag wieder, bevor wir wieder öffnen, ja?«

Benommen von seiner ausführlichen Erzählung und von dem strengen Geruch nach Leder, trat Tess auf die Straße, mitten hinein in den breiten Strom aus Touristen und Einheimischen, und einen Augenblick lang fragte sie sich, ob sie wirklich gerade in diesem Laden gewesen war oder ob sie das alles nur geträumt hatte.

Chicago

Dämmerlicht. Zu dieser Stunde wird hingerichtet. Sie halten sie gefangen, weiß Eleonore und zupft an ihrer Bettdecke. Lebenslänglich, haben sie entschieden; die Richter und die Geschworenen haben applaudiert. Der Anwalt war ein Nichtsnutz. Er hat nichts verstanden, gar nichts. Warum hat sie keinen anderen genommen? Dabei sah er so vertrauenerweckend aus, und ihren Apfelkuchen hat er auch gemocht. Nebenan schreit eine Frau.

»Ach, Sie liegen schon im Bett!« Der Engel. »Es gibt doch noch Abendessen.«

Sie werden ihr Elektroschocks verpassen. Schon bald ist sie selbst dran. Denn das hier ist die Todeszelle, obwohl ihr das niemand gesagt hat. Aber ihr Engel hat ein so mitleidiges Lächeln, der Engel weiß, dass sie verloren hat, aber er sagt es nicht, will sie schonen. Manchmal fragt sie dennoch, nur so zum Spaß. Ein bisschen Spaß muss ja sein.

»Glauben Sie auch, dass ich schuldig bin?«, fragt sie also den Engel.

»Was reden Sie denn da, Eleonore? Was haben Sie denn getan?«

Sie denkt nach. Warum haben sie sie verurteilt, warum kann sie sich nicht mehr daran erinnern? Dabei hat sie es doch die ganze Zeit gewusst, ah, jetzt fällt es ihr wieder ein. »Ich habe mir vor dem Essen die Hände nicht gewaschen.«

»Das kommt doch mal vor.«

»Meinen Sie?

»Aber natürlich, Eleonore.« Der Engel streichelt ihre Schulter.

»Wenn das so ist, könnten Sie einen guten Hering für mich einlegen? Dann verlegen sie mich vielleicht in die Wäscheabteilung oder in die Spielzeugabteilung?« Das wäre schön!

»Mögen Sie heute keinen Pudding?«

»Rippchen mit Sauerkraut möchte ich und danach Bayrisch Creme, als Henkersmahlzeit.«

Der Engel lächelt, aber etwas ist faul an dem Lächeln, merkt Eleonore.

»Schokopudding, Eleonore, eine extragroße Portion, den mögen Sie doch so.«

Irgendetwas ist faul an der Sache. Das ist nicht ihr Engel.

»Drehen Sie sich mal um, damit ich Ihre Flügel sehen kann.«

»Eleonore, ich glaube, ich komme später noch mal vorbei.«

Der Engel dreht sich um, ha, sie hat es gewusst, da sind keine Flügel unter dem weißen Kittel! Sie fangen an, falsche Engel zu schicken! So machen sie es immer, kurz bevor es so weit ist, das hat sie irgendwo gehört oder in einem der Hefte gelesen, die man zum Trocknen aufgehängt hat.

Ob man sie unter die Guillotine legen wird? Sie fasst sich an den Hals. Das wäre unangenehm. Welche Frisur trug Marie Antoinette? Ein toupierter Kopf fiel in den Eimer. Moment. Plötzlich hat sie den Trick durchschaut, *Schokopudding … den mögen Sie doch so,* hat der falsche, flügellose Engel gesagt und gedacht, dass sie darauf reinfällt. Das sieht doch ein Hund, dass der Pudding vergiftet ist! Sie nimmt den Teller und stellt ihn unter die Bettdecke. Zum Lüften.

Sie war verheiratet, sagt ihr der Ring an ihrem Finger. Aber da ist nur ein Schatten neben ihr im Auto, neben ihr im Bett, gegenüber von ihr am Tisch, und da ist auch keine Stimme, nur ein Echo, ein Hall. Hat es diesen Mann überhaupt gegeben?

Lissabon

Halb fünf, seit einer halben Stunde stand Tess vor dem heruntergelassenen Gitter des Ladens. Ein junges Pärchen schlenderte vorbei, ein Herr führte seinen weißen Spitz Gassi, aus Richtung des *Café La Brasileira* kam eine kleine, untersetzte Dame mit roter Baseballkappe, eine Gruppe älterer Touristen folgte ihr.

Wo würde die Geschichte hinführen? Hatte diese Ana irgendetwas mit ihrem Großvater zu tun? Je länger sie darüber nachdachte, desto sicherer war sie, dass ihren Großvater und die Handschuhmacherin eine Liebesgeschichte verband. Warum sonst hätte er dieses Lied geschrieben?

Sie entschied, noch zehn Minuten zu warten. Vielleicht war ihrem Erzähler eingefallen, dass er heute Nachmittag geschlossen hatte, oder er musste ein Paar Handschuhe irgendwo vorbeibringen, was wusste sie schon von seinem Geschäft?

Gerade als sie sich auf den Weg machen wollte, hörte sie eine Stimme hinter sich: »Warum gehen Sie? Wollen Sie denn nicht hören, wie es weiterging?«

Tess drehte sich um. Er hatte den Schlüssel für das Ladengitter in der Hand. »Ich dachte, Sie kommen nicht mehr.«

»Wie kommen Sie denn darauf?« Er bückte sich, um das Schloss zu öffnen. Mit lautem Rattern rollte das Gitter nach oben. Als er die Ladentür aufstieß, strömte ihr aus dem Innern der bekannte Geruch entgegen. Das Neonlicht flackerte auf, und Tess hatte das Gefühl, als wäre sie gar nicht drei Stunden lang weg gewesen.

»Wo waren wir stehen geblieben?«

»Wie Senhor Aguiar Ana auf der Leiter betrachtete und …

wie eines Tages irgendetwas geschehen ist …« Tess warf einen Blick zur Tür, nachdem sie sich wieder auf den Stuhl gesetzt hatte, hoffentlich würde heute kein Kunde mehr kommen.

»Richtig.« Er schien einen Augenblick lang nachzudenken. »Wenn nicht eines Tages, in dieser unruhigen und aufgeladenen Zeit, ein Fremder im Laden aufgetaucht wäre. Ein Flüchtling, das sah man ihm an. Unsteter, unsicherer Blick, hastige, wie gehetzt wirkende Bewegungen.

Mir fiel sogleich seine sanfte Stimme mit dem merkwürdigen Akzent auf. Ana hat ihn bedient. Ach ja, Senhor Aguiar war gerade zu einem Kunden unterwegs. Ich weiß nicht, ob das Zufall war oder ob der Fremde diesen Augenblick abgewartet hatte.

Der Fremde und Ana sprachen nur wenig miteinander und sehr, sehr langsam. Es kam mir vor, als hätten sie nicht viele Worte gebraucht, um sich zu verständigen.«

Er hielt inne und ließ wie schon am Morgen den Blick gedankenverloren über die Regale mit den Handschuhen gleiten. Als wären dort alle Erinnerungen verwahrt.

»Ich war gerade dabei, den Laden zu fegen, und tat so, als würde ich mich nicht um die beiden kümmern. Möglichst unauffällig versuchte ich, ein Wort dieses so heimlich wirkenden Gesprächs aufzuschnappen, aber ich konnte nichts verstehen. Ich sah nur ihre verstohlenen, fiebrigen Blicke. Ob der Fremde schon öfter da gewesen war? In diesem Augenblick ging die Tür auf, und Senhor Aguiar kam herein. Sofort durchbohrte er den Fremden mit einem eifersüchtigen Blick und nahm mit herrischem Schritt Besitz von seinem Laden und Ana, die gerade neue Handschuhe ins Regal legte, er rief mir einen knappen Befehl zu und verbeugte sich dann mit einem falschen Lächeln vor dem Fremden. Ob er zu seiner Zufriedenheit bedient würde, fragte er mit gespielter Freundlichkeit. Der Fremde bejahte rasch und errötete ein wenig, während Ana sich schnell bückte, um irgendwelche Handschuhe in der Auslage unter dem Ladentisch zurechtzurücken. Daraufhin verabschiedete sich der Fremde. Senhor Aguiar behandelte Ana an diesem Tag sehr kühl.

Was ich erst später erfahren habe: Ana sang in einem Lokal. Der Senhor wusste das offenbar nicht, obwohl er sonst alles wusste, er hatte seine Augen und Ohren überall – und die Senhora auch.

›Du darfst das nicht verraten‹, flüsterte Ana mir zu, als Senhor Aguiar mal wieder außer Haus war, und faltete einen Zettel auseinander. Darauf stand ein wunderschönes Gedicht auf Portugiesisch, das fand sogar ich, der von solchen Dingen noch keine Ahnung hatte.

›Er hat es für mich geschrieben, damit ich es singe‹, sagte sie, und dabei glühten ihre Wangen, und ihre dunklen Augen flackerten.«

Tess wartete, aber er redete nicht weiter. Er stand da, den Blick auf seine Regale gerichtet. Erst als sie sich räusperte, sah er sie an. Es sah aus, als könnte er sich nicht erinnern, was sie hier in seinem Laden zu suchen hatte, noch dazu auf diesem Stuhl, der den Begleitern seiner Kunden oder Kundinnen vorbehalten war.

»Und wie ist die Geschichte zwischen den beiden ausgegangen?«, wagte Tess zu fragen.

»Wie sie ausgegangen ist?«, wiederholte er nachdenklich. »Nun, der Fremde kam nicht mehr. Zuerst war Ana sehr glücklich, und ich dachte, die beiden sind so klug und treffen sich woanders und nicht mehr im Laden. Aber Senhor Aguiar wurde wieder aufdringlich, und etwa zwei Monate nach dem letzten Besuch des Fremden kündigte Ana. Warum sie das tat, habe ich nie herausgefunden. Ein Jahr später habe ich sie mit einem kleinen Kind wiedergesehen, da sagte sie, sie wäre mit einem Fado-Musiker verheiratet und das wäre ihr Sohn.«

Was für eine merkwürdige Geschichte, dachte Tess.

Mit einer flinken Handbewegung strich er sich über den Schnurrbart. »Dieses Lied wurde übrigens ziemlich bekannt. Sie hat es oft beim Nähen der Handschuhe gesungen, wenn Senhor Aguiar nicht im Laden war.« Sein Blick war hinauf zu dem Bild von Ana Pires geglitten, und Tess kam es vor, als hinge er wieder an ihren Lippen, als horchte er, was sie ihm zuflüsterte.

Sie räusperte sich. »Haben Sie sich nie gefragt, was aus diesem Fremden, wie Sie ihn nennen, geworden ist, wer es war, warum er nicht wiedergekommen ist?«

»Es könnte sein, dass ich ihn ein paarmal in der Stadt gesehen habe, aber«, er schüttelte den Kopf »ich bin mir nicht sicher. In das Geschäft ist er jedenfalls nie wieder gekommen. Nun, das ist alles schon lange her.«

»Ist er tot?«

»Senhora, ich weiß doch gar nicht, wer er war, woher soll ich wissen, ob er noch lebt. Aber angesichts der vielen Jahre, die vergangen sind, gehe ich davon aus, dass er längst tot ist.«

»Carlos Dios?«

Er lächelte müde. »Es heißt, dass ein Mann mit diesem Namen den Text verfasst hat, aber ... er hat kein anderes Lied mehr geschrieben. Niemand interessierte sich für ihn.«

Ihr fiel eine Frage ein, und erst, als sie sie gestellt hatte, wurde ihr die Tragweite dieser Frage bewusst. »Sagen Sie, hatte er eine Narbe?«

Der Besitzer fuhr sich mit dem Finger vom Auge bis zum Mundwinkel. »Ja. Eine tiefe Narbe auf der rechten Wange.« Er stutzte. »Aber woher wissen Sie das?«

Sie machte eine vage Handbewegung. »Ach, das habe ich von jemandem gehört.« Tess stand auf, sie war verwirrt. »Danke, dass Sie sich die Zeit genommen haben. Ich komme vor meiner Abreise noch einmal vorbei und kaufe mir ein Paar Handschuhe.«

»Und was werden Sie jetzt tun?« Er sah sie forschend an.

»Eine romantische Liebesgeschichte für Ihr amerikanisches Magazin schreiben?«

»Mal sehen. Sie haben mir ja keinen Schluss geliefert.«

Bedauernd hob er die Hände. »Tut mir leid, dass ich damit nicht dienen konnte. Und was die Handschuhe betrifft: Sie haben die Möglichkeit, sie zurückzuschicken, falls doch eine Naht aufgehen oder sonst eine Reparatur nötig sein sollte.« Er lächelte professionell. »Es wäre uns ein Vergnügen. Pedro Caravalho, immer zu Ihren Diensten.« Er hielt ihr die Tür auf, und sie trat auf die Straße. »Ach, übrigens …«

Sie drehte sich um.

»Mir ist eingefallen, ich habe ihn doch noch einmal gesehen, viele Jahre später. Ich habe ihn an der Narbe wiedererkannt.« Er machte dieselbe Bewegung mit dem Finger wie vorhin, vom Auge bis hinunter zum Mundwinkel. »Er kam gerade aus einem Hotel heraus. Vielleicht hat er dort gewohnt.«

»Sie haben ihn *nach* dem 4. Oktober 1940 gesehen?« An diesem Tag hatten ihre Großeltern Lissabon auf der *Greca* verlassen.

»Aber sicher, ich habe doch gesagt, viele Jahre später.«

Hier draußen im hellen Tageslicht wirkte Senhor Caravalho viel kleiner, farbloser, ja, wie ein Schauspieler im Kostüm, der nicht merkte, dass man hinter ihm schon das Bühnenbild abgebaut hatte.

»Wollen Sie nicht wissen, wie das Hotel heißt?«, fragte er und sah sie mit den schlauen Augen des Händlers an.

Tess nickte nur.

»*Nova Goa,* aber ich weiß nicht, ob es das Hotel überhaupt noch gibt.«

Tess bedankte sich noch einmal, er nickte ihr zu und ging in seinen Laden zurück.

Nova Goa. Sie hätte ihm gern gesagt, dass er sich geirrt haben musste, dass ihr Großvater Lissabon am 4. Oktober 1940 verlassen hatte und dass er nie wieder dorthin gereist war. Aber sie drehte sich um und ging die Straße hinunter.

Es war diesig geworden, das Licht zeichnete alles weniger scharf, nahm den Gegenständen die Kanten und Spitzen, ließ sie verschwommener und unwirklicher werden. Tess fühlte sich, als wäre sie in ein Labyrinth eingedrungen und verlöre allmählich den Ausgang aus den Augen. Ihr Großvater hatte sich also verliebt. Oder war es gar nicht ihr Großvater gewesen? Gab es zwei Männer mit einer solchen Narbe?, fragte sie sich, als sie die Rua do Carmo hinunter zum Rossio ging. Nach dem Tod ihrer Tochter hatte ihre Großmutter sich immer weiter vom Leben zurückgezogen. Je mehr Tess über das Verhältnis ihrer Großeltern zueinander nachdachte, desto weniger verstand sie, warum Rose behauptete, sie hätten eine harmonische Beziehung gelebt. Rose musste doch viel intensiver und deutlicher die Spannungen, die Misstöne und das Schweigen ihrer Eltern wahrgenommen haben als Tess.

Auf ihrem Handy meldete sich Matt. »Hallo, wie geht es Ihnen? Den Fado-Abend verdaut?«

»Ich komme gerade aus der *Luvaria Aguiar.*«

»Aha, Sie befassen sich mit Ana Pires?«

»Ja.«

»Und wussten Sie auch, dass ihr dort jemand den Fado-Text …«

Sie hörte ein kurzes Lachen. »Das hat er Ihnen erzählt, ja? Senhor Caravalho?«

»Was wollen Sie damit sagen?«

»Er redet gern.«

»Dann hat er alles erfunden?«

»Oh, ich weiß ja nicht, was er Ihnen erzählt hat, aber ich würde das alles nicht so ernst nehmen.«

Sie dachte an ihre Frage, ob der Fremde eine Narbe gehabt

hatte. Hatte sie ihm da die Antwort nicht schon vorgegeben, und er hatte nur zustimmen müssen? Aber die Beschreibung der Narbe, die war doch von ihm gekommen, oder nicht?

»Ich könnte Sie zum Essen abholen«, sagte er. »Oder wollen Sie noch einen Fado-Abend?«

»Heute brauche ich eine Pause.«

»Dann ruhen Sie sich aus, damit Sie morgen fit sind. Ich rufe Sie an.«

Sie war inzwischen am Rossio angekommen. Der Wind war kühler und schärfer geworden, er blies durch die schnurgerade zum Fluss führenden Straßen herauf. Sie stellte den Mantelkragen hoch und ging schneller.

Im Hotel rief sie Rose an.

»Was gibt's denn so Dringendes, Darling?«, fragte ihre Tante.

Tess erzählte von Ana Pires und dem Handschuhladen und endete mit Matts Bemerkung, sie solle nicht alles für bare Münze nehmen, was Senhor Caravalho gesagt hatte.

Ein Augenblick der Stille folgte, nur das Rauschen der Funkwellen drang an Tess' Ohr, dann hörte sie wieder Roses Stimme.

»Ja, Matt hat sicher recht. Es gibt Leute, die wollen sich einfach wichtig machen. Am besten, du kommst nach Hause, dann kann ich mir das Tagebuch auch mal ansehen. Ich bin schon sehr neugierig.«

Tess erwiderte nichts. Sie musste plötzlich an ihre Mutter denken.

»Hallo? Bist du noch dran?«

»Ja.«

»Warum sagst du denn nichts?«

»Mir ist gerade etwas durch den Kopf gegangen.«

»Und? Willst du es mir sagen?« Ungeduld schwang in Roses Stimme mit.

»Warum ist Mum damals nach Lissabon gereist?«

»Paula? Deine Mutter?«

»Ich hab nur die eine Mum, oder?«

»Nun sei doch nicht so aggressiv, Tess, hast du was getrunken?«

»Also?«

»Aber, Tess, darüber haben wir doch schon hundertmal gesprochen. Deine Mutter wollte eine Fotoreportage über Lissabon machen. Die Stadt war damals gerade im Kommen, wie man so sagt.«

»Findest du es nicht merkwürdig, dass sie ausgerechnet hier verunglückt ist?«

»Mein Gott, Tess, sie hätte auch in Kapstadt oder in Moskau oder wer weiß, wo sie noch überall war, überfahren oder erschossen oder sonst etwas werden können! Deine Mutter war immer leichtsinnig …«

»Sie ist also auch leichtsinnig über die Straße gelaufen?«

»Nein, nein, natürlich nicht. Deine Mutter hat gern in Bars … Ach, Tess, jetzt lass uns nicht in Streit geraten über diese alte Geschichte. Komm einfach nach Hause. Adrian wird sich bestimmt auch freuen.«

»Rose, hast du vergessen, dass du es warst, die mich hierher geschickt hat, damit ich die Familiengeschichte erforsche? Und jetzt bin ich hier und ich will die Wahrheit wissen.«

»Die Wahrheit? Welche Wahrheit?«

»Warum meine Mutter in Wirklichkeit hier war und ob Grandpa ein Verhältnis mit einer Fado-Sängerin hatte.«

Rose lachte auf. »Ach, Tess, das ist doch absurd! Kannst du dir das etwa vorstellen? Dein Großvater, dieser so vernünftige Mann? Also wirklich nicht! Komm heim, bevor du dich da in irgendwelchen Geschichten verstrickst. Vielleicht kriegst du für Morgen noch einen Flug. Hier ist der Frühling ausgebrochen, du wirst es nicht glauben, aber ich war gestern noch einmal im Haus, Norman hat einen interessierten Mieter vorbeigeschickt, jedenfalls ist das Eis auf dem See fast ganz geschmolzen, und im Garten hab ich ein paar Schneeglöckchen entdeckt …«

Als sie auflegte, flackerte in Tess der Verdacht auf, dass Rose noch mehr wusste über die Reise ihrer Mutter nach Lissabon. Doch es war nur eine leise Ahnung. Sie trat ans Fenster. Die Blonde dort unten trug heute ein knappes rotes Lacklederjäckchen, Tess erkannte sie sofort an ihrem Tänzeln, zwei, drei Schrittchen hin, ein, zwei zurück, eins vor, sie musste in Bewegung bleiben, vielleicht waren es die Drogen oder die Kälte oder beides.

Das Schrillen des Hoteltelefons schreckte sie auf, zuerst dachte sie, Rose meldete sich noch einmal, doch dann fiel ihr ein, dass Rose sie auf ihrem Handy angerufen hatte.

Die Rezeption meldete, dass man einen Anrufer zu ihr durchstellen würde, es klickte in der Leitung, und dann hörte sie diese weiche Stimme, und sofort sah sie den müden Blick der dunklen Augen, das blasse Gesicht, all das, was in einem so krassen Widerspruch zu seinem Gitarrenspiel stand.

»Hier ist Luís. Entschuldigen Sie die Störung. Matt sagte mir, dass Sie hier wohnen. Ich würde gern mit Ihnen sprechen.«

»Jetzt gleich?« Sie versuchte, nicht zu überrascht zu klingen.

Halb acht, zeigte der Digitalwecker an. Noch sehr früh für Portugiesen.

»Nein, leider, wir haben heute einen Auftritt in Cascais. Aber … haben Sie morgen schon etwas vor?«

Eine seltsame Ungeduld hatte sie erfasst. Dass das mit Luís zu tun haben könnte, verdrängte sie schnell, jedenfalls waren ihre Schläfrigkeit und ihre Lustlosigkeit verschwunden, ja, sie bedauerte sogar, dass sie sich nicht mit Matt verabredet hatte. Sollte sie ihn anrufen und sagen, sie hätte es sich anders überlegt? Doch damit würde sie vielleicht falsche Hoffnungen wecken. Einen Augenblick lang noch blieb sie unschlüssig stehen, doch dann wusste sie, dass sie es nicht aushalten würde, bis zum Schlafengehen im Hotelzimmer zu sitzen. Also zog sie Mantel und Schuhe an, steckte die Kamera in die Handtasche und verließ das Hotel.

Noch nie war sie vom Hotel aus rechts abgebogen, in die enge dunkle Straße, wo die Frauen standen, die sie von ihrem Fenster aus sehen konnte. Stets war sie nach links gegangen, hatte den kurzen Weg zum Rossio genommen. Ein feuchter, kühler Wind blies durch die Straße. Da standen sie, die Blonde in dem Lacklederjäckchen und die Farbige mit der roten Perücke. Tess könnte sie grüßen, ihnen zunicken, doch die Frauen würden es womöglich falsch auffassen.

Zwei Autos fuhren im Schritttempo heran, der vordere Wagen blieb stehen, der Fahrer rief etwas durchs offene Beifahrerfenster. Die Blonde tänzelte auf den Wagen zu, erwiderte etwas, schwenkte ihr Umhängetäschchen, tänzelte wieder zurück, wieder vor, zurück. Schließlich hupte der hintere Wagen, und der vordere schoss davon. Die Blonde sah ihm eine Weile nach und ging dann zurück an ihren Platz an der Hauswand mit den blauweißen Kacheln.

Tess ging schneller, sie wollte, anstatt der immer düsterer werdenden Straße zu folgen, nach rechts biegen, als ihr Blick auf die Glastür eines Hauses fiel, das genau an der Ecke stand, dort, wo die beiden Straßen aufeinanderstießen. Im ersten Augenblick glaubte sie, ihre Vorstellungskraft hätte sich verselbstständigt, doch auch nach dem dritten Lesen veränderte sich der Schriftzug nicht. *Nova Goa* stand dort auf der altmodischen Tür mit dem Messingbügel. War das möglich? Seit Tagen wohnte sie weniger als hundert Meter entfernt?

Blasses Neonlicht drang durch die Scheibe, und sie konnte innen, direkt gegenüber dem Eingang, einen Aufzug ausmachen, links erstreckte sich eine schmale Rezeptionstheke, hinter der sie einen Kopf zu erkennen glaubte.

Sie sah an der Fassade hinauf. Ein altes Hotel, ein alter Kasten, die Fassade zerfressen von saurer Luft und grau von Ruß. Fünf Stockwerke zählte Tess, und wenn sich oben, hinter den Dachgauben, auch noch Zimmer befanden, waren es sechs.

Sie hatte schon die Hand ausgestreckt, um die Tür aufzustoßen, als ihr klar wurde, dass sie gar nicht wusste, was sie fragen sollte. Schnell zog sie die Hand wieder zurück. Ein geradezu absurder Gedanke, dort einfach hineinzuspazieren und den Angestellten nach einem Gast mit einer langen Narbe im Gesicht zu fragen, der vielleicht vor fünfzig oder sechzig Jahren hier gewohnt hatte. Sie wollte sich gerade wieder zur Straße umdrehen, als die Tür von innen aufgezogen wurde und ein Mann mit grauem, aber vollem Haar, eingefallenen Wangen und sauber gestutztem Vollbart herauskam. Die Gläser seiner Goldrandbrille reflektierten die Scheinwerfer eines vorbeifahrenden Autos, zwischen den Fingern hielt er eine filterlose Zigarette. Er hätte auch Bankangestellter oder Buchhalter sein können. Er lächelte Tess kurz zu und blies den Rauch aus, den ein Windstoß sofort in Nichts auflöste.

»Wollten Sie gerade hereinkommen?«, fragte er auf Englisch.

Erst jetzt merkte sie, dass sie ihn immer noch anstarrte. Sechzig konnte er sein oder auch siebzig, vielleicht auch erst fünfzig, wer konnte das sagen, bei diesem Licht hier draußen und nach Zehntausenden Zigaretten?

»Oh … ja … ich meine, nein, ich …« Es ist nichts, könnte sie sagen, ich habe mich geirrt, auf Wiedersehen, gute Nacht. Noch während sie dies dachte, hörte sie sich sagen: »Arbeiten Sie schon lange hier?«

Er verstand nicht gleich, und sie musste ihre Frage zweimal wiederholen, bis er schließlich lächelte und erwiderte: »Was ist lang? Was ist kurz?«

Nein, sie wollte sich jetzt nicht auf philosophische Erörterungen über die Zeit einlassen, aber da sie nun schon einmal angefangen hatte, Fragen zu stellen, fragte sie auch nach Ana Pires und ob er wüsste, wer diesen bekannten Fado-Text geschrieben hätte, *Fado, gib mir mein Leben wieder.*

»Natürlich.«

Im ersten Augenblick war sie sprachlos; war sie schon wieder einem Geschichtenerzähler begegnet?

»Carlos Dios«, sagte er mit einer Selbstverständlichkeit, die jeden Zweifel ausschloss.

»Carlos Dios?«

Er nickte, nahm einen tiefen Zug und warf die Zigarette in den Rinnstein. Der Zigarettenrauch verhüllte kurz seinen Blick, und doch glaubte Tess ein skeptisches, argwöhnisches Aufblitzen wahrzunehmen.

»Warum macht man so ein Geheimnis daraus?«, fragte sie weiter.

»Ein Geheimnis ist gut fürs Geschäft.«

Tess wusste nicht, was sie erwidern sollte. Machte er sich lustig über sie? Sie dachte an Senhora Pereira mit dem Tagebuch, an Senhor Caravalho im Handschuhgeschäft und dann an den seltsamen Bettler, sie schienen alle aus einer anderen Zeit zu kommen, aus einer verborgenen, unbekannten Welt, einzig und allein zu dem Zweck, sie, Tess, in die Irre zu führen, zu verwirren – sie konnte sich nur nicht erklären, warum.

»Kommen Sie mit rein. Hier draußen ist es kalt.« Er schlang die Arme um den Körper und wandte sich um. Tess folgte ihm. Drinnen empfing sie ein weißliches Neonlicht, das jeden Unterschied zwischen Tag und Nacht auslöschte. Wände und Rezeption waren mit einer dunklen, von Zigarettenqualm und Zeit gebeizten Holztäfelung verkleidet, davor standen zwei Sessel mit verblichenen Bezügen und ein Tischchen mit einem großen Aschenbecher. Die Luft war schwer von Nikotin. Tess war sich sicher, vor zwanzig Jahren hatte dieser Mann, den ein Namensschild an der Brusttasche als Fernando Silva Rodriguez auswies und der seinen Platz hinter der Empfangstheke einnahm, genauso ausgesehen.

»Warum interessiert Sie Carlos Dios?«, fragte er und nahm seine Brille ab, putzte die Gläser mit einem großen weißen Taschentuch. Ohne Brille wirkte er seltsamerweise viel älter. Vielleicht war er ja doch siebzig. Sie erzählte wieder, dass sie Journalistin sei und für ein Magazin einen Artikel über den Fado schreibe. Prüfend hielt er die Brille ins Licht und setzte sie wieder auf. Er musterte Tess, und sie wollte schon fragen, warum er sie so ansah, da fragte er: »Wollen Sie sein Zimmer sehen?«

»Er hat hier gewohnt?«, fragte sie überrascht, dabei hatte sie es doch erwartet, aber dass der Portier sich an ihn erinnerte? Oder saß sie einem großen Schwindel auf? Man könnte ihr doch jedes beliebige Zimmer zeigen. Vielleicht verlangte der Portier im Nachhinein fünfhundert Euro oder tausend, wer wusste das schon?

»Wenn das geht … Ich meine, es ist nicht vermietet?«, fragte sie dennoch.

Er drehte sich um und nahm einen Schlüssel mit einem langen metallenen Schild aus dem Fach mit der Nummer 619. Mit der Hand wies er zu der braunen Aufzugtür. »Bitte.«

Ein Stockwerk nach dem anderen, alle Flure mit sehr hoher Decke und breiten Türen, alle leer und still, zog an der vergitterten Kabinentür vorbei, bis diese mit einem sanften Ruck stehen blieb. Senhor Rodriguez hatte ihr einen beißenden Zigarettenrauch in der Nase hinterlassen. Jetzt vermischte der sich mit dem Geruch nach scharfen Putzmitteln. Oben öffnete sich ein schmaler Flur. Der Portier wandte sich nach rechts. Der abgetretene lilafarbene Teppich, der knarrende, schwingende Fußboden, die an vielen Stellen abgestoßenen braunen Türen, die dunklen Schatten an der Wand um die Lichtschalter ließen den Zustand der Zimmer erahnen. Nummer 619. Senhor Rodriguez blieb stehen und steckte den Schlüssel ins Schloss. Tess wusste nicht, worauf sie sich gefasst machen sollte, ein Zimmer mit einer Wachsfigur? Ein Museum? Ein heruntergekommenes Zimmer eines Stundenhotels? Senhor Rodriguez öffnete die Tür und griff an die Wand daneben. Eine Lampe ging an, sie hing über dem Bett.

»Hier hat er gewohnt?« Tess ging vorsichtig hinein, als könnte sie einen Geist vertreiben, der hier noch lebte.

»Ja, achtzehn Jahre lang. Von 1972 bis 1990.« Mit dem selbstbewussten Schritt eines Museumsführers ging Senhor Rodriguez zu einem langen schweren Vorhang und zog ihn auseinander. Dämmriges Laternenlicht drang ins Zimmer, und Tess konnte erkennen, dass sich vor der Tür ein winziger Balkon befand, eher nur ein Austritt. Was für ein schäbiges Zimmer! Ein löchriger Teppich mit einer abgetretenen Spur in der Mitte, eine genauso löchrige braungraue Tagesdecke, ein einfacher, billiger Tisch, ein Stuhl …

»Und was hat er die ganze Zeit gemacht?«

Mit einem raschen Handgriff schob Senhor Rodriguez den Aschenbecher auf dem Nachttisch genau in die Mitte.

»Angeblich ist er viel spazieren gegangen und hat geschrieben.«

»Lieder?« Mit der Hand strich sie über die Tagesdecke. Die fühlte sich kalt an.

Senhor Rodriguez sah sich im Zimmer um, als müsste er es für einen kommenden Besucher herrichten, und verneinte beiläufig. Schon öffnete er die Schiebetür zum Bad, Tess hörte Wasser laufen, dann kam er wieder ins Zimmer.

»Man muss regelmäßig alles kontrollieren«, meinte er.

»Hat er Fado-Texte geschrieben?«, fragte sie wieder.

»Nein, nein!« Er schüttelte den Kopf und seufzte.

»Wovon hat er gelebt?«

»Er hatte viele Jahre ein Fotostudio. Hat Porträts gemacht.

Das da unten, über der Rezeption, haben Sie das gesehen? Das bin ich, und auch das Foto vom Hotel stammt von ihm.« Senhor Rodriguez sah sich wieder um. »Wir haben das Zimmer so gelassen.« Er seufzte. »Wir sind nicht oft ausgebucht, wissen Sie. Eigentlich nie«, setzte er nachdenklich hinzu, als wäre ihm das eben erst aufgegangen.

»Und, ist er hier gestorben?«

»Wer?«

Hörte Senhor Rodriguez ihr überhaupt zu? »Carlos Dios«, sagte sie.

»Nein, aber nein.«

»Und warum ist er dann ausgezogen?«

Er sah sie nur an, ohne zu antworten.

»Warum ist er nicht mehr da?«

»Warum?«

Senhor Rodriguez wandte sich auf einmal zur Tür und öffnete sie. »Ich muss hinunter, es ist ja niemand da.«

»Kann ich noch einen Augenblick hier oben bleiben?« Sie holte ihre Kamera aus der Handtasche.

»Ja, sicher, ich habe ganz vergessen, Sie sind ja Journalistin.« Er steckte den Schlüssel außen ins Schloss, er schien es plötzlich eilig zu haben. »Schließen Sie bitte nachher ab.«

Sie hörte das metallische Klacken der Aufzugtür, dann den wie einen Seufzer klingenden Ton der abwärtsgleitenden Kabine.

Carlos Dios, wer warst du? Sie öffnete die Balkontür und trat hinaus in die feuchte Abendluft. Hatte er von hier auf die Straße hinuntergesehen, die Prostituierten beobachtet? Als sie sich ein wenig nach vorn übers Geländer beugte, glaubte sie ganz links einen Teil ihres Hotels zu erkennen. *Ein merkwürdiger Zufall, dass ich so nah an diesem Hotel wohne. Genauso merkwürdig wie der Fund des Tagebuchs und vielleicht wie die Begegnung mit Luís.*

Sie ging wieder hinein, schloss die Tür und zog die Vorhänge zu. Ein leises Vibrieren ging durch den Raum, etwas klirrte, dann war es wieder vorbei. Natürlich wusste sie, das musste ein Auto gewesen sein, nichts weiter. Dennoch war ihr, als wäre der Raum noch immer erfüllt von ihm. Noch einmal ließ sie den Blick durch den Raum wandern, dann ging sie hinaus. Sie zog den Schlüssel ab und fuhr mit dem Aufzug, den Senhor Rodriguez wieder nach oben geschickt hatte, hinunter.

Niemand war gekommen, der enge Empfangsraum sah noch genauso aus wie vor ein paar Minuten und wahrscheinlich auch wie vor fünfzehn oder zwanzig oder noch mehr Jahren.

»Haben Sie ein paar Bilder gemacht?« Senhor Rodriguez, der wieder hinter der Theke saß und rauchte, sah von seiner Schreibarbeit auf.

Erst jetzt fiel ihr ein, dass sie gar nicht fotografiert hatte, doch sie nickte. An der Wand hinter der Rezeption hing tatsächlich ein Foto des jüngeren Fernando Silva Rodriguez, sie erkannte ihn sofort, so wenig hatte er sich verändert. Es war ein Brustbild, er saß wohl an diesem Tresen, in der einen Hand einen Kugelschreiber, in der anderen eine Zigarette, und er trug einen ähnlichen Pullunder über Hemd und Krawatte. Sie erinnerte sich an ihre Frage, die er nicht beantwortet hatte.

»Warum ist Carlos Dios weggegangen?«

Er unterbrach seine Schreibarbeit und strich sich mit Daumen und Zeigefinger über den Bart. »Warum?«

»Ja.«

Er sog an der Zigarette, dann sagte er: »Eines Tages sollte ich ihm die Rechnung für den letzten Monat fertig machen, er würde am nächsten Tag ausziehen. Wir haben uns mit einem Händedruck verabschiedet, aber da war er schon gar nicht mehr richtig anwesend.«

»Wie meinen Sie das?«

Mit dem Zeigefinger machte er eine Wirbelbewegung vor der Stirn.

»Mit den Gedanken weit weg.«

»War er krank?«

»Nein, nein.«

»Und Ana Pires?«

Er drückte die Zigarette aus. »Die Sängerin?«

»Ja, war sie mal hier?«

Er lachte und schüttelte den Kopf. »Aber nein, wo denken Sie hin! Er hat dieses Lied so viele Jahre früher geschrieben, vielleicht haben sie sich ja noch nicht einmal gekannt. Ana Pires hat das Lied wahrscheinlich von irgendjemandem bekommen.«

Er steckte sich eine neue Zigarette in den Mund und zündete sie mit einem Streichholz an. Seine Geschichte kam Tess immer absurder vor.

»Und wieso wissen Sie, dass es von ihm ist, von Carlos Dios?«, fragte sie.

»Weil er es mir anvertraut hat, in einer schwachen Stunde.«

Auf ihren fragenden Ausdruck hin fügte er hinzu: »Er hatte einen Herzinfarkt, er hat gedacht, er stirbt.« Er zuckte mit den Schultern. »Na, da hat er es mir erzählt.« Er streckte den Arm aus und deutete auf einen der Sessel. »Genau dort, als wir auf den Krankenwagen warteten. Er hat den ganzen Text aufgesagt und zum Schluss hat er gesagt: Das ist von mir.«

Über den beiden kantigen Ledersesseln hing ein Schwarz-Weiß-Foto, das das Hotel zeigte.

»Und das haben Sie ihm geglaubt?«

Er hob die Augenbrauen. »Lügt jemand im Angesicht des Todes?«

»Er ist ja nicht gestorben.«

»Nein, aber das hat er da auf dem Sessel ja nicht gewusst.«

»Und nach diesem Herzinfarkt ist er ausgezogen?«

»Nein, nein! Der Herzinfarkt war ungefähr ein halbes Jahr vorher.« Er schüttelte den Kopf. »Es hatte etwas mit einem Besuch zu tun. Eine junge Frau. Nicht so jung wie Sie, aber …«

Der Rauch drängte sich zwischen sie, er nahm Tess den Atem, während seine Stimme wie durch einen Nebel zu ihr drang. »Sie sah Ihnen irgendwie ähnlich …«

»Was wollte sie?«, hörte sie sich fragen.

»Ich weiß nicht. Er war jedenfalls sehr aufgeregt, Senhor Dios, bevor sie kam, und sie blieb bis sehr spät in der Nacht.«

Sie wollte etwas erwidern, das kann nicht sein, wovon reden Sie überhaupt? »Hatte er irgendetwas … irgendetwas Auffälliges … im Gesicht?«

»Senhor Dios?« Das Gesicht von Senhor Rodriguez schälte sich wieder aus dem Nebel heraus, er schien nachzudenken, dann lächelte er erleichtert. »Sie meinen die Narbe?«

»Woher hast du das, Grandpa?«

»Ach, das ist von einem Streit. Jemand hat mir ins Gesicht geschlagen. Er hatte einen scharfen Ring. So ist das passiert.«

»Und hast du dem anderen auch so was verpasst?«

»Nein, man muss nicht Gleiches mit Gleichem vergelten. Das kennst du doch aus der Bibel, nicht wahr?«

»Ja.«

Sie läuft zu ihrer Großmutter. »Grandma, weißt du, dass Grandpa die Narbe im Gesicht hat, weil er wie Jesus war?«

»Wie Jesus? Himmel, hat er das gesagt?«

»Ja.«

»Deck mal den Tisch, Tess!«

Das Klingeln des Telefons beendete die Stille, Tess nickte Senhor Rodriguez zu und verließ das Hotel. Ein Windstoß fuhr ihr entgegen, als müsse sie aufgerüttelt und in die Gegenwart zurückgeholt werden. Sie ging ein paar Schritte, dann blieb sie stehen und drehte sich um, doch die braunen Mauern hatten schon begonnen, sich in der Dunkelheit aufzulösen, und durch die Glastür fiel nur trübes, milchiges Licht.

DRITTER TEIL

Fado, gib mir mein Leben wieder!

Lissabon

Er hatte so viel Zucker in den schwarzen Kaffee geschüttet, dass der sich nur mit Mühe umrühren ließ. Schlecht, sehr schlecht in seinem Alter, das sollte er lassen, wusste er. Doch so schmeckte er wie damals, vor über vierzig Jahren, als er in diese Stadt gekommen war, fast nach Schokolade. Außerdem war es die falsche Zeit für einen Kaffee. Doch was kümmerte ihn die Zeit? Er lebte jenseits der Zeit, das war ihm jetzt noch klarer geworden, jetzt, nach dem Telefonat. Alles um ihn herum bewegte sich, lebte, liebte, schrie, sang, lachte, weinte, pflanzte sich fort, nur er, er blieb stumm, lebte in diesem Hotelzimmer wie eine Hauskatze, die hinter der Scheibe die Fliegen und die Vögel beobachtete, während draußen in der Welt neue Planeten und Kontinente entdeckt wurden. Aber – wollte er es nicht so? Er nahm den Unterteller mit der kleinen Tasse, stellte sich auf den schmalen Austritt und sah hinunter auf die Straße unter dem *Nova Goa,* durch die sich der Mittagsverkehr zwängte. Von der mit Teerpappe gedeckten Dachgaube des Zimmers neben ihm scheuchte er eine graue Taube auf. Mit dem russischen Maler, der sich dort vor zwei – oder waren es schon drei? – Monaten einquartiert hatte, war er ein paarmal in einem billigen Lokal in der Baixa essen gewesen. Nicolas erinnerte ihn an Julius, er war genauso mager, grau und eingefallen im Gesicht wie Julius damals, vor vierzig Jahren, und auch ihm hing eine lange Strähne seiner schwarzen Haare in die hohe, rechteckige Stirn. Auch Nicolas war auf der Flucht, vor der Zensur, vor der Armut, vor einem Leben, das ihm bevorstand und das er nicht leben wollte. Und da er jung war und im vergangenen Oktober in Ostberlin gewesen war, hatte er die Situation genutzt und war noch in der Nacht, als die Mauer fiel, in den Westteil gegangen.

»Warum fliegen Sie nicht nach Berlin und sehen sich das mal an, Carlos?«, hatte Nicolas ihn im Lokal gefragt.

»Weil es mich nicht interessiert, weil ich seit 1938 nichts mehr von Deutschland wissen will und weil ich zu alt zum Reisen bin«, war seine Antwort gewesen.

Nicolas hatte gut gelaunt gelacht, wie so oft, und noch eine Flasche Wein bestellt und sie ganz allein leer getrunken. In zehn Jahren, die 2000-Jahr-Feier, hatte Nicolas gemeint, die würde er entweder als berühmter Künstler in New York erleben oder im Obdachlosenasyl. Seit vier Tagen hatte er Nicolas nicht gesehen, aber der malte gerne nachts und schlief tagsüber. Brauchen Sie denn nicht das Tageslicht?, hatte er ihn gefragt, woraufhin Nicolas den Kopf geschüttelt und geantwortet hatte, das Tageslicht betrügt uns doch bloß mit seiner Helligkeit. Erst in der Nacht schimmert das durch, was unter der Oberfläche liegt, wenn es nicht mehr überblendet wird von falschen Farben. Hier lebt man nachts, deshalb ist er nach Lissabon gekommen.

Er könnte ihr Nicolas vorstellen, dachte er, doch er verwarf diese Idee sofort wieder. Für zwei Uhr hatte sie sich angekündigt. Von wegen, die Zeit interessierte ihn nicht mehr. Wie oft hatte er heute schon auf den Wecker gesehen? Er würde sich ihr stellen müssen – und sich selbst. Aber hatte er das nicht gewollt? Nur noch ein paar Jahre hätte er stillhalten müssen, und diesen Augenblick – den er abwechselnd herbeisehnte und fürchtete – hätte es nie gegeben. Der Wind kühlte den Kaffee. Er ging wieder hinein und schloss die schmalen, hohen Fenstertüren, sie klirrten, wenn unten die Lastwagen vorbeifuhren, er dachte an Nicolas, was der über das Tageslicht gesagt hatte, und zog die Gardinen zu. Punkt zwei.

Sieben Schritte von der Zimmertür zum Fenster. Drei Schritte von der Stirnseite des Bettes zur Schiebetür, von dort ein Schritt bis zur Badewanne, ein Schritt nach rechts zur Toilette und ein Schritt nach links zum Waschbecken. Das war seine äußere Welt im *Nova Goa,* dem alten Kasten mit den hohen Decken und einem alten Aufzug in der Mitte des Treppenhauses, der oft zwischen den Stockwerken stehen blieb.

Die Neonleuchte über dem Spiegel flackerte, zeigte ihm ein graues, eingefallenes Gesicht. Nase und Ohren wachsen mit dem Alter, hatte schon sein Großvater gesagt und in dem kleinen Jungen schreckliche Träume heraufbeschworen. An stillen Nachmittagen kniete er sich auf den Stuhl vor dem hohen Toilettenspiegel seiner Mutter und betrachtete sich kritisch, zog Ohren und die Nase lang, erschrak vor seiner Hässlichkeit und hoffte, dass er niemals alt werden würde. Sein Großvater hatte recht behalten, dachte er. Seine Ohren waren wirklich größer geworden. Und seine unauffällige, eher nichtssagende Nase war nun zum beherrschenden Merkmal seines Gesichts geworden. Dabei hatte er nichts dazu getan. Er war weder ein exzessiver Trinker, noch schnupfte er Tabak oder Drogen, auch geboxt hatte er nie, nein, die Nase hatte sich einfach verändert. Immerhin, die dichten grauen Augenbrauen verliehen seinen Augen etwas mehr Ausdruck, sie waren müde geworden nach dem Herzinfarkt.

Es gab Menschen, deren Haut wurde im Alter dünner, jeder noch so leichte Stoß hinterließ dann einen blauroten Bluterguss, jeder Riss wurde zur Verletzung. Seine Haut hingegen erinnerte eher an die einer Schildkröte – jenem urweltlichen Tier, das ewig lange lebte, jedenfalls starb es nicht an einer kleinen Wunde. Sein Mund blieb meist verschlossen. Wenn man allein war, redete man nicht viel. Einen gewissen wellenartigen Schwung hatten seine Lippen einmal gehabt, ja, da musste er nur an den Mund seiner Mutter denken, der er doch in vielem ähnelte. Wie eine sanfte Welle, die sich beim Auslaufen am Strand ein wenig nach oben kräuselte, waren ihre Lippen gewesen. Seine Geschmacksnerven waren ermüdet oder hatten sich abgenutzt, wie die Rillen einer zu oft gespielten Platte. Er nippte an seinem Kaffee. Der war ihm geblieben, auch nach dem Herzinfarkt mochte er den Kaffee nicht aufgeben. Kaffeetrinken war etwas für die Einsamen, wie Rauchen und Whiskytrinken. Kaffee rief eine ganze Welt wach. Auch wenn er ihn heute nicht mehr so stark trank.

Hatte es geklopft? Er lauschte. Nein. Wie würde sie aussehen? Würde er etwas finden, das ihm Trost spenden würde? Oder das ihm einen Stachel ins Fleisch treiben würde? Genug, dachte er, er schaltete das Licht aus und ging aus dem dunklen Bad zurück ins Zimmer, in das die Sonne durch den langen Spalt zwischen den beiden schweren Gardinen eindrang und einen weißen Streifen auf den Boden legte. Zum ersten Mal nach so vielen Jahren fiel ihm die Spur auf, die seine Füße auf dem graurosa gestreiften Teppich hinterlassen hatten, immer wieder von der Tür zum Bett und von dort zum Schreibtisch und ins Bad. Noch ein weiteres Zeichen für die winzige Welt, in der er lebte. Eigentlich hätte er verhindern sollen, dass sie oder überhaupt irgendjemand anderes diese winzige Welt sah. Aber jetzt war es zu spät, er hatte ihre Telefonnummer nicht, er konnte sie nicht woandershin bestellen. Vielleicht hätte er sich anders vorbereiten müssen. Aber er war wie gelähmt, träumte seit ihrem Anruf von diesem Treffen, malte es sich aus; die Schäbigkeit seines Zimmers war ihm bisher nicht aufgefallen.

Zehn nach zwei. Seit zehn Minuten war sie überfällig. Ihm fielen viele Gründe ein, weshalb sie sich verspäten könnte. Kein Taxi, im Gewirr der Gassen verirrt, zu spät losgefahren.

Und wenn sie überhaupt nicht käme?

Wie lange wäre er bereit, auf sie zu warten? Den ganzen Tag, noch länger?

Das weiße Telefon klingelte schrill, es kam ihm lauter und drängender vor als sonst. Zweimal, dreimal. Er kostete sein Herzklopfen aus, das Kribbeln im Bauch, den plötzlichen Schweißausbruch, dann erst nahm er ab.

»Ihr Besuch, Senhor Dios«, hörte er Fernandos Stimme, fast konnte er dessen Nikotinatem durch den weißen Bakelithörer riechen.

Kaum hatte er aufgelegt, da klopfte es schon. Rasch fuhr er sich über die Haare, erst dann ging er zur Tür.

Augenblicke vergingen, in denen sie sich nur anstarrten.

Sie sah ihr ähnlich, und – ziemlich grotesk – er glaubte auch eine Ähnlichkeit mit sich selbst zu erkennen.

»Bitte, kommen Sie herein.«

Sie sah ihn an, ohne zu lächeln, und sagte: »Paula Plough.« Steif streckte sie ihm die Hand hin.

Sie war ihm zuvorgekommen. Ihre Hand fühlte sich kühl an und ein wenig feucht, er bemühte sich, sie nicht fest zu drücken, nur ganz leicht, entschuldigend sozusagen, und lächelte.

»Ich freue mich, dass Sie gekommen sind. Bitte«, sagte er, ließ ihre Hand los und wies in sein Zimmer.

Sie ging an ihm vorbei, schüttelte ihr Haar. Wie hell es war, weizenblond. So lang hatte Eleonore es nie getragen, damals war es auch nicht Mode gewesen. Paulas Haut war tief gebräunt. Sie gehörte offenbar zu den Frauen, die sich gern draußen aufhielten, die furchtlos waren und immer auf der Suche nach Abenteuern, weil sie glaubten, das Leben wäre viel zu kurz, oder weil sie die Welt verbessern wollten. Die schwere Kameratasche war abgewetzt, ihre Jeans sah verwaschen aus, und aus ihren flachen Sandalen schauten braune Zehen mit rotem Nagellack hervor. Ein sehr, sehr kurzes Lächeln flog über ihr Gesicht, als sie bemerkte, wie er sie betrachtete.

In diesem Augenblick brach eine Gewissheit über ihn herein: Er hatte die Jahre verschwendet, er hatte so tief gegraben und doch kein Wasser gefunden. Manche bauen einen Brunnen nach dem anderen, aber immer an der falschen Stelle. Und plötzlich wollte er hinaus aus diesem Zimmer, aus dieser Muschelschale, die sich schloss, sobald etwas Fremdes einzudringen versuchte.

»Wir sollten nach draußen gehen, in ein Café«, sagte er. Wie dünn seine Stimme klang.

Sie ließ den Blick durchs Zimmer gleiten, und er fühlte sich, als betrachtete sie ihn, seine alte Haut, seine dünn gewordenen Arme, seine Eigenheiten. Ihre Augen sahen ihn direkt an. Sie waren braun, und er dachte an Kastanien, wenn die stachelige Schale aufbrach und sie noch ein wenig feucht waren, und er sah den blauen Himmel über den Bergen im Taunus – wann war das gewesen? Irgendwann in einem anderen Leben.

»Ich würde gern hierbleiben«, sagte sie.

»Gut, wenn Sie möchten.«

»Hier leben Sie also.«

»Ja, seit siebzehn Jahren, vielleicht auch länger.«

»Siebzehn Jahre im Hotel …«

Das hat den Vorteil, dass man sich einbildet, man könnte sein Leben jederzeit ändern, hätte er sagen können.

Paula warf ihm einen raschen Blick von der Seite zu. Er bot ihr einen Platz auf dem Bett an, sich selbst zog er den Stuhl vom Schreibtisch heran. Vielleicht fühlte sie sich unwohl, dort auf dem Bett, fiel ihm ein. »Oder wollen Sie lieber hier …« Er zeigte auf seinen Stuhl. Aber sie hatte die Kameratasche schon von der Schulter auf den Boden gleiten lassen, die Sandalen abgestreift und sich im Schneidersitz auf die braungraue Synthetikdecke gesetzt.

»Nein. Aber hätten Sie vielleicht was zu trinken?«

»Ich habe Kaffee, Wasser und – Whisky.« Nicht gerade ein großes Sortiment, er hätte wirklich besser vorsorgen müssen. Aber ihr Anruf, die Verabredung, das alles war ihm so unwirklich erschienen, dass er an die konkreten Dinge nicht gedacht hatte.

»Whisky?« Sie lächelte wieder, ein klein wenig länger sogar. Er tat es ihr nach und merkte, dass es ihm schon leichter fiel als vorhin.

»Waren Sie schon einmal in Lissabon?«, fragte er und bückte sich.

»Nein.«

Er nahm zwei Gläser. In dem kleinen Kühlschrank waren genügend Eiswürfel für ein paar Drinks – seit dem Herzinfarkt hatte er sie allerdings nur noch für seinen Orangensaft gebraucht.

Als sie den ersten Schluck getrunken hatten, drängte sich eine Frage in den Vordergrund. Nie war sie ihm wichtig gewesen. Was fürchtete er mehr, ein Ja oder ein Nein? Er würde sie nach ihrem Geburtsdatum fragen.

Ihr harter Blick irritierte ihn. Sie bückte sich zu ihrer Kameratasche und zog ein Briefkuvert heraus. »Warum haben Sie das geschickt?«

Sie legte das Kuvert mit Eleonores Anschrift, getippt auf seiner Schreibmaschine, die hinter ihm auf dem kleinen Tisch stand, neben sich. Wie ein Beweisstück seiner Schuld lag es da auf der braunen Decke, und wieder dachte er, dass der Brief ein Fehler gewesen war. In einer schwachen Stunde sollte man keine Entscheidungen treffen, und wenn doch, dann sollte man sie wenigstens nicht in die Tat umsetzen.

Er betrachtete das Kuvert, trank, hörte das Klirren der Eiswürfel. Auf einmal wurde ihm klar, dass sie sich vor der Antwort noch mehr fürchtete als er.

»Wie kommen Sie zu dem Brief?«

»Sagen wir mal, ich habe ihn aus dem Briefkasten geholt.« Sie strich sich mit einer raschen Bewegung eine Haarsträhne hinters Ohr.

»Lesen Sie immer anderer Leute Post?«

»Normalerweise nicht. Aber ich habe Ihren Namen gelesen. *Scheugenpflug.* Das fand ich interessant.« Sie lehnte sich zurück und betrachtete ihn abschätzend. Verglich sie ihn gerade mit der Vorstellung, die sie sich von ihm gemacht hatte? Und er selbst, hatte er sie sich anders vorgestellt? Unbedarfter? Naiver?

»Meine Mutter fand es gar nicht komisch. Was glauben Sie wohl, wie es für sie ist, einen Brief von jemandem zu bekommen, der sich *Scheugenpflug* nennt.«

»Hat sie das so gesagt?«

Paula sah ihm forschend in die Augen. »Nein. Trotzdem, was wollten Sie damit? Was soll das überhaupt? Ich sollte doch unten an der Rezeption nach Carlos Dios fragen …«

Aus ihrer Sicht musste die Situation verständlicherweise äußerst kompliziert sein. »Sie sind noch jung, Paula. Sie verstehen nicht, dass für jeden eine Zeit kommt, da man seine Dinge ordnen muss. Wann sind Sie eigentlich geboren?«

»Verstehen Sie so was unter Ordnen? Außerdem haben Sie sich wirklich viel Zeit gelassen.« Sie überging seine wichtige Frage einfach, er würde sie später wiederholen.

»Ich wusste sehr lange nicht, wo Eleonore lebte … und schließlich hat sie ihren Namen geändert.« Wir haben nicht immer den Mut, gewisse Schritte zu tun, hatte er sagen wollen.

»Haben Sie schon mal einen Amerikaner *Scheugenpflug* aussprechen hören?«

»Ehrlich gesagt, nein. Aber Sie sollen wissen, Paula, die Dinge waren nicht so einfach, damals.« Was für eine müde Ausrede, dachte er. Er fragte sich, warum er im Brief nicht gleich die ganze Wahrheit geschrieben, sondern sich nur auf die Feststellung beschränkt hatte, dass er in Lissabon lebe. Weil er Eleonore treffen wollte. Deswegen.

»Ich bin gespannt.« Sie spitzte spöttisch die Lippen.

Was hatte er sich da nur eingebrockt? Nun musste er der

Tochter erklären, was eigentlich nur ihn und Eleonore etwas anging. Aber hatte er denn ahnen können, dass Eleonores Tochter ihn finden und noch dazu hierherkommen würde?

»Wir alle laufen vor irgendetwas weg«, sagte er, sich zu einer Antwort vortastend. Plötzlich überfielen ihn Skrupel, ihr die Wahrheit zu sagen.

Sie zog die Augenbrauen hoch. »Und?«

Er könnte sie einfach hinauswerfen.

»Gut, ich werde Ihnen alles erklären, aber eines möchte ich noch wissen ... Hat Ihr Vater meinen Brief gelesen, hat Eleonore ihm davon erzählt?«

Ihre Augen verengten sich. »Nein, ich glaube nicht.«

»Gut.«

»Warum?«

»Später, Paula, Sie werden es verstehen.« Er richtete sich auf dem Stuhl auf. Sein Rücken schmerzte von dem Sturz auf der Rolltreppe, ein halbes Jahr war es schon her, aber seit damals spürte er ihn, wenn er lange saß.

»Verstehen Sie mich richtig, Paula, ich wollte Eleonore nicht unglücklich machen.«

»Unglücklich?« Wieder ihr spöttisches Lächeln. »Sie haben sie wütend gemacht. Sie hat Sie als gemeinen Lügner und Aufschneider beschimpft. Ich habe keine Ahnung, wer Sie sind, woher Sie meine Mutter kennen und warum Sie als Absender *Scheugenpflug* schreiben, so wie mein Vater hieß, bevor er seinen Namen amerikanisierte. Und wieso nennen Sie sich hier Carlos Dios?«

»Trotzdem sind Sie gekommen.«

Sie antwortete nicht, sondern streckte die Hand mit dem leeren Glas aus. »Haben Sie noch etwas davon?«

Er stand auf, froh um das bisschen Bewegung, obwohl seine Knie protestierten, schenkte ihnen beiden nach und legte das kleine Kissen vom Bett auf den Stuhl.

Paula schwieg. Ihr Blick glitt forschend über sein Gesicht. »Sie sind krank, oder?«

»Krank?«

»Na ja, es heißt doch, dass man seine Dinge ordnen will, bevor man stirbt.« Sie schaute ihn weiterhin an.

Er könnte sie immer noch bitten, wieder zu gehen. »Bis auf ein paar Zipperlein bin ich, glaube ich, ganz gesund. Wie lange ich noch zu leben habe …«, er hob die Schultern und ließ sie wieder fallen, verschwieg den Herzinfarkt, »… ich weiß es nicht. Aber Sie haben recht, es gibt einen Grund für diesen Zeitpunkt.« Er machte eine Pause, wartete, bis sie endlich »Und welchen?« fragte, und stand wieder auf. Er hatte den Artikel auf dem Schreibtisch liegen lassen, unter einem weißen Kiesel als Briefbeschwerer, seit sechs Wochen lag er dort.

»Bitte.« Es war das Porträt eines amerikanischen Fahrradproduzenten. Das Foto war ihm als Erstes aufgefallen, das Gesicht war ihm bekannt vorgekommen. Dann war er an dem Namen *Plough* hängen geblieben. Plough, wie Pflug … *Scheugenpflug*. Dass er mit Vornamen John, also Hans, hieß und seine Frau Eleonore, hatte ihn dann ganz sicher gemacht.

»Okay, Sie haben also über meine Eltern in der Zeitung gelesen. Und dann haben Sie beschlossen, meiner Mutter einen Brief zu schreiben, in dem Sie sie an die Zeit in Lissabon erinnern. Und dann haben Sie auch noch *Scheugenpflug* druntergeschrieben. Sie wollten Sie erpressen, oder?«

»Hören wir damit auf, Paula. Wollen Sie die Geschichte hören?«

Sie lachte. »Warum sollte ich sonst Tausende Meilen fliegen?«

»Gut. Nur, es könnte sein, dass das, was ich Ihnen erzähle, Sie in eine Krise stürzt. Sind Sie sicher, dass Sie das Risiko eingehen wollen?«

»Das ganze Leben ist ein Risiko, nicht wahr?«

Damit hat sie wohl recht.

»Bevor Sie anfangen, darf ich rauchen?«

Er zeigte auf den Aschenbecher auf dem Nachttisch, ein billiger aus Glas, mit gelblichen Nikotinrändern an den Vertiefungen. »Bitte.«

Sie nahm ein Päckchen Marlboro aus ihrer Kameratasche und schnippte eine Zigarette heraus. Sie bot ihm auch eine an. Eigentlich rauchte er nur hin und wieder abends oder mit Nicolas, aber dies war ein besonderer Anlass. Sie gab ihm Feuer, und nachdem sie schweigend den ersten Zug genommen hatten, sagte er: »In einem anderen Leben hieß ich Hans Scheugenpflug. Ich war Journalist, geboren in Frankfurt am Main. 1938 war ich mit Eleonore Binz verlobt, mit Ihrer Mutter. Kurz vor Kriegsanfang floh ich aus Deutschland nach Paris, und als Eleonore mich dort besuchte, brach wenige Tage später der Krieg aus, und sie konnte nicht mehr zurück. Um es kurz zu machen: Wir hatten Glück, Ihre Mutter und ich, wir konnten aus Paris fliehen, bevor die Deutschen es einnahmen, und wir schafften es sogar über die spanische Grenze. Wir erreichten den Schnellzug von Irún nach Lissabon. Dass es der letzte war, haben wir erst viel später erfahren.«

Er hielt kurz inne, er merkte, dass seine Hand zitterte. Paula saß einfach da, im Schneidersitz auf seinem Bett, in der einen Hand die Zigarette und in der anderen das Glas.

Tess folgte der Krümmung der schmalen Straße, nahm die erstbeste Gasse nach links, ohne zu wissen, wohin die führte, es spielte keine Rolle, sie musste jetzt unterwegs sein, musste weg von diesem alten Hotel, in dem irgendeine Wahrheit lauerte – oder eine Lüge. Ihre Mutter war dort gewesen, das wusste sie jetzt. Die Gasse wurde enger, die Hauswände mit den Resten abgeschlagener Fliesen und dem abbröckelnden Verputz rückten dichter zusammen, bis die Gasse schließlich endete und nur noch ausgetretene steile Stufen weiter hinaufführten. Es war dunkel, Straßenlaternen gab es hier nicht mehr, nur ein trübes, nebeliges Licht drang noch zu ihr.

Stufe für Stufe stieg Tess in die Dunkelheit hinauf. Die Treppe war sicher eine Abkürzung, bestimmt stieß sie irgendwo oben auf eine Straße voller Bars und Lokale und unbeschwerter Touristen. Oder etwa nicht? Sie blieb stehen, knöpfte den Mantel auf, lehnte sich an das kalte, verwitterte Metallgeländer, ihr war warm, sie war außer Atem, und ihr Herz klopfte schnell. Auf einmal herrschte Windstille, und in der stehenden Luft lag ein Geruch von Moder, vermischt mit dem von Zwiebeln, Fisch und Öl. Sie spürte den Schweiß, der unter ihrer Bluse herunterrann, auf ihrer Stirn fühlte sie einen klebrigen Film, sie wischte ihn mit einem Taschentuch ab. Ihre Kehle war wie ausgedörrt, und ihr Herz hämmerte. Niemand stieg hinter ihr die Treppe hoch und niemand kam ihr aus der Dunkelheit entgegen; auch wenn sie lauschte, sie konnte nur in der Ferne die Autos hören, aber keine Stimmen, keine Musik. Als wären die Häuser um sie herum unbewohnt. Woher aber kamen dann die Gerüche?

Sie lehnte sich gegen das Geländer. Vor ihre Augen fiel ein Schleier, *Tess, immer mit der Ruhe,* in ihren Knien begann ein Zittern, *das ist doch lächerlich, Tess,* die Luft war so stickig, sie konnte nicht mehr atmen, sie riss ihre Umhängetasche auf, tastete nach dem Handy, *ich muss Rose anrufen,* sie wühlte darin herum, bekam ihre neue Geldbörse zu fassen, Lippenstift, Deodorant, *wo ist das verfluchte Handy!,* jetzt fiel es ihr wieder ein, sie hatte es auf den Schreibtisch im Hotelzimmer neben die Mappe mit den Stadtinformationen gelegt und vergessen, es einzustecken. Sie müsste doch einfach nur die Treppe wieder hinuntersteigen und nach rechts abbiegen, dann am *Nova Goa* vorbeigehen, und sie stünde vor dem *Mundial.* In wenigen Minuten wäre sie wieder in ihrem Zimmer.

Dieser Gedanke wirkte seltsam beruhigend. Sie hatte sich in etwas hineingesteigert. Ein leichter Wind kam auf, merkwürdig, dachte sie, doch dann fand sie eine einfache Erklärung: Der Wind hatte gedreht. Adrian hätte den Kopf über sie geschüttelt. Sie atmete durch und sah die Treppe hinauf. Warum sollte sie nicht weitergehen? Es war zu früh, um schlafen zu gehen. Und wer weiß, ob dieser Senhor Rodriguez die Wahrheit gesagt hatte.

Sie stieß sich vom Geländer ab und ging los. Wer weiß, welche Frau damals diesen Heimlichtuer – wie nannte er sich noch gleich? Carlos? Carlos Dios? – besucht hatte? Vielleicht hatte Senhor Rodriguez sich einen Spaß daraus gemacht, sie zu verwirren, immerhin musste er sich doch schrecklich langweilen, so viele Jahre schon in dem immer gleichen Hotel, das nur noch selten Zimmer vermietete. Vielleicht hatte er auch angeben wollen mit seinem Gedächtnis. Stufe für Stufe stieg sie hinauf. Ihre Mutter hatte eine Reportage in Lissabon machen wollen, nun, womöglich war sie auf diesen Dios gestoßen, weil alle so ein Geheimnis um ihn machten. Und was bedeutete es schon, wenn jemand eine Narbe im Gesicht hatte? Das konnte im Krieg passiert sein oder in einer dieser schlagenden Studentenverbindungen, viele Menschen hatten Narben.

Auf einmal bemerkte sie wenige Meter über sich das Ende der Treppe. Sie hatte recht gehabt: Sie stand auf einer Straße, und nicht weit vor ihr leuchteten drei, nein vier Schilder über Türeingängen. Stimmengemurmel wurde laut, als eine Tür sich öffnete und eine Gruppe lachender junger Leute auf die Straße trat.

Gerettet, dachte sie und warf noch einen Blick hinter sich, die Treppe hinunter. Mehrere Jugendliche kamen herauf, sie lachten und schubsten sich. Sie lockerte den Griff um den Schulterriemen der Tasche und hielt ihr Gesicht in den Wind, der etwas Kühlung brachte. Die Jugendlichen gingen an ihr vorbei, ohne sie zu beachten.

»Sind Sie es, Tess?«

Matt löste sich aus der Gruppe, rief den anderen zu, sie sollten weitergehen, und kam auf Tess zu. Sie wollte Hallo sagen oder so etwas wie: Ich konnte nicht schlafen, oder: Was für ein Zufall, aber sie brach in ein unterdrücktes Lachen aus, kurz und leise, vielleicht bemerkte er es nicht einmal, sie wäre ihm am liebsten um den Hals gefallen, aber sie konnte sich nicht bewegen, sie blieb einfach stehen, bis er bei ihr war. Er gab ihr einen Kuss auf die Wange und fragte: »Ist alles okay?«

»Ja, ja, alles okay, ich bin nur diese Treppe da raufgegangen, und die war viel länger, als ich gedacht habe.«

»Na, da Sie nun ja schon mal hier oben sind, gehen wir doch noch was trinken!«

Matt bot ihr seinen Arm.

»Kennen Sie das Gefühl, Paula, wenn man etwas verloren hat? Ein Teil von Ihnen ist wie herausgebrochen, Sie können ihn nicht mehr zurückbekommen. Wie verlorene Freundschaft, verlorenes Glück, verlorene Kindheit, verlorene Liebe.«

Wie sehr sehnte er sich danach, dass Paula ihn verstand, das spürte er, seit er angefangen hatte, sein Leben zu erzählen. War sie … war sie wirklich … Deissners Tochter? »Lissabon sollte unsere letzte Station in Europa sein«, fuhr er fort. »Von dort gingen Schiffe auch nach Amerika. Aber was sollte aus Europa werden? London wurde bombardiert, Paris war besetzt, Rom wurde von einem Größenwahnsinnigen regiert, Athen würde von diesem Idioten eingenommen werden, Madrid war von einem anderen selbstherrlichen Diktator beherrscht, Wien und Berlin, alles in den Händen der Nazis und verloren … Ich hätte glücklich sein sollen, dass ich Europa verlassen konnte. Aber ich war es nicht.«

»Warum nicht?«, fragte Paula.

Sie stieg wieder in ihm auf, die Erinnerung, als wären all die Jahre dazwischen nicht gewesen. Er war wieder ein Kind, roch die Seife im Badezimmer, roch das Parkett, die Mischung aus Bohnerwachs, Schmierseife und Holz. Er sah die schweren Vorhänge, die das Licht aussperrten und die die Welt von seiner Mutter und von ihm schützten, er blickte von dem kleinen Balkon mit der Steinbrüstung hinunter auf die Magnolien der Allee. Er hörte die Tonleitern und die unsicheren Tonfolgen, die die Tochter der Heimbecks in der Wohnung über ihnen spielte, jeden Nachmittag von drei bis halb fünf, außer am Wochenende. Mittwochs um drei kam ihr Klavierlehrer, und hin und wieder spielte er selbst eine Passage, gab der eifrigen, aber unbegabten Schülerin eine Ahnung von der Großartigkeit des Werkes, das er dann für sie in leicht verdauliche Stückchen zerhackte. Wie oft hatte er in den zweiten Stock hinaufstürmen und den Klavierdeckel auf ihre steifen Finger drücken wollen, um den ewigen Wiederholungen und denselben Fehlern endlich den Garaus zu machen. Damals, endlich angekommen in Lissabon und Tausende Kilometer entfernt, hatte er sich gewünscht, wieder unter ihr in der Wohnung sitzen und ihr zuhören zu dürfen.

»Wissen Sie, weshalb der Fado mich so berührt hat?«, fragte er.

»Ich weiß es nicht.«

»Er besingt die Endlichkeit alles Irdischen. Sobald wir uns unseres Glückes bewusst werden, ist es auch schon wieder verschwunden. Wir können es nicht festhalten. Es rinnt uns durch die Finger wie Sand.«

Paula sah ihn an, ungläubig, vielleicht auch nur vorsichtig.

»Und wie ging es weiter, damals in Lissabon?«, fragte sie schließlich.

»Nun, Lissabon war voller Flüchtlinge. Jedes Hotel, jede Pension war überbelegt, selbst die schäbigsten Kammern wurden vermietet. Am Bahnhof St. Apolonia, wo wir ankamen, wartete man mit Karren und mit Autos, um uns Flüchtlinge mit unseren Bündeln und Koffern aufzuladen und weiterzutransportieren.«

Er sah ihn vor sich, den Kutscher, der kaum Zähne im Mund hatte, es grenzte an ein Wunder, dass sie ihn trotzdem verstanden. Pension?, fragte er, und alle nickten. Er lud ihr Gepäck auf einen großen Pferdekarren, bedeutete ihnen, auch aufzusteigen, und als alle irgendwie Platz gefunden hatten, knallte er mit der Peitsche, und die beiden schweren Pferde trabten los. Was für ein Gefühl von Freiheit hatte er empfunden! Der Tejo leuchtete dunkelblau, und der Himmel war wolkenlos. Ein kräftiger, aber nicht kalter Wind blies vom Atlantik, die schmalen Gassen leiteten ihn wie durch Kanäle in die Stadt. Sie kamen über einen großen viereckigen Platz am Wasser, auf dem Blumenverkäuferinnen ihre Ware anboten, Schuhputzer auf niedrigen Hockern auf Kunden warteten und Fischer mit Angeln auf den Stufen standen, über die sanft die Wellen des Flusses schwappten. Auf der anderen Seite des Platzes, vor einer Reihe von Arkaden, fuhr eine Straßenbahn vorbei.

Er dachte an Frankfurt, an die Fähren auf dem Main, an den Markt – und an eine Kindheit, die längst vorbei war. Der Karren scheuchte Tauben auf, die auf die große Statue im Zentrum des Platzes flüchteten, und bog schließlich in eine der kerzengeraden Straßen ein, die vom Fluss wegführten. Eleonore griff nach seiner Hand, und er hielt sie fest. Wir haben es zusammen bis hierher geschafft, wir schaffen es auch noch weiter. Das ist Liebe, oder nicht?, dachte er in diesem Augenblick.

In den Straßen herrschte Frieden: keine Soldaten, keine Kriegsparolen, stattdessen eine Frau, die in einem Schaufenster Fächer betrachtete, ein Blinder, der, an eine Hausecke gelehnt, laut betete, jedenfalls hörte es sich für ihn so an, durch die Straßen schlendernde Paare, geöffnete Läden, überall volle Cafés. Der zahnlose Kutscher lud sie an einer kleinen, etwas heruntergekommen aussehenden Pension ab, wo man ihnen zusammen mit vier anderen Flüchtlingen ein Zimmer geben wollte. Nach all den Tagen der Enge, den Nächten in Massenlagern wäre er verrückt geworden, wenn man ihn mit zwei Fremden in einem winzigen Zimmer eingepfercht hätte. Er wurde mit dem Besitzer handelseinig und überließ ihm die Armbanduhr, die er von seinem Großvater bekommen hatte, als er bei der Frankfurter Zeitung als Redakteur angefangen hatte. Als er sie vom Handgelenk nahm, tat es ihm leid, doch zugleich fühlte er sich befreit. Diese Zeit war längst und endgültig abgeschlossen.

Und so bekamen sie für seine Armbanduhr vier Wochen lang ein eigenes Zimmer. Überhaupt, die Lissabonner verdienten nicht schlecht an den Flüchtlingen. Sie alle mussten wohnen, essen, trinken, Schiffstickets kaufen und Post verschicken. Diejenigen, die mehr Geld hatten, gaben es im Casino in Estoril aus und tranken Cocktails, während sie auf die Abfahrt ihres Schiffes warteten. In der Tat: Die Neutralität war ein einträgliches Geschäft für Portugal. Nun waren sie also in Lissabon. Er trug noch immer denselben Mantel wie in Frankfurt, wie in Paris, wie in Arcachon und in Bordeaux. Er sah andere Menschen mit solchen Mänteln, sie hatten sie sich übergeworfen wie eine zweite Haut, weil die eigene längst zerschunden war.

Jeden Morgen ging er über den Rossio hinunter zum Postamt, reihte sich ein in die Schlange, wartete geduldig, las – wenn er sich nicht selbst eine Zeitung gekauft hatte – die Schlagzeilen der deutschen und englischen Zeitungen, die die anderen Wartenden in der Hand hatten. Er fragte nach *cartas, notícias, correo* und bekam als Antwort nur ein Kopfschütteln. Anschließend setzte er sich in eines der Cafés, wo alle Flüchtlinge die langen Tage, Wochen oder Monate des Wartens verbrachten.

Dann streifte er durch die Stadt, als hoffte er, irgendwo in dieser Stadt einen geheimen Ausweg aus dem ganzen Chaos zu finden.

Am Nachmittag ging er meist mit Eleonore ins Café. Auch an jenem Tag, an dem etwas geschah, dessen Bedeutung sie beide erst viel später begreifen sollten. Sie schlenderten über den Rossio. Viele waren Flüchtlinge wie sie, man erkannte sie, wenn nicht an den inzwischen schon vertrauten Gesichtern, dann daran, dass die Frauen keinen Hut trugen wie die Lissabonnerinnen, dass sie moderner gekleidet waren und lauter sprachen, dass sie auch allein unterwegs waren und sich ins Café setzten, was eine Lissabonnerin niemals getan hätte. Auch Eleonore trug keinen Hut. Sie hatte sowieso nur noch einen. Dafür trug er einen Hut. Der hielt seine Gedanken im Kopf, hinderte sie daran, einfach in die Lüfte zu steigen und mit den Tauben aufzufliegen, sich einzunisten in verfallenen Dächern und Kirchtürmen. Seine Gedanken waren das Einzige, was ihm geblieben war. Er ließ sie nicht so leicht entkommen.

Eleonore blieb stehen. Der Junge, der vor ihnen stand, war nicht viel größer als das Akkordeon, das er trug, und nur mit Mühe konnte er das schwere Instrument vor seinem schmächtigen Körper festhalten. Die verfilzten Haare hingen ihm ins schmutzige Gesicht, er trug Lumpen statt Schuhe an den nackten Füßen, an den Beinen hatte er mehrere blutverkrustete Narben. Als er den Mund öffnete, kamen schrille, schauerliche Laute heraus, dazu quetschte und presste er das Akkordeon, das nur ein Quietschen von sich gab. Der Junge musste taub sein.

»Gib ihm was, Hans!« Eleonore stieß ihm den Ellbogen in die Seite.

»Warum? Wir haben selbst nicht viel«, entgegnete er, verärgert über die Rücksichtslosigkeit des Jungen, der sie zwang, sich seiner Ärmlichkeit zu stellen.

»Aber immer noch mehr als er«, sagte Eleonore mit fester Stimme.

»Woher weißt du das? Er lebt hier. Er musste seine Heimat nicht aufgeben. Er ist jung und hat das Leben noch vor sich.«

»Wenn du dich reden hören könntest!« Eleonore schüttelte den Kopf. Helene, Julius' Frau, hatte ihr die Haare geschnitten, zum letzten Mal, sie reichten bis drei Fingerbreit unter die Ohrläppchen.

»So ein kleines Kind.« Schon suchte sie in ihrer Handtasche nach ein paar Münzen. Da strengte sich der Junge noch ein bisschen mehr an, schrie lauter und schriller und quälte das arme Instrument noch heftiger. Angewidert drehte er sich um, ihm hatte der Bengel sowieso keine Beachtung geschenkt, als er merkte, dass er bei Eleonore Erfolg zu haben schien.

»Dass du so hartherzig bist, Hans!«

»Das eigene Elend macht hartherzig.«

»Früher warst du nicht so zynisch.«

»Früher war sowieso alles anders«, sagte er knapp und wollte weitergehen, doch Eleonore blieb stehen.

»Hans, ich weiß nicht, ob ich das alles noch länger ertragen kann.«

»Was?«

Er sah sie an, ihr Blick wurde hart. »Dich, Hans.«

Er hätte lachen können oder protestieren oder bestürzt sein, doch da war nur eine gähnende Leere in ihm. Er hatte gedacht, er wäre erst einmal gerettet in Lissabon, alles würde besser werden, doch er hatte sich getäuscht. Er war tot, lebendig tot.

Schweigend gingen sie die letzten Meter zum *Suica,* setzten sich draußen an einen gerade frei gewordenen Tisch, bestellten zwei kleine Kaffee und etwas Wasser bei dem wortkargen Kellner.

Sie saßen mit dem Rücken zur Hauswand, und so konnten sie nicht nur den gesamten Rossio überblicken, sondern auch sehen, wenn sich Männer gleichzeitig von verschiedenen Seiten durch die Sitzreihen bewegten, um einen Flüchtling aufzugreifen, um ihn in die Verhörzentrale oben beim *Café La Brasileira* zu schleppen. Wenn einer Glück hatte, wurde er nach ein paar unangenehmen Stunden wieder freigelassen. Wenn einer weniger Glück hatte, so hieß es, steckte man ihn in ein Lager, oder man schickte ihn nach Spanien zurück oder übergab ihn an die Deutschen. Es wurde viel gemunkelt unter den Flüchtlingen, und die Angst sorgte nicht selten dafür, dass Fiktion und Wirklichkeit miteinander verschmolzen.

Es gab Tage, da machten ihm all die Flüchtlinge Angst, diese hungrigen, wachsamen und zugleich übermüdeten Augen, die von Sorge und Angst ausgezehrten Wangen. Dann dachte er, du bist einer von ihnen, und wenn es hart auf hart kommt, dann werden wir uns alle gegenseitig verraten, niemand wird freiwillig seinen Platz im Rettungsboot aufgeben.

Sein rechtes Bein begann zu zittern. Er versuchte, es ruhig zu halten, aber es gelang ihm nicht. Seit einem halben Jahr ging das schon so. Eleonore trommelte mit den Fingern auf die Tischplatte. *Ihr nervöses Klavierspiel* nannte er es. Früher hätte er seine Hand darübergelegt, um sie zu besänftigen, doch das schaffte er nicht mehr.

Eleonore hatte ein Buch aufgeschlagen. Gedichte von Rilke. Sie las sie immer wieder, als müsste sie sie auswendig lernen. Seit Paris und Bordeaux war ihr Rücken rund geworden.

Auf einmal sah Eleonore auf. »Was ist mit dir?«

»Nichts.«

»Doch, irgendwas ist mit dir. Ich bin doch nicht blind …«

Er deutete auf das Buch in ihrer Hand. »Sonst würdest du wohl kaum darin lesen, oder?« Er merkte, wie die Wut in ihm aufstieg. Er hasste die Stadt, er hasste das Nichtstun, das Herumsitzen, er hasste den gönnerhaften Pensionsbesitzer, er hasste sich selbst, dass er nicht in der Lage war, die Situation zu ändern, dass er nicht zu den berühmten Journalisten und

Schriftstellern gehörte, die auf finanzielle Unterstützung und Fluchthilfe hoffen konnten.

Eleonore antwortete nicht, sie ließ den Blick über den Platz wandern, zu den Tauben und den Schuhputzern, zu den Paaren und dem Akkordeonspieler, hinauf zum Elevador Santa Justa, dann erst kehrte er zu ihm zurück, blieb an seinen Augen haften, an seiner tiefen Narbe.

Mit klarer, tonloser Stimme sagte sie: »Du liebst mich nicht mehr.«

Er fühlte nichts. Es war, als wäre er gar nicht mehr da. Wie sollte er da einen anderen Menschen lieben?

»Du sagst ja gar nichts. Also habe ich recht.«

»Aber was redest du denn da?«

Eleonore reagierte nicht, sie rührte unentwegt in ihrem Kaffee und sah auf den Platz hinaus.

»Ich bin deprimiert, das ist alles.« Er redete sich ein, dass er die Situation nur endlich in Worte fassen müsste, um sie zu ändern.

»Deprimiert«, wiederholte sie ohne jede Emotion.

»Ja, ich bin deprimiert. Ich kann nicht arbeiten. Ich habe keine Heimat, ich suche meine Rettung in Amerika, in einem Land, in dem ich meine Sprache nicht sprechen und nicht schreiben kann! Ich bin sehr deprimiert, ja.«

»Du glaubst, du hast etwas Besseres verdient, ja? Erfolg, Anerkennung?«

Sie hat es endlich begriffen, dachte er. »Ja.« Er hatte sich überhaupt ein anderes Leben gewünscht! Und er fand, dass er ein Recht darauf hatte.

»Glaubst du nicht, dass auch ich mir mein Leben anders vorgestellt habe?«, fragte sie und sah ihn mit stumpfem Blick an.

»Doch.«

Über ihr Gesicht zog sich ein müdes, schmerzliches Lächeln, das er nicht an ihr mochte. Sie griff zu ihren Zigaretten, die sie sorgsam hütete, zündete sich eine an, ließ langsam den Rauch aus der Nase entweichen.

»Vielleicht solltest du dich mal damit abfinden, dass du kein Genie bist«, fuhr sie fort.

Wohin sollte das führen? Warum hatte sie sich diesen Augenblick ausgesucht, um mit ihm ins Gericht zu gehen?

»Ich bin kein Genie.« Und er habe auch nie gesagt oder geglaubt, dass er eines wäre, wollte er noch hinzufügen.

»Eben.« Sie schlug die Beine übereinander und zog mit spitzen Lippen an der Zigarette. »Ein durchschnittlicher Journalist. Dagegen ist ja nichts einzuwenden. Es gibt eine Menge durchschnittlicher Journalisten. Das ist ja nicht das Schlechteste. Das ist sogar gut. Durchschnitt ist gut. Viel besser als schlecht.«

Jedes Wort ein Schlag in die Magengrube. Und ihr aufgesetztes Lächeln nichts als Hohn. Der Rauch verhüllte ihr Gesicht, dennoch entging ihm nicht der verächtlich hochgezogene Mundwinkel. Sie will sich an mir rächen. Für ihr Schicksal und für unser Schicksal, dachte er.

»Du hast mich nicht mehr richtig wahrgenommen«, fuhr sie in diesem kalten Ton fort. Er versuchte, nicht mehr zuzuhören, stellte sich vor, jemand spielte Klavier, Chopin, ein paar Möwen kreischten, denn das Meer war nicht weit, er sah eine Wiese mit Blumen, ein Ährenfeld, es war gelb, und der Wind …

»Hast du mich in der letzten Zeit mal gefragt, wie es mir geht?«

Ihre Stimme war weit weg, und das Ährenfeld war gelb, gelb, sonnengelb …

»Es geht immer nur um dich. Dich interessiert nur deine Arbeit! Aber sag mir, hast du irgendwas geschrieben, das …«, sie suchte nach dem passenden Wort, schien es mit einer fahrigen Handbewegung aus der Luft zu fischen, »… *wichtig* ist? Ich meine nicht diese dummen Zeilen, wegen denen du deine Stellung aufgegeben hast.«

Das Ährenfeld verschwand, die Musik verstummte.

»Was willst du damit sagen, Eleonore?«

Warum stürzte er sich nicht auf sie, packte sie an den Schultern und schüttelte sie; für diese Äußerung hätte sie es verdient. Doch er schwieg, betrachtete sie nur, fragte sich, ob ihre Stimme schon immer so unangenehm hoch gewesen war, ihre Nase schon immer so spitz, ihr Blick schon immer so leer, ihr Haar schon immer so stumpf. In ihren Augen suchte er irgendetwas, das ihn damals angezogen hatte, einen Ausdruck von Liebe, von Verständnis, von Flehen oder Bitten – doch er sah nur Kälte. Seine Magenschmerzen, die seit Arcachon auftraten, setzten wieder ein, ein Stechen, das sich gleich in ein Ziehen verwandeln würde. Eleonore drückte die Zigarette aus, und ein paar Augenblicke lang kreuzten sich ihre Blicke wie Degen, dann hielt er es nicht mehr aus, legte das Geld für den Kaffee auf den Tisch und stand auf.

»Wo gehst du hin?«, fragte sie.

»Ich weiß noch nicht.«

»Bleib hier!«

Er lächelte eisig. »Wozu?«

»Rede mit mir!«

»Ich wüsste nicht, worüber, Eleonore.« Er bahnte sich den Weg durch die beiden Tischreihen. Auch ohne sich umzudrehen, spürte er, dass sie ihm verzweifelt und wütend hinterhersah, nur die Umstände verhinderten, dass sie irgendetwas rief. Er wollte nicht daran denken, dass er irgendwann in der Nacht ins Pensionszimmer zurückkehren müsste. In diesem Augenblick hasste er sie.

Er redete nicht weiter. Paulas Blick hatte sich verändert, während er erzählt hatte, er war mitfühlender geworden, weniger zweifelnd, doch jetzt kehrte das Skeptische zurück. Sie legte den Kopf schief und taxierte ihn.

»Sie behaupten also, der Mann meiner Großmutter zu sein. Und nur weil Sie so eine ausgeschmückte Geschichte erzählen, soll ich Ihnen das glauben?«

Beinahe hätte er gelacht über ihre Frechheit, dabei hätte er allen Grund gehabt, beleidigt zu sein. »Paula, Sie sind zu mir gekommen, um meine Geschichte zu hören. Es steht Ihnen frei, sich zu verabschieden und dort durch die Tür zu gehen.« Er machte eine ausgreifende Armbewegung.

»Hätten Sie was zu essen da?«, sagte sie plötzlich. »Ich habe nichts zu Mittag gegessen, und der Whisky …«

Auch er merkte, dass er Hunger hatte. Eine verrückte Idee, mittags auf nüchternen Magen Whisky zu trinken. Außerdem hätte er Paula aus Höflichkeit längst etwas zu essen anbieten müssen.

»Aber sicher. Ich könnte Senhor Rodriguez bitten, dass er uns Brot, Käse und Oliven bringt.«

»Klingt gut.«

Während er telefonierte, wanderte Paulas Blick durch das Zimmer, blieb an dem langen Riss hängen, der sich von der Decke bis zum Boden zog.

»Haben sich hier noch mehr Leute wie Sie eingemietet?«, wollte sie wissen.

Er blieb am Schreibtisch mit dem Telefon stehen, die Schmerzen an seinem Steißbein wurden vom Sitzen nicht besser. »Soweit ich weiß, nur noch mein Nachbar, ein junger russischer Maler.«

»Was malt er?«

»Abstraktes, würde ich sagen. Aber ich kenne mich nicht besonders gut aus damit.«

»Und sonst?«

»Nein, sonst wohnen nur Touristen hier. Warum, wollen Sie auch ins *Nova Goa* ziehen?« Er fügte es in einem scherzhaften Ton hinzu, aber sie lachte nicht, strich sich nur wieder eine Haarsträhne hinters Ohr.

»Gefällt es Ihnen hier?«

»Ich hab mich dran gewöhnt. Aber … ja, es gefällt mir.« Die Frage hatte er sich nie gestellt. Das Hotel lag günstig, es war nicht teuer, und er hatte seine Ruhe.

»Ich frage mich die ganze Zeit, wovon Sie leben.« Ihre Augen wurden schmal wie bei einer Katze, wenn sie ins Licht sieht.

Von Erinnerungen, hätte er sagen können, das hätte sich poetisch angehört. »Ich habe ein Porträtstudio gehabt. Nichts Besonderes. Passbilder, Hochzeitsbilder.«

In dem Augenblick klopfte es, er ging zur Tür, öffnete sie und nahm Senhor Rodriguez, der neugierig versuchte, einen Blick ins Zimmer zu erhaschen, das Tablett ab.

»Ich hab Ihnen noch Wein dazugestellt, wenn Sie mehr wollen, dann …«

»Danke, Senhor Rodriguez, dann melden wir uns.« Er schloss die Tür. »Der Gute hat an alles gedacht. Wollen Sie Wein? Er schmeckt besser zum Essen als Whisky.«

Das Tablett passte gerade so auf den Nachttisch, wenn er die Leselampe auf den Boden stellte.

»Sie meinen, wir sollten wieder nüchtern werden, oder?«, fragte sie trocken.

Er lächelte. Warum konnten sie nicht über etwas anderes reden? Sie wäre eine amüsante Gesprächspartnerin. Er goss Weißwein in die mitgebrachten Gläser.

»Greifen Sie zu, ich kann noch nachbestellen, wenn es nicht reicht.«

Paula aß ein Stück Käse, er auch, es ging ihm sofort besser. Unten auf der Straße schwoll eine Polizeisirene an und dann wieder ab. Sie betrachtete ihn. An der rechten Wange blieb ihr Blick hängen. Reflexartig hob er die Hand, berührte die Narbe, die er schon fast vergessen hatte. Plötzlich wusste er, warum Paula dorthin sah.

»Er hat auch eine, was?«, fragte er.

»So ähnlich. Sie ist dünner und geht nicht ganz so hoch, aber sonst, ja, sie sieht fast genauso aus.«

»Ihr Vater ist Perfektionist, nicht wahr?« Er hatte sich um einen belustigten Ton bemüht.

Die zwei senkrechten Falten zwischen ihren Brauen wurden tiefer. Sie glaubte ihm wohl immer noch nicht.

»Amüsiert Sie das?«, fragte sie.

»In meinem Alter findet man alles amüsant, bis auf den Tod.« Das stimmte nicht. Er fand nicht alles amüsant, er konnte nur nichts mehr ernst nehmen.

Paula spuckte einen Olivenkern in den Aschenbecher. »Sie könnten ein Aufschneider sein.«

Er trank einen Schluck Wein. Ein einfacher Tafelwein, er schmeckte ein bisschen sauer nach dem Whisky.

»Oder jemand, der Geld erpressen will, zum Beispiel.« Ihr Blick wanderte durchs Zimmer. »Damit Sie sich in Ihrem Alter was Besseres leisten können. Palm Springs vielleicht oder Florida.«

»Ich will nicht nach Amerika.«

Sie zuckte mit den Schultern. »Dann vielleicht Kanada oder …«

»Kanada ist mir zu kalt. Eher Mexiko. Aber lassen wir das. Wollen Sie weiter zuhören oder wollen Sie gehen?«

Sie versuchte zu lachen. »Ich gehöre nicht zu denen, die schnell aufgeben.«

Das hatte er längst begriffen. Sie rückte auf dem Bett weiter nach hinten, lehnte sich an das stoffbespannte Kopfteil und betrachtete den Wein in ihrem Glas. »Wissen Sie, dass ich Journalistin werden wollte, weil mein Vater das war?«

»Er war nie Journalist.«

»Ich habe eine Tochter«, sagte sie, als hätte sie ihn nicht gehört.

Er dachte, sie wollte sein Leben erfahren, jetzt erzählte sie ihm ihres.

»Sie heißt Tess. Sie will auch Journalistin werden, obwohl sie mich hasst, weil ich so viel herumreise.«

»Wie ist Ihre Tochter so?«

»Tess?« Sie stellte ihr Glas auf dem Tablett ab, nahm ihre Tasche auf den Schoß, zog eine große Geldbörse aus abgegriffenem rotem Leder hervor und nahm ein Foto heraus. »Sie ist letzten Monat dreizehn geworden.« Sie hielt es ihm hin.

Das Foto zeigte ein großes, schlaksiges Mädchen mit langem blondem Haar. Sie trug Jeans und eine rot-violett gemusterte längere Bluse, man würde sie leicht als die Tochter ihrer Mutter erkennen, obwohl sie eher scheu wirkte.

»Sehr hübsch. Ein bisschen traurig.« Er gab ihr das Foto zurück.

»Das ist man in diesem Alter.« Ihr rechter Mundwinkel zuckte, als sie noch einen schnellen Blick darauf warf und es dann zurück in die Geldbörse steckte. »Na ja, ich bin keine besonders gute Mutter. Ich lasse sie zu oft allein.«

»Und Tess' Vater, kümmert der sich nicht?«

»Mein Gott!« Sie fuhr sich mit beiden Händen durch die Haare und schüttelte den Kopf. »Sie stellen vielleicht Fragen! Er ist ein verdammter Idiot!«

Er überlegte, welchen Mann Paula wohl gewählt hatte. Einen raubeinigen Abenteurer? Einen weltfremden Intellektuellen?

»Ich bin nun wirklich keine Verfechterin der Ehe, aber muss man sofort abhauen, wenn man hört, dass die Frau schwanger ist?« Sie nahm ein Stück Brot vom Tablett.

»Er ist offenbar in Panik geraten.«

»Und ich? Er hat es sich leicht gemacht.« Sie brauste auf, offene Wunden, er kannte das.

»Sie sehen ihn nicht mehr?«

»Wo denken Sie hin! Er würde es nicht wagen!«

»Meinen Sie nicht, er würde Ihre – und seine Tochter gern kennenlernen?«

»Ob er das will, kümmert mich einen Dreck!« Wieder das Strähne-Zurückstreichen.

»Und Tess?«

Sie seufzte und sah auf einmal ratlos aus.

»Was sagt Eleonore?« Es interessierte ihn auf einmal.

»Ich hab meinen Eltern gesagt, ich hätte mich von ihm getrennt.« Wie ein Kind kam sie ihm auf einmal vor, wie sie so dasaß, trotzig irgendwie, und dabei ein Stück Brot abbrach.

Er wollte schon sagen, passen Sie auf, die ganzen Brösel fallen auf mein Bett, aber dann fand er es lächerlich. Wenn man so lange allein lebte, verlor man den Sinn für das richtige Maß.

»Ich hätte mir sonst mein ganzes Leben lang von ihnen anhören müssen, dass ich verlassen wurde, weil ich zu fordernd war oder zu einschüchternd. Verstehen Sie, darauf hatte ich keine Lust! Gar keine!«

Sie wischte sich die Finger mit einer Papierserviette ab, knüllte sie zusammen und sah ihn erwartungsvoll an. »Was ist, erzählen Sie weiter?« Die Wut auf ihre Eltern hatte ihr Gesicht gerötet.

Er nickte. Ja, er würde weitererzählen. Unaufhaltsam würde seine Geschichte sich dem Ende nähern. Er räusperte sich, trank noch einen Schluck, um Zeit zu gewinnen.

Chicago

Auf dem Schiff hatte es angefangen, weiß Eleonore jetzt, da hatte sie zum ersten Mal dieses Knallen im Gehirn gehabt, wie bei einem Kurzschluss. Ja, sie erinnert sich ganz genau, es hat geknallt in ihrem Kopf, wie wenn ein Kabel durchbrennt. Alles um sie herum war plötzlich fremd geworden, als hätte sie es zwar schon einmal gesehen, aber sie konnte keinen Sinn in den Dingen erkennen, ja, sie wusste auch ihre Namen nicht, auch nicht die der Menschen. Sie hatte ihm nichts davon gesagt, ihm, Karl Deissner, den sie nun Hans nannte. Hans Scheugenpflug. Und natürlich auch sonst niemandem. Auf seinen besorgten Blick hin hatte sie ein sorgloses Lächeln aufgesetzt und sich dann an die Reling gestellt und aufs Wasser gestarrt. All ihre Erinnerungen wollte sie in diese brodelnde blaugraue Flut werfen, damit sie versanken oder damit der metallene Schiffsrumpf sie zerschnitt oder damit die Schiffsschrauben sie zerkleinerten. Nie wieder sollten sie in ihren Kopf zurückkehren, um sie zu quälen.

Ein absurder Wunsch.

Die Erinnerungen hatten Abdrücke in ihrem Gehirn hinterlassen. Auch wenn sie damals tatsächlich in den atlantischen Fluten untergegangen sein sollten, die Abdrücke waren zurückgeblieben, und das war noch schlimmer. Sie waren wie Fußabdrücke auf einer einsamen Insel, an die man als Schiffbrüchiger gespült worden war. Man wusste, dass jemand dort lebte, und Tag und Nacht war man damit beschäftigt, das Wesen zu finden, aber man hatte keine Vorstellung davon, wie es aussehen würde und ob es gut oder böse wäre.

Eleonore seufzt, sie mag ihr Seufzen, es kommt irgendwo aus dem Bauch heraus, jedenfalls von tief drinnen, und es lässt ihren ganzen Körper vibrieren, was sich gut anfühlt, ein bisschen so, wie wenn man gestreichelt wird.

Die Tage auf dem Schiff waren am schlimmsten, sie hatte sich gegen seine Zudringlichkeiten gewehrt, hatte Seekrankheit vorgeschützt. Er hatte sie daraufhin in Ruhe gelassen. Und selbst später, in Chicago, in der kleinen Wohnung in der Wabash Avenue, über dem Fahrradladen, die Cousin Albert für sie gemietet hatte, war sie noch nicht bereit für ihn gewesen. Sie war zusammengezuckt bei seinen Berührungen. Als sie merkte, dass sie schwanger war, war sie erschrocken. Er würde wissen, dass es nicht von ihm war.

Eleonore seufzt noch einmal. Es gibt nun einmal Dinge im Leben, die kann man nicht ändern. Das Wetter. Oder auch die Liebe. Karl hat sie geliebt, da ist sie sich sicher. Er hätte sie schließlich verlassen können, als er merkte, dass sie abweisend war. Irgendwann hatte sie den Widerstand aufgegeben, aber leidenschaftlich war sie nie geworden.

Wo war er eigentlich? Jedenfalls war er nicht hier. Nicht hier in diesem … was war das, ein Sanatorium?

Und warum hatte sie ihn nicht verlassen? Die Kinder, richtig. Sie hatte eine Entschuldigung. Überhaupt, wo hätte sie denn hingehen sollen? Ein Zurück war ja nicht möglich, auch nicht nach dem Krieg.

Die Tür geht auf. Ihr Engel bringt Kaffee mit Brötchen. Ihr Engel heißt Rebecca. Das steht auf ihrem Namensschild.

»Rebecca?«

»Ja?«

Sie merkt, dass sie Rebeccas Handgelenk umklammert. Rebecca ist eine Krankenschwester, und sie selbst ist im Krankenhaus, weil mit ihrem Gedächtnis etwas nicht stimmt, das weiß sie.

»Lieben Sie Ihren Mann, Rebecca?«

Rebecca setzt sich neben sie an den Tisch und lächelt mild,

wie ein Engel. Sie ist ein Engel, das hat Eleonore herausgefunden, die Flügel sind auf dem Rücken zusammengefaltet.

»Ja, sonst wären wir nicht mehr zusammen«, antwortet der Engel.

»Woher wissen Sie, dass Sie ihn lieben?« Heute will sie es genau wissen. Heute schwirren die Gedanken nur so in ihrem Hirn herum, dass es eine Freude ist.

»Oh, ich freue mich, wenn ich ihn sehe, wenn ich heimkomme, ich mache mir Sorgen um ihn, ich will, dass es ihm gut geht …«

»Aha. Und liebt er Sie auch?«

Rebecca lächelt leicht in sich hinein. »Ich denke schon.«

»Sie denken, aber Sie wissen es nicht.« Sie hebt den Zeigefinger.

»Ich fühle es.«

»Und wenn Ihr Gefühl Sie täuscht?«, fragt sie.

Rebecca schüttelt den Kopf. »Nein, Gefühle täuschen so gut wie nie. Der Verstand täuscht, das Denken; weil man sich etwas wünscht, macht man sich vor, dass man dies oder jenes fühlt. Aber das stimmt nicht.«

»Er hat keine Geliebte?« Sie kneift die Augen zusammen und beobachtet jede Regung des Engels.

Der lacht und schüttelt den Kopf. »Aber nein.«

»Sind Sie sich sicher?«

»Ganz sicher, Eleonore. Sie führen ja ein richtiges Verhör!«

»Und was würden Sie tun, wenn er ein Verhältnis hätte?«

»Mein Mann?«

»Ja.«

Rebecca antwortet nicht sofort. »Nun, dann würde ich ihn verlassen.«

»So schnell?«

»Ja. Selbst wenn er die andere Frau verlassen würde, hätte unsere Liebe einen Riss bekommen. Ich würde immer an diese andere denken, wenn ich mit ihm zusammen wäre.« Rebecca schüttelt den Kopf. »Ich würde mich von ihm trennen, ganz bestimmt.«

Eleonore ist sich plötzlich nicht mehr sicher, ob sie sich nicht auch getrennt hat.

»Warum besucht er mich nie?«

»Wen meinen Sie, Eleonore?«

»Meinen Mann.«

»Ach, Eleonore«, Rebecca legt die freie Hand auf ihre. »Er ist gestorben. Letzten Monat.«

»Warum hat mir das keiner gesagt?«, braust sie auf, sie lässt das Handgelenk der Schwester los und schüttelt deren Hand ab.

»Ihre Tochter war hier und hat es Ihnen gesagt.«

»Meine Tochter? Ha! Ich weiß, dass mit meinem Gedächtnis etwas nicht stimmt, aber meine Tochter ist tot. Ha, und da erzählen Sie mir, dass sie hier war? Ist das eine Testfrage?«

»Aber, Eleonore …« Die Schwester tätschelt ihr den Arm, aber sie zieht ihn weg. Sie ist doch keine Schwachsinnige, die man auf diese Weise belügen und dann besänftigen kann!

»Sie haben doch noch eine andere Tochter, Eleonore, nicht wahr?«

Noch eine Testfrage. Sie hat es gewusst.

»Na, nun sehen Sie mich nicht so an, Eleonore. Rose. Sie heißt Rose. Sie war doch gestern erst da.«

Rose. Ja, den Namen haben sie hier schon mal erwähnt.

»Rose, ja, richtig. Sehen Sie, jetzt hätte ich Sie fast aufs Glatteis geführt!« Sie darf sich nichts anmerken lassen. Solche Tests machen sie hier, um dann zu entscheiden, ob man freigelassen wird oder nicht.

Der Engel lächelt und streckt schon wieder die Hand aus, um ihre zu tätscheln. Rasch zieht Eleonore sie weg. Sie ist doch kein Meerschweinchen.

»Woran ist er gestorben, Karl?«

»Karl? Ihr Mann hieß doch John. John von Hans.«

»Ha! Sie merken aber auch alles! Es macht keinen Spaß mit Ihnen!« Eleonore täuscht ein Kichern vor. Dabei ist das alles todernst.

Der Engel ist aufgestanden und schüttelt die Kopfkissen auf. »An Herzversagen ist Ihr Mann gestorben, hat mir Ihre Tochter gesagt.«

»Aha. Und wie alt war er?«

»Neunundachtzig, wenn ich mich recht erinnere.«

»Das ist ziemlich alt, ja. So einen alten Mann hatte ich also.« Unglaublich, ein Fossil geradezu.

»Tja, Eleonore, die Zeit geht an uns allen nicht spurlos vorbei. Möchten Sie noch ein Joghurt?«

»Nein, heute nicht.« Sie will, dass ihr Engel jetzt geht. »Gehen Sie jetzt bitte. Ich muss nachdenken.«

Ein letztes Lächeln des Engels, dann löst er sich in Luft auf.

So, jetzt haben wir endlich wieder unsere Ruhe. Karl – John ist also tot. Er hätte sie wenigstens vorher mal besuchen können. Wahrscheinlich hatte er Angst. Der Angsthase! Dass sie ihm Vorwürfe machen würde wegen Paulas Tod. Ja, sie hatte ihn lange für schuldig gehalten. Aber das war längst vorbei. Es war egal, wer schuld hatte. Paula war tot, und nichts und niemand konnte sie wieder zum Leben erwecken. Sie hätte nicht fahren dürfen. Sie hätte diesen Brief nie lesen dürfen. Und er hätte ihn nie schreiben dürfen.

Oje, warum hat man ihr das Zimmer wieder so vollgestellt! Sie kann ja noch nicht mal aufstehen, überall steht was. Weg mit dem Zeug! Nur weg!

Lissabon

»Nachdem ich Eleonore im Café zurückgelassen hatte, ließ ich mich durch die Straßen treiben, wie so viele andere auch, die nicht in die Enge ihres Pensionszimmers zurückwollten, die unruhig waren vor lauter Angst oder die kein Geld für eine Unterkunft hatten. Ich gehörte zu den durchschnittlich Glücklichen, wenn man so will. So wie ich zu den durchschnittlichen Schriftstellern gehörte. Eleonore hatte es mir einfach ins Gesicht gesagt, sie wollte mich damit verletzen, bestrafen. Wenn ich damals in Frankfurt nicht diesen Artikel geschrieben hätte, wäre alles anders gekommen, dachte ich. Dann wäre ich jetzt auf dem Schlachtfeld oder vielleicht schon tot.« Er räusperte sich, warf einen Blick auf Paula, die ihm gebannt zuhörte.

Er erzählte, wie er an jenem Nachmittag und Abend ziellos durch die Straßen wanderte. Er wollte müde werden, die Zeit totschlagen. Irgendwann gelangte er zum *Café La Brasileira,* wo sich die Kommunisten gern trafen und mehr oder weniger geheim von der PIDE, Salazars geheimer Staatspolizei, die kaum hundert Meter weiter ihr Hauptquartier hatte, bespitzelt und manchmal sogar verhaftet wurden. Er trank dort einen Kaffee und wanderte dann wieder die Straße hinunter, bog in die Rua do Carmo ein.

In dem schmalen Schaufenster eines Handschuhladens bemerkte er zufällig aus den Augenwinkeln eine Bewegung. Er blieb stehen und betrachtete die schlanken Hände, wie sie die Auslage neu dekorierten. Erst auf den zweiten Blick bemerkte er ihren Kopf mit dem glatten dunklen Haar, der sich über die Wand der Dekoration beugte. In diesem Augenblick hob sie ihn – und er sah direkt in ihre Augen. Wie glänzend und schwarz sie waren, im Gegensatz zu ihrer weißen Haut, ihm wurde ganz heiß, sein Herz schlug, als wollte es zerspringen, dennoch konnte er den Blick nicht von ihr wenden, auch nicht, als sie sich wegdrehte. Als sie wieder zu ihm sah, starrte er sie noch immer an. Er schämte sich, es war ihm peinlich, aber er war außerstande, sich zu rühren.

Sie mochte kaum älter als zwanzig sein, viel jünger als er. Er lächelte ein wenig, so als würde ihn der Eindruck erheitern, dass die Schaufensterdekoration sich bewegte, worauf sie die Augen niederschlug, hastig die Handschuhe zurechtschob, die stoffbespannte Wand hochklappte und in der Tiefe des Ladens verschwand. Er wartete noch, in der Hoffnung, sie würde zurückkommen, weil sie ein Ausstellungsstück aus dem Fenster nehmen oder ein anderes hinzustellen müsste. Doch sie kam nicht wieder, und auf einmal wurde er sich seiner Lächerlichkeit bewusst. Für sie war er nichts weiter als einer der namenlosen Fremden, die in den Cafés herumlungerten. Er war mittellos, zumindest sehr sparsam, auch war er auf der Durchreise und dazu noch viel älter als sie.

Ziellos ging er durch steile Gassen, in denen er noch nie gewesen war, stieg Treppen hinauf und hinunter, schlenderte rund um irgendwelche Plätze und kehrte schließlich erschöpft in einer schummrigen Bar im Barrio Alto ein, die ihm bisher noch nie aufgefallen war. Er setzte sich an den hintersten Tisch an die Wand und bestellte den billigsten Wein. Ein paar Männer saßen an einem der vorderen Tische, einer von ihnen hatte eine große Flasche Schnaps vor sich stehen, die anderen tranken den gleichen Wein wie er. Sie redeten wenig, wahrscheinlich widmete sich jeder seinem eigenen Vergessen. Als er irgendwann aufstand und in die Dunkelheit hinausging, fühlte er sich fiebrig und sein Schädel brummte, sein Gehirn arbeitete langsam, aber – vergessen hatte er sie nicht.

Ihr Anblick hatte sich eingebrannt in seine Augen, sie wurde zu all dem, wonach er sich gesehnt hatte.

Er brauchte eine Weile, um wieder in der Gegenwart anzukommen.

»Wonach haben Sie sich denn gesehnt?«, wiederholte Paula.

Er wusste, dass sie diese Frage stellen würde. Noch niemandem hatte er Gelegenheit dazu gegeben, und auch er hatte sich die Frage lange verboten. Er war sich nicht sicher, ob Paula verstehen würde, was er meinte.

»Sie hatte diese Art von Schönheit, die mehr ist als nur Äußerlichkeit. Sie dringt in uns ein, rührt an unsere tiefsten Gefühle, lässt uns ahnen und einen Augenblick lang spüren, was Leben, was Liebe sein kann.«

Paula blies Rauchringe in die Luft. »Aber die Schönheit hält nicht, was sie verspricht, oder? Sie ist nur ein Vexierbild, eine Projektion der eigenen Wünsche.«

Paula atmete langsam den Rauch aus. Wie sehr sie ihn an Eleonore erinnerte, dachte er.

»Sie haben sich also verliebt?« Sie war unerbittlich.

Er seufzte. »In jedem Leben gibt es die falschen Augenblicke, vielleicht auch die falschen Entscheidungen, nicht wahr?«

Er dachte daran, wie er nicht zur Pension zurückgegangen war. Es war noch nicht spät, noch nicht ganz dunkel. Unten, auf der breiten Avenida, setzte er sich auf eine Bank und beobachtete die vorbeigehenden Menschen. Ein neuer Anzug wäre schön, dachte er, während er die Beine übereinanderschlug und die ausgebeulten Knie bemerkte.

Ein Mann setzte sich neben ihn. Er roch scharf nach Tabak, seine Haut war dunkel gegerbt und sein Haaransatz weit nach hinten verschoben. Auch er beobachtete die Vorübergehenden. Umso überraschender kam die Frage:

»Deutsch?«

»Ja.«

Er sah den anderen genauer an. Dessen Hose war noch ausgebeulter als seine eigene, die Jackenärmel waren zu kurz, trotzdem schauten keine Manschetten darunter hervor.

»Mitkommen. Kostet nichts.«

Ohne nachzudenken, folgte er dem Fremden. Sie gingen in die Mouraria, durch düstere verwinkelte Gassen. Der Wind vom Tejo verirrte sich in den Ecken und hinterließ feuchte Mauern. Nur wenige Menschen waren unterwegs. Aus dem Schatten einer Hauswand tauchten zwei Gestalten auf. Er rechnete schon damit, dass er ausgeraubt werden würde, obwohl bei ihm nichts zu holen war außer seinem abgetragenen Anzug und ein paar Münzen. Aber Menschen töteten für viel weniger. Wie lächerlich das wäre, dachte er. Da floh er quer durch Europa vor einem großen Krieg und wurde hier, im Labyrinth schmutziger Gassen, Opfer eines ganz gewöhnlichen Raubes! Doch die Schatten verschwanden in einem Hauseingang. Vielleicht war es nur ein Pärchen, das sich heimlich treffen musste.

»Hier!«

Der Mann blieb vor einem schiefen Haus stehen. Unter der Holztür drang warmes gelbliches Licht nach draußen.

Der Mann klopfte, sogleich öffnete sich die Tür, und eine ältere Frau, groß und streng und ganz in Schwarz gekleidet, kam heraus, musterte ihn von oben bis unten, nickte dann und trat zur Seite.

Es war ein kleines Lokal, fünf oder sechs Tische, alle besetzt, die Luft roch nach Öl, Knoblauch, Alkohol und Zigarettenrauch. Laute Männerstimmen drangen durch den Raum, der in einem gelblich roten Licht schimmerte, als ginge gerade die Sonne unter. Der Fremde, der ihn in dieses Lokal gebracht hatte, war auf einmal verschwunden. Die Frau schob ihn zu einem kleinen freien Tisch und brachte ihm ein Glas, einen Krug Wein und ein paar Oliven.

Und plötzlich stand *sie* im Raum. Er konnte es nicht glauben, aber sie war es. Dieselben schlanken Hände, dasselbe dunkle Haar, dieselben glänzenden Augen, nur ihr Kleid war ein anderes als das im Laden: Dieses hier war schwarz und weiter ausgeschnitten, sodass er sehen konnte, wie ihre Brust sich hob und senkte. Sie holte Luft, hob dabei die schmächtigen Schultern. Ihre Augen, eben noch scheu über die Gesichter huschend, wurden groß, sie hob den Blick weit über das Publikum hinweg, wie zu einem fernen Horizont. Sie drehte die Hände, sodass die Handflächen nach oben zeigten, als würde sie etwas empfangen, sie öffnete den Mund – und dann erfüllte ein Ton den Raum, ein Ton, den er nicht beschreiben konnte, ein Laut, der nicht aus diesem jugendlichen, schmächtigen Körper kommen konnte, ein Ton, kraftvoll und tief und alles durchdringend.

Er verstand den Text des Liedes nicht, dazu war sein Portugiesisch zu dürftig, aber es war, so schien ihm, der Ausdruck einer verzweifelten Suche nach einem Sinn.

Die Gäste lauschten bewegungslos und stumm. Sie hatte alle eingefangen mit dem Netz der Musik. Welches Schicksal hatte sie erleiden müssen, um so singen zu können – oder zu müssen? Denn das, was sie da tat, konnte nicht aus freien Stücken, aus einer Laune heraus geschehen. Dazu war der Schmerz zu groß. Sie musste singen, weil sie sonst nicht leben konnte.

Als der letzte Ton verhallt war, herrschte eine benommene Stille. Wer hätte es wagen können, den Zauber zu brechen? Erst als sie wieder Luft holte, brach der Applaus los. Sie verbeugte sich, senkte den Kopf, als schämte sie sich für so viel Aufmerksamkeit.

Von dem Vierertisch neben ihm beugte sich ein Mann zu ihm herüber.

»Aus Deutschland?«

Er nickte, worauf der Mann ihm lächelnd die Hand hinstreckte.

»Karl Deissner.«

Sein Händedruck war fest und kurz.

»Hans Scheugenpflug.«

»Zum ersten Mal hier?«, fragte Deissner und goss ihm aus der Karaffe auf seinem Tisch ein. »Ich komme seit einer Woche. Sie singt jeden Tag, außer sonntags. Wie lange sind Sie schon hier?«

Immer dieselben Fragen, sodass er gar nicht mehr wusste, welche Fragen man sich früher, bevor dieser Wahnsinn angefangen hatte, gestellt hatte, wenn man sich zum ersten Mal begegnete.

»Seit fast zwei Wochen.«

Lachend winkte Deissner ab. »Ich bin seit vier Monaten da. Ich kann Ihnen sagen, früher hatte ich keine Vorstellung von Zeit.«

Deissner hat recht, dachte er. Was waren früher vier Monate gewesen? Ein Winter mit Nebel, Schnee und Weihnachten – oder ein Sommer mit langen Nächten, Baden im Main, Tanzfesten, manchmal ein bisschen langweilig in seiner Sorglosigkeit. Was gäbe er heute darum, wieder einen dieser Sommer zu erleben.

Deissner unterbrach seine Erinnerungen. »Und, haben Sie nur Hoffnung oder haben Sie auch Aussichten darauf, wegzukommen?«

Er antwortete vage, er hatte schon oft von Leuten gehört, die wegen ihrer Visa und Pässe beraubt und sogar getötet wurden. »Wir haben es hierher geschafft, also hoffen wir, dass wir auch weiterkommen.«

»Verzeihen Sie, ich wollte nicht neugierig sein«, sagte Deissner mit einem entschuldigenden Lächeln. »Sie kennen mich ja gar nicht.« Er seufzte. »Es war oben in den Pyrenäen. Meine Frau und ich sind mit sechs anderen Flüchtlingen in der Nacht von Port Bou losmarschiert und haben uns bis über die Grenze durchgeschlagen. Aber wir wurden entdeckt. Anstatt uns zu ergeben, rannten wir weiter, duckten uns ins Gebüsch. Mein Gott, wir waren seit vier Stunden unterwegs. Wir wollten nicht zurückgeschickt oder an irgendwen ausgeliefert werden! Und als die Soldaten anfingen zu schießen, liefen wir erst recht weiter. Verstehen Sie das?« Er erwartete keine Antwort, denn er redete weiter. »Eine Kugel. Eine von diesen zehn oder zwölf Kugeln, die um uns herumzischen, trifft sie genau am Hinterkopf.« Er schüttelte den Kopf. »Sie waren mindestens achtzig Meter weit weg!« Er schluckte. »Es tut mir leid, ich wollte Sie nicht belästigen mit meiner Geschichte.«

»Nein, Sie belästigen mich nicht.« Er log und er schämte sich sogleich für seinen Egoismus, denn er stellte sich vor, wie es wäre, wenn er an Deissners Stelle gewesen wäre. Es gab einen Schmerz, den konnte man nicht für sich behalten.

»Doch, doch, verzeihen Sie, Sie wollten hier der Wirklichkeit entfliehen, wie wir alle. Es tut mir leid. Sehen Sie«, Deissner deutete zur kleinen Bühne, »es geht weiter.«

Die Gespräche verstummten, die Letzten stellten ihre Gläser auf den Tisch, um in andächtiger Reglosigkeit zu verharren. Wenn er einen Wunsch frei hätte, er würde ihr ewig lauschen mögen. Ein eigenartiger Wunsch, denn die Musik tat weh. Es ist etwas Merkwürdiges mit dem Schmerz. Er erinnert einen daran, dass man noch lebt.

Ihr Gesang, die Musik, die unverständlichen, aber empfindsam klingenden Worte, das dämmrige Licht – all das holte in ihm Erinnerungen hervor, tief vergrabene, längst vergessen geglaubte Erinnerungen. Er fühlte sich auf einmal wieder ganz, vollständig, die Leere in ihm war verschwunden. Wie könnte er noch neben Eleonore liegen? Wie sollte er es jemals wieder können? Er fühlte sich fiebrig, sein Herz stolperte. Ihre Stimme hüllte ihn ein, und irgendwann glaubte er, dass sie nur für ihn sang. Er ging als Letzter.

Als er schließlich vor der Pension *Alegría* stand, erwachte er aus seinem rauschhaften Traum.

»Ihre Stimme, ihre Musik hatten mir mein Leben zurückgegeben. Das werde ich nie vergessen.«

Nein, es war ihm nicht peinlich, dies gegenüber Paula zu sagen. Sie fragte nichts, also erzählte er weiter.

»Eleonore war nicht da. Ich fragte den blassen jungen Mann an der Rezeption, ein Verwandter von Senhor Pereira, nahm ich an. Schlaftrunken sagte er, dass die Senhora vor etwa zwei Stunden weggegangen sei. Wohin, hätte sie nicht gesagt, nein, auch eine Nachricht hätte sie nicht hinterlassen.

Ich bedankte mich und schlich zurück ins Zimmer, verärgert wegen – ja, weswegen? Weil Eleonore es wagte, ohne mich auszugehen? Weil sie mir noch dazu keine Nachricht hinterlassen hatte? Tat sie nicht dasselbe, was auch ich getan hatte? Ich machte mir Sorgen. War ihr etwas passiert? Wo war sie hingegangen? Ich legte mich ins Bett, aber schlafen konnte ich nicht. Eleonore kam irgendwann im Morgengrauen. Sie hatte getrunken, ihr Blick war glasig, ihre Bewegungen wirkten unkontrolliert. Sie zog sich aus.

Wo warst du?, fragte ich, obwohl ich es gar nicht wissen wollte.

Aus.

Bis jetzt?

Wie du siehst, gab sie schnippisch zurück.

Ich unterdrückte meine Wut und das Bedürfnis, sie zu packen, ihr wehzutun. Sie bekam einen Schluckauf, als sie sich neben mich ins Bett legte. Ich rückte an den Rand, ich hätte es nicht ertragen, ihren Körper zu berühren.

Ich sehnte mich nach der Musik, nach ihrem Gesang, nach ihr. Ich weiß nicht mehr, wie ich die Nacht überstand, ich weiß nur, das Erste, was am nächsten Morgen vor meinem inneren

Auge erschien, war sie, Ana, so hieß sie übrigens, die mich anlächelte – und ich fühlte mich frei und glücklich. Dann brachen die anderen Gedanken über mich herein und versetzten mich in einen schrecklichen Zustand erregender Qual. Ich nehme an, Sie wissen, was ich meine, Paula? Es zerreißt einen, es verbrennt einen – und man genießt es auch noch. Man glaubt, man hat vorher gar nicht gelebt. Verliebtheit macht uns rücksichtslos gegenüber anderen. Ich war mir bewusst, dass ich Eleonore betrog, weil ich ihr falsche Gefühle vorspiegelte. Was hätte ich ihr auch sagen sollen? Dass ich mich nach all dem, was wir zusammen durchgemacht hatten, in eine junge Handschuhverkäuferin und Sängerin verliebt hatte?«

Er hatte die Frage an Paula gerichtet, fiel ihm auf. Dabei hatte er sich doch nicht rechtfertigen wollen.

Tess sah auf den ersten Blick, dass Luís sich so hingesetzt hatte, dass sie ihn gleich bemerken konnte, wenn sie das Café betrat. Die chromblitzenden Stühle und Tische reflektierten das Licht der Halogenlampen an der Decke, im Hintergrund stand ein Spielautomat. Kein einladendes Café. Tess schob den Stuhl zurück und setzte sich Luís gegenüber. Sie fühlte sich befangen, als wüsste er längst, dass sie an jenem Abend bei seiner Musik in Tränen ausgebrochen war. Dabei konnte er das doch gar nicht mitbekommen haben, oder? Aber vielleicht spürte jemand, der eine solche Musik macht, so etwas.

»Was möchten Sie?«, fragte er, und sie wunderte sich, dass seine Stimme so wirklich klang.

Sie deutete auf seinen Kaffee. »Das Gleiche wie Sie.«

Er machte dem Kellner ein Zeichen. Jetzt, im hellen Licht des Cafés, fragte sie sich, ob das wirklich derselbe Mann war, der ihr Inneres so aufgewühlt hatte, so wie er dasaß, ohne Gitarre, im einfachen weißen Hemd. Sie betrachtete ihn, das Gesicht mit der blassen Haut, den Blick, der etwas Abwesendes hatte, selbst wenn er sie ansah. Ana Pires, dachte sie, hatte die gleichen Augen, den gleichen Schwung der Lippen, sie gab sich streng, als kostete es sie viel Kraft, ihre Leidenschaft und ihre Gefühle unter Kontrolle zu halten. *Was denkst du nur, Tess? Und was dachte wohl Luís?*

Er riss ein Päckchen Zucker auf, rührte den Inhalt in seinen Kaffee, legte den Löffel auf die Untertasse und sah sie erst dann wieder an.

»Hat Ihnen der Abend gefallen?«

Tess überlegte, was sie antworten sollte. »Es war sehr … sehr intensiv … und …« Sie zögerte. »Hat Senhor Brandão Ihnen nicht erzählt, dass …«

Sie wusste nicht, was sie als Erstes sagen sollte, dass Ana Pires Luís' Großmutter war, dass ihr Großvater einen berühmten Fado-Text verfasst hatte, oder sollte sie die Frage stellen, wie wohl seine Großmutter zu diesem Liedtext gekommen war?

»Haben Sie den Text zufällig …«, fing er an.

Er wusste also Bescheid. »Ich trage ihn seit Tagen mit mir herum.« Sie zog das gefaltete Blatt aus ihrer Handtasche und gab es ihm. »Es ist auf Deutsch.«

Sein Blick flog über den Text. Auf einmal wirkte er überhaupt nicht mehr abwesend, stellte Tess fest, und als er aufsah, hatte sein Blick eine Direktheit, die sie noch nie wahrgenommen hatte. Zum ersten Mal schien er sie wirklich anzusehen. Er sagte nichts, hielt nur weiter den Zettel in der Hand.

»Was denken Sie?«, fragte Tess, um das Schweigen zu beenden, das sie auf einmal beunruhigend fand.

Er nippte an seinem Kaffee.

»Sie haben sich wohl gekannt, Ihr Großvater und meine Großmutter.«

Gekannt, dachte sie, *man schreibt nicht einfach so einen Liedtext,* wenn man sich nur gekannt hat.

»Meinen Sie ... die beiden ...« Ein Lächeln flog über sein Gesicht. »... hatten etwas miteinander? Meinen Sie das?«

Tess nickte.

»Schon möglich« antwortete er, »Wer weiß das schon. Ich kann niemanden mehr fragen.«

Tess dachte an ihre Großmutter, die sich noch nicht einmal mehr an den Namen ihrer Enkelin erinnern konnte.

»Haben Sie Ihren Großvater gekannt?« Er lehnte sich zurück.

»Mit dreizehn bin ich zu meinen Großeltern gezogen.«

»Sind Ihre Eltern so früh gestorben?«

Nein, sie würde ihm nichts von ihrem unbekannten Vater erzählen, genauso wenig vom Unfall ihrer Mutter, sie mochte Menschen nicht, die gleich ihr ganzes Leben vor einem ausbreiteten, also nickte sie nur.

»Ich wollte Sie nicht ausfragen«, erwiderte er und senkte den Blick, doch für den Bruchteil einer Sekunde, so war es ihr vorgekommen, hatte er ihr in die Augen gesehen, und ungehindert war er bis zu ihrem Grund vorgedrungen, bis zum letzten Grenzzaun, hinter dem irgendetwas begann, das sie nicht kannte – und vor dem sie sich fürchtete.

Hastig griff Tess zu ihrer Tasse und stieß sie beinahe um. Die ganze Situation, dass sie hier mit diesem Mann saß, der irritierende Gefühle in ihr hervorrief, verwirrte sie.

Er spielte mit dem leeren Zuckertütchen, rollte es zusammen, bog es, strich es wieder glatt.

Tess bemerkte auf seinem Handrücken zarte dunkle Härchen. »Was war Ihr Großvater für ein Mensch?«, fragte er.

»Ich weiß es nicht«, sie dachte an das Tagebuch, dann an den Fado-Text, »nett, hilfsbereit, erfolgreich, ja, ich hab ihn gemocht, als Großvater.« Und sie fügte hinzu: »Er war ein wichtiger Mensch für mich.«

»Sie haben von Carlos Dios gehört. Er hat sehr zurückgezogen gelebt. Er soll ein Fotostudio gehabt haben.«

Tess bemerkte, wie sie nach Erklärungen suchte, warum Carlos Dios die gleiche Narbe hatte wie ihr Großvater, wie der Text von Carlos Dios in den Nachlass ihres Großvaters gekommen war.

»Ich verstehe das alles nicht so ganz«, gab sie zu.

»Hat Ihr Großvater manchmal von Lissabon erzählt?« Er spielte immer noch mit dem Papierröllchen.

»Nein, nie.«

»Haben Sie ein Foto von ihm?«

Sie nahm ein Foto aus ihrer Tasche, das ihn mit Eleonore und den beiden Töchtern Paula und Rose an der Hand zeigte. Ein hübsches Familienfoto aus den Sechzigerjahren, aufgenommen auf einem Ausflug zu den Niagarafällen. Er betrachtete es aufmerksam und gab es kommentarlos zurück. Für ein paar Augenblicke, die Tess unendlich lang vorkamen, schwiegen sie. Tess betrachtete seine Hände, die nun mit der leeren Tasse spielten, sie merkte, wie ihre Gedanken durcheinandergerieten. Er hatte etwas in ihr berührt, aber verband sie dadurch etwas miteinander? Seine Musik berührte doch sicher sehr viele Menschen.

»Ana Pires ist früh gestorben, ihr Sohn João ist bei Pflegeeltern aufgewachsen.«

»Und wer war sein Vater? Ich meine, hat Ana Pires geheiratet?«

Luís warf das Papierröllchen in den Aschenbecher. »Er war Musiker. Er wurde Anfang der Sechziger in den Krieg nach Angola geschickt. Sie wissen schon, in die ehemalige Kolonie, die zwölf Jahre lang einen Krieg gegen das Mutterland führte, weil sie unabhängig sein wollte, und die sich in den folgenden drei Jahrzehnten in einen schrecklichen Bürgerkrieg verstrickte, bis keine Schule, kein Krankenhaus, einfach nichts mehr existierte. Ich kenne ein paar Musiker aus Angola«, fuhr er fort, »zwei von ihnen waren früher dort im Gefängnis. Trotzdem, hin und wieder reisen sie in ihre Heimat. In ihrem Dorf gibt es seit Jahrzehnten kein Trinkwasser, die Kinder gehen nicht zur Schule, weil es gar keine Schule gibt, Ärzte gibt es auch nicht. Sie schicken Geld an ihre Familien, obwohl sie selbst nicht viel haben.« Er starrte in seine leere Tasse, das Thema beschäftigte ihn wohl sehr.

»Sonst hatte Ana keine Familie?«

»Nein, soweit ich weiß, nicht.«

»Dann gibt es wohl niemanden, den ich noch aufsuchen könnte?«

»Ich fürchte, nein.« Er sah sie an. »Wie lange bleiben Sie noch?«

Einen Atemzug lang herrschte eine Stille zwischen ihnen, Tess wusste keine Antwort. Doch bemerkte sie, wie ihre Fantasie anfing, sich die Tage mit ihm auszumalen – und die Nächte …

Da sagte er: »Waren Sie schon mal in Cacilhas? Drüben, auf der anderen Seite des Flusses?« Sein Blick wanderte über sie hinweg und kehrte dann zurück zu ihr, fest und direkt. »Morgen um vier?«

Wieder draußen auf der Straße, im Licht der Straßenlaternen, den Geruch von Autoabgasen einatmend, war ihr, als stünde Luís' Schatten neben ihr. Etwas von ihm war zurückgeblieben, sie hatten sich sehr förmlich verabschiedet, mit einem Kopfnicken und einem zaghaften, flüchtigen Lächeln. Morgen würde er ihr Cacilhas zeigen. Ein Teil in ihr konnte es kaum erwarten, ein anderer fürchtete sich davor.

Es fällt nicht leicht, über die eigenen Gefühle zu sprechen, darüber, wie es ist, jemanden zu betrügen. Und dennoch war da in ihm ein Drang, diesen Widerstand zu überwinden, es kam einer Beichte gleich. Nach einer Beichte fühlt man sich besser, hieß es. Sollte es ihm also gehen wie dem Verbrecher, der mit dem Geständnis sein Gewissen erleichtert, bevor er ins Gefängnis wandert?

Sie war immer noch da, Paula, noch immer in seinem Zimmer, und mit ihr seine ganze Vergangenheit.

»Die Wahrheit, sie kann einen Geld, Ehre, Vertrauen, Ansehen, Würde und sogar das Leben kosten …« Er sagte es mehr zu sich als zu ihr, und er wusste nicht, ob sie verstand, was er meinte.

»Mir müssen Sie nichts zahlen für die Wahrheit«, erwiderte sie.

»Man zahlt immer etwas.«

»Sie haben sich also verliebt. Na ja, das kommt ja vor.« Paula versuchte ein aufmunterndes Lächeln.

Er wusste nicht, was sie dahinter verbarg. »Ja, aber der, der sich in jemand anderen verliebt, ist immer der Schuldige. Er lässt den anderen im Stich, lässt ihn zurück im alten, abgenutzten Leben und springt selbst in ein neues, aufregendes, unbekanntes Dasein.« Und der Zurückgelassene steht plötzlich in einem leeren Haus, dachte er. Dort, wo die Bilder des gemeinsamen Lebens gehangen haben, sind weiße Stellen, die erinnern ihn immer von Neuem an die Möglichkeiten, die es gegeben hätte.

»Oft traut sich einer nicht, zu gehen, und er wartet so lange, bis der andere es tut.« Wieder strich Paula sich eine Strähne hinters Ohr. Ihre braunen Augen kamen ihm auf einmal heller vor, bernsteinfarben. »Außerdem kann man sich nicht wehren gegen die Gefühle. Sie haben sich nun mal verliebt! Sie konnten doch nichts dafür.«

»Oh, man kann dagegen ankämpfen«, warf er ein.

»Aber warum? Das Leben verlangt nun mal, dass man sich bewegt, dass man sich verändert.«

»Aber es gibt auch Verantwortung, Pflichtgefühl, Loyalität …«

»Falsche Loyalität. Wenn Ihre Gefühle gegenüber dem anderen nicht echt sind, sondern nur aus einer Pflicht heraus kommen, dann sind sie nichts wert!«

In der Theorie kann man vieles verstehen und verzeihen, dachte er.

»Wollen Sie nicht weitererzählen?« Sie trank einen Schluck Wein. Als sie das Glas zurückstellte, glänzten ihre Lippen. Eleonores Lippen waren schmaler, Paulas dagegen voller, weicher, stellte er fest.

»Ich habe versucht, zu vergessen und weiterzumachen wie vorher – vor der Begegnung. Also ging ich wie immer am Morgen zum Postamt, fragte nach Nachrichten aus Amerika, steuerte danach das *Suica* an.«

DREI TAGE NACH DEM ABEND in dem Lokal ließ er den Blick über die Sitzreihen des *Suica* gleiten, aber es gab keinen freien Tisch, nur hier und da noch einen freien Stuhl.

Da winkte ein Herr mit braunem Hut und zeigte auf den freien Platz an seinem Tisch. Er erkannte ihn wieder: Es war Karl Deissner aus dem Fado-Lokal.

»Ich hab mir welche gekauft!« Deissner hob die Hände. Sie steckten in nagelneuen dunkelbraunen Wildlederhandschuhen, obwohl es sehr warm war. Er setzte sich zu ihm. »Beste Qualität. Lebenslange Garantie. Stellen Sie sich vor, ich bin irgendwann auf Kuba oder in Haiti oder wer weiß, wohin das Schicksal mich noch verschlägt, und ich stelle fest, dass eine Naht sich gelöst hat, dann schicke ich sie einfach nach Lissabon und bekomme sie kostenlos repariert!« Deissner lachte. »Aber ich bin mir nicht sicher, ob man in Kuba solche warmen Handschuhe trägt!« Wieder lachte er. »Ich habe Sie die letzten Tage zufällig gesehen. Sie standen eine ganze Zeit vor dem Schaufenster. Ich bin dann ins Geschäft gegangen, als Sie weg waren.

Da habe ich aber gestaunt, wen ich da gesehen habe! Unsere kleine Sängerin!«

Er wollte aufspringen, Deissner zurechtweisen, er hatte kein Recht, so von ihr zu sprechen, und überhaupt, Deissner hatte kein Recht, sich zwischen ihn und Ana zu drängen.

»Haben Sie sich auch welche gekauft?« Deissners Blick blieb auf ihn gerichtet.

»Nein. Bedauerlicherweise kann ich mir so etwas zurzeit nicht leisten.« Nur mit Mühe unterdrückte er seine Wut auf Deissner, er zuckte mit den Schultern, als machte es ihm nichts aus, doch das war eine Lüge. Er hätte sich nichts sehnlicher gewünscht, als den Laden zu betreten und sich von ihr in aller Ruhe das gesamte Sortiment vorführen zu lassen und dann alle möglichen Modelle zu kaufen. Deissner seufzte.

»Ich hoffe auch, dass die Zeiten sich bald ändern. Aber der Mensch wird so schnell unzufrieden. Was macht es schon, ein Paar Handschuhe mehr oder weniger zu besitzen? Hier herrscht Frieden. Es gibt keine Verdunkelung, keine Sperrstunde – und keine Kriegskrüppel! Es gibt keine Aufmärsche, und die Zahl der Uniformen auf der Straße hält sich in Grenzen. Auch Parteiabzeichen auf den Anzugrevers habe ich nicht bemerkt. Salazar – wer ist das? Man sieht und hört ihn nicht. Ein wohltuend unsichtbarer Regent.«

Hans Scheugenpflug war sehr vorsichtig mit politischen Äußerungen, man wusste nie, wer derjenige, dem man sie anvertraute, in Wirklichkeit war, und so nickte er bloß.

»Unser Leben ist erst mal gerettet«, fuhr Deissner fort, er beugte sich vor und sagte leiser: »Aber bei allem Lob für Portugal: Vergessen Sie bei Ihrer ganzen Erleichterung nicht, dass Salazar ein Diktator ist. Und Sie haben doch sicher nicht vergessen, wie schwer Ihnen trotz der Neutralität Portugals die Einreise gemacht worden ist.«

Nein, das hatte er nicht vergessen, dass er und Eleonore nur dank eines couragierten Konsuls ein Visum für Portugal erhalten hatten. Dieser Konsul war inzwischen abgelöst worden, und das Visum war nicht mehr viel wert.

Deissner lehnte sich zurück, auf seinem Gesicht lag ein wehmütiges Lächeln. »Da sitzt man Tag für Tag im Café, während man zu Hause keine Minute Zeit hatte.«

Sein Blick schweifte dabei über den Rossio bis zur Plattform des Elevador Santa Justa.

»Wissen Sie, wir hatten einen Spielwarenladen in Aschaffenburg«, sagte Deissner im Plauderton, »das heißt, meine Frau hatte ihn von ihrem Vater übernommen. Meine Frau war Jüdin. Die Geschäfte liefen immer schlechter, man kaufte nicht mehr bei uns. Wir haben den Laden schließlich für wenig Geld verkaufen müssen. Ein Glück, dass ihr Vater vorher gestorben ist; den alten Herrn hätte es hart getroffen, zu sehen, wie sein Lebenswerk einfach so verschleudert wird.« Deissner seufzte. »Und Sie, was machen Sie?«

»Nichts. Ich war Journalist.« Mehr konnte er nicht herausbringen. Die Verbitterung über seine Situation nahm ihm die Stimme.

Deissner nickte verständnisvoll. »Da setzt man sich schnell in die Nesseln, nicht wahr?«

»Das gehört zu meinem Beruf, aber spätestens, wenn das Gefängnis droht, hört der Spaß auf.«

»Und für wen haben Sie geschrieben?«

Er erzählte Deissner von seiner Anstellung als Redakteur bei der *Frankfurter Zeitung* und von seiner Kündigung – oder Entlassung, je nachdem, wie man die Sache sah.

»Sie selbst wurden nicht verfolgt?«, fragte Deissner.

»Nein.«

»Und trotzdem sind Sie gegangen? Sie hätten bleiben können.«

»Und was hätte ich schreiben sollen?«

»Gibt es nicht genug, über das man schreiben kann?« Deissner sah ihn fragend an.

»Sie denken an Kochrezepte und Sportwettkämpfe, ja?«

Deissner lächelte beruhigend. »Ich verstehe schon, was Sie meinen, Scheugenpflug.« Er nickte verständnisvoll. »Man ist gezwungen, sich selbst zu verleugnen.«

Er hätte Deissner am liebsten zugestimmt, aber irgendetwas hielt ihn zurück, und so atmete er nur tief durch.

Beide schwiegen und beobachteten ein junges Pärchen, das streitend an den Tischreihen vorbeiging.

»Sind Sie verheiratet?«, fragte Deissner, als die beiden in einem Hoteleingang verschwunden waren.

»Ja.« Was sollte er sonst auch sagen? Dass Eleonore wegen ihm Deutschland verlassen hatte, dass sie auch nur noch stritten?

»Wie verstehen Sie sich mit Ihrer Frau?«, fragte Deissner, ohne ihn anzusehen.

Er stutzte. Was wusste Deissner? Oder war das nur eine allgemeine Frage?

»Wenn man seit drei Jahren auf der Flucht ist, Freunde und Familie und die Heimat aufgegeben hat, ohne zu wissen, was die Zukunft bringt, dann liegen die Nerven hin und wieder blank«, gab er zur Antwort.

»Verstehe. Was glauben Sie, warum hier so viele Männer …«, Deissner senkte die Stimme, »… hinter anderen Frauen hersehen oder sich auch mal in ein schnelles Abenteuer stürzen?«

Sofort überfiel ihn das schlechte Gewissen – und die Ernüchterung. War seine romantische Begegnung also nur der Wunsch nach einem schnellen Abenteuer?

Deissner wandte sich dem Schuhputzer an der Ecke des Cafés zu, der gerade einen Kunden, einen vornehmen Herrn, wahrscheinlich einen Einheimischen, gewonnen hatte und sich auf seinem Schemelchen zurechtsetzte.

»Es gibt zwei Kategorien von Paaren«, fuhr Deissner fort, »die einen, die auf der Flucht zusammenwachsen und für immer zusammenbleiben, weil sie sich gegenseitig das Leben verdanken und in der Schuld des anderen stehen – und diejenigen, bei denen die gegenseitige Schuld die Liebe erdrückt. Nicht wahr?«

Hatte Deissner ihn durchschaut?

Der Schuhputzer war fertig mit dem Polieren des einen Schuhs und widmete sich dem zweiten.

»Wenn ich Ihnen einen Rat geben darf, Scheugenpflug: Gehen Sie zurück in die Pension und sehen Sie nach Ihrer Frau. Von einem Bekannten habe ich gehört, dass er, als er von der Post zurückkam, seine Frau tot auffand. Sie hatte sich das Leben genommen.«

Deissners Art, wie er das Gespräch beherrschte und wie er ihn mit dem Schicksal anderer schockierte – er empfand es als unerträglich.

»Ich muss mich entschuldigen«, sagte er und sah auf die Uhr. »Ich bin schon spät dran.« Entschuldigend lächelte er Deissner an und stand auf.

Deissner beachtete ihn gar nicht, sondern beobachtete den Schuhputzer. »Sie hat sich die Pulsadern aufgeschnitten. Als er am Abend ins Zimmer zurückkam, war es zu spät. Er war zu lange weg gewesen.«

Das Zimmer in der Pension Alegría. *Eleonore auf der grauen Wolldecke, den starren Blick zur Zimmerecke gerichtet, die Arme ausgebreitet wie Jesus am Kreuz. Und an jedem Handgelenk ein tiefer Schnitt* … Auf einmal raste sein Herz, er würde sich schuldig fühlen an ihrem Tod. Er trug doch die Verantwortung für sie, nicht wahr? Nur wegen ihm war sie doch überhaupt hierhergekommen. Hätte sie ihn nicht in Paris besucht …

Er musste zurück in die Pension, alles war ohnehin schon verworren genug.

»Lassen Sie nur«, sagte Deissner, als er das Geld für den Kaffee auf den Tisch legen wollte.

»Aber …«

Deissner kam seiner Anwort mit einer entschiedenen Handbewegung zuvor. »Falls Sie nichts Besseres vorhaben, kommen Sie doch heute Abend mit Ihrer Frau ins *Bacalhau.* Die Portionen sind groß, und es ist nicht teuer. Ich würde mich freuen über ein bisschen Gesellschaft. Wirklich, es wäre schön, wenn Sie es einrichten könnten.«

Er nickte nur, murmelte etwas, ich werde sehen, was sich machen lässt, drehte sich um und wäre in seiner Hast beinahe über den vornehmen Herrn gestolpert, der eben vom Bänkchen des Schuhputzers aufstand. Er hoffte, dass Deissner nicht hinter ihm hersah, und er war doch zugleich sicher, dass der genau das tat. Dann bog er um die Ecke und fühlte sich wie jemand, der im allerletzten Augenblick einer Falle entkommen war.

Er fragte, ob seine Frau ausgegangen sei, und als Senhor Pereira den Kopf schüttelte, raste sein Herz noch schneller. Mit zittrigen Fingern steckte er den Schlüssel ins Schloss. Sie lag im Bett, ihr Gesicht zeigte zur Wand. Die Decke hatte sie über die Schultern gezogen. Keine Blutlache. Ihr Körper hob und senkte sich im regelmäßigen Rhythmus ihres Atmens.

Eleonore wandte den Kopf. »Heute ist ein grauenvoller Tag«, stöhnte sie.

Er hängte Jacke und Hut an den Haken an der Tür.

»Ich halte das alles bald nicht mehr aus«, sagte sie. »Wir hätten in Deutschland bleiben sollen. Es wäre schon irgendwie alles vorbeigegangen. Wir hätten es irgendwie schaffen können.«

Wollte sie ihn herausfordern, ihre Enttäuschung über das Leben an ihm auslassen?

»Redest du nicht mehr mit mir?« Sie hatte sich aufgesetzt.

Er sah zum Fenster hinaus und dachte an das Schaufenster des Handschuhladens. Mit welcher Geschmeidigkeit die Hände die weichen Lederhandschuhe in der Dekoration angeordnet hatten, wie sie den Kopf gehoben hatte, wie ihr Blick in seine Augen eingetaucht war.

Plötzlich flog ein Buch auf ihn zu, er konnte gerade noch ausweichen, es knallte ans Fensterbrett und landete direkt vor seinen Füßen.

Sollte er gehen und nie wieder zurückkehren?

Doch er bückte sich und hob das Buch auf. »Thomas Mann. Davon hätte ich mich gern erschlagen lassen.«

Sie lief rot an vor Zorn.

Mit einem Lächeln legte er das Buch auf den wackeligen Tisch.

»Du hast das alles vorher gewusst, Eleonore.« Er war auf einmal ganz ruhig. »Warum bist du überhaupt nach Paris gekommen? Es hat dir doch gefallen, dass ich anders war als deine Freunde, die Herren Ingenieure und Finanzbeamten!«

»Es gab keinen Finanzbeamten!« Wütend schlug sie die Wolldecke zur Seite, stand aber nicht auf.

»Nein? Und was war Wolfgang Bethke?« Er wusste, dass sein Lächeln hochmütig war. Bethke, mein Gott, wie lange war das jetzt her? Aber er erinnerte sich noch genau, wie der blonde Hüne Eleonore angelächelt, wie er an ihren Lippen gehangen hatte, auf dieser Weihnachtsfeier. Und wie er sie immer wieder unter irgendeinem Vorwand besucht hatte. Mal lieh er ihr ein Buch, dann bat er um ihren Rat, als er ein Geburtstagsgeschenk für seine Schwester suchte.

»Bethke! Er hat mich verehrt! Er hätte mich nicht so behandelt wie du!«

»Dann geh doch zu ihm! Vielleicht hat er inzwischen einen hohen Posten … Vielleicht ist er aber auch schon tot, der Arme …«

»Du glaubst, du bist amüsant und klug, ja? Aber du bist einfach nur hochmütig! Genau das bist du!« Sie griff nach einer der beiden Zigaretten auf dem Nachttisch. Ihre Hände zitterten, als sie sich zwang, sie betont langsam anzuzünden.

Er machte einen Schritt auf sie zu, packte sie an den Schultern und schüttelte sie. »Sei ruhig! Hör endlich auf, so zu reden!«

Doch sie leistete keinen Widerstand, ihr Körper gab nach, ihre Augen waren ausdruckslos, sie ließ die Zigarette aufs Bett fallen.

»Verdammt!« Hastig nahm er sie von der Decke und warf sie in den Aschenbecher auf dem Nachttisch. Er beugte sich über das Waschbecken und befeuchtete sein Gesicht mit Wasser. Als er den Kopf wieder hob, sah er im Spiegel, dass Eleonore aufstand, ihre Schuhe anzog und aus dem Zimmer ging.

Wenn sie wenigstens die Tür wütend hinter sich zugeknallt hätte, vielleicht wäre er hinter ihr hergerannt, aber sie ließ sie einfach offen stehen. Er hörte das Knarren der Stufen. Fluchend warf er die Tür ins Schloss.

Noch nie hatte er das jemandem anvertraut. Offenbarte man einem anderen Menschen freiwillig seine Schwäche? Warum erzählte er Paula das alles?

Der Streifen Licht vom Fenster fiel quer über ihre Beine. Noch immer saß sie im Schneidersitz auf seinem Bett. Er wartete auf eine Frage. Ob er Eleonore wirklich gehasst habe, zum Beispiel. Was hätte er geantwortet?

Ja, ich habe sie gehasst, und die Vorstellung, dass ich mein weiteres Leben mit ihr verbringen müsste, machte mich wütend. Aber warum sollte er das tun müssen? Nur weil ausgerechnet der Krieg ausgebrochen war, als sie nach Paris gekommen war? Andererseits fühlte er sich schuldig ihr gegenüber, es war, als wären sie für immer aneinandergeschmiedet.

Aber Paula fragte nichts, stattdessen blies sie noch einen Ring aus Qualm in sein Zimmer. Der Rauch, der ihm entgegenkam, war wie eine kurze Verbindung zwischen ihnen und löste sich dann auf. Was dachte sie von ihm? Dass er niederträchtig und feige war? Es machte ihm nichts aus, wenn sie das dachte, er war alt genug, um den Blick in sein Innerstes zu ertragen.

»Ich habe ihn wiedergetroffen«, fuhr er fort. »Deissner saß am selben Tisch wie beim letzten Mal, die braunen Wildlederhandschuhe wie ein geheimes Erkennungszeichen neben der Kaffeetasse.«

Tess' Arm lag auf der Reling. Sie sah auf die weiße Furche aus Gischt, die die Fähre ins meerblaue Wasser des Tejo pflügte. Ein Netz aus feinen Tropfen überzog ihre Haut, auf der Zunge schmeckte sie das Salz des Atlantiks, der bis hierher drang und sich mischte mit dem süßen Wasser des Flusses. Lissabon wurde kleiner, schmolz zu einem Hügel weißer Häuser mit aufragenden Türmen und einer goldenen Kuppel. Der Lärm der Motorräder und Busse verlor sich im Dröhnen der Schiffsmotoren, die den Metallboden unter ihnen zittern ließen. Luís' Arm lag so dicht neben ihrem, dass sie sich fast berührten. Sie kämpfte mit der Entscheidung, ob sie nicht besser einen Schritt zur Seite treten sollte, weg von ihm, einen kleinen Schritt, der sie erlösen würde. Aber sie blieb stehen und versuchte, im Gemisch von Diesel und Salz seinen Geruch wahrzunehmen und seine Nähe zu ertragen.

Sie hatte sich mit Luís am Cais do Sodré verabredet, dort, wo die Fähren zum gegenüberliegenden Flussufer ablegten. Er hatte die Tickets schon gekauft, und sie eilten den breiten Gang zur Anlegestelle hinunter, wo die Fähre gerade die letzten Fahrgäste an Bord ließ. Sie gingen durch den unteren Raum, in dem sich nur wenige Menschen aufhielten, und stellten sich ans Heck ins Freie. Ein Abenteuer stand ihr zu, dazu hatte sie sich entschlossen, und auf einmal spürte sie, wie ihre Abenteuerlust erwachte. Musste sie sich Sorgen machen? Es war wie mit dem Wasser; wenn man eine Schleuse zu weit öffnete, drängte es mit solcher Kraft hinaus, dass man sie nicht wieder schließen konnte. Wie weit ginge das Abenteuer? Wie viel Freiheit würde sie sich zugestehen?

»Ich hätte Sie schon längst fragen sollen, ob Sie verheiratet sind«, sagte er, das Gesicht im Wind.

Tess wartete, aber er sprach nicht weiter, sondern wandte den Blick aufs Wasser, auf dem die Sonne blitzte wie auf Metall.

»Und Sie, sind Sie verheiratet?«, fragte sie, statt zu antworten.

»Nein. Hat Matt das nicht gesagt?«

»Warum sollte er das tun?«

Er versuchte, in ihrem Gesicht zu lesen.

»Gibt es da ein Geheimnis?«, fragte sie ein wenig belustigt, weil er schwieg.

»Nein.« Er schüttelte den Kopf. »Kein Geheimnis. Und bei Ihnen?«

»Bei mir gibt es auch kein Geheimnis.« Sie beobachtete, wie eine Möwe vom Himmel herabschoss und ins Wasser eintauchte. »Adrian und ich sind in einer schwierigen Phase, und ich weiß nicht, wie wir da wieder herauskommen, ob wir es je wieder schaffen – ob wir es überhaupt schaffen *wollen.*« Sie hatte mehr gesagt, als sie wollte, und es war ihr auf einmal peinlich, außerdem wollte sie nicht so dastehen, als steckte sie bis zum Hals in Beziehungsproblemen. Dass Luís nichts darauf erwiderte, machte die Situation auch nicht angenehmer. Sie sah wie er aufs Meer, als würde sie dort eine Anweisung finden, wie sie miteinander umgehen könnten. Es kam ihr vor, als fürchteten sie sich beide vor der Nähe des anderen, weil es sie in Gefahr brachte, mehr von sich preiszugeben, und weil es sie verletzlicher und angreifbar machte.

»Sind Sie eigentlich weitergekommen mit Ihren Recherchen über Ihren Großvater?«, fragte er.

Die lange, geschwungene Gischtspur löste sich am Ende schon auf.

»Ich weiß nicht. Je mehr ich über ihn nachdenke, desto fremder wird er mir.« Aber vielleicht ist das immer so, wenn wir plötzlich die wahren Gefühle und Gedanken eines Menschen erfahren, dachte Tess.

Die Motoren setzten aus, es wurde still, und das Schiff trieb an die Kaimauer. Zwei kräftige Männer schlugen die schweren Taue um die Poller und rollten die metallene Landungsbrücke an die Reling.

Schweigend gingen sie an Land, vorbei an schreienden Marktfrauen, die hinter wackeligen Klapptischen standen und lautstark Pistazien, Obst und Gemüse anpriesen. Andere liefen mit Körben voller Obst umher. Tess musste an die Zugfahrt ihrer Großeltern durch Frankreich denken.

Luís blinzelte in die Sonne, die ihm direkt in die Augen schien. Er wollte etwas fragen, doch plötzlich lächelte er und schüttelte den Kopf, als hätte er gerade eine abwegige Idee verworfen. »Kommen Sie, fahren wir zum Strand!« Er zeigte auf ein Taxi.

»Wollten Sie mich nicht etwas fragen?«

»Ach, es war nicht so wichtig.«

Das Taxi fuhr über staubige Straßen, vorbei an grauen Mietshäusern. An einem Busparkplatz stiegen sie aus. Während der Fahrt hatten sie nur wenig gesprochen. Anders als Matt hatte er keinen Versuch unternommen, auf der Rückbank näher zu rutschen – und sie hatte es fast ein wenig bedauert. Wie würden sich seine Berührungen anfühlen? Würde seine Musik durch sie hindurchströmen? Hätte sie dann immer noch den Eindruck, er wäre weit weg, abwesend? Wann hatte sie zum letzten Mal solche Gedanken, solche Gefühle gehabt? Natürlich dachte sie an Adrian, und rasch verdrängte sie ein schlechtes Gewissen. Nein, darüber wollte sie jetzt nicht nachdenken. Ein Abenteuer, das hatte sie sich doch zugestanden, oder?

Kaum fünfzig Meter hinter dem Parkplatz begann ein breiter Sandstrand, der sich, wie Matt erklärt hatte, über vierzig Kilometer Richtung Süden zog. Mit den Schuhen in der Hand liefen sie durch den warmen, feinen Sand hinunter zum Wasser. Ruhig und stetig rollten die Wellen heran, brachen sich am Strand und hinterließen weiße Schaumränder. Der Wind roch nach Algen. Möwen kreischten, und über den hellblauen Himmel zogen wattige Wolkenschleier. Tess wurde unruhig, allmählich empfand sie Luís' Nähe als belastend.

Was will er von mir – und was will ich von ihm? Wie lange gehen wir so nebeneinander her, bis einer von uns den Bann bricht? Womit? Mit einer Frage? Mit einer Geste? Mit einem verräterischen Blick?

»Tess? Ich muss Ihnen etwas sagen.« Er war stehen geblieben.

Also doch, er sei verheiratet, habe zwei Kinder, aber er sei unglücklich und …

»Mit Ihrem Großvater stimmt etwas nicht.«

»Wie kommen Sie darauf?«

»Weil der Mann, der den Fado-Text geschrieben hat …«

»Ich weiß, das war Carlos Dios, nicht mein Großvater. Mein Großvater hat sich – warum auch immer – mit fremden Federn geschmückt. Und unter die deutsche Version hat er seinen Namen geschrieben.« Das war Tess inzwischen klar.

»Tess … João, der Sohn von Ana Pires, war mein Vater. Ana Pires war meine Großmutter.«

Das hatte doch schon Senhor Brandão gesagt. Aber sie, sie hatte nicht weitergedacht.

Am dunstigen Horizont sah sie den Schatten eines Frachters, er schien sich nicht zu bewegen, so weit weg war er. Und wenn die Erde doch keine Kugel war, sondern eine Scheibe …? Ihre

Fluchtgedanken halfen nicht. Schon im Café hatte sie es geahnt. Doch dann hatte sie den Gedanken verworfen, er stellte sie vor zu viele Fragen.

»Meine Mutter hat ihn in Angola verlassen, und er ist nach Kanada gegangen«, redete Luís weiter. »Er lebt irgendwo, in einer gottverlassenen Gegend. Zu meiner Mutter, die noch in Angola ist, habe ich zweimal im Jahr Kontakt. Sie hat wieder geheiratet.«

Sie wusste nicht, was sie erwidern sollte, wusste nicht, worauf das alles hinauslaufen würde. »Eine ziemlich verworrene Geschichte.«

»Ja.« Er steckte die Hände in die Taschen und sah auf seine nackten Füße im Sand.

Sie versuchte zu rekapitulieren. »Nehmen wir an, mein Großvater verliebte sich in Ihre Großmutter, in Ana …« Tess brach ab, auf einmal wurde ihr etwas klar. »Wann ist Ihr Vater geboren, Luís?« Sie rechnete rasch. *Wenn ihr Grandpa am 4. Oktober 1940 Lissabon verlassen hatte, musste Anas Sohn, sofern ihr Grandpa wirklich der Vater war, spätestens im Juni 1941 zur Welt gekommen sein.*

Luís wandte sich ab und sah aufs Meer.

»Am 18. Mai 1941.«

Warum nicht im August 1941 oder im Oktober? Dann wäre Grandpa ganz sicher nicht der Vater. Aber so …

»Und seit wann …« Tess zögerte. »Seit wann weißt du, dass es möglich ist?« Tess war wütend, auf João, auf sich, auf Rose, auf die ganze unklare Situation.

»Es tut mir leid, aber ich wollte ganz sicher sein, und es gab keine andere Gelegenheit.« Etwas Hilfloses lag in seinem Blick.

Im Café gab es die erste Gelegenheit, könnte sie ihm entgegenhalten, und sie könnte ihn fragen, warum er sie zu diesem Ausflug eingeladen hatte.

»Vielleicht haben wir denselben Großvater«, sagte sie. Doch

zugleich dachte sie, dass das absurd wäre, denn Carlos Dios lebte in Lissabon.

»Ja, und?« Er hob die Augenbrauen.

»Und? Verstehst du denn nicht, das ändert die ganze Situation!« *Die ganze Situation. Wer bin ich? Wer ist Luís? Wer … Nein, das durfte nicht sein.*

Er sagte nichts, stand nur da. Das Abenteuer – irgendwie hatte sie es sich so nicht vorgestellt.

Tess ging weiter. Das Gehen im lockeren Sand war mühsam, sie kam nicht schnell voran, und er holte sie rasch ein.

»Moment, Tess, du vergisst etwas.«

Sie fuhr herum. »Und was?«

»Das sind doch alles nur Vermutungen. Wer weiß, mit wem meine Großmutter eine Beziehung hatte? Vielleicht war es ja Senhor Aguiar?«

»Der Besitzer des Handschuhladens?«

»Wer weiß das schon?«

Senhor Aguiar wollte verhindern, dass seine Frau davon erfuhr, und kündigte Ana. Um sein schlechtes Gewissen zu beruhigen, zahlte er für das Kind, sogar später noch, als es zur Schule ging. Warum könnte es nicht so gewesen sein?

»Und was machen wir jetzt?« Tess folgte Luís' Blick zum Horizont. Der Frachter war im abendlichen Dunst verschwunden.

Er überredete sie, noch bis zum nächsten Strandlokal zu gehen, ungefähr zweihundert Meter. Dort setzten sie sich auf einfache Bänke, die Füße im Sand, aßen gegrillte Sardinen, tranken Weißwein und sahen den Fischern zu, wie sie bei Sonnenuntergang mit ihren Traktoren den breiten Strand hinauffuhren und dabei die Netze aus dem Wasser einholten. Die Männer, Frauen und Kinder am Strand warteten gespannt auf die auftauchenden Stricke und die darin klatschenden silbrigen Fischleiber. Flink sortierten sie den Fang in verschiedene Kisten, während die Kinder nach den kleinen Fischen griffen, sie in ihre bunten Spielzeugeimer gleiten ließen und sie zurück ins Meer brachten.

Die Sonne berührte beinahe den Horizont. Bronzefarben glänzte das Meer, auf dem die Taue der erschlaffenden Netze trieben wie lange Finger. Auf einmal spürte Tess, dass all die Bemühungen der letzten Tage sinnlos und überflüssig gewesen waren.

»Ich weiß gar nicht, ob ich noch weiter in dieser Geschichte herumstochern will.« Tess wischte sich die salzigen Finger an der Papierserviette ab, knüllte sie zusammen und legte sie auf den Teller mit den Gräten und einem Rest Brot. »Was ändert die Wahrheit an meinem Leben?«

»Die Frage ist nur, ob du es jetzt noch könntest – mit der Ungewissheit leben.«

Wenn sie mit der Ungewissheit leben könnte, wäre sie dann nicht schon längst abgereist? Und wie würde sie Luís begegnen? Sie sah genau wie er zu den Fischern, die die Kisten mit ihrem Fang auf die Traktoren luden.

»Ich weiß es nicht«, sagte sie schließlich. »Wirklich, ich weiß es nicht.«

Er goss Wein nach. »Genießen wir einfach, dass wir hier sind, oder?«

Sein Blick und seine Nähe ließen sie erzittern. Er drückte sie ganz fest an sich. Sie fühlte sein Herz schlagen, und es schlug genauso schnell wie ihres.

»Nicht …«, flüsterte sie.

»Warum?«, entgegnete er genauso leise, sein Mund ganz nah an ihrem.

»Ich fliege morgen zurück.«

»Einen Flug kann man stornieren.«

»Und womit soll ich das erklären?«

»Damit, dass du etwas gefunden hast.«

Was würde Rose sagen? Und Adrian? »Das war nicht geplant.«

»Nein, natürlich nicht. Ist das so schlimm?«

»Ich kann doch nicht einfach hierbleiben, bis es vorbei ist.«

»Vielleicht geht es nie vorbei«, murmelte er nah an ihrem Mund.

Sie wollte noch etwas einwenden, doch sie schloss die Augen, und als sie ihn küsste, war ihr, als zöge er sie fort, weit, weit fort, übers Meer, dem Horizont entgegen.

PAULA ZÜNDETE SICH EINE NEUE ZIGARETTE AN, noch immer saß sie da, ans Kopfende seines Bettes gelehnt, in ihrer verwaschenen Jeans und mit nackten Füßen, ihre Sandalen lagen auf dem Boden.

»Sie haben diesen Deissner also wiedergetroffen?«

»Ja.« Er nickte und fuhr fort mit seiner Erzählung, da, wo er aufgehört hatte. Einen Tag später traf er zufällig Deissner.

»Scheugenflug!« Das war seine Stimme. Er erkannte sie sofort.

Er drehte sich mit einem überraschten Lächeln um, obwohl ihm Deissners herrische Art unangenehm war. Doch wie so oft schluckte er seinen Ärger hinunter und tat erfreut.

»Sie?«

Deissner saß wie immer draußen vor dem *Suica.* »Einen Kaffee für den Herrn!«, rief er dem Kellner zu und schob den freien Stuhl näher zu sich heran.

»Wo waren Sie heute Morgen, ich habe Sie schon vermisst! Vielleicht ist er einfach mit dem nächsten Schiff abgedampft, habe ich mir gesagt, allerdings nicht, ohne dass er sich vorher noch ein paar hübsche Handschuhe zugelegt hat!« Deissner zwinkerte ihm zu und lachte dann dröhnend.

»Wie Sie sehen, bin ich immer noch da – und ohne Handschuhe.«

Als hätte Deissner es ihm befohlen, setzte er sich und rang sich ein Lächeln ab, das belustigt wirken sollte.

»Nun bin ich aber gespannt auf Ihre Entschuldigung für gestern Abend. Ich hab auf Sie gewartet im *Bacalhau.*«

Er hatte Eleonore gegenüber weder die Begegnung mit Deissner erwähnt noch dessen Einladung. Ein Kellner stellte die Tassen auf den Tisch, und Hans trank hastig von seinem Kaffee.

»Meine Frau hat sich nicht besonders wohlgefühlt«, log er der Einfachheit halber. »Diese Warterei zerrt an den Nerven und strengt an. Sie schläft viel.«

»Passen Sie nur auf, so fängt es an, das Nervenleiden! Mit Müdigkeit und Lustlosigkeit.« Deissner beugte sich herüber. »Ein Bekannter hat es mir erklärt, weil es bei seiner Frau auch so angefangen hat: Sie hat jede Lust verloren, wenn Sie verstehen, was ich meine. Ist es bei Ihrer Frau auch schon so weit?«

»Meine Frau ist eine lebenslustige Person. Sie ist nur erschöpft.« Er hatte nicht vor, Deissner in ihre Privatangelegenheiten einzuweihen.

»Das dachte der Bekannte von seiner Frau auch.«

Wie Deissner griff er zu seiner Kaffeetasse, aber als er sie zum Mund führte, merkte er, dass sie leer war.

»Diese fingerhutgroßen Tassen! Die sind nicht geschaffen für solche schweren Situationen, wie wir sie gerade durchleben! Bei dieser ewigen Warterei brauchen wir Kaffee in großen Schalen! Und auch nicht so etwas Starkes, das einem das Herz aus dem Leib jagt!« Deissner gab dem Kellner ein Zeichen. »Und, Scheugenpflug, was haben Sie vor, wenn das alles mal zu Ende ist?«

Warum sollte er Deissner nicht von Amerika erzählen? Jeder hier hatte doch ähnliche Pläne, sonst wäre er nicht hier.

»Das sind ja tolle Aussichten!«, erwiderte Deissner daraufhin.

»Und Sie, was haben Sie vor?«

»Tja, was habe ich vor?« Gedankenverloren beobachtete

Deissner die Spatzen, die eifrig die Brösel auf einem gerade frei gewordenen Tisch aufpickten. »Wir wollten auch nach Amerika, aber wir haben keine Verwandten dort. Ich habe versucht, Tickets für ein Schiff zu bekommen, aber ...«, er seufzte tief, »... Sie wissen ja selbst, wie schwierig das ist. Und jetzt ...« Deissner sah ihn an. »Haben Sie schon welche?«

Er verneinte und berichtete Deissner von seinem täglichen Gang zum Postamt. Plötzlich war er froh, dass er seinem Verdruss über das langweilige Anstehen in der Schlange einmal Luft machen konnte, ohne – wie von Eleonore – gleich in beleidigtem Ton daran erinnert zu werden, dass er froh sein könne, einen so hilfsbereiten Cousin zu haben.

»Ja, ja, ich verstehe, was Sie meinen.« Deissner nickte heftig. »Es ist ein Jammer. Für mich, der ich Geschäftsmann war, für den Zeit Geld ist, wie man so schön sagt, für mich ist das die reinste Folter! Und nun habe ich alle Zeit der Welt und muss feststellen, dass ich nichts damit anzufangen weiß, außer sie in Cafés abzusitzen und Kaffee aus diesen lächerlichen Fingerhüten zu trinken.« Deissner ließ den Blick auf ihm ruhen und sagte dann: »Ich gehe fast jeden Abend ins *Bacalhau.* Vielleicht fühlt sich Ihre Frau ja heute wieder besser. Ich würde mich über Ihre Gesellschaft freuen.«

Er musste husten. Das viele Sprechen war er nicht mehr gewohnt.

»Ich kann mir schon denken, wie die Sache weiterging«, sagte Paula und drückte ihre Zigarette im Aschenbecher aus, den sie auf ihren Oberschenkel gestellt hatte.

»Wirklich?« Nein, das glaube ich nicht, dachte er.

»Aber ja«, sie strich sich wieder eine Strähne hinters Ohr, »ganz einfach: Sie gehen mit meiner Mutter zum Essen, zusammen mit diesem Deissner, er findet sie anziehend – ihr geht es mit Deissner genauso, und Sie drei beschließen, dass Sie mit

Deissner die Identität tauschen. Sie bleiben bei Ihrer Fado-Sängerin, und meine Mutter und Deissner, der nun Scheugenpflug heißt, gehen nach Amerika.« Mit einem triumphierenden Ausdruck sah sie ihn an. »So war es, stimmt's?«

Manche Lösungen scheinen so einfach zu sein, warum wählt man sie trotzdem nicht?

»Klar, so muss es gewesen sein. Und, wissen Sie, was ich glaube?« Sie streckte den Arm aus und deutete mit dem Zeigefinger, an dem ein breiter silberner Ring glänzte, auf seine Brust. »Es war eine Art Lust an der Zerstörung. Bewusst oder unbewusst haben Sie gehofft, dass meine Mutter an Deissner Gefallen finden würde und dass Sie ihr dadurch die Schuld am Scheitern Ihrer Beziehung geben könnten. Sie haben eine Negativliste geführt!«

»Eine Negativliste? Was meinen Sie damit?«

»Sie listen jedes Vergehen des anderen auf, bis Sie irgendwann glauben, die Liste ist voll und Sie sind im Recht, sich endlich zu trennen. Und …«, Paula sah ihn herausfordernd an, »… war es so?«

Es hätte so sein können, und er hätte jetzt einfach mit Ja antworten können.

»Nun, Eleonore war in der Tat hingerissen«, sagte er ausweichend. »Deissner verhielt sich ihr gegenüber sehr aufmerksam. Kein Wunder, dass er sie damit beeindruckte und für sich einnahm.« Wieder musste er husten. »Entschuldigen Sie. Das ist auch das Alter.«

Man wird innen und außen rissig, Krater brechen auf, die zutage fördern, was man ein Leben lang tief in sich drin eingeschlossen hat, dachte er und hustete wieder. »Ich glaube …« Die Stimme versagte ihm, er deutete auf den Aschenbecher.

»Oh, sicher!« Paula stellte ihn weg. »Soll ich die Balkontür aufmachen?« Schon war sie aufgestanden.

»Ja, aber lassen Sie die Vorhänge noch geschlossen.«

Sie öffnete die Tür hinter den schweren Vorhängen. »Besser so?«

»Danke. Normalerweise macht es mir nichts aus … Es kommt vom vielen Sprechen«, brachte er mühsam heraus. »Das bin ich nicht gewohnt.« Wieder schüttelte ihn ein Hustenanfall.

»Wasser?« Sie ging zum Waschbecken und füllte das Zahnputzglas. Dann sah sie ihm zu, wie er es austrank.

Das Wasser beruhigte seine Kehle. Auf keinen Fall wollte er gebrechlich wirken. Vor niemandem und ganz gewiss nicht vor ihr.

»Ich erspare es mir und Ihnen, den Abend genauer zu schildern«, fuhr er fort. »Nur so viel: Deissner war charmant, er hing an ihren Lippen, als würde er jedes Wort aufsaugen, um es für immer in seiner Erinnerung zu bewahren. Und Eleonore, die seine Aufmerksamkeit genoss, hörte gar nicht mehr auf zu reden. Über Paris, über die Flucht und über Zuhause. An Details kann ich mich nicht mehr erinnern. Ich habe einen Wein nach dem anderen getrunken, auch deshalb, weil Deissner uns eingeladen hatte.«

»Entschuldigen Sie!« Paula unterbrach ihn und zeigte zum Bad. »Darf ich?«

»Aber sicher, bitte.«

Sie ging hinein und schloss die Tür hinter sich. Er starrte auf die Bettdecke, wo sie gesessen hatte. Die Ereignisse erschienen ihm auf einmal so unausweichlich! Sein Schicksal, auch das von Eleonore und Deissner, war vorbestimmt. Noch nie hatte er das so deutlich gesehen.

Nach dem Abend in ihrem Pensionszimmer: Der Wein, den Deissner immer wieder nachgeschenkt hatte, hatte in Eleonore etwas Frivoles geweckt. Sie kicherte.

»Du kannst nicht bestreiten, dass er weiß, was sich gehört. Außerdem tut er mir wirklich leid. Schrecklich, wie er seine Frau verloren hat.« Mit lasziver Langsamkeit zog sie sich aus. »Du warst übrigens schon lange nicht mehr so aufmerksam mir gegenüber«, fügte sie in einem Ton provozierender Beiläufigkeit hinzu. Jetzt hätte er sie an sich ziehen, sie nach so langer Zeit leidenschaftlich küssen sollen, er hätte sie aufs Bett werfen, sie lieben sollen. Doch er packte sie hart am Oberarm, genoss einen Augenblick lang seine körperliche Überlegenheit, stellte sich vor, er könnte sie jetzt verprügeln, ihr ein, zwei schnelle Schläge mit der Hand ins Gesicht verpassen; schon sah er ihr Erstaunen und wie es sich in Entsetzen verwandelte, die roten Striemen auf ihren Wangen, doch er schlug sie nicht, stattdessen riss er sie an sich. Sie leistete keinen Widerstand.

»Hör auf mit diesem Spiel, ich warne dich!«

Ihr kurzes Erschrecken wurde zu einem Lächeln der Verachtung. »Du drohst mir?« Sie hob die Augenbrauen. »Und was willst du tun? Mich umbringen vielleicht?«

War es dieses Wort, das etwas bloßstellte in ihm? Seine Überlegenheit verschwand, als hätte man einem Kind die Stelzen weggenommen, auf denen es alle Erwachsenen mühelos überragte. Schlimmer noch, er spürte endlich den harten Griff, mit dem er ihren Oberarm einspannte wie in einen Schraubstock. Erst jetzt merkte er, wie weich und widerstandslos ihr Arm war. Entsetzt ließ er ihn los.

Schweigend ging sie zum Waschbecken und wusch sich Gesicht und Achseln.

Ratlos und wütend stand er da, und er dachte, dass er so nicht leben wollte – und dass sie schon viel zu weit gegangen waren. Er drehte sich um und ging hinaus. Diesmal rief sie ihm nicht nach. Draußen fragte er sich, ob er nicht einen Grund gesucht hatte, um das Zimmer verlassen zu können und die gewundenen dunklen Gassen der Mouraria hinaufzusteigen, in der Hoffnung, das Lokal wiederzufinden.

»Kann ich die Vorhänge doch aufmachen?« Paulas Stimme riss ihn aus seinen Gedanken. Sie war aus dem Bad gekommen.

»Ja, natürlich.«

Paula zog die langen schweren Vorhänge auf. Es dämmerte längst. Im Haus gegenüber brannte in einigen Zimmern Licht, von der Straße schimmerte der Schein der Laternen herauf, und die blau-rote Leuchtreklame vom Kino an der gegenüberliegenden Ecke flackerte.

»Machen Sie die Balkontür ruhig weiter auf«, sagte er.

Straßenlärm drang herein.

Sie legte den Kopf schief und sah ihn mit diesen Katzenaugen an.

Er wartete, bis sie sich wieder auf ihren Platz am Kopfende des Bettes gesetzt hatte.

»Schon drei Wochen lang war ich jeden Morgen zur Post gegangen«, fuhr er dann fort, »und hatte nach Nachrichten aus Amerika gefragt, anfangs hatte ich noch jeden Tag gehofft, dass man mir auf der Post endlich ein Kuvert aushändigen würde. Inzwischen war die Hoffnung zu einem Kleidungsstück verkommen, das man schnell anzieht, bevor man zur Post geht, und danach wieder auszieht.«

Auch an jenem Morgen nach dem Streit mit Eleonore war der Gang zur Post reine Gewohnheit. Als der Schalterbeamte ihm ein dickes Kuvert mit den vielen Briefmarken und Stempeln aushändigte, war er zuerst überzeugt gewesen, es handelte sich um einen Irrtum und der Beamte würde das Kuvert zurückverlangen und es dem Ehepaar hinter ihm in der Schlange geben. Aber der Beamte nahm keine Notiz mehr von ihm, und nachdem die nächsten drei Wartenden abgefertigt waren und der Beamte ihn noch immer nicht zurückgerufen hatte, wagte er endlich, das Kuvert zu öffnen.

Er tat es mit hektischen, ungeschickten Bewegungen, das Kuvert zerriss, doch schließlich hielt er die Dokumente in der Hand. Eine Bürgschaft von Albert für ihn und Eleonore und zwei Schiffstickets für die *Greca.* Er wusste, sie fuhr in sieben Tagen ab. Das Visum hatten sie schon bei der Botschaft beantragt, sie mussten nur noch diese Bürgschaft vorlegen.

Er räusperte sich. »Es war ein seltsamer Zustand, Paula. Plötzlich gab es nicht nur ein Morgen, sondern auch ein Übermorgen und eine vage Vorstellung von einem Überübermorgen, von einem nächsten Winter, einem Sommer, einem Herbst. Es war nicht leicht, nicht nur einen Abend und einen nächsten Morgen vor sich zu sehen, sondern ein gleißendes Licht über einem weiten, unbekannten Land. Seit vier Jahren war ich auf der Flucht. Jetzt sollte sie ein Ende haben. Aber – manche Ereignisse, und sind sie noch so lange herbeigesehnt, geschehen zur falschen Zeit … Nun, ich hatte also die lang ersehnte Post. Das Café schräg gegenüber der Post, am Praça do Comercio, hieß *Martinho.* Es heißt übrigens immer noch so. Wenn Sie Zeit haben, dann sollten Sie mal hingehen.«

Paula nickte nur.

»Es war still, obwohl an jedem Tisch ein oder zwei Gäste saßen, doch jeder schien nur mit sich selbst beschäftigt zu sein, die einen rauchten und starrten in die Ferne, die anderen lasen Zeitung. Nur in einer Ecke, hinten am Eingang, sah ich ein paar Fremde wie mich, sie tauschten flüsternd Neuigkeiten aus. Merkwürdig, dass die Einheimischen so schweigsam waren. Sie kamen mir vor, als lebten sie in einer großen Luftblase, und sie wussten, wenn sie zu laut reden oder sich zu schnell bewegen würden, dann platzte sie und sie wären auf einmal Teil dieser ganz anderen Welt, vor der die Luftblase sie bisher beschützt hatte.

Senhor Pessoa kam auch immer hierher, sagte der knochige und hohläugige Kellner, als er sah, dass ich eifrig in mein schwarzes Tagebuch schrieb. Unaufgefordert brachte er mir zu meinem Kaffee einen Cognac, *Macieira,* mit drei Sternen, den habe Pessoa auch immer getrunken.

Meine Milch bitte, habe der immer verlangt, woraufhin sein Kollege Martinho eine Flasche dieses Cognacs auf seinen Tisch gestellt habe.

Senhor Pessoa, wer ist das?, fragte ich in meinem holprigen Portugiesisch.

Ein Dichter wie Sie, mein Herr.

Er sieht, dass ich ein Dichter bin. So hat mich noch keiner genannt. Da muss erst ein Kellner daherkommen und … Ich verbot mir weitere Gedanken in dieser Richtung, die mir doch nur die Laune verdorben hätten.

Da redete der Kellner auch schon weiter. Sein Kollege Martinho habe Senhor Pessoa die Flasche jeden Nachmittag um vier an den Tisch gebracht. Bis sechs sei Senhor Pessoa geblieben, habe geschrieben und sei dann nach Hause gegangen.

Auf meine Frage, warum Senhor Pessoa denn nicht mehr komme, schloss der Kellner einen Augenblick lang seine Augen und sagte dann: *Senhor Pessoa weilt nicht mehr unter uns Lebenden. Seine Arbeit hat ihn ausgezehrt.* Er bedachte das Cognacglas mit einem langen ehrfürchtigen Blick. Ich erhob es. *Auf Senhor Pessoa.* Der Kellner lächelte, und ich genoss das Gefühl, wie mir der Alkohol durch die Kehle rann und den Magen mit Wärme füllte.

Senhor Pessoa hatte sich einen passenden Ort ausgesucht. Wenn die Ausländer nicht wären, wäre es ganz ruhig hier. Ich konnte mir vorstellen, wie Pessoa stundenlang hier saß, ohne von Gelächter oder Gesprächen abgelenkt zu werden, und wie er unbeachtet wieder gehen konnte.«

Er räusperte sich und vergewisserte sich, dass Paula immer noch gebannt zuhörte, dann erzählte er weiter:

»Ich trank noch einen Schluck Cognac, lehnte mich zurück und wartete, dass sich das Gedankenknäuel auflöste und mir endlich einfiel, was ich tun sollte.

Ich tastete über die Innentasche meiner Jacke. Sie waren noch da. Nun saß ich also hier mit dem Lieblingscognac eines verstorbenen Dichters, anstatt in die Pension zu eilen und Eleonore die Neuigkeit zu überbringen.

Ich stieß an meine Kaffeetasse, sie fiel um, der Kaffee ergoss sich über den Tisch, zum Glück nicht über meine Hose, aber über mein Tagebuch. Ich streckte die Hand nach der Tasse aus und bemerkte, dass sie zitterte.

Ohne dass ich ihn rufen musste, war der Kellner mit einem Lappen zur Stelle. Er brachte mir einen neuen Kaffee, und ich war erleichtert, dass ich nicht das Cognacglas umgestoßen hatte. Und er ließ mir den Rest seines Notizblocks da, weil mein Buch erst wieder trocknen müsse.

Und plötzlich fing ich an zu schreiben.

Wollen Sie wissen, was?«, fragte er Paula.

Sie nickte.

Er schloss die Augen und rezitierte:

Ich bin der Mond
Fado, gib mir mein Leben wieder!
Ich höre und sehe nur nachts, denn ich bin der Mond
Wenn es dunkel ist und ich bin das einzige Licht
Ich bin der Mond
Fado, gib mir mein Leben wieder!

Nun also, kein Fado mehr
Ist das mein Leben, jetzt?
Was für ein Leben, ich frage dich?
Überall ist Licht, doch ich sehe nichts,
überall sind Menschen, doch ich verstehe sie nicht
Fado, gib mir mein Leben wieder!

Lieber den Schmerz und die Einsamkeit
Du hast mein Herz berührt

Fado, Fado, du erst
hast mir mein Leben gegeben,
meine Bestimmung, für die ich lebe –
und eines Tages sterbe.

Er hielt inne. Dass er den Text immer noch auswendig wusste, wunderte ihn.

Er hatte ihn geschrieben, ohne auch nur ein Mal abzusetzen, erinnerte er sich. Als er aufsah, schenkte der Kellner ihm noch einen Cognac ein. »Von Senhor Pessoa«, sagte er feierlich.

»Bestellen Sie ihm meine besten Grüße und vielen Dank.« Der Kellner nickte unmerklich und ging.

Als er die Zeilen noch einmal las, hörte er sie, als würden sie gesungen, von ihrer Stimme – und nicht in Deutsch, sondern in Portugiesisch. Er blätterte um und schrieb die Worte, die er in seinem Geist hörte. Ein Phänomen. Es musste am Cognac von Senhor Pessoa liegen, dass sein dürftiges Portugiesisch so flüssig daherkam. Als er fertig war, bat er den Kellner zu sich und ließ ihn den portugiesischen Text lesen. Ehrfürchtig sah der Kellner schließlich auf und sagte anerkennend, es wäre in der Tat ein echter Fado.

Geld für Kaffee und Cognac nahm er nicht an, er betonte vielmehr, dem *Café Martinho* sei es eine besonders große Ehre gewesen.

Draußen empfingen ihn Wind und Sonne, der Lärm der Straßenbahnen und Autos und der Geruch des Meeres. Er wanderte durch die Straßen der Baixa, das Lied begleitete ihn. Menschen gingen wie jeden Tag ihren Geschäften nach. Die Schuster und Schneider arbeiteten in ihren Werkstätten, Lieferanten luden Fässer und Kisten von ihren Lastwagen und rollten sie über die Straße; Verkäuferinnen fegten vor dem Eingang ihrer Läden und putzten die Schaufenster. Es roch nach verbranntem

Kaffee und modrig feuchten Treppenhäusern, nach Teer und gesalzenem Fisch.

Er ließ sich durch Gassen treiben, in denen er noch nie gewesen war, entdeckte eine fremde Stadt hinter der Stadt der Flüchtlinge und Entwurzelten. Und über allem schwebte ihr Bild, ihr Lächeln, und in allem klang ihr Lied. Eichendorff fiel ihm ein, und er dachte an Deutschland und dass so jemand wie er gelebt hatte – nach einem Dreißigjährigen Krieg, einem beispiellosen Gemetzel, und er musste sich zusammennehmen, um sich nicht einfach an eine Hauswand zu lehnen und sich auszuweinen. Seine Erinnerungen und Gefühle überschlugen sich, sie hatten von ihm Besitz genommen.

Er flog – noch immer tat der Cognac seine Wirkung – die steilen und gewundenen Gassen der Alfama hinauf. In den Körben vor den Lebensmittelläden glänzten silbrige Fischleiber, einzelne Kohlblätter verfaulten im Rinnstein, aus dem Fenster eines schmutzig braunen Hauses drangen lautes Kindergeschrei und das Schimpfen einer Frau, vor den Fenstern waren Wäscheleinen gespannt. Im Rhythmus seines Liedes fuhr der Wind durch graue Hosen und Unterhemden und bunte Kleider.

So war es früher zu Hause auch gewesen. Er war wieder ein Junge, sah hinauf in das blaue Himmelsviereck zwischen den Hausmauern, sein Knie brannte, denn er war beim Fußballspielen mal wieder hingefallen. Das aufgeschlagene Knie, das Brennen des grellorangefarbenen Jods – all das war in dem Moment wirklich da.

Vor ihm öffnete sich die Straße zu einem kleinen Platz, und er konnte zum Fluss hinuntersehen. Ein Schiff entfernte sich, es musste die *Lusitania* sein, von der man seit Wochen in den Cafés sprach. Dichter Dunst lag über dem Wasser und verwischte die Linie des Horizonts. Die *Lusitania* tauchte in den Nebel ein, wurde zum Schatten und löste sich schließlich auf. Die Passagiere wären noch lange nicht in Sicherheit. Die Deutschen versenkten nicht nur Kriegsschiffe, sondern auch Handelsschiffe, hörte man immer wieder. Vielleicht würden sie nie im gelobten Land Amerika ankommen.

Was erwartet uns, dort hinten, im Dunst?, fragte er sich. Sind es nicht wieder nur wir selbst? Die Musik in ihm verstummte plötzlich. Er tastete über die Brusttasche. Jetzt wollte er nicht an die Tickets und die Bürgschaft denken.

Und dann kam ihm eine Idee. Er würde ihr das Lied bringen! Schon wandte er sich um, verschwendete keinen Gedanken mehr an das im Dunst verschwindende Schiff, sondern marschierte in Richtung Rua do Carmo. Und wenn sie es schlecht fand? Oder anmaßend? Ganz sicher war es ein schlechtes Portugiesisch, auch wenn der Kellner so beeindruckt gewesen war. Er blieb eine Weile stehen, überlegte hin und her, schließlich gab er sich einen Ruck und ging weiter.

Bevor er es sich doch noch anders überlegen konnte, stieß er die Tür des Handschuhladens auf. Erst hier drinnen wagte er wieder zu denken. Der Ledergeruch kam ihm vor wie ein betörendes Parfüm, und er fühlte sich, als käme er schon seit Jahren in dieses Geschäft. Als wäre ihm vom Anfang seines Lebens an vorbestimmt gewesen, diesen Laden – und diese Frau zu finden. War so etwas möglich? Sie war allein, kam aus dem Hinterzimmer, in dem er die Nähmaschine und Lederstücke auf dem Tisch sehen konnte. Weder den Chef noch die Chefin noch den neugierigen Botenjungen konnte er entdecken. Sie errötete und senkte den Blick auf das Paar Lederhandschuhe, das sie in ihrer Hand hielt.

Bom dia, wollte er sagen, aber seine Stimme versagte, und so kam nur ein heiseres Flüstern zustande.

Sie lächelte ihn an.

»Wie geht es Ihnen?«, brachte er dann doch auf Portugiesisch heraus.

Sie lachte und steckte ihn damit an. Dann wiederholte sie:

»Wie geht es Ihnen?«, und er merkte, dass er die Wörter falsch betont hatte. Er versuchte es noch einmal, er fühlte sich auf einmal so unbeschwert und fröhlich wie vielleicht noch nie in seinem Leben. Er sah nur ihren Mund, ihre Lippen und ihre dunklen Augen, und er wollte sich verlieren in diesem Blick …

Und dann lief alles schief. Die Tür des anderen Hinterzimmers wurde aufgerissen, und er sah einen offenbar wütenden Senhor Aguilar und hinter ihm die Senhora, die sich in ein weißes Taschentuch schnäuzte. Senhor Aguilar setzte in Sekundenschnelle ein routiniertes Verkäuferlächeln auf, als er sah, dass ein Kunde den Laden betreten hatte.

»Haben der Herr ein passendes Modell gefunden?«

»Die Wahl ist schwer«, stammelte er.

»Die Auswahl ist nur auf den ersten Blick so groß. Am Schluss sind es doch immer nur wenige Modelle, die zu einer Persönlichkeit passen«, sagte Senhor Aguilar.

Hans Scheugenpflug stimmte mit einem Kopfnicken zu und verabschiedete sich, erst von ihm, dann auffällig flüchtig von Ana. Fast wäre er auf dem Weg zur Tür gestolpert.

Noch nie in seinem Leben war er so traurig gewesen.

Er sah sie zu spät: Julius und Helene. Arm in Arm spazierten sie über den Rossio und kamen direkt auf ihn zu. Sie hatten es also auch geschafft.

Sie umarmten sich, und Helene berichtete, dass kein Schnellzug mehr von Irún nach Lissabon verkehrt hatte und sie statt nach Lissabon in einen verschlafenen Küstenort gebracht worden waren, wo sie Genehmigungen einholen mussten, wenn sie in das hundertzwanzig Kilometer entfernte Lissabon fahren wollten, um die Konsulate aufzusuchen.

»Wie sollen wir jemals von hier wegkommen?«, fragte Helene und sah ihn mit großen, verzweifelten Augen an.

»Und du, Hans, hast du inzwischen gute Nachrichten bekommen?« Julius war noch immer blass, und die Ringe unter seinen Augen deuteten wohl darauf hin, dass er seit Wochen nicht mehr richtig schlafen konnte.

»Habt ihr schon etwas aus Amerika gehört?«, fragte Helene.

»Nein.« In diesem Augenblick spürte er wieder die Tickets in seiner Brusttasche.

»Hauptsache, man ist noch am Leben!«, fügte er hinzu und dabei lächelte er sie an. Das war keine Lüge.

»Ha! Ob das Glück oder Fluch ist, wird sich noch zeigen!« Julius lachte laut auf.

Helene fasste ihn beruhigend am Arm und redete auf ihn ein. »Ist gut, Julius, ist schon gut.«

Julius lachte weiter, und Helene sagte leise: »Grüß Eleonore bitte von uns!« Sie wandte sich ab und zog Julius mit sich.

Scheugenpflug sah hinter ihnen her, einem Mann Mitte vierzig, der wie ein Achtzigjähriger ging, am Arm seiner Frau, und nicht mehr aufhörte zu lachen.

Was ist nur aus uns allen geworden?, dachte er. Aus mir ist ein Lügner und Verräter geworden – und aus Julius ein Irrer.

Die Begegnung hatte ihm seinen ganzen Schwung genommen und ihn daran erinnert, dass er endlich Eleonore von den Tickets erzählen musste. Der Cognac forderte nun seinen Preis, jeden Schritt musste er sich abringen.

Eleonore war nicht da. Er atmete auf, legte sich hin und überließ sich der Müdigkeit, die dem Rausch folgt. Wenn er doch aufwachen würde, und alles wäre wie früher, wie Jahre früher.

Nein, das wünschte er sich auch nicht. Dafür war es zu spät.

Der Regen weckte ihn. Klirrend, als wären sie aus Glas, fielen die Tropfen aufs Straßenpflaster. Im Zimmer wurde es feucht und kalt. An den Fensterrahmen drang Wasser ein, es lief über das Fensterbrett und tropfte auf den Boden.

Er blieb einfach liegen. Widersprüchliche Gefühle tobten in ihm und drohten ihn zu zerreißen. Was sollte er bloß tun? Ana verkörperte für ihn all das, wonach er sich sehnte: tiefe Gefühle, Leidenschaft, Sinnlichkeit – das volle Leben. Eleonore dagegen stand für Angst, Pflichtgefühl, für die Verantwortung, die er übernommen hatte, für Zuverlässigkeit, Vernunft, Loyalität. Und diese beiden Seiten hatten ein Gesicht. Das von Ana und das von Eleonore.

Er war erzogen worden, der Seite der Vernunft, der Verantwortung und der Zuverlässigkeit treu zu sein. Und jetzt wollte er sich dagegen auflehnen? Sein ganzes bisheriges Leben damit in Frage stellen? Das war doch absurd, nicht wahr? Geradezu vermessen, oder? Wer war er denn schon? Ein durchschnittlicher … Journalist … nein, nicht einmal mehr das …

Als er schnelle Schritte auf dem Flur hörte, wusste er, das konnte nur Eleonore sein, und er beschloss, ihr von den Tickets zu berichten. Er musste sein Leben wieder ordnen und Ana vergessen. Es war eine Liebe zur falschen Person und zur falschen Zeit.

Doch alles an Eleonore empfand er als Abweisung. Ihre Haltung, ihre Blicke, ihre wenigen Worte. Warum machte sie es ihm so schwer? Er war doch bereit gewesen, für sie seine Träume aufzugeben, zu ihr zurückzukehren und den Wunsch nach einem anderen Leben für immer zu begraben.

In der Nacht lag er wach, die Wände rückten bedrohlich näher, die Decke senkte sich dicht über ihn, und Eleonores Körper, obwohl sie sich nicht berührten, erdrückte ihn. Sein Herz hämmerte, als wäre es in einen Käfig eingesperrt, er bekam Schweißausbrüche, und die Zunge klebte ihm am Gaumen. Auch wenn er die Augen schloss, sah er sein Jackett am Haken an der Wand, die Tickets in der Innentasche wie ein stummer Vorwurf.

»Hallo!« Die Stimme kam vom Balkon.

Er drehte sich um und sah einen Schatten. »Nicolas!«, rief er. »Komm doch rein, Nicolas! Trink was mit uns!«

»Oh, ich will nicht stören. Sie haben Besuch, Professor?«

Professor, so nannte er ihn manchmal, der junge Maler. Mit den für ihn typischen behäbigen Schritten kam Nicolas ins Zimmer. Die schwarzen Locken hingen ihm wild und ungebändigt ins Gesicht, das ursprünglich weiße T-Shirt war voller brauner und grauer Kleckse, und auf seinem Gesicht mit den breiten, kräftigen Wangenknochen leuchteten weiße Farbflecken.

»Das ist Paula.«

Nicolas sah sie mit seinen leuchtenden grünbraunen Augen an und streckte die Hand aus. »Guten Tag, ich bin Nicolas.« Er zog eine Flasche Wein hinter dem Rücken hervor. »Ich wollte feiern. Ich habe gerade ein Bild verkauft.«

»Gratuliere«, sagte Paula.

Nicolas lächelte sie an und ließ erst jetzt ihre Hand los.

TESS STAND SCHWEIGEND neben Luís auf dem Vorderdeck, während der Lichtschein der Stadt langsam auf sie zuglitt.

Wie sollte diese Nacht enden? Was wünschte sie sich?

Wäre sie nicht am liebsten mit ihm am Strand geblieben, den Mond über sich und vor sich das Meer? Ihre Gefühle spielten verrückt, sie brachten Unordnung in ihre Gedanken, die sie nicht mehr zu Ende denken konnte, sie brachen mittendrin ab und verloren sich in endlosen Schleifen aus sich verheddernden Gedankenfäden. Sie spürte das Verlangen, seinen Körper zu berühren, wie fühlte der sich an? Samtig wie seine Stimme? Würde sie sich in seiner Umarmung verlieren, würde er sie in diese weite Ferne mitnehmen, in die er immer zu schauen schien? Es hätte so einfach sein können … Sie hatten sich geküsst, seine Lippen waren weicher gewesen, als sie erwartet hatte, seine Bartstoppeln störten sie nicht, ihr Körper war zusammengezuckt unter seinen zurückhaltenden Berührungen, und das Ziehen in ihrem Innern war immer stärker geworden. Sie hatte eine Grenze erreicht, das war ihr in jenem Augenblick klar geworden, als seine Hände zu Stellen vorgedrungen waren, wo der Verstand zu kapitulieren drohte. Und dann? Dann wäre sie doch verloren, oder? Hastig hatte sie sich von ihm gelöst.

Jetzt, auf der Fähre, betrachtete sie ihn von der Seite. Das weiße Neonlicht der Innenbeleuchtung umgab ihn wie ein Schimmer, er hatte die Ellbogen auf die Reling gestützt, den Oberkörper ein wenig nach vorn gebeugt und sah ins schwarz glänzende Wasser.

»Woran denkst du?«, fragte sie.

»Ob man noch einmal geboren wird.«

»Hm.«

»Ob wir uns dann noch einmal begegnen werden.«

»Und was wäre dann?«

Weiß schimmerte die Stadt vor ihnen, noch drang der Verkehrslärm nicht heran, nur die Schiffsmotoren brummten, und der Schiffsrumpf schnitt zischend ins Wasser. Hin und wieder klingelte ein Mobiltelefon. Luís richtete sich auf und beugte sich zu ihr herunter.

»Und wenn ich dich nach ein paar Tagen nicht mehr vergessen kann?«, sagte sie.

Er lächelte. »Das wünsche ich mir.«

»Aber, was wird dann aus … aus meinem Leben?«

Adrian, die Redaktion, das Apartment, ihr Leben in Chicago … Das wollte – nein, das *konnte* sie doch nicht aufgeben für … ja, wofür? Für etwas, das bisher nur in ihren Träumen vorgekommen war? Für etwas Schwärmerisches, Ungewisses? War sie für so etwas nicht schon längst zu alt?

Er sah sie nur an, aus dunklen Augen, und sie hatte auf einmal Angst. Angst davor, nicht mehr zum Ufer zurückzukehren.

»Nein«, sagte sie entschieden und wandte sich ab. »Ich kann nicht.«

Schweigend lehnten sie an der Reling und starrten auf die Stadt, die immer näher rückte.

Sie verabschiedete sich so rasch, dass es aussah wie eine Flucht, sprang ins nächste Taxi und ließ sich ins Hotel fahren. Für ein paar Stunden fiel sie in einen unruhigen Schlaf.

Sie fuhr auf, als der Wecker schrillte.

Irritiert machte sie sich fertig, nahm ihr Gepäck und verließ das Hotel. Von Matt hatte sie sich telefonisch verabschiedet. Nein, sie wollte nicht von ihm zum Flughafen gebracht werden.

Sie zahlte den Taxifahrer und betrat die Abflughalle. Während sie auf den Check-in-Schalter zuging, hörte sie plötzlich, wie jemand ihren Namen rief. Sie drehte sich um – und sah ihn.

»Ich konnte dich nicht einfach so gehen lassen.« Luís zog sie in seine Arme, und sie spürte die Wärme seines Körpers, seine Lippen und seinen warmen Atem. Sie wollte sich wehren, aber es gelang ihr nicht. »Ich …«, sagte er leise, »… ich habe mich in dich verliebt.«

»Luís«, hörte sie sich sagen. »Du kennst mich doch überhaupt nicht …«

»Doch … doch, ich kenne dich, ich habe auf dich gewartet, mein ganzes Leben lang … auf dich …«, flüsterte er zwischen den Küssen.

Sie wollte das alles nicht hören, und doch war es das Schönste, was ihr ein Mann jemals gesagt hatte.

»Du hättest nicht kommen dürfen!« Entschieden schob sie ihn weg. Ihr Kopf war heiß, und ihre Füße waren eiskalt. Als er etwas sagen wollte, schüttelte sie den Kopf. »Nein, Luís! Es geht nicht. Ich kann mein Leben nicht hinter mir lassen … und … Ich kenne dich nicht. Ich kann nicht … nicht zulassen, dass …«

Der Minutenzeiger der riesigen Uhr am Ende der Halle rückte unaufhaltsam weiter.

»Werde ich dich wiedersehen?«, fragte er schließlich.

Sie schluckte. »Leb wohl, Luís …«

Sie ging. Erst als sie sich in die Schlange vor dem Schalter eingereiht hatte, drehte sie sich noch einmal um. Er stand immer noch da und sah sie an. Schnell sah sie wieder nach vorn, damit er nicht mitbekam, dass sie in Tränen ausbrach.

Chicago

Adrian holte sie vom Flughafen ab. Sie versuchte, sich nicht anmerken zu lassen, wie durcheinander sie war.

Er nahm ihren Koffer. »Alles okay?« Eine Frage, die eigentlich keine Antwort erwartete. Er trug noch seine Squash-Sachen, ein blaues Sweatshirt und darüber die Daunenweste.

»Ja, klar!« Die ersten Worte waren schon wieder eine Lüge.

»Schön, dass du wieder da bist.« Er wirkte gut gelaunt – vielleicht tat er auch nur so. Vielleicht ging es ihm genauso wie ihr. Bemühten sie sich denn nicht beide darum, möglichst jeden Konflikt zu vermeiden?

Sie versuchte, mit ihm Schritt zu halten auf dem Weg zum Parkplatz.

»Wir fahren gleich bei Rose vorbei«, sagte er, während er ins Auto stieg. »Sie hat mich schon dreimal angerufen. Offenbar ist sie ganz heiß auf das Tagebuch.«

Das Tagebuch, ja. Vielleicht hätte sie es gar nicht mitbringen sollen, einfach in Lissabon lassen.

»Sie wird enttäuscht sein«, sagte Tess.

Er warf ihr einen kurzen prüfenden Blick zu. »Ist was mit dir?«

Tess sah zum Seitenfenster hinaus. An manchen Stellen entlang der Straße lag noch Schnee, aufgehäuft und schmutzig. Hin und wieder glaubte sie in den Bäumen einen hellgrünen Schimmer zu erkennen. Es war ja schon fast Frühling.

Adrian blinkte und überholte einen Lastwagen. »Schlechte Laune?«

Ein grauer Himmel lag über dem Land. Schwarze Vögel saßen auf den Feldern. Krähen.

»Ich bin nur müde. Es war ein langer Flug.«

VIERTER TEIL

Lieber den Schmerz und die Einsamkeit

»Sie malen …« Paula zögerte kurz. »Kann ich die Bilder mal sehen?«

Nicolas sah ein wenig ratlos aus. Er blickte zu ihm, Carlos, dann auf die Flasche Wein in seiner Hand.

»Gehen Sie nur, ich warte so lange«, sagte er zu Nicolas.

Paula lächelte. »Danke, wir sind gleich wieder da.«

Nicolas stellte den Wein ab und ging zum Balkon, dort drehte er sich um und streckte den Arm nach Paula aus. »Es kann nichts passieren, nur nicht runtersehen!«

Paula ergriff seine Hand, und dann verschwanden sie.

Er streckte sich auf dem Bett aus. Das Erzählen und vor allem das Erinnern hatten ihn erschöpft. Manchmal sehnte er sich danach, wieder so jung zu sein wie Nicolas, wie alt war der, zweiundzwanzig? Fünfundzwanzig? Wieder Kräfte in sich zu spüren, das Gefühl zu haben, das Leben zu leben. Wie lange kam er sich schon vor wie ein Ast, der auf dem Fluss treibt, der auf dem Weg ins Meer in einen Strudel gerät und sich nur noch dreht, bis er schließlich in die Tiefe gezogen wird, ohne jemals das Meer zu erreichen?

Wie sehnte er sich manchmal danach, wieder an etwas zu glauben! An das Gute im Menschen oder an die Liebe oder, warum nicht, auch an Gott. Es waren Rettungsseile, an denen seine Abgründe hingen. Aber sie taugten nichts. Die Felsen unter ihm waren zu scharf und schnitten die Seile allmählich durch.

Er hörte sie lachen, Nicolas und Paula, oder täuschte er sich? Eigentlich unverschämt, er erzählte die Geschichte seines Lebens, und Paula unterbrach sie einfach, um Bilder anzusehen und mit einem zehn Jahre jüngeren Mann als sie zu lachen –

oder vielleicht sogar irgendetwas anzustellen … Er wollte sich ärgern, sich aufregen, »unerhört« schimpfen, aber er war zu müde, viel zu müde. Er schloss die Augen.

Beinahe wäre er am nächsten Morgen wieder zum Postamt gegangen, so sehr war ihm der Weg zur Gewohnheit geworden und so überzeugend belog er sich selbst. Aber als er die Straße überqueren wollte, riss ihn das schrille Bimmeln der Straßenbahn aus seinen Gedanken, er sprang schnell zurück und spürte wieder das Kuvert mit den Tickets und den Visa. Was sollte er nur tun?

Er ging weiter, in der Hoffnung, eine Lösung zu finden. Als könnte er sie unterwegs hinter einer Mauer, in einem Schaufenster oder in einem Hauseingang finden, als Satz auf einem Plakat. Der Tejo glänzte zwischen Dächern und Wäscheleinen hindurch. Irgendwann, es mussten Stunden vergangen sein, kam er an einem Friedhof vorbei.

Familiengrüfte – marmorne Eingänge zum Reich der Toten – und blühende, Schatten spendende Bäume säumten die Straßen in dieser großen Stadt der Toten mit Plätzen, Laternen und Springbrunnen. Hin und wieder sah er durch eine spaltbreit geöffnete Tür oder durch blinde Scheiben hinein in die Grüfte. Särge standen dort, übereinandergestapelt wie auf Regalen, als schliefen die Toten in einem Liegewagen. Er hatte gehört, dass die Särge dort aufbewahrt wurden, bis sie begraben werden konnten, erst dann, wenn die Ahnen verwest waren und Platz für ihre Nachkommen gemacht hatten. Doch die Ahnen ließen sich Zeit. Kein Wunder, die Erde war müde, müde von den vielen Toten. An den Wänden einer Gruft hingen Fotos.

Ein strahlender Junge mit einem blitzenden Siegerpokal, dann der Junge etwas älter, eine Braut im Arm. Über seinem verstaubten Sarg hing ein geklöppeltes Spitzendeckchen, es war zerrissen. Und auf der metallenen Tafel auf dem Sarg stand: *Eterna Saudade.* Ewige Trauer, ewige Sehnsucht. Kein Friede, keine Ruhe, keine Erlösung, kein Ende. Die Toten warteten in einem Zug, der nie abfuhr. Er wurde sehr traurig. Sollte das alles sein, was vom Leben blieb, ein Foto, ein Pokal, ein fadenscheiniges Deckchen? Er besaß nicht einmal mehr ein Kinderfoto, und einen Pokal hatte er noch nie gewonnen.

Er spürte ein Rütteln am Arm. »Eleonore?« Erschrocken öffnete er die Augen, er hatte sie so lange nicht gesehen, wo war sie hergekommen? War das wirklich Eleonore, sie hatte sich verändert.

»Nein, Paula«, sagte das Gesicht.

»Ich muss eingeschlafen sein.« Er setzte sich auf.

Sie lächelte. »Allerdings. Sie haben geschnarcht wie zwei Elefanten.«

»Ich glaube nicht, dass Elefanten schnarchen, aber ich könnte es nicht mit Bestimmtheit sagen.« Er sah sich um. »Wo ist Nicolas?«

»Er will nicht stören. Trinken Sie erst mal was.« Paula goss Wasser in zwei Gläser.

»Sehen Sie, das Foto hat er von mir gemacht!« Sie zeigte ihm ein Polaroid, steckte es aber schnell in die Tasche, als würde es sich abnutzen, wenn man es ansah.

»Haben Sie Nicolas' Bilder bewundert?«

Irrte er sich, oder errötete Paula? Und sah sie nicht verändert aus? Das Licht der Nachttischlampe ließ ihre Haut in einem anderen Ton erscheinen.

»Ja, die Bilder sind fantastisch, ich werde zu Hause eine Ausstellung organisieren.«

»Das freut mich«, sagte er und lächelte. Aber er kam sich ausgeschlossen vor. Paula wirkte jetzt viel munterer und gelöster.

Sollte das nur an Nicolas' Malerei gelegen haben? Die Stimmung war dahin.

»Was ist auf einmal los mit Ihnen?«, fragte Paula und sah ihn kritisch an.

»Mit mir ist nichts. Vielmehr ist etwas mit Ihnen.«

»Mit mir?« Sie hob erstaunt die Brauen, dann begann sie zu schmunzeln. »He, Sie sind doch nicht etwa eifersüchtig?« Sie setzte sich auf den Stuhl, schlug die Beine übereinander, verschränkte die Arme und sah ihn belustigt an.

»Auf wen?« Das rot-blaue Neonlicht des Kinos drang nach oben in das Zimmer.

»Na, stellen Sie sich doch nicht so dumm! Auf Nicolas.« Sie fuhr sich durch die Haare und schüttelte sie. Das Licht blitzte darin auf, lebendig, lebenslustig.

»Auf Nicolas?« Sein Lächeln war zu müde, um echt zu sein, das spürte er.

Man kann die Zeit nicht zurückdrehen, man kann sie nicht festhalten.

»Wenn jeder, der schon gelebt hat, nicht gestorben wäre, wo wären wir denn dann?«, sagte er anstelle einer Antwort.

Paula ließ seine Bemerkung unkommentiert, und so ging auch er darüber hinweg und erklärte ihr nicht, dass diese Weisheit nicht von ihm stammte, sondern von Gertrude Stein.

»Also? Wie ging's weiter?« Paula sah ihn erwartungsvoll an. Und er wurde wieder zu dem Erzähler, dem, der alle Fäden in der Hand hielt.

Als er die *Greca* im Hafen liegen sah, spielte er zum ersten Mal mit dem Gedanken, die Tickets, Visa und Pässe zu verkaufen. Sollte er Eleonore denn wirklich auf dieses Schiff begleiten, damit sie sich für den Rest ihres Lebens gegenseitig aushalten müssten?

An diesem Nachmittag war Eleonore nicht im Zimmer, als er zurückkam. Er hängte das Jackett mit den Tickets in der Innentasche an die Tür und legte sich aufs Bett. Er war verzweifelt, er wusste nicht, was er tun sollte. Irgendwann versank er in einen Halbschlaf, schließlich träumte er, er würde beobachtet. Er schlug die Augen auf, nein, er träumte nicht: Eleonore saß tatsächlich auf dem Stuhl und musterte ihn mit seltsamem Blick, dabei wedelte sie mit den Papieren aus seinem Jackett.

Hastig richtete er sich auf. »Ah, du hast sie schon gefunden!«, sagte er und merkte, wie falsch es klang.

Sie antwortete nicht, sondern fächelte weiter mit den Tickets, ganz langsam und träge, als wäre es sehr, sehr heiß. Dabei beobachtete sie ihn, ohne ein Gefühl zu zeigen.

»Wir sollten feiern!«, versuchte er es und kam sich wieder vor wie ein Verräter. Er wollte in das schummrige Lokal, und zwar allein, und Ana sollte sein Lied singen – nichts anderes.

»Warum sagst du nichts?«

Ihre Hand hielt in der Bewegung inne. Sie presste ihre Lippen zusammen. Er wartete auf die Katastrophe.

»Wie lange trägst du die Tickets schon mit dir herum?« Sie sprach sehr leise.

»Ich, ich habe auf eine Gelegenheit gewartet …« Warum log er immer noch? Das Spiel war aus. Ihr bitteres Auflachen übertönte den Rest des Satzes.

»Eine Gelegenheit …« Sie schüttelte den Kopf. »Das soll ich dir abnehmen? Hältst du mich für so dumm?«

»Wir hatten uns doch gestritten …« Ihm war, als spräche ein Automat mit seiner Stimme, den er nicht abschalten konnte.

»Du willst nicht mehr mit mir leben. Das ist es. Du wolltest ohne mich hier weg.« Sie sprach immer noch leise.

»Nein, was denkst du!«

»Ich denke genau das Richtige!« Sie hielt die Hand mit den Fahrkarten in die Höhe.

Schon wieder dachte er, dass es Eleonore war, die ihm gegenübersaß, da auf dem Stuhl. Dabei waren sie sich gar nicht so ähnlich. Dennoch, etwas Vertrautes bemerkte er an Paula. Aber er wusste nicht, warum. Paula hatte die Beine angezogen und die Arme darum geschlungen, als müsste sie sich selbst festhalten.

Er sagte: »Ständig müssen wir Entscheidungen treffen, aber es gibt Augenblicke, da stehen wir vor einer Entscheidung, die das Leben verändern wird, für immer. Ihre Mutter und ich, wir haben beide gespürt, dass jetzt so ein Augenblick war – und das machte uns stumm. Wir sahen uns nur an, dann stand Eleonore auf, ließ die Tickets und die Bürgschaft auf den Boden fallen und ging hinaus. Und ich, ich starrte auf das wellige Linoleum, auf die Papiere, die unsere Hoffnung und unsere Rettung waren, um die wir so lange und so hart gekämpft hatten.«

Er hob die Schultern und ließ sie wieder fallen. »Ich habe es nicht geschafft, ihr die Wahrheit zu sagen.« Eine Weile schwiegen sie.

»Warum nicht?«, fragte Paula irgendwann leise.

»Warum nicht?« Er schüttelte den Kopf. »Ich habe mich geschämt, dass ich mit dem Gedanken gespielt habe, Eleonore im Stich zu lassen – nur um meinen Gefühlen zu folgen. Ich habe mich zu sehr dafür geschämt.«

»Ja, das Gefühl kenne ich.«

Er nickte. »Nun, Deissner wollte sich schließlich mit mir treffen. Ich hoffte nicht, dass er sich mit mir duellieren wollte, denn ich bin ein Feigling. Auch wenn ich lamentierte, so hing ich doch an meinem unbedeutenden Leben. Ich traf ihn im *Bacalhao,* seinem Lieblingsrestaurant in der Baixa. Er saß direkt an der Tür, ich sah ihn sofort. Als er mich hereinkommen sah, machte er eine kurze Handbewegung und wies zu dem Platz ihm gegenüber. Ich gab ihm nicht die Hand und setzte mich mit dem Rücken zur Tür. Ein unangenehmer Platz, ich weiß bis heute nicht, ob er das absichtlich so gemacht hatte. Ich rückte den Stuhl ein wenig zur Seite, damit ich die Tür wenigstens aus den Augenwinkeln sehen konnte. Eine Angewohnheit.«

Er schloss die Augen, sah alles wieder vor sich, wie einen Film.

»Ich habe Ihnen ein Geschäft vorzuschlagen«, sagte Deissner ohne Einleitung und bestellte eine Flasche Wein. »Damit Sie von Anfang an Bescheid wissen, Scheugenpflug: Eleonore hat bereits ihre Zustimmung zu diesem Plan gegeben.«

Er schwieg, er war auf alles gefasst.

Der Kellner brachte den Wein.

»Reden wir nicht lang drum herum, Deissner, was ist das für ein Geschäft?« Er war verärgert und hilflos.

Deissner lächelte, trank einen Schluck, stellte das Glas wieder hin, beobachtete ihn, beugte sich dann über den Tisch und sagte mit gedämpfter Stimme: »Ich übernehme Ihren Namen, die Tickets und die Visa – und Sie, Scheugenpflug, bekommen von mir eine neue Identität.«

Im ersten Augenblick war er sprachlos, dann stieß er hervor: »Das ist doch absurd!«

Die Männer am Nebentisch drehten sich zu ihnen um.

»Das ist völlig undenkbar!«, sagte er etwas leiser, auch er hatte sich über den Tisch gebeugt.

»Na, kommen Sie, undenkbar – ich rede doch nicht von der vierten Dimension!« Deissner lächelte.

»Und was ist mit Karl Deissner? Soll der sich in Luft auflösen?«

Das Lächeln verschwand. »Nein.« Deissner betrachtete den hellrot leuchtenden Wein in seinem Glas. »Deissner nimmt sich das Leben.«

Er hätte am liebsten laut gelacht.

»Und woher nehmen Sie die Leiche? Töten Sie einen armen

Teufel oder besorgen Sie sich einen Gefangenen aus den Folterkellern von Salazar?«

»Sie sind zynisch, Scheugenpflug.«

»Ich habe eine ganz sachliche, technische Frage gestellt.«

»Ach, Scheugenpflug, manchmal braucht man keine Leiche. Ein Abschiedsbrief reicht, ein paar Schuhe am Fluss …«

»Warum sollte man die Schuhe ausziehen, bevor man sich ertränkt? Haben Sie das in einem schlechten Buch gelesen?«

Deissner verzog keine Miene. »Sie haben keinen Sinn für Symbolik, Scheugenpflug, obwohl Sie doch ein Schreiberling sind.«

Deissners Lächeln war jetzt hochmütig, und am liebsten hätte er es Deissner aus dem Gesicht geschlagen. »Und Sie leben als Hans Scheugenpflug in Amerika?«

»Ja.« Deissner nickte, als wäre es das Selbstverständlichste von der Welt, nein, so, als wäre er schon zu Hans Scheugenpflug geworden, zu *ihm*.

»Sie wollen doch gar nicht weg, Scheugenpflug, wenn Sie ehrlich sind. Was wollen Sie denn in Amerika? Und dann auch noch mit Eleonore? Sie lieben sich nicht mehr. Sie sprechen kaum Englisch. Was wollen Sie arbeiten?«

»Ich spreche auch kaum Portugiesisch. Was soll ich denn hier tun?«

Deissner griff zu seinem Glas. »Auch daran habe ich gedacht.« Seine Stimme wurde noch leiser. »Ich habe ein kleines finanzielles Polster. Ich würde Ihnen einen Teil davon hierlassen.«

»Wie viel?« War seine Entscheidung also eine Frage des Preises, oder wollte er nur wissen, wie viel sein Leben einem Mann wie Deissner wert war?

Deissner lachte, er spürte wohl die Genugtuung, dass sein Gegenüber, wenn schon nicht zu überreden, so doch zu kaufen war.

»Dreitausend amerikanische Dollar.«

Fast hätte er sich an seinem Wein verschluckt. Wer hatte heutzutage noch so viel Geld, und dann auch noch in dieser Situation? »Sie legen Ihr Vermögen in amerikanischen Dollar an?«

»Die Zeiten sind unsicher.«

Eine Schiffspassage kostete zwischen dreihundert und vierhundert Dollar. Doch ohne Visum war die Fahrt sinnlos. Sein hart erkämpftes Visum würde er also nun für dreitausend Dollar verkaufen. Er wollte Deissner fragen, woher er das Geld hatte. Deissner hatte doch gesagt, das Spielwarengeschäft sei in den letzten Jahren immer schlechter gegangen.

»Ein gutes Angebot, denke ich. Ich kann Ihnen auch noch einen portugiesischen Pass besorgen. Na, was halten Sie davon?«

»Warum besorgen Sie sich mit dem Geld nicht selbst ein amerikanisches Visum?« Langsam wurde er wütend, Deissner behandelte ihn wie einen kleinen Angestellten. »Mich interessiert ihr Geschäft nicht.« Er stand auf.

»Setzen Sie sich wieder hin, verdammt, Scheugenpflug!«

Warum setzte er sich wieder? Warum ging er nicht? Warum lebte er sein Leben nicht einfach dort weiter, wo er vor zwei Wochen aufgehört hatte? Vor jenem Abend, als er Ana zum ersten Mal hatte singen hören. Ich liebe Eleonore, sagte er zu sich, ich liebe Eleonore, aber er wusste, dass das nicht mehr stimmte. Er saß in der Falle.

»Wenn Sie von hier wegwollen – warum machen *Sie* sich nicht einfach einen neuen Pass?«, fragte er und stürzte den Rosé hinunter.

»Seien Sie nicht albern, Scheugenpflug. Was hätte ich von einem neuen Pass? Ohne Tickets, ohne Visum?«

»Mit Ihrem Geld dürfte das keine Schwierigkeit sein.«

»Jetzt passen Sie mal auf, Scheugenpflug …« Deissner goss nach, beugte sich über den Tisch und senkte wieder die Stimme. »Ich mache Ihnen lediglich einen Vorschlag, damit auch Sie zu dem kommen, was Sie wollen.« Deissner lehnte sich zurück, sein

Blick schweifte zu den Fenstern, in denen sich Köpfe, Tischdecken, Flaschen und Kerzen spiegelten. »Der ganze Reichtum der einstigen Weltmacht Portugal … Ich nehme an, Sie haben die Kirchen mit ihrem Gold gesehen, das die Portugiesen den Indios und den Azteken entrissen haben.« Sein Blick kehrte zurück. »Der Papst hat die Welt damals aufgeteilt in eine spanische und eine portugiesische Hälfte.« Deissner schüttelte den Kopf. »So schnell ist alles dahin. Was ist Portugal heute, Scheugenpflug? Sie müssen sich anpassen und sich unterordnen, die Portugiesen.

Wie weit ist es mit diesem Land gekommen? Wo sind die Kriegsschiffe? Die Erfindungen? Neue Paläste? Alles längst vorbei. Portugal ist im Nichts versunken – zu einer Fußnote der Geschichte verkommen.«

»Warum erzählen Sie mir das alles?«

»Warum? Scheugenpflug! Muss ich das jetzt wirklich noch erklären?«

»Ja.«

Deissner sah sich rasch um, beugte sich wieder vor und flüsterte: »Deutschland ist mächtig, großartige Soldaten, fähige Offiziere, überlegene Technik, deutsche Ingenieurskunst – aber ich bitte Sie, wir können doch nicht die Welt beherrschen! England, Frankreich, Skandinavien, Afrika und wer weiß was noch besetzen, das ist doch Humbug, einfach lächerlich! Zugegeben, es gab eine Zeit, da habe ich daran geglaubt, aber … Ganz nebenbei: Diese verrückte Sache mit den Juden … Wir sind doch nicht mehr im Mittelalter, oder?«

Worauf wollte er hinaus? Auf einmal klang Deissner ganz anders als sonst. Wo war der Geschäftsmann, der seine jüdische Frau verloren hatte? »Wer sind Sie wirklich, Deissner?«

Deissners Blick wurde kalt, er nahm sein Glas und lehnte sich zurück. »Das spielt keine Rolle mehr. Hin und wieder muss man seine Sicht der Dinge … sagen wir mal … korrigieren oder … anpassen.«

»Halt!«, sagte Paula plötzlich. »Bitte.« Sie stand auf, ging ein paar Schritte und drehte sich dann zu ihm um. In ihrem Blick lagen Wut und Angst. »Ich weiß nicht, ob ich Ihnen das alles glauben soll!«

Er machte eine besänftigende Handbewegung. »Lassen Sie mich zu Ende erzählen.«

»Oh, ich kann mir schon denken, was dieser Deissner, der ja wohl mein Vater war – jedenfalls laut Ihrer Version –, gesagt hat.«

Er wartete.

»Er war einer von denen, ja? Ein Nazi …«

»Ja. Er hat für die Abwehr gearbeitet. Das habe ich aber erst später erfahren.«

Paulas Auflachen kam so plötzlich, dass er zusammenzuckte.

»Die Geschichte wird ja immer besser! Also, warten Sie: Mein Vater war Spion für … für Hitler-Deutschland?«

»So könnte man es ausdrücken.«

»Weichen Sie nicht aus! War er ein Spion oder war er keiner?«

Natürlich verstand er ihre Ungeduld. An ihrer Stelle hätte er genauso reagiert. »Lassen Sie mich weitererzählen.«

Sie zündete sich eine Zigarette an und machte den ersten Zug. »Gut. Erzählen Sie weiter.«

Er traute seinen Ohren nicht. »Sie haben mich ausgehorcht?«, sagte er fassungslos.

Deissner lachte. »Was glauben Sie, wer Sie sind, Scheugenpflug?«

Ein kritischer Journalist, wollte er erwidern, doch Deissner kam ihm zuvor. »Es gibt wichtigere Personen als Sie, um es vorsichtig auszudrücken.« Er hätte auch sagen können: Sie sind ein Nichts, Scheugenpflug, ein absolutes Nichts. Eines musste man Deissner lassen: Er hatte Taktgefühl.

»Die Geschichte mit Ihrer Frau und dem Spielwarenladen haben Sie also erfunden?«

»Deswegen haben Sie mir doch erst zugehört, oder?«

»Sie sind …« Ihm fiel keine passende Bezeichnung ein. Lügner erschien ihm viel zu schwach.

»Lassen wir das, Scheugenpflug. Das ist unter unserem Niveau.«

Unter wessen Niveau?, dachte er wütend. »Sie wollen sich absetzen«, sagte er und musste lachen. »Also, Deissner, Sie glauben doch nicht im Ernst, dass ich Ihnen dabei helfe!«

Deissner sagte ungerührt: »Und warum nicht?«

»Von mir aus, Deissner, können Sie hier verrecken! Und soll ich Ihnen was verraten: Ich werde mit Vergnügen dabei zusehen!« Er trank das zweite Glas aus. Er war in der Stimmung, sich zu betrinken.

»Nun, ich kann Sie nicht zwingen, mich sympathisch zu finden«, sagte Deissner, »aber haben Sie sich eigentlich schon mal gefragt, was Eleonore will?«

»Was zwischen Eleonore und mir ist, geht Sie gar nichts an, Deissner! Ich frage mich, warum ich überhaupt noch hier sitze mit Ihnen!« Er stand so hastig auf, dass der Stuhl nach hinten kippte. Wieder drehten sich die Männer am Nebentisch um, andere Gäste taten es ihnen nach. Eine Entschuldigung murmelnd, ging er zur Tür.

»Sie sind ein Dummkopf!«, rief Deissner hinter ihm her. »Sie haben verloren, Scheugenpflug!«

Er drehte sich nicht mehr um.

»Eleonore – Ihre Mutter – war nicht in der Pension, als ich zurückkam. Senhor Pereira – er trug meine Uhr am Handgelenk – zuckte nur mit den Schultern. Sie könnten ruhig ein bisschen freundlicher sein, wer würde denn in Ihrer Absteige für so viel Geld wohnen – wenn nicht wir, wir Flüchtlinge? Das hätte ich ihm am liebsten ins Gesicht gesagt, ihm meine Uhr entrissen und meine Wut über die ganze Situation an ihm ausgelassen.

Ich streckte mich auf dem Bett aus. Eleonores Geruch stieg mir in die Nase. Früher benutzte sie Parfüm. Ich schloss die Augen und versuchte, mich an den Duft zu erinnern … Eleonore in einem langen hellblauen Kleid, wir tanzen Walzer. Schwerelos drehen wir uns, schweben über die Tanzfläche, Eleonore in meinem Arm, sie lacht glücklich … Doch mit einem Mal verstummt die Musik. Ihr Kleid wird grau, alles um uns herum wird grau: die roten Sitzflächen der Stühle im Saal, das goldglänzende Geländer, die Leuchter, grau, alles grau – nichts als grau –, und Eleonores Geruch ist nicht mehr der von Veilchen oder Maiglöckchen, sondern der von Moder und Schimmel, wie der Geruch alter, feuchter Keller. Aber das Schlimmste ist ihr Gesicht. Es ist zu einer Fratze geworden. Auf einmal halte ich eine runzlige, bucklige Frau in den Armen. Ich schreie … und wache auf. Ich habe geträumt.

Ich musste raus aus dem Zimmer, ich könnte es nicht ertragen, wenn sie hereinkäme. Ich stürzte hinaus in die Nacht …«

»Bitte!« Es war das zweite Mal, dass Paula ihn unterbrach. »Das ist ja schrecklich!« Sie ging hinaus auf den Balkon.

Während er wartete, dass sie wieder hereinkam, dachte er, dass er damals in der Nacht als Erstes den Geruch wahrgenommen hatte. Aus offenen Fenstern war der Duft von gebratenem Fisch, von Zwiebeln und Knoblauch gedrungen. Es hatte nach Holzkohle und Seifenlauge gerochen, nach Teer und Algen, nach Leben und Tod.

»Entschuldigung, aber es gibt Dinge …« Paula war wieder hereingekommen.

»Schon gut. Sollen wir aufhören?«

»Nein, nein! Dazu ist es längst zu spät, das ist Ihnen doch hoffentlich klar …« Sie hatte die Arme vor der Brust verschränkt. Nein, sie gehörte nicht zu denen, die aufgaben.

Damals war er durch die nächtlichen Straßen gewandert, das Gespräch mit Deissner war noch in seinen Ohren. *Und Sie bekommen eine neue Identität!* Wie kann Deissner so tun, als wäre er ich? Wie anmaßend von ihm!, dachte er wütend. Ein Paar kam ihm entgegen. Auch sie gehörten zu denen, die nicht freiwillig hergekommen waren, das erkannte er an ihrer Kleidung, an der Qualität seines Anzugs, der früher wohl perfekt gesessen hatte und der ihm heute viel zu groß war. Wie sie sich aneinanderklammerten, die beiden, als könnten sie sich sonst verlieren. Dabei hatten sie sich vielleicht schon längst verloren. Auch Eleonore und er hatten sich aneinandergeklammert, es hatte nichts genützt. Er spürte einen stechenden Schmerz. Fühlte sich so Verzweiflung an – oder Liebe, die keine Zukunft hatte?

Der Wind trieb die Seiten einer Zeitung über das Pflaster. Er bückte sich und las im spärlichen Licht einer Laterne: *War over soon!*

Was für ein Unsinn! Er knüllte die Blätter zusammen und warf sie hinter sich. Der Wind trieb sie weiter in die Dunkelheit hinein.

»Scheugenpflug!«

Deissner! Er kam plötzlich aus einer Seitenstraße. »Was geistern Sie denn noch hier herum in der Nacht?« Er hatte gute Laune, was vielleicht am Rosé lag, vielleicht auch einfach an seinem Naturell. Und in diesem Augenblick wusste er, dass Deissner Eleonore genau damit gewonnen hatte, mit seiner guten Laune. Wann hatte er zum letzten Mal gute Laune gehabt? In Bordeaux vielleicht, als sie das Visum für Spanien in den Händen gehalten hatten? Das war Monate her. Deissner hatte sie mit seinem fröhlichen Pragmatismus gewonnen.

»Haben Sie sich meinen Vorschlag durch den Kopf gehen lassen?« Deissner stand jetzt direkt vor ihm.

»Wir sehen uns nicht ähnlich!«

»Sie irren sich. Sie wollen unsere Ähnlichkeit nur nicht erkennen, Scheugenpflug!«

»Sie sind größer als ich!«

»Ach«, Deissner stellte sich neben ihn, »sehen Sie? Kaum fünf Zentimeter. Wo haben Sie die eigentlich her?« Er deutete auf die Narbe.

»Ich bin in einen Scherbenhaufen gefallen«, sagte er. Ein Schmiss mit einem Degen hätte Deissner wahrscheinlich beeindruckt.

»Die Narbe ist kein Problem. Eleonore hat sogar bestätigt, dass …«

»Halten Sie Eleonore da raus!«

»Ich weiß, was Sie denken, Scheugenpflug.«

»Sie wissen wohl alles, was?«

Wieder dieses Lachen. »Sie benehmen sich wie ein trotziges kleines Kind! Wir sind zwei erwachsene Menschen!«

Er wollte sich abwenden, da hielt Deissner ihn am Ärmel fest.

»Herrgott, Scheugenpflug, ich biete Ihnen ein Geschäft an. Sie können hierbleiben, das wollen Sie doch, oder nicht?«

»Es geht Sie nichts an, was ich will oder nicht!«

»Sie lieben Eleonore nicht mehr. Seien Sie doch ehrlich! Hören Sie auf, sich und Eleonore etwas vorzumachen! Es ist aus! Die Liebe ist dünn geworden, wie Ihr Hemd, das Sie seit Jahren tragen.« Deissner fasste nach seiner abgestoßenen Kragenspitze. »Es war mal Ihr bestes, jetzt ist es Ihr einziges, Scheugenpflug. Nur noch eine Frage von Tagen, wann es reißt, Ihr Hemd. Vielleicht hat es ja schon irgendwo einen Riss … Dreitausend Dollar, ein neuer Name und – eine neue Liebe?«

»Glauben Sie, ich würde mein Leben und Eleonore einfach so verkaufen?«

»Eleonore hat längst zugestimmt.«

»Nein, das stimmt nicht!«

»Mein Angebot gilt bis morgen Abend, bevor Sie eigentlich an Bord gehen würden. Morgen um zweiundzwanzig Uhr sehen wir uns wieder. Hier.«

Eleonore war immer noch nicht da. Er hätte sie gern aus dem Schlaf gerissen, sie angeschrien, was sie da mit diesem Kerl ausgeheckt habe – doch das Bett war nur auf einer Seite benutzt, dort, wo er vorhin gelegen hatte.

Er öffnete das Fenster, als könnte er so seine Freiheit zurückerlangen. Nein, mehr als seine Freiheit. Seine Unabhängigkeit. Sich nicht rechtfertigen, sich nicht erklären zu müssen, einfach so sein zu können, wie er war. Wie lange schon nahmen sie aufeinander Rücksicht – und erschwerten sich gegenseitig das Leben? Wie hatten sie das überhaupt ausgehalten, all die Monate schon, immer zusammen zu sein, keine Aufgabe zu haben, nur beseelt von dem Wunsch, zu überleben und weiter zu fliehen, dorthin, wo keiner sie brauchte, weil es schon viel zu viele von ihnen gab?

Unten auf der Straße sah eine Frau zu ihm hoch. Ihre Absätze klackten, während sie vorüberging. Der dunkle Faltenrock schwang um ihre Beine, und er musste an die Zeit in Frankfurt denken, wie er und Eleonore miteinander getanzt hatten. Eleonore hatte ein Kleid mit einem weiten Rückenausschnitt getragen. Am nächsten Tag hatte sie einen Schnupfen gehabt. Es war Februar gewesen. Februar, irgendwann, in einer anderen Zeit.

Er zog sich aus, legte sich ins Bett, zog die raue Decke, die nach nassem Fell roch, bis über den Kopf. Und wenn der Krieg wirklich bald zu Ende wäre?

Ana wusste gar nicht, dass er hierbleiben könnte. Auch ihr hatte er nichts von den Tickets und den Visa gesagt. Er hatte nicht viel mit ihr gesprochen. Es war nicht nötig, zwischen ihnen war diese Magie, die keine Worte brauchte. Aber war es auch klar für sie, dass er auf eines der Schiffe gehen würde? Ana ... Sein ganzes Sehnen drückte sich in diesem Namen aus. Er fühlte sich fiebrig und schwach, kraftlos – und erschöpft.

»ANA ... IHR GEHÖRTEN ALL MEINE SEHNSÜCHTE. Darin wollte ich mich verlieren. Und gleichzeitig wollte ich Eleonores vorwurfsvolle Blicke vergessen, die bitteren Worte, die mich trafen. Ebenso die gemeinsame Flucht und die Hoffnung auf ein anderes Leben mit mir, ein Leben, das ich doch schon längst aufgegeben hatte.

Mit jeder Gebärde, mit jeder Faser ihres Seins erinnerte Eleonore mich an mein Versagen und an das, was wir verloren hatten. Als mir das klar wurde, wusste ich, dass ich sie nicht verlassen durfte. Ich musste dieses Opfer bringen, so schwer es mir auch fiel, sonst hätte ich mir nie wieder in die Augen sehen können.«

Er brach ab, sein Blick ging ins Leere.

»Warum erzählen Sie nicht weiter?« Paula, die mit dem Rücken zu ihm auf der Bettkante saß, drehte sich zu ihm um, eine Zigarette in der Hand.

»Den Rest kennen Sie doch. Ihre Mutter reiste dann doch mit Karl Deissner nach Amerika.« Er wollte die Sache beenden. Jetzt.

»Sie sind also wirklich auf den Handel eingegangen?« Der Qualm ihrer Zigarette schluckte die Lichtblitze der Neonschilder, die auch jetzt von der Straße in das Zimmer drangen.

Er beugte sich zum Nachttisch und schenkte sich Wein nach.

»Sie auch?«, fragte er, als ihm seine Unhöflichkeit bewusst wurde.

Sie schüttelte den Kopf.

Bis hierher hatte er es also geschafft, er hatte den Schluss immer weiter hinausgezögert. *Das Spiel ist aus, Scheugenpflug …*

»Sie wollen die Wahrheit, ja?«, vergewisserte er sich nochmals. Er trank einen Schluck, dann noch einen und warf ihr einen hoffenden Blick zu.

»Wie oft soll ich Ihnen das noch sagen?« Paula drückte ihre Zigarette heftig aus.

Ob sie immer so viel rauchte, oder lag es an der Situation? Er wollte sie fragen, doch er war sich sicher, sie würde ihm eine schroffe Antwort geben. Nun, es ging ihn ja auch nichts an.

»Gut. Wir haben uns wiedergetroffen, Deissner und ich, am Abend des folgenden Tages. Ich verließ gerade das *Martinho,* und er kam beim Postamt um die Ecke. Mein erster Gedanke war: Er hat auf dich gewartet. Die Sache ist noch nicht ausgestanden.

›Was wollen Sie denn noch, Deissner?‹, fragte ich ihn.

›Mit Ihnen plaudern.‹

Die Straße war fast menschenleer. Feuchtigkeit machte die Luft schwer, sie roch nach Fisch und Meer.

›Ich werde Ihre Gesellschaft vermissen, Scheugenpflug.‹

Ich ging einfach weiter, hoffte, dass Deissner stehen bleiben würde, doch er blieb an meiner Seite. Irgendwann hatten wir den Fluss erreicht. Ich weiß nicht mehr, warum, ganz sicher war es nicht der kürzeste Weg zur Pension. Wahrscheinlich war ich doch froh um jeden Umweg, ich wollte die Begegnung mit Eleonore noch hinauszögern, ich wusste einfach nicht, was ich ihr sagen – was ich empfinden sollte. Ich musste mich zusammenreißen, mein Leben endlich wieder in geordnete Bahnen bringen.«

Er sah in Paulas Augen, und sie sagten ihm, dass sie das, was er berichten könnte, fürchtete, dass sie überlegte, wie sie ihrem Vater zu Hause begegnen und was sie ihrer Tochter Tess über ihren Großvater erzählen würde. Jetzt könnte er etwas wiedergutmachen – oder nicht … Es sind nur Worte, ein paar Worte …

»Und was ist dann passiert?« Paula drehte an ihrem Ring.

Sie hat Angst, sie fürchtet, dass ich ihr bestätigen könnte, was sie seit ein paar Stunden befürchtet. Die Wahrheit ist subjektiv, nicht wahr, die Wahrheit ist das, was dem Leben nützt, oder? Er hatte es also in der Hand, ihr Glück, Paulas Glück und das ihrer Tochter …

Er räusperte sich.

»Schwarz glänzte der Fluss neben uns. Die Wellen leckten an der Kaimauer. Plötzlich wurde mir schwindlig. Es muss die Anspannung gewesen sein, die dauernde Ungewissheit, ich hatte wenig gegessen. Jedenfalls rutschte ich aus. Ich spürte noch, wie Deissner mich am Arm zu packen versuchte, aber ich stolperte wohl über einen Poller oder einen Pflasterstein und stürzte ins Wasser. Ich erinnere mich noch, dass Deissner meinen Namen rief, und ich glaubte zu sehen, dass er ins Wasser sprang. Doch es war Nacht, und die Strömung erfasste mich.«

Er brach ab. Er fühlte sie wieder, die alles umgebende Kälte, die Dunkelheit, den Hass auf Deissner, der ihn im Wasser seinem Schicksal überlassen hatte.

In Paulas Gesicht las er Überraschung, vielleicht auch Erleichterung. Hatte sie einen anderen Schluss erwartet?

»Er wollte Sie retten?«

»Ja! Er wollte mich retten!«

Es war doch ganz einfach gewesen.

»Es war ein Unfall?«, fragte sie.

»Ja! Aber ja! Ein Unfall! Ich habe mich in den letzten fünfzig Jahren oft gefragt, warum ich nicht einfach untergegangen und gestorben bin …« Auf einmal war er gut gelaunt – und auch erleichtert. Das Lügen ging manchmal ganz leicht.

»Glauben Sie an Gott?«, fragte sie. Unablässig pulsierte das Neonlicht im Raum.

»Sie meinen, in meinem Alter würde es nicht schaden, nicht wahr?« Er grinste, aber sie lachte nicht. »Das zu erklären wäre zu kompliziert«, fügte er hinzu, was hieß: Ich weiß nicht, ob es einen Gott gibt.

»Sie wurden also gerettet?«

»Ja.« Er überlegte kurz, ob er sich noch ein Glas einschenken sollte, doch dann sah er, dass die Flasche leer war. »Ich hatte Glück, ein Fischer hat mich gerettet. Ich nehme mal an, Deissner hat ihn geholt.« Er lügt um Paulas willen. Wie könnte sie mit einem Vater als Mörder leben? »Ich muss so gut wie tot gewesen sein«, fuhr er fort. »Völlig unterkühlt. Außerdem hatte ich mich am Kopf verletzt. Ich war verwirrt. Ich kannte meinen Namen nicht, konnte mich nicht erinnern, was passiert war. Der Fischer brachte mich zu einem Arzt, und erst nach drei Tagen wusste ich wieder, wer ich war. Tja, da war das Schiff schon weg. Senhor Pereira in der Pension *Alegría* war überrascht, als er mich sah. Er glaubte, ich wäre zusammen mit Eleonore abgereist. Im *Café Suica* hielt ich nach Deissner Ausschau, aber er kam nie wieder. Deissner war unter meinem Namen an Bord gegangen. Ich habe mich viele Jahre lang gefragt, mit welchem Gefühl Eleonore abgefahren ist. Ob sie erleichtert war, dass das Schicksal diese Entscheidung getroffen hatte.«

Paula schwieg. Sie rauchte nicht mehr, wieder hielt sie mit den Armen ihre angezogenen Knie umschlugen.

Wie einsam sie auf einmal aussieht, dachte er.

»Und Sie, haben Sie die Fado-Sängerin geheiratet?«

Er schüttelte den Kopf. »Als ich einigermaßen wiederhergestellt war, habe ich sie überall in Lissabon gesucht. Sie arbeitete nicht mehr in dem Handschuhladen und auch im Lokal sang sie nicht mehr. Niemand wusste, wohin sie so plötzlich verschwunden war. Erst zwei Jahre später hörte ich durch Zufall, dass sie auf dem Land, irgendwo im Alentejo, bei Verwandten war. Nein, ich habe sie erst nach vier Jahren wiedergetroffen.«

Sie kam in das Porträtstudio, das er inzwischen eröffnet hatte.

Minutenlang herrschte Schweigen. Ihr Blick war eine Mischung aus Überraschung und Trauer. Sie hatte geglaubt, er sei damals nach Amerika abgefahren, ohne sie – und ohne sich zu verabschieden. Sie trug ein elegantes schwarzes Kleid, ihr Haar glänzte im mittäglichen Sonnenlicht, das durch die offene Tür hereinfiel, und – damals hatte er es mit einem Gefühl der zärtlichen Vertrautheit bemerkt – ellbogenlange Handschuhe aus weichem weißem Leder.

Er hatte Mühe, die Fassung zu wahren. Da stand sie vor ihm, und in diesem Augenblick wusste er, dass er etwas unwiederbringlich verloren hatte – nie wieder würde er eine solche Liebe empfinden, nie wieder würde er sich so tief berührt fühlen. Alles, was ab jetzt in seinem Leben passieren würde, wäre nur noch eine Erinnerung daran.

Sie lächelte ihn ein wenig wehmütig an. »Wir haben die Liebe bewahrt, nicht wahr?«

Er verstand nicht.

In ihren Augen glitzerten Tränen. »Weil wir sie nicht gelebt haben.«

Sie nahm ein Foto aus der Handtasche. »Er heißt Luís.«

An jenem Nachmittag machte er das Porträtfoto von ihr, das zum berühmtesten werden sollte.

Paula schwieg. Erst nach einer Weile sagte sie: »Haben Sie nach dem Krieg nicht versucht, nach Amerika zu fahren, um Eleonore ausfindig zu machen?«

»Es war aus zwischen Eleonore und mir. Sie hatte ein neues Leben vor sich. Offenbar leben sie immer noch zusammen und haben eine wunderbare Tochter«, fügte er hinzu.

»Zwei Töchter. Und dass sie wunderbar sind, glaube ich

kaum«, meinte sie ironisch. Sie betrachtete ihre Füße. »Meine Mutter ist nicht glücklich geworden.«

»Wie können Sie so etwas sagen, Paula?« Die typisch anmaßende Haltung der Nachkommen, dachte er.

»Es gibt erste Anzeichen von Demenz.«

Wie schrecklich, das tut mir leid, aber ich bitte Sie, Paula, das hat doch nichts mit mir zu tun, nichts mit dem, was damals passiert ist. Das hätte er sagen können, aber er wusste um den falschen Ton, hinter dem er sein schlechtes Gewissen verbarg. »Das tut mir leid, wirklich. Ich wusste nicht, ich …«

Ihre Augen wurden schmaler, sie setzte sich auf. »Sie lebt mit einem Mann, der sich genau so eine Narbe wie Ihre in die Wange geritzt hat, der Ihre Biografie, Ihren Namen übernommen hat. Wie kann man so leben? Mit dieser Lüge? Jeden Tag?« Heftig schüttelte sie den Kopf.

»Paula, das ist nicht Ihre Sache. Eleonore und – und er, sie haben eine Familie gegründet, ein neues Leben angefangen, ich komme darin nicht mehr vor. Für sie bin ich lange tot.«

»Und, was wollen Sie jetzt von mir hören? Dass ich Ihnen verzeihe? Es wäre einfacher für mich, ich würde Ihnen sagen, Sie sind ein Aufschneider, ein Lügner.«

Er lachte auf. »Das müssen Sie entscheiden, Paula. Niemand kann Sie zwingen, von unserem Gespräch hier …«

Sie fiel ihm ins Wort. »Sie meinen, es bleibt unser Geheimnis?«

»Wenn Sie wollen – ja.«

Ein kräftiges Klopfen schreckte beide auf. Sie sahen zur Tür.

»Das ist Nicolas«, erklärte sie ein wenig verlegen.

»Aha, dann gehen Sie. Ich wünsche Ihnen einen schönen Abend.«

Sie zögerte, stand dann aber auf und schulterte ihre Kameratasche. »Ich glaube, ich muss das alles erst mal verdauen.«

Er drückte ihr die Hand, sie fühlte sich so jung und lebendig an.

»Bereuen Sie es?«, fragte sie. Ihre Hand ruhte immer noch in seiner.

»Sie kennengelernt zu haben, bereue ich ganz sicher nicht.«

Sie zog ihre Hand zurück. »Auf Wiedersehen. Vielleicht komme ich morgen noch einmal.«

»Wenn Sie möchten …«

Er stand auf und öffnete die Tür. Nicolas' strahlendes Gesicht sah ihm entgegen.

Paula ging hinaus. Im Flur drehte sie sich noch einmal zu ihm um, dann ging sie um die Ecke. Hatte sie nicht gelächelt?

Sie war fort, seit einer halben Stunde schon, und er ertappte sich, wie er zum dritten Mal auf den schmalen Balkon hinausging und hinuntersah auf die Straße, in der Hoffnung, dass sie umgekehrt wäre und gleich wieder an die Tür klopfte. Nicolas und Paula. Wie einfach manche Dinge im Leben waren! Er hatte sich reinwaschen wollen. Und am Ende hatte er doch wieder eine Lüge erzählt. Auf der gegenüberliegenden Straßenseite zuckte das Wort *Cinema.* Es gibt Lügen, die dienen dem Leben. Er ging zurück ins Zimmer, ließ die Tür zum Balkon offen. So konnte er ein wenig von dem Rauschen hören, von dem Leben da draußen. Im Zimmer hing noch immer der Rauch ihrer Zigaretten, auf dem Tablett stand ihr leeres Glas.

Noch nie zuvor war ihm so klar geworden, dass er gar nichts gewählt hatte, weder das *eine* Leben noch das *andere,* weder die *eine* Liebe noch die *andere.*

FÜNFTER TEIL

2007

Du erst hast mir mein Leben gegeben

Patagonien

Die seidige Oberfläche des Meeres war gestern geradezu körperlich zu spüren gewesen, rief Nicolas sich zum wiederholten Mal ins Gedächtnis, warum konnte er sie heute nicht sehen? Er arbeitete mit einem weichen, breiten Pinsel, mit dem er die Mischung aus Titanweiß, Schwarz und einem Hauch Umbra auf die Leinwand auftrug. Er trat einen Schritt zurück, kniff die Augen zusammen, sodass Farben und Konturen zu einem einzigen Eindruck verschwimmen konnten. Irgendetwas stimmte nicht. *Es fehlt die Transparenz. Du hast* gemalt *und nicht erschaffen.* Er riss die Leinwand von der Staffelei und schleuderte Pinsel mitsamt Palette und den gemischten Ölfarbklecksen hinterher. Bevor er eine noch größere Zerstörung anrichten konnte – oh, er wusste nur zu gut, wozu er fähig war –, eilte er aus dem Haus, warf die Tür hinter sich zu und ging mit großen Schritten über die moosigen Felsplatten, in deren Mulden sich das Regenwasser der letzten Tage sammelte und glänzte wie Öl. Immer wieder rutschte er aus, trotz der Profilsohle seiner festen Schuhe. Ich fluche auf Portugiesisch, fiel ihm auf. Wann hatte er aufgehört, auf Russisch zu fluchen? Und wann würde er auf Spanisch fluchen?

Angekommen an der Kante, wo das felsige Land Patagoniens mit der Handvoll bunter Holzhäuser steil und schroff ins Meer abfiel, blieb er stehen und atmete die feuchte Luft ein, saugte sie tief in die Lungen, bis er husten musste. Er breitete die Arme aus und spürte, wie groß und leer der Raum war, den er umfasste. Eine Weile stand er so da. Genau das würde er malen, einen Mann, der das Meer umarmte.

Er würde ihn aus der Perspektive einer Möwe malen, die vom

Meer aus auf ihn zuflog. Der Mann wäre klein, ganz klein, dort auf dem Felsen, an dessen Abgrund er stand. Und seine Arme wären zu kurz, verglichen mit der Unendlichkeit des Meeres. *Hoffnung* könnte der Titel lauten, oder … nein: *Sehnsucht. Ewige Sehnsucht. Eterna Saudade.* Er würde das Licht eines Sonnenuntergangs wählen. Er könnte das Bild auch *Die Angst vor dem Sonnenuntergang* nennen.

Vielleicht sollte er das Malen heute sein lassen und fischen gehen. Die See war ruhig. Nicht so ruhig wie gestern, aber nicht so stürmisch wie vor zehn Tagen, als kein Fischer hinausfahren und der Arzt aus Ushaia nicht kommen konnte, weil ein Telefonmast sein Auto zertrümmert hatte. Er drehte sich um und wollte einen Blick auf das dunkelrote Holzhaus werfen, wie all die Jahre, wenn er hier stand. Es war zu einer Gewohnheit geworden, sich zu vergewissern, ob am Morgen die Läden geöffnet waren und ob im Winter Rauch aus dem Schornstein quoll. Doch jetzt …

Ganz still und friedlich ist er eingeschlafen, hatte Margarita gesagt. Sie hatte ihn gefunden. Sonst, wenn er, Nicolas, ein paar Fische gefangen hatte, war er hinübergegangen zu ihm, hatte sie bei ihm gebraten, und zusammen hatten sie sie gegessen. Nicolas konnte sich immer noch nicht an den Gedanken gewöhnen, dass der alte Mann tot war.

Er ging langsam zurück, die Augen auf seine Schuhe gerichtet, wie sie auf die dunkelgrünen Mooskissen traten, und auf die rötlich gelben Flechten, die als Farbkleckse auf den silbrig grauen Felsen herausstachen. In einer Pfütze, kaum größer als die Oberfläche einer Kaffeetasse, schwamm etwas. Er bückte sich. Eine kleine Krabbe wand sich im Wasser. Die Klippe war zu hoch, die Brandung konnte sie nicht heraufgeworfen haben. Vielleicht hatte eine Möwe sie fallen lassen, oder sie war, so ungewöhnlich es auch sein mochte, unendlich langsam, aber beharrlich hier heraufgekrochen. Noch ein Bild. Die Krabbe. Er richtete sich auf.

Auch wenn heute offenbar kein guter Tag zum Malen war, er hatte genug Bilder im Kopf gesammelt. Seine Laune war besser geworden, während er zum Haus zurückging. Er zog die Tür des windschiefen Schuppens auf und griff nach seinem Ölzeug, das an dem Haken hinter der Tür hing. Er müsste unbedingt aufräumen. Während er die Schuhe auszog und in den Anzug stieg, in den die Gummistiefel eingearbeitet waren, fiel sein Blick auf die Werkbank, auf der Farbeimer für den Hausanstrich standen, aber auch Werkzeug und Lappen lagen, Streben für die Leinwände, Dosen mit Nägeln, alles Dinge, die er in den letzten Monaten gebraucht und nicht weggeräumt hatte. Auch die Regale waren übervoll, keine Ordnung, nirgends. Er hätte die Sachen, die der Fischer zurückgelassen hatte, lieber wegwerfen sollen. Doch es war ihm wie ein Unrecht vorkommen, immerhin hatten der Fischer und seine Frau hier fast zwanzig Jahre gelebt.

Sie war gestorben. An Krebs, hieß es. Drei Wochen hatte der Fischer noch durchgehalten, war tapfer hinausgefahren, wie immer, wie all die Jahre zusammen mit seiner Frau, bis er eines Tages nicht mehr zurückgekommen war. Weder er noch sein Boot waren je gefunden worden. Das kam öfter vor hier, hatte man ihm gesagt, und er selbst hatte in den Jahren, seit er hier lebte, von ähnlichen Schicksalen gehört. Das Meer war gefährlich, Untiefen, Felsen, Strömungen, Stürme. Unzählige Schiffswracks lagen angeblich da draußen. Und dennoch wagten sich die Menschen immer wieder hinaus. Er zog die Träger über die Schultern, warf den weiten Mantel über, nahm Angelrute, Köder und Eimer und ging hinaus. Die Sonne brach durch einen Riss in den Wolken.

»Nicolas, warte!«, hörte er jemanden rufen.

Er drehte sich um. Margarita kam mit ihrem Labrador. Der Riss in den Wolken ließ Lichtstrahlen auf ihr maisfarbenes Haar fallen, es sah aus, als würde sie fliegen, so heftig wehte ihr dickes rot kariertes Flanellhemd, als würde sie hoch in die Lüfte gehoben. Marc Chagall – *Der Engel mit der Violine,* Nicolas Jegorow – *Die Frau mit dem Hund …*

Atemlos blieb sie vor ihm stehen, er stellte den Eimer ab. »Hast du gewusst, dass Carlos Verwandte hatte?«

Warum quält Margarita mich damit? Er hatte diesen Tag und diese Nacht vergessen wollen, doch es war ihm nie gelungen. Noch heute konnte es passieren, dass er im Traum die Hand nach ihrer ausstreckte, doch er konnte sie nicht festhalten, sie entglitt ihm, und ihr Körper stürzte durch seinen eigenen hindurch in die Tiefe, prallte auf der Straße auf, und dann, dann stand er plötzlich vor dem roten Ford Mustang mit dem angelassenen Motor und der dunklen Bremsspur, ohrenbetäubend laut dröhnte das Autoradio, und er, er wollte zu ihr, doch seine Schuhe klebten am Asphalt, und nur unendlich langsam und mühsam schaffte er es irgendwann zu der Stelle, an der ihr Körper auf dem nassen Asphalt lag – zerschmettert, das blonde Haar wie ein Strahlenkranz, ihre Augen weit aufgerissen, ihr Blick noch nicht tot, doch aus ihrem Mund quoll schon dunkel das Blut, ihr Nacken noch warm und feucht wie Minuten zuvor. Wie oft hatte er diese Szene gemalt, wie oft hatte er verzweifelt versucht, alles aus seinem Inneren hinauszuschreien, doch es hatte nicht geholfen, die Bilder blieben in ihm und sie waren noch genauso frisch wie damals.

Nein, er war nicht schuld, das sagte er sich immer wieder. Sie war an dem Abend aus der Bar gelaufen, weil sie plötzlich begriffen hatte, dass Carlos Dios ihr Vater sein musste. Sie war auf die Straße gelaufen und hatte alles hinausgeschrien – und dann war das Auto gekommen.

»Nicolas? Hast du mich gehört?« Margarita, ja, richtig, sie stand vor ihm.

»Ja. Er hat es mir irgendwann mal gesagt.«

»Und da haben sie den armen alten Mann ganz allein gelassen.« Margarita wandte sich um zu dem roten Holzhaus und schüttelte den Kopf. »So sind die Menschen! Keine Liebe!« Der Hund fing an zu bellen und jagte einer Möwe hinterher. Margarita deutete auf Nicolas' Angel. »Fährst du raus zum Fischen?«

»Ja.«

Sie hob den Blick zum Himmel. »Es könnte stürmisch werden.«

»Ich bin rechtzeitig zurück.«

»Sie kommt heute.«

»Wer?«

»Sei einfach rechtzeitig zurück. Chusco! Ven aquí!« Sie sah nach dem Hund, der jetzt einer Katze hinterherjagte.

Vorsichtig kletterte er hinunter zu der geschützten Felsenbucht, wo sein Holzboot lag, ein Ruderboot, das der Fischer ihm mitverkauft hatte. Er verstaute sein Angelzeug, machte den Strick von dem morschen Pflock los und setzte einen Fuß hinein, während er sich mit dem anderen vom Ufer abstieß. Das Boot schwankte, als er sich auf die nasse Bank setzte und die Ruder ins Wasser ließ. Er würde nicht weit hinausfahren, nur bis zum Ende der großen Bucht. Dort hatte er meistens Glück und fing ein paar Fische.

Mit zwei kräftigen Schlägen steuerte er das Boot zwischen den beiden aufragenden runden Felsen hindurch und über eine heranrollende Welle hinein in tieferes Gewässer, bis es im Rhythmus des Meeres auf und ab stieg. Das quietschende Knarren der Ruderriemen und das Schmatzen der eintauchenden Paddel gaben auch ihm einen Rhythmus, während er sich immer weiter vom Ufer entfernte. Mit jedem Ruderschlag überließ er sich der strömenden Kraft unter sich. *Warum nur bis zum Ende der Bucht, warum nicht weiter, bis zum hellen Lichtschein da am Horizont, zur Grenze zwischen Himmel und Erde?*

Dabei wusste er, dass dort in der Ferne Himmel und Erde genauso wenig zusammenstießen wie hier, wo seine Paddel in den unermesslichen Ozean eintauchten und winzige Strudel erzeugten. Es sah nur so aus. Dennoch war da diese Sehnsucht in ihm, weit hinauszufahren, in diesen flimmernden Lichtschein einzutauchen und sich, am Ende seiner Kräfte, der allumfassenden Ordnung zu überlassen. Einmal war er fast so weit gekommen, aber irgendetwas hatte ihn wieder umkehren lassen. Er war jetzt dreiundvierzig, und das war zu jung zum Sterben.

Buenos Aires

Tess schlug das Magazin zu und sah aus dem Fenster hinunter auf die Landschaft aus weißen Wolkenbergen, Tälern und Ebenen, die unter einem eisblauen Himmel dahintrieben. Vor ihr auf dem Klapptischchen vibrierte der Plastikbecher, und auf der Kaffeeoberfläche zitterten Wellen, viel, viel kleiner als die auf der Karibischen See, über die sie vor ein paar Stunden geflogen waren. Der Platz zwischen ihr und ihrem Nachbarn war frei, und so legte sie das Magazin zu ihrer Handtasche.

»Du weißt doch gar nicht, wer das ist! Und außerdem musst du da nicht selbst hin, nimm dir einen Anwalt, der regelt das für dich«, hatte Adrian gesagt, am Samstagmorgen vor zwei Wochen, einen Tag vor ihrem dreiunddreißigsten Geburtstag, als sie den Brief der Steuerkanzlei De La Serna aus Buenos Aires geöffnet hatte. Adrian, in seinen Squash-Sachen und mit einem Glas Orangensaft in der Hand, wie jeden Samstagmorgen in Eile, da er pünktlich um neun mit seinem Kollegen Dustin auf dem Court stehen musste, sie selbst im Bademantel, ein Handtuch um das nasse Haar geschlungen.

»Ich will aber selbst hinfahren. Wer weiß, was es ist?«, hatte sie erwidert. Ein Vermächtnis, nannte es der Anwalt im Schreiben.

»Tess, also wirklich«, Adrians überhebliches Lächeln war ihr noch gut in Erinnerung, »was willst du bei einem Anwalt in Buenos Aires? Es gibt doch ein Telefon. Und wenn du dorthin gelockt werden sollst?«

»Aber warum?«

»Warum? Keine Ahnung, warum! Weil jemand Geld erpressen oder dich entführen will!«

»Ach, Adrian, das könnte er auch einfacher haben.«

Er hatte einen raschen Blick auf die Uhr geworfen, den Orangensaft hinuntergestürzt und sich mit einem flüchtigen Kuss verabschiedet. Sie hatte Adrian fragen wollen, ob er sie nach Buenos Aires begleiten würde, aber als er von seinem Match zurückgekommen war, hatte er sich rasch umgezogen und war mit zwei Kollegen zum Mittagessen gegangen. Am Abend wollten sie ins Kino und danach essen gehen, aber das hatte er wohl vergessen, denn als er am Nachmittag leicht betrunken zurückkam, legte er sich mit einem Buch auf die Couch. Schon bald war er eingeschlafen. Noch am selben Abend hatte sie ein Ticket nach Buenos Aires gebucht.

»Kaffee?« Die hochgewachsene blonde Stewardess hielt lächelnd die Kanne bereit.

»Nein, danke.« Tess schloss die Augen. Was würde in sechs Stunden sein? Würde sie endlich die Wahrheit erfahren? Klarheit? Vor drei Jahren war sie nach Lissabon geflogen und verwirrt zurückgekehrt. Die Erinnerung an ihren Großvater war blasser geworden, sein Bild verschwamm, löste sich auf, ja, sie hatte Rose schließlich doch zugestimmt, das Haus am See zu verkaufen.

Jetzt war sie wieder unterwegs, um ein Vermächtnis anzunehmen – oder auszuschlagen, das würde sie sehen. Rose hatte Senor De La Serna überprüfen lassen. Viel hatte sie nicht herausbekommen: ein durchschnittlicher Anwalt mit einer Kanzlei in Buenos Aires, der sich mit Erbschaftsangelegenheiten, Scheidungen und alltäglichen Rechtsstreitigkeiten über Wasser hielt.

Tess blätterte wieder im Bordmagazin, als könnte sie sich damit auf das vorbereiten, was sie gleich erwartete, und als könnten Tipps für Ausflüge, Restaurantbesuche und ein Artikel über die Wiederentdeckung des Tango ihr dabei nützlich sein. Sie hatte ja nicht die geringste Ahnung, was sich ihr in dieser Stadt offenbaren würde.

Nach ihrer Rückkehr aus Lissabon hatte sie die erste Zeit nur an Luís gedacht, dann hatte sie die Erinnerung verdrängt, und später war sie sich nicht mehr sicher gewesen, ob sie ihn überhaupt wiedererkennen würde. Doch seit dem Brief aus Buenos Aires war die Erinnerung an ihn wieder da, sie verfolgte Tess jeden Tag, wühlte tief in ihr etwas auf, das auf den Grund ihres Inneren gesunken war. Es war so etwas wie die leise Ahnung von einer Möglichkeit. Es weckte Zweifel und quälende Fragen in ihr, ob das, was sie erlebt hatte, schon alles gewesen sein sollte. Ob es einfach immer so weiterginge und sie sich dann später, wenn sie sich endgültig eingestehen müsste, dass sie den falschen Weg gewählt hatte, nur noch trauriger und hoffnungsloser fühlen würde. Das Leben mit Adrian verlief nun einmal in gewohnten Bahnen, als wären sie zwei Maultiere, die, mit schweren Lasten beladen, Tag für Tag denselben ausgetretenen Bergsteig hinauf- und hinabtrotten mussten.

Wenn sie ehrlich war, dann hatte sie sich lange nach genau so einem Leben gesehnt. Nach Regelmäßigkeit, Sicherheit, Vorhersehbarkeit, nach all dem, was sie als Kind nicht gehabt hatte. War sie undankbar, wenn sie sich plötzlich eingestehen musste, dass dies alles sie langweilte und niederdrückte?

Halbherzig sah sie auf den Monitor, auf dem gerade ein Film begann. Eine Komödie mit zwei bekannten Schauspielern, deren Namen sie jedoch immer wieder vergaß.

Rose hatte die Geschichte ihrer Eltern von ihren cleveren PR-Beratern so umarbeiten lassen, dass es eine rührende Geschichte wurde über Vertrauen, Liebe und den unerschütterlichen Glauben an das Glück, an Demokratie und Freiheit – und natürlich an Gott. Rose wurde tatsächlich zur Bürgermeisterin von Chicago gewählt. Und sie, Tess? Sie hatte ein unverfängliches Feature über den Fado in Lissabon geschrieben. Es gelang ihr, die Zweifel an ihrem Leben – und insbesondere an ihrer Beziehung zu Adrian – durch Arbeit zu ersticken. Und so waren die letzten drei Jahre vergangen, und so wären womöglich auch die nächsten Jahre vergangen, wenn nicht plötzlich dieser Brief aus Buenos Aires in ihrem Briefkasten gelegen hätte.

Irgendwann kündigte der Pilot an, dass sie gleich landen würden, und Tess spürte, wie ihre Nervosität zurückkehrte.

Sie war froh, dass sie nur mit Handgepäck reiste, sodass sie sich nicht an den Kofferbändern anstellen musste. Gerade als sie am Zoll vorbei war und hinaus in die Hallte trat, klingelte ihr Telefon. Zwischen sich umarmenden und sich küssenden Menschen zog sie es aus ihrer Handtasche.

»Senora Plough, hier ist Federico De La Serna. Ich winke, sehen Sie mich?«

Sie sah sich um. Da hinten, ja, da winkte jemand.

Senor De La Serna war ein kleiner, untersetzter Herr in dunklem Anzug, mit öligem Haar und bronzefarbenem Teint. Er würde perfekt in die Rolle eines Anwaltes in einer südamerikanischen Telenovela passen. Mit ausgestreckten Armen kam er auf Tess zu.

»Schön, dass Sie so schnell kommen konnten, Senora Plough!« Seine Stimme war ölig, genau wie seine Haare, und sein Englisch hatte den typisch südamerikanischen Klang. Tess war sich nicht sicher, ob sie Senor De La Serna trauen konnte, auch wenn sein kurzer, fester Händedruck durchaus etwas Ehrliches hatte.

»Es bleibt uns nicht allzu viel Zeit, also bleiben wir am besten hier.« Er warf einen Blick auf seine goldene Uhr und wies zu dem Flughafencafé, wo zwei Angestellte gelangweilt hinter der Theke standen.

Sie hatte keine Ahnung, was er meinte, denn ihr Rückflug ging erst morgen.

Kaum hatten sie sich gesetzt, nahm er ein Foto aus der Innentasche seines Jacketts. »Erkennen Sie diesen Mann?«

Tess betrachtete das Foto. Es zeigte ihren Großvater in jüngeren Jahren. Allerdings gab es ein entscheidendes Detail, das sie sehr irritierte. Ihr Großvater trug eine Uniform. Eine mit einem eisernen Kreuz. Eine deutsche.

»Er sieht ihm ähnlich, ja, aber … er war doch kein Soldat … er ist doch nach Lissabon geflohen …« Sie gab ihm das Foto zurück.

Der Anwalt lächelte kurz, faltete die Hände und legte sie nachdenklich vor die Stirn. »Ich will versuchen, es Ihnen zu erklären. Carlos Dios hat mir einige Informationen anvertraut, als er mich mit Nachforschungen beauftragt hat.«

Sofort tauchten die Erinnerungen wieder auf. Das braune Hotel, der Handschuhladen, der *Clube de Fado,* Ana Pires, Luís …

»Haben Sie den Namen Karl Deissner schon einmal gehört?«

Sie schüttelte den Kopf.

Der Anwalt legte eine Mappe aus rosafarbener Pappe auf den Cafétisch. »Karl Deissner wurde in Magdeburg geboren, er trat in die NSDAP ein und kam – wann, ist nicht mehr zu erfahren gewesen – zur Auslandsabteilung der Partei. Diese unterhielt auch in Lissabon eine Zweigstelle, sie pflegte gute Kontakte zur Kirche und zu deutschen Vereinigungen. Irgendwann fing er wohl an, den deutschen Nachrichtendienst zu boykottieren: Er hat seine Meldungen einfach erfunden. Das wissen wir erst seit Kurzem durch britisches Archivmaterial, das lange nicht freigegeben worden war. Er wechselte die Seiten und fälschte nun im Auftrag der Briten Informationen für die Deutschen. Das wurde ihm offenbar irgendwann zu gefährlich. In Lissabon traf er auf Hans Scheugenpflug, und als er entdeckte, dass er diesem ähnlich sah, muss wohl die Idee aufgekommen sein, mit ihm die Rollen zu tauschen.«

Also doch, dachte Tess, und dann überstürzten sich ihre Gedanken.

»Bitte entschuldigen Sie, dass ich über derart private Dinge sprechen muss, aber Senor Dios hat es mir anvertraut: Ihre Großmutter hat Deissner womöglich wirklich geliebt, das wusste mein Mandant ja nicht. Nun, jedenfalls emigrierte Karl Deissner als Hans Scheugenpflug nach Amerika, zusammen mit Ihrer Großmutter Eleonore. Der echte Hans Scheugenpflug, mein Mandant, nahm den Namen *Carlos Dios* an und eröffnete ein Porträtstudio. Später zog er in ein Hotel, wo er achtzehn Jahre lang lebte, bis er der Stadt den Rücken kehrte und an einen vergessenen Ort zog, gewissermaßen ans Ende der Welt. Das alles ist natürlich ein wenig überraschend für Sie, nicht wahr?« Senor De La Serna lächelte sein Telenovela-Lächeln. »Ich verstehe durchaus, dass das verwirrend sein muss für Sie … Nun, mein Mandant hat Ihnen etwas vermacht.« Er schlug die Mappe auf und nahm ein Foto heraus.

Es zeigte ein dunkelrotes Holzhaus mit weißem Giebel, im Hintergrund standen drei andere bunte Häuser. Ein weiter blauer Himmel wölbte sich darüber.

»Patagonien. Waren Sie schon einmal dort?«

»Nein.« Sie erinnerte sich an die Anfangsjahre mit Adrian, da hatten sie Pläne gehabt für einen Urlaub in Patagonien, aber es war nie etwas daraus geworden.

Er sah wieder auf die Uhr. »Wollen Sie sich das Haus ansehen?«

»Wieso vermacht er es mir? Wieso weiß er überhaupt von mir?« Tess war völlig durcheinander.

Senor De La Serna klappte die Mappe zu. »Es tut mir leid, das hat er nicht niedergeschrieben. Aber Sie werden dort sicher auf Informationen stoßen. Wir sollten uns beeilen, sonst verpassen Sie noch den Flug.«

Mitten auf der Gangway in die kleine Maschine nach Ushaia blieb Tess plötzlich stehen. Was machte sie da eigentlich? Patagonien … Carlos Dios. Schon einmal war sie seinen Spuren gefolgt, und damals hatte sie sich gefährlich tief in ein Grenzgebiet gewagt.

»Bitte, kommen Sie doch!« Freundlich lächelte die Stewardess sie an. »Heute werden wir einen wunderbar ruhigen Flug haben.«

Tess wusste, dass sie sich nur umdrehen und zurück zur Flughalle gehen und morgen in die Maschine um 18.35 Uhr nach Chicago steigen müsste, wenn sie ihr Leben einfach weiterleben wollte. Doch sie hatte nur dieses eine Leben, oder? Senor De La Serna winkte zu ihr herauf. Tess holte Luft und ging die restlichen Stufen hoch.

Patagonien

Die Angelrute bog sich, während Nicolas die Schnur einholte. Breitbeinig saß er auf der Bank des Ruderboots, um es im Gleichgewicht zu halten. Es sah ganz danach aus, als ob er heute Glück hätte. Manchmal wünschte er sich ein großes Boot, von dem aus er den Kampf gegen einen großen Schwertfisch aufnehmen könnte. Doch mit seinem Ruderboot? Wenn der Fisch zu groß war, müsste er ihn wieder schwimmen lassen. Wie sollte ein Mann in einem Ruderboot einen solchen Fisch an Land bringen? Außerdem war er kein Fischer, er war nur ein Maler, einer, der sich das Fischen von anderen abgeguckt hatte. Wie hatten es wohl der Fischer und seine Frau gemacht? Hatte sie die Angel gehalten, während er zum Ufer zurückgerudert war?

Immer wieder dachte er an dieses Paar. Sie, eine kleine Indiofrau, wie er auf Fotos gesehen hatte, er etwas größer und sehr dünn, mit tief gegerbter Haut. Was hat sie zusammengehalten? Der nackte Wille zu überleben? Aber war das möglich, ohne Liebe? Er war kurz nach ihr gestorben. War das nicht das deutlichste Zeichen ihrer Verbundenheit?

Der Fisch riss das Boot weiter hinaus aufs offene Meer. Nicolas dachte an Hemingways *Der alte Mann und das Meer.* Unzählige Male hatte er dieses Buch gelesen. Erst auf Russisch, dann auf Englisch und später sogar auf Portugiesisch.

Der Fisch könnte ihn bis zum Horizont ziehen, der zu einer grünen Linie geworden war. Als man noch glaubte, die Erde sei eine Scheibe – wie groß musste die Angst vor ihm, vor dem Horizont gewesen sein, denn dort stürzte man in den sicheren Tod.

Nicolas sah zum ersten Mal eine silbrige Flosse im Wasser

aufblitzen, etwa zehn Meter vor dem Bug. Der Horizont war noch weit weg, ganz weit weg.

So, genau so müsste er den Horizont malen! Dunkelorange, mit Schatten von Violett und Schwarz! Wie oft schon hatte er die Farben an die Wand geschleudert, weil sie nicht leuchten wollten, weil sie grau und tot wurden, als er sie auf die Leinwand auftrug. Doch es lag nicht an der Qualität der Farben, es lag an ihm, weil er nicht die richtige Mischung fand, nicht die richtige Dichte, weil er unfähig war!

Er biss die Zähne zusammen, als er die rechte Hand vom Griff der Angelrute nahm, sie brannte; stundenlanges Halten, Schweiß und Salzwasser hatten die Haut aufgeweicht, sodass sich Blasen bildeten. Das Land war zu einem dunklen Band geworden, kaum näher als der orange glühende Horizont.

Seine Arme schmerzten, doch der Fisch war noch immer am Haken, er würde ihn immer weiter hinausziehen, so weit, dass er nicht wieder zurückkäme. Schon jetzt könnte er das Ufer vielleicht gar nicht mehr erreichen.

Er musste lachen. Warum schnitt er nicht einfach die Schnur durch und machte sich auf den Heimweg?

Bei ihm ging es nicht ums Überleben wie bei dem alten Mann, er würde nicht verhungern. In seinem Gefrierschrank lagen argentinische Rinderfilets und Lammkoteletts, im Kühlschrank grüne Bohnen und in der Vorratskammer neue Kartoffeln und mehrere Kartons Rotwein aus Chile und Argentinien.

Warum hatte Margarita es erwähnen müssen! Warum hatte sie nicht den Mund halten können! In seiner Wut riss er an der Angel, um den Kampf mit dem Fisch zu Ende zu bringen. Blitzend schnellte eine Flosse an die Oberfläche, und der Fisch riss ihn weiter mit sich.

Ich bin nicht seine Tochter, dass das klar ist, hatte Paula gesagt und sich eine Haarsträhne hinters Ohr gestrichen. Sie hatte dieselbe Haarfarbe wie die Mädchen in seinem Dorf, blond wie

Weizen. Vielleicht war es das, die Erinnerung an seine Heimat, weshalb sie ihn sofort in ihren Bann gezogen hatte, damals, in Carlos' abgewohntem Lissabonner Hotelzimmer.

Oft sah er sie vor sich, wie sie rauchte. Sie hielt die Zigarette auf eine Art, die ihm gefiel: nicht wie ein Accessoire, das ihr gut stand, sondern eher wie einen Ausrüstungsgegenstand für ihre Expeditionen in die Welt der menschlichen Geheimnisse. Sie war Journalistin, das hatte Carlos ihm schon ein paar Tage vorher gesagt, dabei hatte Nicolas schon länger geahnt, dass etwas Besonderes bevorstand. Carlos war seit über einer Woche sehr nervös gewesen und hatte überhaupt nicht mehr zugehört, wenn Nicolas ihm von seinem neuen Bilderzyklus erzählt hatte.

Eine junge Frau kommt zu Besuch, hatte er gesagt. Die Tochter einer verflossenen Liebe.

Und, was will sie von dir?

Antworten, fürchte ich.

Genau das hatte er gesagt: *Antworten, fürchte ich …*

Das glühende Rot des Horizonts blendete in seinen Augen, er schloss sie, nur kurz, dachte er, doch genau in diesem Augenblick zerrte der Fisch wieder am Haken, Nicolas war nicht darauf gefasst, er hatte den Griff gelockert, jetzt riss ihm der Fisch die Angel aus der Hand, sie flog über Bord, er konnte nur zusehen; auch wenn er jetzt aufspringen würde, wäre es zu spät, das Boot würde kentern, und so sah er, wie seine Angel plötzlich Flügel bekam und in den Himmel flog, weit, weit über den Horizont hinaus.

Ich muss verrückt geworden sein, dachte Nicolas, dann lachte er und machte sich auf den Rückweg.

Chicago

Eleonore starrt auf die dunkle Mattscheibe des Fernsehers, das Tablett mit Tee und einem Stück Kuchen neben sich auf dem Beistelltischchen, und wartet, dass endlich ihre Serie anfängt. Seit gestern verfolgt sie ihr Leben, sie haben es tatsächlich verfilmt! Gleich geht es los. Jetzt. Endlich. Sie trinkt einen Schluck Tee und lehnt sich bequem im Sessel zurück. Pension *Alegría,* Lissabon. Der Name steht draußen über dem Eingang. Die junge Eleonore – *wie hübsch sie wieder ist, obwohl sie ein bisschen erschöpft wirkt, ein bisschen ungepflegt auch, aber wenn man weiß, was sie alles durchgemacht hat, die Arme!* –, die junge Eleonore also sitzt auf der Bettkante, allein im Zimmer, hinter ihr an der Wand das schreckliche Kruzifix, das sie aber nicht abzuhängen wagt. Schließlich sind sie ja noch am Leben, nach all dem – und da muss man doch jemandem dankbar sein. Also erträgt sie den Anblick.

Die junge Eleonore fröstelt, dabei ist Sommer, der längste Sommer ihres Lebens, so kommt er ihr vor. Sie hat alle Sachen, seine und ihre, in die beiden Koffer gepackt, die sie seit Paris mit sich herumschleppen. Ihre ganze Habe, die nicht mehr viel wert ist, die ihnen aber vorgaukelt, sie seien auf einer Reise, auf einer Vergnügungsreise quer durch Europa bis nach Amerika. Sie wartet, dabei würde sie dieses Zimmer mit dem Kruzifix über dem Bett am liebsten verlassen, doch draußen ist nur wieder diese Stadt mit den vielen erschöpften Menschen, diese Stadt, die sie nicht mehr ertragen kann, diese dunklen Gassen mit dem Geruch nach Fisch.

Also sitzt sie auf der Bettkante und starrt auf ihre Hände, deren Haut trocken und faltig geworden ist, wie bei einer alten Frau. Dann starrt sie auf die abgestoßenen Schuhspitzen und auf ihre Strümpfe, die sie schon mehrmals gestopft hat. Alles ist so erbärmlich. So erbärmlich. Hans kommt nicht, und sie macht sich Sorgen. Vielleicht haben sie ihn festgenommen? Vielleicht ist er in eine Auseinandersetzung geraten? Oder er hatte einen Unfall? Sie muss in diesem Zimmer bleiben, falls jemand in der Pension anruft – oder falls …

Schnitt.

Das Abendessen drei Wochen zuvor.

Eleonore trägt ihr zweitbestes Kleid. Das beste musste sie waschen, der Kragen ist fleckig geworden, dabei hat sie so aufgepasst. Es ist die Hitze, der Staub und die Angst.

»Er lädt uns ein«, sagte Hans am Morgen, als er mit der Einladung herausrückte. Ihm ist die Einladung unangenehm, nicht nur wegen der Bezahlung, er mag diesen Mann nicht. Eleonore freut sich schon den ganzen Tag auf den Abend. Mein Gott, wie lange waren sie nicht in einem Restaurant zum Abendessen? Sie kaufen sich Brot und Käse und hin und wieder etwas Wurst und essen es in ihrem Zimmer. Wein, Wein besorgen sie sich immer – *wie soll man das ganze Elend denn sonst aushalten?* –, aber essen gehen, nein, das können sie sich schon lange nicht mehr leisten.

Eigentlich haben sie sich das noch nie leisten können, auch früher nicht. Nur: Damals, noch in Frankfurt, konnten sie diese Tatsache ignorieren, während sie jetzt übermächtig ihr Handeln, Fühlen und Denken beherrscht. Wie viel kostet die Überfahrt, wie viel Geld haben wir noch nach einem, nach zwei, nach drei Monaten in dieser Stadt? Ihr Geld vermehrt sich nicht, es kommt auch nicht jeden Monat neues hinzu, wenn das alte ausgegeben ist, nein, das Geld wird weniger, immer weniger.

Deissner, er trägt einen eleganten dunklen Anzug, küsst ihr galant die Hand. *Aber da ist doch noch etwas anderes, ein Blitzen. Oder ist es ein Glanz in seinen Augen? Der Klang seiner*

Stimme? Das alles und die Aufmerksamkeit, mit der er ihr an diesem Abend begegnet, ihr Wein nachschenkt, sie ansieht – das tut ihr so gut. Wie lange schon behandelt Hans sie wie eine Fremde, lässt sie nicht an seinen Gedanken teilhaben, hört ihr nicht zu, interessiert sich nicht für sie? Am Anfang hat sie es auf die Flucht geschoben und auf seine Depressionen, auf all die Widrigkeiten, die sich ihnen in den Weg gestellt haben. *Doch auch wenn man jemanden liebt und Verständnis hat, ist man auch nur ein Mensch – ein Mensch, der nicht immer nur geben kann. Ein Mensch, der sich auch nach Liebe sehnt, nach einem zärtlichen Ton, einem Blick …*

»Ich würde Sie gern wiedersehen«, sagt Deissner beim Abschied leise und sieht ihr dabei tief in die Augen. Diesen Moment hält sie fest, und später, wenn sie sich einreden wird, dass sie ihn nicht liebt, weil seine Liebe nur geheuchelt und berechnend ist, dann taucht dieser Moment wieder aus ihrem Gedächtnis auf und offenbart ihren Selbstbetrug: Er liebt sie wirklich.

Schnitt.

Es ist ein sonniger Sonntag im April. Die Hebamme, eine Deutsche aus der Nachbarschaft der Wabash Avenue, legt Eleonore das Kind in die Arme. Paula. Ich bin schwanger, hat sie ihm erst gesagt, als ihr Bauch sich nicht mehr anders erklären lässt. Karl, der erst Hans Scheugenpflug, jetzt John Plough heißt, hat frei. Die Woche über arbeitet er in einer Eisenwarenhandlung und repariert alles, was die Leute ihm bringen, vom Radio bis zum Fahrrad. Er verdient nicht viel, aber es reicht, um die Miete für die winzige Wohnung zu bezahlen. Sie hilft in einem Lebensmittelladen und lernt jedes englische Wort, das auf den Büchsen und Tüten steht.

John also und Eleonore machen ihren Sonntagsspaziergang, der ihm sehr wichtig ist, auf dem er besteht, weil man immer seine Würde behalten muss, sagt er. Deshalb legt er auch Wert auf ihre Garderobe, wenn sie spazieren gehen. Eleonore, die meint, dass Würde weder mit Spazierengehen noch mit Garderobe zu tun hat, fügt sich, wie sie sich ihm in fast allem fügt. Sie hat sich bei ihm eingehängt. John grüßt nach rechts und nach links, er kennt ja so viele Leute, weil er für die meisten schon etwas repariert hat.

Eleonore, die sonst so freimütig lacht, muss sich heute dazu zwingen, sie dreht und wendet Wörter im Kopf, doch das, was gesagt werden muss, ändert sich dadurch nicht. Am Anfang ihrer Schwangerschaft hatte sie Zweifel, aber es gab eine Nacht, in der keiner – weder Hans noch sie – an Trennung glauben wollte. Doch in diesen Stunden hatten sie sich noch einmal gefunden, hatten einander in den Armen gehalten und gemeinsam auf die Geräusche der langsam erwachenden Stadt gelauscht. *Und wann soll sie es ihm sagen? Wenn sie über die Michigan Avenue gegangen sind und auf den See blicken? Nein, nein, kein guter Ort, viel zu romantisch. Dann doch erst, wenn sie wieder zu Hause sind, nein, auch kein guter Ort, zu klein, zu eng. Also doch lieber unter freiem Himmel …*

»Ich bin schwanger.« Jetzt ist es heraus. Sie wollte gar nicht stehen bleiben, sondern einfach weitergehen, doch er bleibt stehen, und sie sucht nach den seit Wochen vorgefertigten Sätzen, aber sie fallen ihr nicht mehr ein, oder sie sind durcheinandergeraten und ergeben keinen Sinn: *Ich wusste doch nicht … Ich habe nicht gemerkt … Ja, gewollt schon, ein bisschen, aber jetzt? … Was ist zu tun?* Sie wartet auf seine Reaktion, auf eine Frage, auf die Frage: Seit wann? Doch er weiß, er hat an ihrem Ton gemerkt, dass diese Frage überflüssig ist. Und da sie auch nicht fragt: *Aber freust du dich denn gar nicht?*, weiß er, dass er mit seiner Vermutung richtig liegt, das Kind ist nicht von ihm. Er geht also weiter, und sie geht mit, bleibt in seinem Arm eingehängt, er grüßt nach rechts, und sie grüßt nach links.

Die Hebamme legt Eleonore den gewickelten Säugling auf den Bauch. Da kommt John herein, und die Hebamme sagt: Herzlichen Glückwunsch zu Ihrer Tochter. Er lächelt, er lächelt wirklich und strahlt und geht auf Eleonore zu, beugt sich herunter und legt einen Arm um Eleonores Nacken und den anderen über ihren Bauch und den Säugling, ein Mädchen, Paula, und einen Augenblick lang hat sie Angst, dass er dem Kind oder ihr etwas antun könnte. Was ist mit Hans passiert?, schießt es ihr plötzlich durch den Kopf, und alles, was sie seit September 1940 vergessen wollte, steigt wieder in ihr hoch. Doch John tut nichts, und sie braucht eine Weile, um zu begreifen, dass er sie beide umarmt. Da wird ihr kalt, denn in diesem Augenblick wird ihr Betrug besiegelt.

Warum ist sie an jenem letzten Abend in Lissabon *nicht* durch die Stadt gelaufen, warum hat sie ihn *nicht* gesucht, Hans, Hans Scheugenpflug, den echten, ursprünglichen, den, in den sie sich verliebt hat, damals, auf dem Gartenfest?

Warum ist sie auf der Bettkante sitzen geblieben, die Tür im Auge, jeden Moment hat sie gehofft, dass sie sich öffnen wird und dass er, der echte Hans Scheugenpflug, hereinkommt, der, den sie in Frankfurt kennengelernt hat, als er noch ein Journalist war, der über die Jubiläumsfeier von Hundezüchtern schrieb.

Schnitt.

Nein, für heute ist der Film zu Ende. Eleonore will zum Gebäck auf dem Teewagen greifen, doch da erscheint ihr Gesicht auf der dunklen Mattscheibe, faltig und umrahmt von weißem Haar. Ihr Mund öffnet sich: »Sie glauben ja nicht, wie viel Kraft es kostet, immer von Neuem das Bild auszubessern, in das das Gewissen Tag für Tag und Nacht für Nacht blinde Stellen ätzt.«

Ihr Gesicht lächelt müde, dann erlischt es.

Eleonore beißt in den Keks.

»Hallo, Eleonore!« Der Engel schwebt zur Tür herein. »Warum schalten Sie denn den Fernseher nicht ein?«

»Sie wiederholen es, bestimmt. Sie wiederholen alles im Fernsehen.«

»Was meinen Sie, Eleonore?«

»Mein Leben natürlich, haben Sie es nicht gesehen? Sie senden es jeden Tag.«

Patagonien

AM *COMODORO RIVADAVIA AIRPORT* wartete ein Taxi auf sie, der Anwalt in Buenos Aires hatte es für sie bestellt. Anderthalb Stunden und fast hundertfünfzig Kilometer später konnte Tess auf einem Ortschild *Bahia Bustamante* lesen.

Noch eine halbe Stunde Fahrt, dann hielt ihr Taxi an.

»Hier?« Vor ihr breiteten sich über einem endlos hohen blauen Himmel verwitterte Klippen aus, an die das Meer heranrollte. Auf einem Felsen in der Ferne glaubte sie Pinguine zu sehen. Oder waren es Robben?

Der Fahrer war ausgestiegen und hielt ihr die Tür auf. Sie stand vor einer kleinen Ansammlung von Holzhäusern, jedes in einer anderen Farbe gestrichen. »Im *Bed & Breakfast* wissen sie Bescheid«, sagte er, das verstand sie gerade noch mit ihren dürftigen Spanischkenntnissen.

Der Wind zerrte an ihren Haaren. Noch nie hatte sie so klare Luft eingeatmet, noch nie so klare Farben gesehen.

Der Fahrer klingelte an dem türkis gestrichenen Holzhaus mit den zwei Stockwerken. Hundegebell drang nach draußen, dann wurde die Tür geöffnet, und eine junge, kräftige Frau mit blondem Pferdeschwanz lachte sie an.

Sie trug eine alte Jeans und Trekkingschuhe und ein rot kariertes Fleece-Hemd. Ihr Gesicht war erhitzt, als würde sie gerade etwas Anstrengendes tun oder als wäre sie gerade von einer Wanderung zurückgekommen.

»Chusco, no!«, war das Erste, was sie sagte. Sie konnte gerade noch einen großen Labrador am Halsband packen. »Entschuldigen Sie, aber er will jedem neuen Gast unbedingt einen Kuss geben!«

Chusco bellte wie zur Bestätigung, und Tess musste lachen.

»Halten Sie ihm wenigstens die Hand hin, dann lässt er Sie in Ruhe«, sagte die Frau seufzend.

Tess tat es, und sofort leckte der Hund sie freudig.

»So, das hätten wir. Wenn Sie wollen, können Sie sich die Hände waschen …«

»Nein, schon okay.« Tess lachte wieder. Chusco saß nun ruhig neben seiner Herrin.

»Ich bin Margarita. Sie müssen Tess sein. Es tut uns allen hier im Ort sehr leid. Wir haben Ihren Großvater sehr gemocht. Wollen Sie zum Friedhof oder erst zu seinem Haus?«

Tess sah sich unschlüssig um. »Wissen Sie, ich hatte keine Ahnung …«

»Sein Haus ist das da drüben.« Margarita zeigte auf das rote Holzhaus mit dem weißen Giebel. Tess erkannte es sofort. Dahinter breitete sich die seidige Oberfläche des Meeres aus.

»Kommen Sie, ich zeige es Ihnen.«

Tess folgte Margarita und deren Hund über die moosigen Felsplatten, in deren Mulden sich Regenwasser gesammelt hatte. Niedrige Büsche mit spitzen Dornen duckten sich unter der Wucht des Windes, krallten sich mit ihren Wurzeln in Felsspalten. Möwen flogen kreischend auf. Sie atmete den Geruch von Salz und Fisch ein, den der Wind heranwehte.

»Ich hab ihn die letzten Monate versorgt. Er wollte nicht ins Krankenhaus.« Margarita zog die Nase hoch und wischte sich mit dem Ärmel ihres Hemdes übers Gesicht.

Ihre Wangen waren vom Wind gerötet, Haarsträhnen wehten um ihr Gesicht, und das Leuchten ihrer blauen Augen war so hell, dass es beinahe unnatürlich wirkte. Tess fragte sich, was eine Frau wie Margarita wohl an diesen abgelegenen Ort auf den Klippen verschlagen haben mochte, aber sie fand die Frage zu persönlich, sie wollte nicht neugierig erscheinen. Das Haus stand ein wenig abseits von den anderen zehn oder zwölf

Häusern. Von dort musste man einen unglaublichen Blick über das Meer haben. Der Labrador saß neben Margarita, als sie die Holztür aufschloss.

»Wir haben alles so gelassen. Mit den Büchern und so. Es wusste ja keiner, dass er eine Enkelin hat. Ihr Großvater kam uns immer sehr einsam vor. Wie jemand, der mit seiner Familie gebrochen hat. Er hat lange nicht sterben wollen«, fügte sie hinzu. Tess sah zum Rand des Felsens. Nach ungefähr zwanzig Metern fiel das Gelände steil ab. Ein schmaler Steig führte hinunter zum Meer, sie hörte das Rauschen der Wellen.

»Ich hab ein paarmal gedacht, jetzt ist er gegangen, aber als ich dann näher heranging, hat er die Augen aufgeschlagen. Manchmal hatte ich den Eindruck, als würde er noch auf irgendetwas warten. Tja, aber es ist wohl nie gekommen.«

Margarita drehte den Schlüssel im Schloss und drückte die Schulter gegen die verwitterte Holztür. »Verzogen. Das Meer.«

»Soll ich helfen?«, fragte Tess.

»Ja, lehnen Sie sich mit mir dagegen.«

Beim zweiten Versuch sprang die Tür auf und gab den Blick frei in einen düsteren Raum.

»Puh, ich war schon seit einer Woche nicht mehr hier!« Margarita verzog das Gesicht. »So ist das mit unbewohnten Häusern. Schon in kurzer Zeit verkommen sie.«

Es roch nach abgestandener Luft, aber nicht nach Moder.

»Ich mach die Läden auf, man sieht ja gar nichts.« Margarita ging mit dem Hund wieder nach draußen und klappte die Läden auf. Tess blieb an der Eingangstür stehen und versuchte, trotz der Dunkelheit etwas zu erkennen. Hier hatte er also gelebt, in einem Raum mit Schreibtisch, Bücherregalen, einem schmalen Bett, einem Sessel und zwei Stühlen. Links, durch die schmale Tür, musste es zur Küche und womöglich zum Bad gehen, an der Wand stand ein gusseiserner Ofen mit einer kleinen Luke. Das Gesicht von Margarita tauchte vor dem Fenster über dem Schreibtisch auf. Sie lachte Tess zu und hakte die Klappläden fest. Tess trat zum Fenster. Da, hinter der Abbruchkante der Klippe, breitete sich blaugrau das Meer aus.

»Der Blick ist einmalig, nicht wahr?« Margarita kam wieder herein und fuhr sich mit dem Unterarm über das feuchte Gesicht. »In der letzten Zeit hat er immer nur ein und dieselbe Schallplatte gehört und stundenlang hinausgestarrt. Zum Schluss musste ich ihm die Kissen so ins Bett legen, dass er aufrecht sitzen und hinaussehen konnte.«

Der Labrador schnüffelte am Stuhl, er wollte die Wohnung erkunden, doch Margarita rief ihn zurück. Sofort trottete er zu ihr und legte sich neben sie auf den Boden. Margarita drehte sich zum Bücherregal um.

»Sehen Sie, er hat vor allem gelesen und geschrieben. Ich hab's einfach so liegen lassen.«

Erst jetzt bemerkte Tess, dass sich auf dem Boden neben dem Schreibtisch Mappen und Notizbücher stapelten. Einige Notizbücher hatten den gleichen stumpfen schwarzen Pappeinband wie das aus Lissabon.

»Darf ich?«, fragte Tess und bückte sich.

»Klar, das gehört doch Ihnen.«

Tess nahm das oberste Notizbuch und blies den Staub vom Deckel. Sie öffnete es und sah einen Briefumschlag. Absender: Eleonore Plough. Adressiert an Carlos Dios im Hotel *Nova Goa* in Lissabon.

Tess nahm den Umschlag, legte das Notizbuch auf den Schreibtisch, zog den Brief heraus und faltete ihn auseinander.

Hans,

ich schreibe Dir jetzt, weil ich auf Deinen Brief nicht geantwortet habe. Warum hast Du ihn überhaupt geschrieben? Du hättest das Foto von mir und Karl doch auch einfach überblättern können?

Und dann: Was für eine Ironie des Schicksals. Dein Anruf ein paar Wochen später, in dem Du mir die Nachricht vom Tod unserer Tochter überbracht hast. Ausgerechnet Du. Ja – Du bist ihr Vater. Hast Du nicht die Ähnlichkeit entdeckt? Warum nur musste sie Dich aufsuchen?

Weißt Du was?

Ein halbes Jahrhundert lang glaubte ich, dass Du tot wärst.

Ja, ich glaubte sogar, dass Karl Dich am letzten Abend in Lissabon umgebracht hat. Ich konnte es mir sonst nicht erklären, dass Du unser Leben verraten hast, wegen einer jungen Frau, die Du kaum kanntest.

Woher ich sie kannte?

Karl hat mir erzählt, dass er Dich vor diesem Handschuhladen gesehen hat, wie Du ins Schaufenster gestarrt hast und schließlich ins Geschäft hineingegangen bist. Nachdem Du weder Dir noch mir Handschuhe gekauft hast, habe ich vermutet, Du warst nicht wegen der Handschuhe dort.

Eines Morgens bin ich Dir gefolgt. Du hast tatsächlich den Weg zum Postamt eingeschlagen, doch dann bist Du unten am Rossio nach oben abgebogen, in die Rua do Carmo. Ich habe gesehen, wie Du vor dem schmalen Schaufenster stehen geblieben bist. Und wie Karl gesagt hat, hast Du erst die Auslage betrachtet und bist dann hineingegangen. Du bist länger als eine Viertelstunde dringeblieben, und als Du wieder herausgekommen bist, hast Du verändert gewirkt. Dann bin ich in den Laden gegangen, und als ich sie gesehen habe, mit den Augen wie die deiner Mutter, mit ihrem Mund, ihrem wunderschönen Haar, da wusste ich, dass Du nicht wegen mir, sondern wegen ihr in dieses Geschäft gegangen bist.

Warum sie?, habe ich mich immer und immer wieder gefragt, warum nicht ich, die Dir so nah ist, die nur Dich sieht, wenn sie Dich ansieht, und die auch nur Dich meint, wenn sie mit Dir spricht? Alles, was wir gemeinsam auf der Flucht erlebt haben – zählte das denn nicht mehr für Dich?

In der Nacht habe ich auf Dich gewartet. Als Du schließlich die Tür zu unserem Zimmer geöffnet hast, hast Du ihren Geruch mit hereingebracht. In Deinen Augen habe ich noch ihr Bild gesehen. Es war halb drei Uhr nachts. Und Du hast nur verwundert gefragt, warum ich nicht schlafen kann.

Dann habe ich die Tickets in Deiner Jacke gefunden und ich habe gefürchtet, Du würdest mit ihr statt mit mir auf das Schiff gehen. Und ich? Was hast Du vorgehabt mit mir?

Die Zeit drängte. Das Schiff lag im Hafen, nur noch zwei Tage blieben mir, um über mein Leben zu entscheiden. Ich bin mit Karl gegangen, weil ich Dich verloren hatte und weil ich Dich *in ihm sehen wollte, wie Du vielleicht nie warst, sondern wie ich Dich sehen* wollte. *Das ist mir erst viel später klar geworden.*

Ich habe Dich gehasst. Ich konnte Dich nicht mehr ertragen in meiner Nähe. Ich wünschte, ich wäre Dir nie begegnet.

Ich wusste, Karl würde Dich am Abend treffen.

Ungeduldig habe ich im Pensionszimmer auf Deine Rückkehr gewartet. Du glaubst es vielleicht nicht, aber ich habe an diesem Abend so sehr gehofft, dass Du zu mir zurückkommen würdest.

Als dann die Zimmertür aufging und nicht Du hereingekommen bist, sondern er, brach eine Welt für mich zusammen. Aber ich musste mich fügen. Karl hat mir erzählt, Du wärest schließlich doch auf seinen Vorschlag eingegangen und hättest das Geld genommen, das er dir angeboten hat, aber da war ein Ausdruck in seinen Augen, der mir sagte, dass er lügt. Ich ahnte, dass etwas Schreckliches passiert war. Etwas sehr Schreckliches. Aber ich wollte die Wahrheit nicht hören. Ich wollte unschuldig bleiben. Wie töricht, nichts macht einen schuldiger, als unschuldig bleiben zu wollen. In dieser Nacht lauschte ich auf Deine Schritte, redete mir ein, dass nicht Karl, sondern Du neben mir im Bett liegen würdest.

Noch heute frage ich mich, wie ich diesen Zustand überhaupt ausgehalten habe. Am nächsten Morgen sind wir ausgezogen, Karl ging früh, sodass Senhor Pereira ihn nicht sah. Noch als wir an Bord gingen (Karl hatte Probleme, die Narbe hinzubekommen, aber mit Schminke klappte es einigermaßen. Eine frische Verletzung wäre sofort aufgefallen. Erst an Bord hat er sich den Schnitt in die Wange zugefügt), habe ich Ausschau gehalten nach Dir. Ich hätte Dir alles vergeben! Die Stunden verstrichen. Der Nachmittag kam, und dann legten wir ab. Das war der furchtbarste Moment in meinem Leben.

Paula kam am dritten April zur Welt. Sie ist Deine Tochter. Zwei Jahre später kam Rose. Das neue Leben in einer neuen Umgebung machte es mir leichter, mein altes zu vergessen. Und irgendwann hatte ich sogar vergessen, dass Paula von Dir ist und dass Karl nicht Du ist. Er hatte Deine Biografie vollkommen verinnerlicht, man konnte ihn nachts wecken, und er sagte wie auf Kommando schlaftrunken, ich bin John Plough, geboren als Hans Scheugenpflug in Frankfurt, ehemals Redakteur – Du kennst ja Dein Leben. Seine berufliche Neuorientierung begründete er mit der Notwendigkeit, eine Familie durchzubringen. Ich will Dich nicht mit Details aus unserem Leben langweilen, nur so viel: Karl wurde wohlhabend, und wir waren gesellschaftlich anerkannt. Auf unsere beiden Töchter konnten wir stolz sein. Auch ich konnte vieles vergessen.

Dann kam Dein Brief, den ja offenbar Paula gefunden hat – und hat mich wieder an alles erinnert.

Warum ist alles so gekommen? Waren wir zu feige, haben wir uns so sehr vor dem Alleinsein gefürchtet, vor der Trennung, vor dem Abschied?

Es gibt ein einziges Andenken an Dich. Es ist der Liedtext, den Du geschrieben hast. Ich habe ihn damals beim Packen in der Pension zwischen Deinen Sachen gefunden und ihn mitgenom-

men. Warum? Als Andenken vielleicht und als Erinnerung daran, dass Du jemand anderen geliebt hast, und damit ich mir nicht aus lauter Sentimentalität irgendwann einreden würde, wir hätten es zusammen schaffen können.

Ich habe nichts mehr zu verlieren. Es ist seltsam, wie lange wir glauben, dass wir uns an etwas klammern müssen. Und dann, wenn wir es nicht mehr haben, merken wir, dass wir immer noch atmen.

Ich leide an beginnender Demenz, womöglich Alzheimer. In mir wird es immer öfter dunkel. Die Gegenwart verschwimmt. Aber alles Vergangene ist noch wach in meiner Erinnerung. Wie lange noch?

Das Leben besteht irgendwann nur noch aus Schlaglichtern, bis auch die ausgehen werden. Was zurückbleibt, ist vielleicht ein grauer See. Dann ist es, als hätte es das Leben gar nicht gegeben.

Ich weiß nicht, wie lange mir noch Licht bleibt. Und weißt Du was? Manchmal lese ich Deinen Fado-Text und dann muss ich weinen. Überall ist Licht, aber ich sehe nicht. Und dann glaube ich, Du hast ihn doch für mich geschrieben.

Leb wohl, Du wirst nie wieder etwas von mir hören, und ich, ich werde nie wieder einen Brief von Dir öffnen.

Eleonore

Tess faltete den Brief zusammen und steckte ihn zurück in den Umschlag. Sie fühlte sich benommen, durcheinander – dabei waren darin doch die Antworten auf ihre Fragen – oder nicht?

»Familiengeschichten?«, fragte Margarita und sah Tess mitfühlend an. »Ja, die können einen ganz schön mitnehmen.« Sie stemmte die kräftigen Arme in die Hüften und ließ den Blick über Bücher und Möbel wandern. »Ihr Großvater konnte wunderbare Geschichten erzählen.« Margarita wies mit dem Kinn zu den Bücherstapeln. »Vielleicht steht da ja drin, ob sie wahr sind oder erfunden. Aber eigentlich ist es ja auch egal, oder? Irgendwann einmal hat er eine Tochter erwähnt. Das muss Ihre Mutter gewesen sein. Warum hat sie ihn nie besucht, haben wir uns gefragt.«

»Sie war bei ihm. In Lissabon. Am selben Tag ist sie tödlich verunglückt«, erklärte Tess. Und obwohl sie eigentlich traurig war, spürte sie, wie eine schwere Last von ihr abfiel. Plötzlich schloss sich der Kreis. Plötzlich bekam alles eine Ordnung.

»Das tut mir sehr leid. Das hat er nie gesagt.« Margarita schüttelte bestürzt den Kopf. »Damals müssen Sie ja noch ein Kind gewesen sein.«

»Dreizehn.«

Margarita nickte und sagte dann: »Bleiben Sie ein paar Tage hier? Sie können oben bei uns im Guesthouse wohnen. Wir haben einen tollen Blick aufs Meer, und Frühstück gibt es auch.«

Tess sah sich um. Sie brauchte Zeit. Für sich. Für die Vergangenheit. Und vielleicht auch für die Zukunft. Sie merkte, dass sie immer noch den Umschlag mit dem Brief in der Hand hielt. »Ich weiß nicht … Könnte ich auch ein paar Tage hierbleiben?«

»Hier? Aber sicher! Ihr Großvater wäre sicher sehr glücklich darüber! Wenn Sie wollen, besorge ich Ihnen ein neues Bett, und Inez kann Ihnen die Küche notdürftig herrichten. Strom ist da, und das Telefonkabel hängt oben am Dach.« Sie legte den Kopf in den Nacken und sah zur Decke hoch. »Oben ist auch noch ein Schlafzimmer, da ist es aber sehr kalt. Man müsste das Dach neu isolieren. Das Ofenrohr geht durchs ganze Haus. Na ja, so bequem wie zu Hause haben Sie es hier sicher nicht … Sehen Sie sich einfach um und kommen Sie nachher rüber, dann zeige ich Ihnen unseren Ort. Viel gibt es ja nicht zu sehen!« Sie lachte. »Ach ja, übrigens …«, sie ließ den rostigen Schlüssel in Tess' Hand fallen, »… ich hoffe, Sie fürchten sich nicht vor Geistern, die soll es hier nämlich geben. Die alte Marta hat angeblich die meisten schon gesehen. Ich glaube, Ihr Großvater gehört auch dazu.« Margarita lachte. »Also, dann bis später.« Sie warf einen Blick aus dem Fenster. »Ah, Nicolas ist vom Fischen zurück …«

Tess sah eine Gestalt in Ölzeug aus einem Fischerboot klettern.

»Er ist Maler. Kurz vor Ihrem Großvater ist er hierhergekommen. Die beiden kannten sich schon aus Lissabon. Bestimmt kann er Ihnen auch noch etwas über damals erzählen.« Margarita lächelte ihr zu, dann ging sie hinaus.

Tess sah ihr nach. Der Labrador jagte bellend einer Möwe hinterher. Warmes Licht schimmerte auf den Pfützen, sodass sie aussahen wie Rost; dort, in den Mulden und Felsritzen, würden Moose wachsen, vielleicht auch ein Busch, wenn er genügsam und biegsam genug war.

Tess setzte sich in den Schreibtischsessel mit dem aufgeplatzten Polster. Hier also hatte er gelebt, Carlos Dios, Hans Scheugenpflug, der Vater ihrer Mutter, ihr Großvater … Sie versuchte, irgendetwas zu empfinden, Wut, Enttäuschung oder Trauer, aber sie betrachtete nur die weiß-grauen Möwen, die am Rand der Klippe hockten, den Wind im Gefieder. Vorhin schon hatte sie den alten Schallplattenspieler bemerkt. Sie blies den Staub von der Schallplatte. *Ana Pires* stand darauf. Ja, der Kreis schloss sich. Sie hob den Tonarm, die Platte begann sich zu drehen, sie setzte den Arm auf, die Lautsprecher knackten, dann erklang ein voller Gitarrenakkord. Tess dachte an Luís. Sie lehnte sich im Sessel zurück, während der Akkord langsam verklang, dann, fast schon aus der Stille heraus, erhob sich die Stimme von Ana Pires, leise erst, dann lauter und voller. Tess schloss die Augen.

Sie kannte den Text.

Auf einmal war ihr, als tauchte sie ein in ein Meer, in dem alles ineinanderfloss. Die Zeiten und die Schicksale ihrer Familie.

Und plötzlich begriff sie: Es ging immer nur um die Liebe. Um unerfüllte, enttäuschte, abgewiesene und erhoffte. Niemand in ihrer Familie war mit seiner Liebe glücklich geworden. Wir haben falsche Kompromisse geschlossen, waren vielleicht nicht mutig genug oder hatten einfach kein Glück.

Als die Musik verklungen war, stand Tess auf und ging nachdenklich hinaus. Der Wind blies ihr ins Gesicht und fuhr ihr durch die Haare. Ein Mann kam vom Strand herauf, er trug einen Eimer, sein schweres Ölzeug glänzte nass. Nicolas hieß er, hatte Margarita gesagt, oder?

Als er Tess bemerkte, zögerte er kurz. »Wollen Sie da runter?«, rief er ihr gegen das Rauschen des Windes und der Brandung zu. »Ist ziemlich rutschig.«

Sie sah hinunter auf ihre Stiefel mit den Ledersohlen. »Ich glaube, ich hab nicht die richtigen Schuhe dabei.«

Der Mann kam auf sie zu, in seinen nassen zerzausten Haaren glänzten silbrige Fäden. Er stellte den Eimer ab, in dem zwei Fische lagen, wischte sich die Hand am Mantel ab und streckte sie ihr hin.

»Nicolas.«

»Tess.«

Sein Blick blieb in ihren Augen haften. Sie wollte schon fragen, wo er wohnte, doch er kam ihr zuvor, indem er zum Haus wies.

»Das gehört jetzt Ihnen?«, sagte er mit einer rauen Stimme, die zu seinem wettergegerbten Gesicht und den großen Händen passte.

»Ja.«

Er sah hinauf in den Himmel, ein Schwarm Möwen flog über sie hinweg. »Und, werden Sie's verkaufen?«

Ihr fielen seine leuchtend blauen Augen auf.

»Nein … Das heißt … ich weiß es noch nicht. Ich denke, ich werde erst mal ein paar Tage hierbleiben.«

Von seinem nassen Haar tropfte Wasser auf sein Gesicht. »Er wollte Sie immer mal kennenlernen.«

Tess sah ihn irritiert an. Was meinte er damit?

»Ihre Mutter hat ihm von Ihnen erzählt.«

»Meine Mutter … Kannten Sie sie?«

Er sah ihr zum ersten Mal direkt in die Augen, und sie spürte, wie etwas in ihr brach. … und auf einmal wurde ihr etwas klar.

»Sie haben sich in sie verliebt, in meine Mutter, ja?«

Über sein wettergegerbtes Gesicht ging ein Lächeln. »Wir hatten nicht viel Zeit.« Er rieb sich über die Augen, und Tess glaubte einen Augenblick lang, seine Trauer zu spüren.

»Irgendetwas berührt einen manchmal an einem Menschen …«, fing sie an, aber sie kam nicht weiter.

»… und man kann sich nicht erklären, was genau es ist«, sagte er leise.

»Liebe?«, fragte sie.

Sie sah wie er hinaus aufs Meer und zu den Wellen, die unablässig heranrollten.

»Vielleicht«, sagte er schließlich, und dann: »Der Fang muss in den Kühlschrank, aber wenn Sie morgen noch hier sind …« Er wies zu einem der größeren Häuser hin. »Im Tanzclub findet ein Tangoabend statt. Ihr Großvater wäre sicher hingegangen.«

»Ich bin eine miserable Tänzerin.«

»Darauf kommt es nicht an.«

»Und worauf kommt es dann an?«

»Es zu versuchen.«

Die Sonne legte einen flimmernden Lichtschein aufs Meer. Ein Schwarm Möwen flog auf, und ganz weit draußen glaubte Tess Delfine zu sehen.

»Ich müsste es sogar ohne Tanzschuhe versuchen«, sagte sie.

Er lachte, und sie konnte nicht anders und lachte mit.